# A flor de lis e o leão

## OBRAS DO AUTOR

*O rei de ferro*
*A rainha estrangulada*
*Os venenos da coroa*
*A lei dos varões*
*A loba de França*
*A flor de lis e o leão*
*Quando um rei perde a França*

Faço questão de expressar aqui, mais uma vez, o mais profundo reconhecimento a meus colaboradores Pierre de Lacretelle, Georges Kessel e Madeleine Marignac pela preciosa ajuda que me deram durante a elaboração deste volume. Quero igualmente agradecer aos serviços da Biblioteca Nacional e dos Arquivos Nacionais o auxílio indispensável dado a nossas pesquisas.

M.D.

Maurice Druon

# OS REIS MALDITOS

VOLUME 6

## A flor de lis e o leão

*Tradução de*
Flávia Nascimento

5ª edição

BERTRAND BRASIL
Rio de Janeiro | 2025

CIP-BRASIL. CATALOGAÇÃO NA PUBLICAÇÃO
SINDICATO NACIONAL DOS EDITORES DE LIVROS, RJ

D86f Druon, Maurice, 1918-2009
5. ed. A flor de lis e o leão / Maurice Druon ; tradução Flávia Nascimento. - 5. ed. - Rio de Janeiro : Bertrand Brasil, 2025.
(Os reis malditos ; 6)

Tradução de: La lis et le lion
ISBN 978-65-5838-316-1

1. Eduardo III, Rei da Inglaterra, 1312-1377 - Ficção. 2. Felipe VI, Rei da França, 1293-1350 - - Ficção. 3. Ficção francesa. I. Nascimento, Flávia. II. Título. III. Série.

CDD: 843
25-99194.0 CDU: 82-311.6(44)

Meri Gleice Rodrigues de Souza - Bibliotecária - CRB-7/6439



*Título original: La Lis et le Lion*
Texto revisado segundo o Acordo Ortográfico da Língua Portuguesa de 1990.


EDITORA BERTRAND BRASIL LTDA.
Rua Argentina, 171 — 3º andar — São Cristóvão
20921-380 — Rio de Janeiro — RJ
Tel.: (21) 2585-2000,
que se reserva a propriedade literária desta tradução.

Seja um leitor preferencial.
Cadastre-se no site www.record.com.br
e receba informações sobre nossos
lançamentos e nossas promoções.

Atendimento e venda direta ao leitor:
sac@record.com.br

*"A política consiste na vontade de conquistar e manter o poder; ela exige, consequentemente, uma ação de opressão ou de ilusão sobre os espíritos... O espírito político acaba sempre sendo obrigado a falsificar..."*

PAUL VALÉRY

# Primeira Parte

# OS NOVOS REIS

# I

# O casamento de janeiro

De todas as paróquias da cidade, tanto de um lado do rio como do outro, de Saint-Denys, Saint-Cuthbert, Saint-Martin--cum-Gregory, Saint-Mary-Senior e Saint-Mary-Junior, de Shambles, de Tanner Row, de todos os lugares, o povo de York, havia horas, acorria em filas ininterruptas na direção de Minster, exatamente para a grande catedral, ainda com seu lado oeste inacabado, e que ocupava, alta, compridíssima, maciça, o cume da cidade.

A multidão estava bloqueada em Stonegate e Deangate, as duas ruas tortuosas que levavam ao Yard. Os adolescentes pendurados às janelas percebiam apenas uma multidão de cabeças cobrindo completamente a esplanada. Burgueses, mercadores, ninhadas sem fim de incontáveis matronas, enfermos com suas muletas, criadas, empregados de artesãos, escrivãos cobertos por seus capuzes, soldados vestindo cotas de malha, mendigos esfarrapados, todos estavam misturados como os ramos amontoados de um maço de feno. Os ladrões de dedos ágeis faziam a festa. Nas janelas apareciam cachos de rostos diversos.

Mas era mesmo a luz do meio-dia aquela claridade esfumaçada e úmida, aquele vapor frio, aquela nuvem esbranquiçada que envolvia o enorme edifício e a multidão que andava na lama? A multidão estava amontoada para conservar o calor dos corpos.

24 de janeiro de 1328. Diante de monsenhor William de Melton, arcebispo de York e primado da Inglaterra, o rei Eduardo III, que ainda não completara 16 anos, desposava a senhora Felipa de Hainaut, sua prima, que mal completara 14.

Na catedral, não restava um único lugar dos que tinham sido reservados aos dignitários do reino, aos membros do alto clero, aos do Parlamento, aos quinhentos cavaleiros convidados, aos cem nobres escoceses trajando suas túnicas de tecido xadrez, vindos para ratificar, na mesma ocasião, o tratado de paz. Agora seria celebrada a missa solene, cantada por um coral de cento e vinte cantores.

Contudo, a primeira parte da cerimônia, o matrimônio propriamente dito, acontecia diante do portal sul, no exterior da igreja e às vistas do povo, de acordo com o rito antigo e os costumes específicos da arquidiocese de York.[1]

A bruma marcava com seus vestígios úmidos o veludo vermelho do dossel que se erguia junto à grande porta da igreja, condensava-se em contato com as mitras dos bispos, colava-se às peliças pousadas sobre os ombros dos membros da família real reunida em volta do jovem casal.

— *Here I take thee, Philippa, to my wedded wife, to have and to hold at bed and at board...* Aqui eu te tomo, Felipa, por minha esposa, a fim de te manter a meu lado, em minha cama e em minha casa...

Surgindo de seus lábios suaves, daquele rosto imberbe, a voz do rei surpreendeu pela força, pela limpidez e pela intensidade da vibração. A rainha-mãe Izabel estremeceu, e o senhor Jean de Hainaut, tio da noiva, igualmente, bem como todos os assistentes das primeiras fileiras, entre os quais os condes Edmond de Kent e de Norfolk, e o conde de Lancastre Pescoço-Torto, chefe do Conselho de regência e tutor do rei.

— *...for fairer for fouler, for better for worse, in sickness and in health...* na formosura quanto na feiura, no bem quanto no mal, na enfermidade quanto na saúde...

Os cochichos na multidão cessavam progressivamente. O silêncio podia ser ouvido como uma onda circular, e a ressonância da jovem voz real propagava-se acima de milhares de cabeças, audível quase até a extremidade da praça. O rei pronunciava lentamente a longa fórmula de votos que aprendera na véspera, mas dir-se-ia que ele a tinha inventado, de tal modo destacava cada um dos termos, de tal modo *pensava* sobre cada qual a fim de carregá-los com seu sentido mais grave e profundo. Era como se fossem palavras de uma prece destinada a ser dita apenas uma vez e para a vida inteira.

Uma alma de adulto, de homem seguro de seu compromisso diante do Céu, de príncipe consciente de seu papel em relação ao povo e a Deus, revelava-se por meio daqueles lábios de adolescente. O novo rei tinha seus parentes, seus próximos, seus mais graduados oficiais, seus senhores feudais, seus prelados, a população de York e de toda a Inglaterra como testemunhas do amor que ele jurava pela senhora Felipa.

Os profetas enlouquecidos pelo amor de Deus, os líderes de nações apoiados sobre uma convicção única, sabem impor às multidões o contágio da fé. O amor publicamente afirmado possui também esse poder, provoca essa adesão de todos à emoção de um único.

Não havia uma só mulher no público, fosse qual fosse a sua idade; não havia uma só recém-casada, uma esposa enganada, uma viúva, uma donzela, uma anciã que não se pusesse naquele momento no lugar da jovem esposa; não havia um só homem que não se identificasse com o jovem rei. Eduardo III estava se unindo, assim, a tudo que havia de feminino em seu povo; e era o reino inteiro que escolhia Felipa como companheira. Todos os sonhos de juventude, todas as desilusões da maturidade, todos os pesares da velhice dirigiam-se àqueles dois como oferendas brotando diretamente dos corações. Naquele fim de dia, naquelas ruas sombrias, os olhos dos recém-casados iluminariam a noite, e até mesmo os velhos casais desunidos se dariam as mãos após o jantar.

Há muito tempo os povos acorrem aos casamentos dos príncipes. A razão é simples: assim eles vivem por procuração uma felicidade que, por ser exposta de maneira tão altiva, parece perfeita.

— ...*till death us do part*... até que a morte nos separe...

Todos os presentes sentiram um nó na garganta. A praça deixou escapar um longo suspiro de surpresa triste e quase de reprovação. Não, não se devia falar de morte naquele momento; não era possível que aqueles dois seres tão jovens tivessem um dia que padecer de uma morte comum; não era admissível que eles fossem mortais.

— ...*and thereto I plight thee my troth*... e em nome de tudo que foi dito eu comprometo aqui a minha fé.

O jovem rei sentia a multidão respirar, mas não a olhava. Seus olhos, de um azul pálido, quase cinza, seus longos cílios levantados, não se distanciavam da mocinha ruiva e gorducha, envolta em veludos e véus, à qual seus votos se dirigiam.

A senhora Felipa em nada se parecia com uma princesa de sonhos, nem sequer era bonita. Herdara a aparência rechonchuda dos Hainaut, tinha o nariz curto, o pescoço igualmente, e o rosto coberto de sardas. Ela não possuía qualquer graça especial, mas pelo menos era simples e não pretendia afetar uma atitude de majestade que não lhe teria sido nem um pouco conveniente. Sem todos os ornamentos reais, poderia muito bem ser confundida com qualquer jovem ruiva de sua idade; semelhantes a ela existiam às centenas em todas as nações do Norte. E era precisamente isso que reforçava a ternura da multidão por ela. Era designada pelo destino e por Deus, mas não era essencialmente diferente das mulheres sobre as quais passaria a reinar. Todas as ruivinhas gorduchas se sentiam valorizadas e honradas.

Emocionada ela também, e a ponto de tremer, não parava de piscar, como se não pudesse suportar a intensidade do olhar de seu esposo. Tudo que lhe acontecia estava sendo belo demais. Tantas coroas em torno dela, tantas mitras, e todos aqueles fidalgos e nobres damas que ela percebia na catedral, enfileirados por detrás dos círios como eleitos do Paraíso, e todo aquele povo em volta... Rainha, agora seria rainha, e escolhida por amor!

Ah! Como ela haveria de mimar, servir e adorar aquele lindo príncipe louro, dos cílios longos, das mãos finas, que tinha chegado como que por milagre, vinte meses antes, em Valenciennes, acompanhando uma mãe exilada que vinha em busca de auxílio e de refúgio! Os adultos haviam-no mandado ir brincar no pomar com as outras crianças; ele imediatamente se apaixonara por ela, e ela por ele. Agora ele era rei e não se esquecera dela. Com que felicidade ela lhe entregava sua vida! Temia apenas não ser suficientemente bela para agradá-lo para sempre, nem instruída o bastante para poder lhe dar apoio em tudo.

— Estendei agora vossa mão direita, senhora — disse-lhe o arcebispo-primaz.

Felipa estendeu imediatamente para fora da manga de veludo uma mãozinha rechonchuda e apresentou-a com firmeza, a palma para baixo e os dedos abertos.

Eduardo lançou um olhar maravilhado àquela estrela que se entregava assim a ele.

O arcebispo tomou, numa bandeja que o segundo prelado segurava, a aliança de ouro incrustada com rubis que ele acabara de abençoar e deu-a ao rei. A aliança estava molhada, como todo o resto, por causa daquela bruma difusa. Em seguida, o arcebispo, suavemente, aproximou as mãos dos dois esposos.

— Em nome do Pai — pronunciou Eduardo, colocando a aliança na extremidade do polegar de Felipa, sem, no entanto, introduzi-la até o fim. — Em nome do Filho... do Espírito Santo... — continuou, repetindo depois o gesto de introduzir a aliança no indicador e no dedo médio.

Finalmente deslizou a aliança no quarto dedo, dizendo.

— Amém!

Pronto. Agora ela era sua mulher.

Como toda mãe que casa um filho, a rainha Izabel estava com os olhos cheios de lágrimas. Ela se esforçava para rogar a Deus que contemplasse seu filho com toda a felicidade do mundo, mas pensava, sobretudo, em si mesma, e sofria. Os dias passados haviam-na conduzido a esse momento em que ela deixava de ser a favorita no coração de seu filho e em sua casa. Era evidente que, tanto no que dizia respeito à autoridade quanto à beleza, nada tinha a temer daquela piramidezinha vestida de veludo e bordados que o destino lhe dava como nora.

Ereta, esbelta e toda dourada, com suas belas tranças presas dos dois lados do rosto claro, Izabel, aos 36 anos, quase não aparentava 30. O espelho que consultara demoradamente naquela mesma manhã, enquanto ajustava a coroa para a cerimônia, tranquilizara-a. E, no entanto, a partir daquele dia, ela deixava de ser a rainha para se transformar em rainha-mãe. Como é que aquilo fora acontecer tão depressa? Como é que vinte anos de vida, atravessados por tantas intempéries, haviam evaporado daquela maneira?

Pensava em seu próprio casamento, havia exatos vinte anos, num final de janeiro, como agora, e também sob a mesma bruma, em Boulogne, na França. Ela também havia se casado acreditando na felicidade; ela também pronunciara do fundo do coração seus votos esponsais. Não sabia, até então, a quem estava se unindo para satisfazer os interesses do reino. Não sabia que, como pagamento pelo amor e pela devoção que consagrava a seu esposo, receberia apenas humilhação, ódio e desprezo, que se veria expulsa de seu próprio leito conjugal, e não por uma amante, mas por homens ávidos e escandalosos, que seu dote seria pilhado, seus bens confiscados, que teria de fugir em exílio para salvar a sua vida e depois convocar um exército para abater o homem que lhe havia posto num dos dedos a aliança matrimonial.

Ah! A jovem Felipa tinha muita sorte! Ela não era somente esposa, mas também amada de fato!

Apenas as primeiras uniões podem ser plenamente puras e felizes. Nada pode substituí-las, quando fracassam. Os amores que vêm depois jamais atingem aquela perfeição límpida: mesmo quando sólidos como a rocha, é como se corresse pela veia desses amores tardios uma outra cor, tal como o sangue coagulado do passado.

A rainha Izabel olhou para Roger Mortimer, barão de Wigmore, seu amante, o homem que, graças a ela, governava como um soberano a Inglaterra, em nome do jovem rei. Ele também a olhava sem bondade, com suas sobrancelhas espessas, seus traços severos, os braços cruzados sobre o suntuoso manto.

"Ele deve adivinhar o que estou pensando", disse a si mesma Izabel. "Mas como isso é possível? Desde que eu pare de pensar nele pelo mais breve momento, ele consegue me fazer acreditar que estou cometendo o mais grave erro."

Ela conhecia o temperamento sombrio de Mortimer, e sorriu para ele, a fim de acalmá-lo. O que ele queria além de tudo que já possuía? Viviam como se fossem marido e mulher, ainda que ela fosse rainha, ainda que ele fosse casado e o reino inteiro assistisse publicamente a seus amores. Ela agira de modo a fazer com que ele tivesse o controle absoluto do poder. Mortimer nomeava homens de sua confiança para todos os cargos. Ele havia feito com que lhe fossem atribuídos os feudos dos antigos favoritos de Eduardo II, e tudo que fazia o Conselho de regência era reiterar suas vontades. Mortimer conseguira até que ela aceitasse a execução capital de seu próprio cônjuge destituído, o pai de seu filho! Ela sabia que, por causa dele, acabara recebendo a alcunha de "Loba de França"! Seria possível que ele a impedisse de pensar, naquele dia de bodas, em seu esposo assassinado, sobretudo quando o executor nomeado por Mortimer estava ali presente? Tratava-se de John Maltravers, recentemente promovido a senescal da Inglaterra, um homem cujo rosto comprido e sinistro aparecia entre os mais importantes senhores feudais do reino, para lembrar-lhe aquele crime.

Izabel não era a única a se sentir incomodada por aquela presença. John Maltravers, genro de Mortimer, tinha sido o guardião do rei destituído; sua repentina promoção ao posto de senescal denunciava de modo claro demais os serviços que desta forma lhe eram pagos. Oficialmente, Eduardo II havia falecido de morte natural. Mas quem acreditava naquela fábula em toda a corte?

O conde de Kent, meio-irmão do rei defunto, debruçou sobre seu primo Henri Pescoço-Torto e cochichou:

— Parece que o regicida, agora, atribui-se o direito de aparecer como parente da família.

Edmond de Kent tremia de frio. Estava achando a cerimônia longa demais, o ritual de York por demais complicado. Por que não ter celebrado o casamento na capela da torre de Londres, ou de qualquer outro castelo real, em vez de transformar a ocasião numa verdadeira quermesse popular? A multidão causava-lhe mal-estar. E a presença de Maltravers, ainda por cima... Era indecente que aquele homem que acabara com a vida do pai se encontrasse presente no casamento do filho!

Pescoço-Torto, com a cabeça inclinada sobre o ombro direito, deformidade à qual ele devia seu apelido, murmurou:

— O pecado é o meio mais fácil para entrar em nossa casa. Nosso amigo ali é o primeiro a nos dar provas disso...

Por "nosso amigo" ele designava Mortimer, em relação ao qual os sentimentos dos ingleses haviam se transformado consideravelmente desde que ele desembarcara, dezoito meses antes, como comandante do exército da rainha, ocasião em que fora acolhido como um libertador.

"Cá entre nós, a mão que obedece não é mais feia do que a cabeça que comanda", pensava com seus botões Pescoço-Torto. "E Mortimer, junto com Izabel, é indubitavelmente mais culpado do que Maltravers. Mas, na verdade, nós todos somos um pouco culpados. Demos nosso apoio à destituição de Eduardo II. Tudo isso não podia ter acabado de outro modo."

Nesse momento o arcebispo apresentava ao jovem três moedas de ouro com as armas da Inglaterra cunhadas de um lado, e as de Hainaut do outro; por cima, eram ornamentadas com um ramalhete de rosas, que são as flores emblemáticas da felicidade conjugal. Aquelas moedas eram *moedas de esponsais,* símbolo do dote em rendimentos, terras e castelos que o noivo atribuía à sua esposa. As doações tinham sido bem escritas e estipuladas, o que tranquilizava, de certa forma, o senhor Jean de Hainaut, tio da noiva, ao qual a família real inglesa continuava devendo quinze mil libras com as quais tinha sido pago o soldo dos cavaleiros que haviam participado da campanha da Escócia.

— Prosternai-vos, senhora, aos pés de vosso esposo, a fim de receber estas moedas — disse o arcebispo à noiva.

Todos os habitantes de York aguardavam aquele instante, curiosos para saber se o ritual local seria respeitado até o fim, se o que era válido para qualquer súdita era também imposto a uma rainha.

Ora, ninguém previra que a senhora Felipa de Hainaut não somente se ajoelharia, como ainda, num impulso de amor e gratidão, enlaçaria com os dois braços as pernas de seu esposo, beijando os joelhos daquele que a transformava em rainha. Aquela flamenga rechonchuda era, portanto, capaz de criatividade, impulsionada pelo coração.

A multidão dirigiu-lhe uma forte ovação.

— Acho que eles serão muito felizes — disse Pescoço-Torto a Jean de Hainaut.

— O povo haverá de amá-la — disse Izabel a Mortimer, que acabava de se aproximar dela.

A rainha-mãe se sentia como uma ferida; aquela ovação não era mais para ela. "Agora a rainha é Felipa", pensava. "Meu tempo aqui acabou. Sim, mas talvez eu ainda chegue a reinar na França..."

Isto porque, uma semana antes, um mensageiro, usando as insígnias de França — a flor de lis —, havia galopado até York para informá-la de que seu último irmão, o rei Carlos IV de França, encontrava-se à beira da morte.

# II

# Trabalhos por uma coroa

O REI CARLOS IV HAVIA CAÍDO de cama no dia de Natal. No dia da Epifania, os médicos já declaravam perdido o seu caso. Qual era a causa daquela febre que o consumia, daquela tosse dilacerante que sacudia seu peito magro, daqueles escarros de sangue? Diante de tal pergunta, os médicos levantavam os ombros, demonstrando impotência. Só podia ser a maldição, ora! A maldição que se abatia contra os descendentes de Felipe, o Belo. Os remédios nada podiam contra a maldição. A corte e o povo compartilhavam dessa certeza.

Luís, o Cabeçudo, tinha morrido aos 27 anos devido a uma manobra criminosa. Felipe, o Comprido, aos 29 anos, por ter bebido água de poços envenenados. Carlos IV havia resistido até os 33 anos, e agora atingia seu limite. Sabia-se muito bem que os amaldiçoados não ultrapassariam a idade de Cristo!

— Cabe-nos agora, meu irmão, assumir o governo do reino e mantê-lo com mãos firmes — dissera o conde de Beaumont, Robert d'Artois, a seu primo e cunhado Felipe de Valois. — E desta vez — acrescentara ele — não deixaremos que minha tia Mahaut ganhe esta corrida. Aliás, é preciso dizer que ela não tem mais genro para colocar no trono.

Aqueles dois estavam em pleno gozo da saúde. Robert d'Artois, aos 41 anos, continuava sendo o mesmo colosso que precisava se abaixar para passar pelas portas e que podia paralisar um boi pegando-o pelos chifres. Mestre em todo tipo de conflito judicial, em zombarias e intrigas, em mais de vinte anos ele já tivera oportunidades suficientes para provar seus dotes, por exemplo quando desencadeou a guerra da Guyenne, mas também em muitas outras ocasiões. A descoberta do escândalo da torre de Nesle havia sido, em certa medida, fruto de seu trabalho. Se a rainha Izabel e seu amante, lorde Mortimer, tinham podido reunir um exército no domínio de Hainaut, sublevar a Inglaterra e derrubar Eduardo II, havia sido parcialmente graças a ele. E ele não se sentia incomodado por ter nas mãos o sangue de Margarida de Borgonha. Nas reuniões do Conselho do fraco Carlos IV, a voz de Robert, nos últimos anos, elevava-se bem mais alto que a do soberano.

Felipe de Valois, seis anos mais jovem do que ele, não possuía uma personalidade assim tão forte. Mas também era alto e robusto, tinha o peito largo, um jeito de andar cheio de nobreza, e quase parecia um gigante quando Robert não estava ao seu lado. Felipe tinha uma bela postura de fidalgo que o favorecia. E, sobretudo, beneficiava-se da lembrança deixada por seu pai, o famoso Carlos de Valois, o príncipe mais turbulento, mais aventureiro de seu tempo, perseguidor incansável de tronos fantasmas e de Cruzadas que jamais se realizaram, mas grandioso homem de guerra. O filho esforçava-se por copiar a prodigalidade e a magnificência do pai.

Até o momento, Felipe de Valois ainda não havia surpreendido a Europa por seus talentos. Entretanto, todos confiavam nele. Brilhava nos torneios, que eram a sua paixão; o ardor com que participava deles era coisa notória.

— Felipe, tu serás regente, este é meu compromisso — dizia Robert d'Artois. — Regente e, talvez, até mesmo rei, se Deus quiser... isto é, se em dois meses a rainha, minha sobrinha,[2] que está grávida até o queixo, não der à luz um varão. Pobre primo Carlos! Ele nem sequer verá esta criança que tanto desejava. E, mesmo que se trate de um varão, nem por isso tu deixarás de exercer a regência pelo menos por uns vinte anos. Ora, em vinte anos...

Ele prolongava seu pensamento com um gesto exagerado do braço, que exprimia todos os acasos possíveis, desde a mortalidade infantil, os acidentes de caça, até os desígnios impenetráveis da Providência.

— E tu, leal como sei que és — continuava o gigante —, tu farás o necessário para que me restituam meu condado de Artois, que Mahaut, aquela ladra, aquela assassina, apropriou-se injustamente, bem como o pariato que está ligado ao condado. Como é possível que eu sequer seja par do reino? Não é o cúmulo do absurdo? Tenho vergonha por tua irmã, que é minha esposa.

Felipe abaixara duas vezes seu nariz proeminente, fechando as pálpebras com uma expressão de concordância.

— Robert, eu te farei justiça, caso esteja em condições de administrar. Podes contar com o meu apoio.

As melhores amizades são as que se estabelecem com base em interesses comuns e na construção de um futuro compartilhado.

Robert d'Artois, para o qual nenhuma tarefa era repugnante, encarregou-se de ir até Vincennes para dizer a Carlos IV que seus dias estavam contados e que havia certas disposições a tomar, como, por exemplo, convocar os pares com urgência e recomendar a eles Felipe de Valois, a fim de assegurar a regência. E, para deixar mais claras todas as suas escolhas, por que não confiar a Felipe, imediatamente, o governo do reino, delegando a ele todos os poderes?

— Nós somos todos mortais, meu bom primo — dizia Robert, que esbanjava saúde, e cujos passos poderosos faziam tremer o leito de morte do agonizante.

Carlos IV quase não estava em condições de recusar, e sentia até mesmo certo alívio ao ser liberado de tais preocupações. A única coisa que o preocupava era a vida que lhe escorria pelo vão dos dentes.

Felipe de Valois recebeu, pois, a delegação de poderes do rei e lançou a ordem de convocação dos pares.

Robert d'Artois pôs-se imediatamente em campanha. Começando junto a seu sobrinho d'Évreux, moço ainda jovem, de 21 anos, de modos gentis, mas de espírito bem pouco empreendedor. Estava casado com a filha de Margarida de Borgonha — Jeanne, a Pequena —, que era o apelido pelo qual continuavam chamando essa jovem, mesmo tendo ela completado 17 anos. Ela fora afastada da sucessão ao trono francês na ocasião da morte de Luís, o Cabeçudo.

A lei sálica, de fato, que excluía as mulheres do trono, tinha sido inventada para que ela não pudesse ter acesso ao trono, e sua aplicação havia sido facilitada pelo fato de que o mau comportamento de sua mãe deixava pairar sérias dúvidas sobre a sua legitimidade. Em compensação, para pacificar os ânimos dos nobres do domínio da Borgonha, haviam reconhecido Jeanne, a Pequena, como herdeira de Navarra. Mas ninguém tinha feito realmente questão de cumprir tal decisão, e os dois últimos reis de França haviam conservado para si mesmos o título de rei de Navarra.

Aquela teria sido uma bela ocasião, caso Felipe d'Évreux se parecesse minimamente com seu tio Robert d'Artois, para que ele iniciasse um enorme conflito, contestando a lei de sucessão e reclamando em nome da família de sua esposa as duas coroas.

Mas Robert, usando seus talentos para influenciar, logo tratou de colocar do seu lado aquele possível concorrente.

— Tu terás esta Navarra que te é devida, meu bom sobrinho, tão logo meu cunhado Valois se torne regente. Faço disso um negócio de família, e já apresentei o problema a Felipe, como condição para que eu lhe dê meu apoio. Tu serás rei de Navarra! Eis aí uma coroa que não se deve desdenhar, e eu te aconselho a colocá-la o mais depressa possível sobre a tua cabeça, antes que alguém decida vir contestá-la. Pois, cá entre nós, Jeanne, tua esposa, teria seus direitos bem mais garantidos se a mãe dela tivesse sido menos fogosa! Na grande disputa que agora se abrirá, tu precisas de apoio. Podes estar certo do meu. E presta atenção para não escutares teu tio de Borgonha; pois ele só te levaria a cometer as piores tolices. Confia apenas nisto: é preciso que Felipe se torne regente!

Assim, mediante o abandono definitivo de Navarra, Felipe de Valois já dispunha, além de seu próprio voto, de dois outros.

Luís de Bourbon recebera o título de duque algumas semanas antes, ao mesmo tempo que ganhava em apanágio o condado de La Marche.[3] Ele era o primogênito da família. Em caso de confusão insolúvel a propósito da regência, sua qualidade de neto de São Luís poderia lhe servir para angariar diversos votos. Sua decisão, de qualquer modo, pesaria no Conselho dos pares. Ora, aquele manco era covarde. Declarar uma rivalidade com o poderoso partido dos Valois teria sido uma empreitada digna de um homem bem mais corajoso. Além do mais, seu filho havia desposado uma irmã de Felipe de Valois.

Robert fez com que Luís de Bourbon compreendesse que, quanto mais depressa ele fizesse aliança, mais depressa lhe seriam garantidas vantagens em termos de posse de terras e títulos que ele acumulara durante o reinado precedente. Três votos.

O duque de Bretanha mal chegara de Vannes e, com seus baús ainda fechados, viu Robert d'Artois surgir diante de seu palácio.

— Apoiamos Felipe, não é isso? Tu concordas... Com Felipe, homem tão religioso, tão leal, estamos certos de termos um bom rei... isto é, quero dizer, um bom regente.

Jean de Bretanha só podia se declarar favorável a Felipe de Valois. Ele desposara uma irmã de Felipe, Izabel, que morrera aos 8 anos de idade, mas nem por isso os elos de afeição entre as famílias se haviam apagado. Robert, para reforçar sua empreitada, tinha trazido consigo a mãe, Branca de Bretanha, parenta do duque, velhinha, pequenina, toda enrugada e completamente desprovida de pensamento político; ela só opinava para satisfazer aos desejos do filho. Ora, Jean de Bretanha ocupava-se muito mais de seu ducado do que dos negócios de França. Pois bem! Sim, apoiemos Felipe, por que não? Já que todos parecem dispostos a designá-lo sucessor!

Aquilo tudo se tornava, de certa maneira, uma espécie de campanha de cunhados. Chamaram como reforço Guy de Châtillon, conde de Blois, que não era par do reino, e até mesmo o conde Guilherme de Hainaut, simplesmente porque tinham desposado duas outras irmãs de Felipe. A parentada dos Valois já começava a aparecer como a verdadeira família francesa com direito ao trono.

Guilherme de Hainaut estava, naquela época, casando sua filha com o jovem rei da Inglaterra; ninguém via obstáculos nisso, e até mesmo talvez fosse possível um dia tirar dessa união algumas vantagens. Mas ele fora bem advertido de que devia mandar seu irmão Jean para representá-lo nas bodas, em vez de ir ele mesmo em pessoa; isso porque era em Paris que iam se produzir os acontecimentos importantes. Guilherme, o Bom, desejava havia muito tempo que as terras de Blaton, patrimônio da coroa francesa, encravadas em seus Estados, lhe fossem cedidas. Dariam a ele Blaton, praticamente em troca de nada, por uma soma simbólica, caso Felipe ocupasse o posto de regente.

Quanto a Guy de Blois, ele era um dos últimos senhores feudais que tinha conservado o direito de cunhar moeda. Infelizmente, apesar desse direito, ele não possuía dinheiro, e as dívidas o estrangulavam.

— Guy, meu caro parente, tu serás indenizado por teu direito de cunhar moeda. Esta será a nossa primeira preocupação.

Robert, em poucos dias, havia realizado um sólido trabalho.

— Estás vendo, Felipe — disse ele a seu candidato —, quão úteis nos são agora os casamentos arranjados por teu pai? Dizem que a abundância de filhas é um grande mal para as famílias; mas esse sábio homem, que Deus o tenha junto a Si, soube servir-se muitíssimo bem de todas as tuas irmãs.

— Sim, mas será preciso acabar de pagar os dotes — respondeu Felipe. — Somente a quarta parte de vários deles foi paga...

— Começando pelo dote de minha cara esposa Jeanne — lembrou então Robert d'Artois. — Mas nós teremos todo o poder sobre o Tesouro...

Foi mais difícil obter a aliança do conde de Flandres, Luís de Crécy e de Nevers. Porque ele não era um cunhado, e pedia algo diferente de um pedaço de terra ou uma soma em dinheiro. Desejava reconquistar seu condado, do qual seus súditos haviam-no expulsado. Para convencê-lo, foi preciso prometer-lhe uma guerra.

— Luís, meu primo, Flandres vos será restituída, e pelas armas! Juramos solenemente!

Nessa altura, Robert, que pensava em tudo, correu novamente até Vincennes a fim de apressar Carlos IV a fazer o seu testamento.

Carlos já não passava de uma sombra de rei, escarrando o que restava de seus pulmões.

Ora, por mais moribundo que estivesse, ele se lembrou naquele momento do projeto de Cruzada que seu tio Carlos de Valois outrora lhe havia enfiado na cabeça. Projeto que fora adiado de ano para ano. Os subsídios da Igreja tinham sido empregados para outros fins, e, depois, Carlos de Valois estava morto... Não deveria Carlos IV identificar, no mal que o destruía, um castigo devido àquela promessa não realizada, aquele voto não cumprido? O sangue de seu peito, que manchava os lençóis, lembrava-lhe a cruz vermelha que outrora mandara costurar em seu manto.

Então, na esperança de amansar os Céus e de negociar assim algum tempo suplementar de vida, ele mandou acrescentar ao testamento suas vontades que diziam respeito à Terra Santa: "*...pois minha intenção é de ir até lá em vida*", ditou ele, "e, *caso em vida não seja possível, ordeno que cinquenta mil libras sejam doadas ao primeiro grupo que esteja de partida para lá*".

Decididamente, aquele tolo rei teria até o fim caprichos ridículos! Vinham-lhe pedir que legasse algo da fortuna real em nome de negócios mais urgentes, e ele saía com aquela!

Robert lhe pedia que legasse três mil libras ao chanceler Jean de Cherchemont, a mesma soma ao marechal de Trye e também ao senhor Miles de Noyers, presidente da Câmara das Contas, pelos leais serviços prestados à coroa e porque as funções deles faziam com que ocupassem um posto no Conselho dos pares.

— E o condestável? — murmurou o rei agonizante.

Robert deu de ombros. O condestável Gaucher de Châtillon tinha 70 anos, estava surdo como uma porta e possuía tantos bens que não sabia nem o que fazer com eles. Não era naquela idade que se adquiria o apetite pelo ouro! Riscaram o condestável da lista.

Por outro lado, Robert, com grande atenção, ajudou Carlos IV a compor a lista dos executores testamentários, pois tal lista constituía uma verdadeira ordem de presença em meio aos grandes do reino: o conde Felipe de Valois vinha em primeiro lugar, em seguida o conde Felipe d'Évreux e, depois, ele próprio, Robert d'Artois, conde de Beaumont-le-Roger.

Uma vez terminada aquela tarefa, ele passou à eliminação dos pares eclesiásticos.

Guilherme de Trye, duque arcebispo de Reims, havia sido preceptor de Felipe de Valois; e Robert tinha acabado de incluir o irmão dele por três mil libras bem atraentes. Em relação a eles, ele podia ficar tranquilo, que não teria problemas.

O duque arcebispo de Langres estava do lado dos Valois havia muito tempo, bem como era certa a devoção do conde bispo de Beauvais, Jean de Marigny, último irmão sobrevivente do grande

Enguerrand. Velhas traições, velhos remorsos e serviços mútuos haviam estabelecido elos sólidos.

Restavam os bispos de Châlons, de Laon e de Noyon; esses últimos, era sabido, ficariam do lado do duque Eudes de Borgonha.

— Ora, o borguinhão é problema teu! — exclamou Robert d'Artois, abrindo os braços. — Não posso fazer mais nada em relação a ele, estamos brigados. Mas tu desposaste a irmã dele e, por isso, deves ser capaz de exercer alguma influência sobre ele.

Eudes IV não era uma águia de esperteza nos assuntos do governo. Mesmo assim, lembrava-se das lições de sua falecida mãe, a duquesa Agnes, a última filha de São Luís. Ele se recordava também de como tinha feito para reconhecer a regência de Felipe, o Comprido, em troca da união do condado da Borgonha com o ducado da Borgonha. Eudes, naquela ocasião, havia desposado a neta de Mahaut d'Artois, quatorze anos mais jovem que ele, coisa da qual não se lamentava nem um pouco agora que ela estava em idade núbil.

O problema da herança do domínio de Artois foi o primeiro que colocou quando, chegando de Dijon, ele se fechou num salão na companhia de Felipe de Valois.

— Fica, de fato, bem claro que, no dia do falecimento de Mahaut, o condado de Artois irá para a filha dela, a rainha Jeanne viúva, para em seguida voltar às mãos da duquesa minha esposa? Eu insisto muitíssimo em relação a isso, meu primo, porque conheço as pretensões de Robert no que diz respeito a Artois. Ele as clamou por todo lado!

Aqueles grandes príncipes defendiam ferozmente seus direitos à herança de alguns pedaços do reino, exatamente como fariam duas noras plebeias descabelando-se por causa de duas canecas e alguns lençóis, após a morte de um parente.

— Dois julgamentos já atribuíram o condado de Artois à condessa Mahaut — respondeu Felipe de Valois. — Se nenhum fato novo vier apoiar as reclamações de Robert, o condado passará às mãos de vossa esposa, meu irmão.

— Não vedes nenhum impedimento para isso?

— Absolutamente nenhum.

Assim o leal Valois, o valente fidalgo, o herói dos torneios, acabava fazendo a seus dois primos, a seus dois cunhados, duas promessas contraditórias.

Honesto, porém, em sua duplicidade, ele contou a Robert d'Artois sua entrevista com Eudes, e Robert aprovou-a plenamente.

— O importante — disse Robert — é obter o voto do borguinhão, e pouco importa se para isso ele enfie em sua cabeça um direito que não tem. Tu lhe falaste de fatos novos, não é isso? Pois bem, nós trataremos de produzi-los, meu caro, e farei com que cumpras a tua palavra. Vamos, tu estás indo muito bem.

Agora só restava esperar a última formalidade de tudo aquilo, isto é, a morte do rei, desejando que ela ocorresse rapidamente, enquanto essa bela conjunção de príncipes se encontrava reunida em volta de Felipe de Valois.

O último filho do Rei de Ferro entregou a alma a Deus nas vésperas da Candelária, e a notícia do luto real difundiu-se por Paris afora, ao mesmo tempo que o perfume dos crepes quentes.

Tudo parecia estar se desenrolando muito bem, segundo o plano preparado por Robert d'Artois, quando, na alvorada do dia fixado pelo Conselho dos pares, chegou um bispo inglês com cara de fuinha, de olhos cansados, que desceu de uma liteira coberta de barro, vindo representar os direitos da rainha Izabel.

# III

# Reunião de Conselho para um cadáver

NO CÉREBRO NÃO HAVIA MAIS miolos, no peito não havia mais coração, e do ventre tinham sido retiradas as entranhas. Um rei oco. Os embalsamadores, no dia anterior, haviam terminado seu trabalho no corpo de Carlos IV. A imagem do rei oco não se diferenciava muito do que tinha sido durante toda a sua vida: aquele monarca fraco, indiferente e inativo. Criança abobalhada que a própria mãe havia apelidado de "pateta", marido enganado, pai infeliz, inutilmente obstinado, durante três diferentes casamentos, com a ideia de assegurar sua sucessão, soberano constantemente dominado, primeiro por um tio, depois pelos primos, aquele corpo havia servido apenas para uma coisa: abrigar o título de príncipe real. E ainda servia para isso.

Na extremidade do enorme salão de pilares do castelo de Vincennes, repousava, endurecida sobre um leito suntuoso, sua carcaça vestida com a túnica azul, o manto bordado com as flores de lis e a cabeça emoldurada pela coroa.

Os pares e os barões, reunidos na outra extremidade, viam brilhar, iluminados pelos grupos de círios ardentes, os pés do soberano defunto vestidos com sapatos de tule de ouro.

Carlos IV ia presidir seu último conselho, chamado de "conselho no quarto do rei", posto que supostamente ainda governava. Seu reino estaria oficialmente terminado apenas no dia seguinte, no instante em que o corpo descesse para o fundo do túmulo, em Saint-Denis.

Robert d'Artois havia se apressado para reter junto a si o bispo inglês, enquanto todos aguardavam alguns retardatários.

— Quanto tempo durou vossa viagem? Doze dias a partir de York? Pelo jeito, não perdestes tempo parando pelo caminho para rezar missas, senhor bispo... viajastes com a rapidez de um mensageiro! E as bodas de vosso jovem rei? Ele é feliz em seu casamento?

— Creio que sim. Não pude assistir à cerimônia, pois já tinha saído em viagem — respondeu o bispo Orleton.

E lorde Mortimer? Como estava de saúde? Um grande amigo, lorde Mortimer, realmente um grande amigo, e que sempre tinha falado muito, no tempo em que estava refugiado em Paris, de monsenhor Orleton.

— Ele me contou como vós o ajudastes a fugir da torre de Londres. Quanto a mim, eu o acolhi aqui em França, e dei-lhe os meios de voltar bem armado para o seu país. Dessa forma, cada um de nós fez a metade do trabalho.

E a rainha Izabel? Ah! A caríssima prima! Ainda sempre tão bela?

Assim Robert divertia-se e fazia passar o tempo, para impedir que Orleton se introduzisse nos outros grupos, que fosse falar com o conde de Hainaut ou com o conde de Flandres. Conhecia a reputação de Orleton e desconfiava dele. Pois não era aquele o homem que

Westminster havia utilizado para suas missões diplomáticas junto à Santa Sé? Não era ele, também, pelo que se dizia, o autor da famosa carta de sentido duplo: "*Eduardum occidere nolite bonum est...*", carta da qual Izabel e Mortimer haviam se servido para ordenar o assassinato de Eduardo II?

Os prelados franceses estavam, todos eles, usando suas mitras, ao passo que Orleton trazia apenas seu gorro de viagem, de seda roxa, cujas laterais eram forradas de pelo de arminho. Robert notou com satisfação o detalhe, pois se tratava de algo que retiraria do bispo um pouco de sua autoridade no momento em que tomasse a palavra.

— Será o senhor Felipe de Valois quem assumirá a regência — murmurou ele a Orleton, como se estivesse confiando um segredo a um amigo.

O outro nada disse.

Enfim, a última pessoa esperada para que o Conselho iniciasse entrou no salão. Era a condessa Mahaut d'Artois, única mulher convocada para aquela assembleia. Estava envelhecida, Mahaut; seus passos pareciam arrastar-se com dificuldade sob o peso do corpo maciço, e ela precisava apoiar-se a uma bengala. Seu rosto era de um vermelho-escuro que contrastava com os cabelos brancos. Dirigiu vagos cumprimentos aos presentes, foi aspergir o defunto e veio sentar-se, pesadamente, ao lado do duque de Borgonha. Estava ofegante.[4]

O arcebispo-primaz Guilherme de Trye levantou-se, virou-se inicialmente para o cadáver do soberano, fez o sinal da cruz, lentamente, depois permaneceu por um momento em meditação, com os olhos voltados para as arcadas, como se rogasse pela inspiração divina. Os cochichos haviam cessado.

— Meus nobres senhores — começou ele —, quando a sucessão natural não é possível para que se restabeleça o poder real, este deve retornar à sua origem, que só pode se encontrar no consentimento dos pares. Esta é a vontade de Deus e da Santa Igreja, que, ela própria, dá o exemplo pela eleição de seu supremo pontífice.

Monsenhor de Trye era um bom orador e sabia utilizar a eloquência em seus sermões. Os pares e barões ali presentes teriam de tomar uma decisão quanto à atribuição do poder temporal no reino de França, primeiro pelo exercício da regência e, em seguida — posto que os sábios devem ser precavidos —, pelo exercício da própria realeza, no caso de a nobre rainha não dar à luz um varão.

O melhor em meio a todos os iguais, *primus inter pares*, era o que deveria ser designado. Ele também deveria ser o mais próximo da coroa, em termos sanguíneos. Não fora em circunstâncias comparáveis que, outrora, os pares nobres e os pares bispos haviam colocado o cetro nas mãos do mais forte entre todos eles, o duque de França e conde de Paris, Hugo Capeto, fundador da gloriosa dinastia do mesmo nome?

— Nosso falecido soberano, ainda presente entre nós no dia de hoje — continuou o arcebispo, inclinando levemente a mitra na direção do leito em que repousava o cadáver —, quis iluminar nossa decisão, recomendando-nos por testamento seu mais próximo primo, o muito cristão e valente príncipe senhor Felipe, conde de Valois, de Anjou e do Maine, digno, em todos os sentidos, de nos governar.

O muito cristão e valente príncipe, que sentia as orelhas zumbirem de tanta emoção, não sabia que atitude tomar. Abaixar seu comprido nariz com ares modestos seria demonstrar que duvidava de si mesmo e de seu direito a reinar. Empinar-se todo com ares arrogantes e orgulhosos poderia indispor os pares contra ele. Escolheu permanecer imóvel, com a expressão fixa, o olhar grudado nos sapatos dourados do cadáver.

— Que cada qual se recolha com a própria consciência — concluiu o arcebispo de Reims — a fim de dar o seu conselho para o bem de todos.

Monsenhor Adam Orleton já estava de pé.

— Minha consciência já teve tempo o bastante para se recolher — disse ele. — Aqui estou para representar o conselho do rei da Inglaterra, duque de Guyenne.

Tinha experiência naquele tipo de assembleia em que tudo era preparado previamente e na qual, entretanto, todos hesitavam em fazer a primeira intervenção. Decidira apressar-se para tirar vantagem.

— Em nome de meu soberano — continuou ele —, tenho a declarar que a parenta mais próxima do falecido rei Carlos de França é a rainha Izabel, sua irmã, e que a regência, por isso mesmo, deve caber a ela.

Com exceção de Robert d'Artois, que esperava por aquilo, todos os assistentes permaneceram por algum tempo estupefatos. Ninguém havia pensado na rainha Izabel durante as tratações preliminares, ninguém tinha imaginado um minuto sequer que ela pudesse emitir a menor pretensão daquele tipo. Haviam-na esquecido, simplesmente. E eis que agora ela surgia das brumas nórdicas, por meio da voz de um bispozinho de boné de viagem. Teria ela, realmente, algum direito? Todos se interrogavam com o olhar. Sim, com toda evidência; do ponto de vista estrito das considerações de linhagem, ela possuía seus direitos; mas parecia loucura que ela quisesse utilizá-los.

Cinco minutos mais tarde, o Conselho estava na maior confusão. Todos falavam ao mesmo tempo, e o tom das vozes subia, sem que ninguém se importasse com a presença do morto.

O rei da Inglaterra, duque de Guyenne, representado por seu embaixador, esquecera-se de que as mulheres não podiam reinar em França, de acordo com o costume por duas vezes confirmado pelos pares nos últimos anos?

— Não é verdade, minha tia? — perguntou astutamente Robert d'Artois, lembrando a Mahaut o tempo em que tinham tido um conflito sobre essa lei de sucessão a fim de favorecer Felipe, o Comprido, genro da condessa.

Não, monsenhor Orleton não havia se esquecido de tudo aquilo e, especialmente, de que o duque de Guyenne não estivera presente nem pudera enviar um representante seu — sem dúvida porque fora avisado tarde demais — às reuniões dos pares em que tinha sido estabelecida arbitrariamente a extensão da chamada lei sálica ao direito real, extensão que, por vias de consequência, o duque jamais havia ratificado.

Orleton não possuía a bela e untuosa eloquência do monsenhor Guilherme de Trye; falava um francês um tanto quanto limitado, utilizando frases arcaicas que podiam inspirar o riso. E, no entanto, ele era extremamente hábil na controvérsia jurídica, e suas respostas não se faziam esperar.

O senhor Miles de Noyers, conselheiro por quatro reinados e redator principal, se não o próprio inventor da lei sálica, deu-lhe a réplica.

Posto que o rei Eduardo II havia prestado a homenagem feudal ao rei Felipe, o Comprido, era preciso admitir que ele reconhecera a lei como legítima, ratificando implicitamente as regras de sucessão.

Orleton não compreendia as coisas desta maneira.

— De modo algum, senhor! Prestando a homenagem feudal, Eduardo II confirmou apenas que o ducado de Guyenne era vassalo da coroa de França, o que ninguém pretendeu negar, ainda que os limites desta vassalidade, há mais de cem anos, permanecessem sem definição precisa. Mas a homenagem feudal de modo algum valeu para a lei do trono. E, a propósito, em torno do que se está travando esta disputa: em torno da regência ou da própria coroa?

— Em torno de ambas, ambas ao mesmo tempo — disse o bispo Jean de Marigny.

E foi o que disse exatamente o senhor de Trye:

— Sabedoria atrai previsão; e não devemos, de modo algum, em dois meses, expormo-nos a enfrentar o mesmo debate.

Mahaut d'Artois tentava recuperar o fôlego. Ah! Como ela se sentia aborrecida devido ao mal-estar que a invadia, aquele zumbido na cabeça que a impedia de pensar com clareza. De tudo que diziam, nada lhe parecia conveniente. Ela era hostil a Felipe de Valois porque apoiá-lo significava apoiar Robert; era hostil a Izabel, devido a um antigo ódio, pois Izabel, outrora, denunciara suas filhas. Então interveio, com certo atraso.

— Se a coroa pudesse ir parar nas mãos de uma mulher, não seria de modo algum para as de vossa rainha, senhor bispo, mas sim para as da senhora Jeanne, a Pequena, ao passo que a regência deveria ser exercida por seu esposo que aqui está, o senhor d'Évreux, ou por seu tio que está a meu lado, o duque Eudes.

Houve, então, algum leve estremecimento do lado do duque de Borgonha, do conde de Flandres, dos bispos de Laon e de Noyon, e até mesmo na atitude do jovem conde d'Évreux.

Ter-se-ia dito que a coroa estava suspensa entre o chão e a abóbada, que o ponto de sua queda era incerto, e que diversas cabeças se esticavam para poder apará-la.

Felipe de Valois havia muito abandonara a atitude de nobre imobilidade e dirigia-se por sinais a seu primo Robert d'Artois, que se levantou.

— Ora, vamos! — exclamou ele. — Parece que agora muitos estão prontos a negar seus atos passados. Vejo a senhora Mahaut, minha adorada tia, pronta para reconhecer a senhora de Navarra...

E ele frisou de propósito a palavra "Navarra", olhando para Felipe d'Évreux, a fim de lembrar-lhe o acordo que tinham feito.

— ...exatamente os direitos que outrora lhe foram contestados. Vejo o nobre bispo da Inglaterra reclamando a legalidade dos atos de um rei que ele tudo fez para expulsar do trono por fraqueza, incúria e traição... Ora, vamos, senhor Orleton! Não é possível refazer uma lei a cada vez que se deve aplicá-la, só para satisfazer diferentes exigências. Uma vez ela serve a este; outra vez, àquele outro. Todos nós amamos e respeitamos a senhora Izabel, nossa parenta, e muitos de nós, aqui, a ajudamos e servimos. Mas seu pedido, que vós bem defendestes, parece inadmissível. Não é o que pensais, senhores? — concluiu ele, pedindo aos presentes que opinassem.

Numerosas aprovações se fizeram ouvir, as mais calorosas vindo do duque de Bourbon, do conde de Blois, dos pares-bispos de Reims e de Beauvais.

Mas Orleton ainda não havia utilizado todas as suas armas. Mesmo que se admitisse que ali estava em discussão não somente a regência, mas também, eventualmente, a coroa; mesmo que se admitisse também que as mulheres não tinham o direito de reinar em França devido a uma lei em vigor, então era lícito dizer que Orleton ali estava em nome do filho da rainha Izabel, o rei Eduardo III, único descendente varão da linhagem direta, que também protestava por seu direito ao trono.

— Mas se uma mulher não pode reinar, muito menos pode ela transmitir o trono a um varão! — exclamou Felipe de Valois.

— E por quê, senhor? Por acaso, em França, os homens não nascem de mulheres?

Aquela resposta provocou o sorriso de alguns dos presentes. Felipe, o grandalhão, não tinha como responder. Pensando bem, o bispozinho inglês não deixava de ter razão! A confusa tradição invocada para a sucessão de Luís X nada previa a esse respeito. E, de acordo com a lógica, posto que todos os irmãos, depois dele, haviam reinado sem deixar varões, não devia então o poder ser atribuído ao filho da irmã sobrevivente, em vez de ir parar nas mãos de um primo?

O conde de Hainaut, que até então tomara sem restrições o partido de Valois, estava pensativo, pois via que assim se desenhava para sua filha, de repente, um futuro inesperado.

O velho condestável Gaucher, com as pálpebras enrugadas como as de uma tartaruga e com a mão em volta da orelha para tentar escutar melhor, perguntou a seu vizinho, Miles de Noyers:

— O quê? O que é que estão dizendo?

O aspecto complicado demais que assumia o debate o irritava. Sobre o problema da sucessão das mulheres, ele tinha a sua opinião, invariável, havia doze anos. A lei dos varões, na verdade, ele é quem a tinha proclamado, criando a união entre os pares com a sua famosa tirada: "A flor de lis não foi feita para tecer; a França é um reino nobre demais para ser entregue a uma mulher."

Orleton prosseguia, tentando imprimir um tom emocionado a seus argumentos. Convidava os pares a considerarem uma ocasião que talvez os séculos nunca mais oferecessem novamente, que era aquela de unir os dois reinos sob o mesmo cetro. Pois esse era seu pensamento profundo. Assim chegariam ao fim os intermináveis litígios, as homenagens feudais mal definidas e as guerras de Aquitânia que faziam sofrer as duas nações; assim seria resolvida a inútil rivalidade comercial que criava tantos problemas com Flandres. Um único e mesmo povo, dos dois lados do mar. Pois a nobreza inglesa não era toda ela de origem francesa? E não era a língua francesa comum às duas cortes? Além do mais, inúmeros nobres franceses, por herança, possuíam bens na Inglaterra, do mesmo modo que incontáveis nobres ingleses tinham propriedades em França?

— Pois bem, dai-nos de volta a Inglaterra, nós não a recusaremos — ironizou Felipe de Valois.

O condestável Gaucher escutava as explicações que Miles de Noyers cochichava em seu ouvido, e de repente enrubesceu. Como? O rei da Inglaterra estava reclamando a regência? E depois dela a própria coroa? Então, todas aquelas campanhas militares que ele havia comandado, ele mesmo em pessoa, Gaucher, sob o tórrido sol da Gasconha, todas as cavalgadas na lama do Norte contra aqueles péssimos flamengos sempre apoiados pela Inglaterra, todos aqueles excelentes e nobres cavaleiros mortos, tanto dinheiro gasto, tudo aquilo teria servido para que se chegasse a isso? Só podiam estar zombando dos franceses.

Sem se levantar, mas com uma voz profunda de ancião acometido pela ira, ele exclamou:

— Jamais a França pertencerá aos ingleses, e isto nada tem a ver com o problema da legitimidade de um varão ou de uma fêmea, nem com a transmissão da coroa pelo ventre ou não! A França não será dos ingleses porque nossos fidalgos não suportariam isso. Vamos, Bretanha! Vamos, Blois! Vamos, Nevers! Vamos, Borgonha! Aceitais uma coisa dessas? Temos de enterrar um rei, o sexto soberano que vi passar nesta vida, sendo que todos tiveram de convocar a hoste contra a Inglaterra ou contra os que a apoiam. Tudo que se pode ordenar à França é que ela pertença ao sangue da própria França. E que cessemos de uma vez por todas de perder tempo com essas ladainhas que fariam rir até o meu cavalo.

Ele apelara assim para a Bretanha, Blois, a Borgonha, com um tom que sugeria a batalha, como se convocasse chefes de tropas.

— E o conselho que tenho o direito de dar como o mais velho desta assembleia é o seguinte: que o conde de Valois, o mais próximo do trono, seja regente, guardião e governador do reino.

E levantou a mão para votar formalmente.

— Pois ele disse tudo! — apressou-se Robert d'Artois, levantando sua enorme mão, mais semelhante a uma pata, e incitando com o olhar os partidários de Felipe a imitarem-no.

Ele quase lamentava, agora, ter feito com que o velho condestável ficasse de fora do testamento real.

— Ele disse tudo que havia para ser dito! — repetiram os duques de Bourbon e da Bretanha, o conde de Blois, o conde de Flandres, o conde d'Évreux, os bispos, os oficiais mais importantes, o conde de Hainaut.

Mahaut d'Artois interrogou com os olhos o duque de Borgonha, viu que ele ia levantar a mão e apressou-se a aprovar também, a fim de não ser a última a fazê-lo.

Apenas a mão de Orleton permaneceu abaixada.

Felipe de Valois, que de repente se sentia esgotado, dizia a si mesmo: "Pronto, agora a coisa está feita." Escutou Guilherme de Trye, seu antigo preceptor, dizer:

— Que Deus dê longa vida ao regente do reino de França, para o bem do povo e da Santa Igreja.

O chanceler Jean de Cherchemont havia preparado o documento que deveria encerrar o conselho e validar definitivamente a decisão.

Restava apenas inscrever o nome do regente. O chanceler traçou em grandes letras o nome do "poderosíssimo, nobilíssimo e temidíssimo senhor Felipe, conde de Valois", e depois procedeu à leitura daquela ata, que não somente atribuía a regência, como também determinava que o regente haveria de se tornar rei, no caso de a criança que estava para nascer não ser um varão.

Todos os assistentes assinaram o documento e o selaram com seus selos privativos. Todos, com exceção do duque de Guyenne, isto é, seu representante, monsenhor Adam Orleton, que se recusou a fazê-lo, dizendo:

— Nunca se perde nada defendendo um direito justo, mesmo quando se sabe que o triunfo não é possível. O futuro é grande, e ele está nas mãos de Deus.

Felipe de Valois havia se aproximado do catafalco e olhava o corpo do primo, a coroa emoldurando a testa que parecia de cera, o longo cetro pousado ao lado do manto, os sapatos cintilantes.

Teria sido possível dizer que ele estava rezando, e aquele gesto lhe lograva um grande respeito.

Robert d'Artois veio para junto dele e murmurou:

— Se teu caro pai pode te ver neste momento, ele deve estar muito feliz... Agora só falta esperar dois meses.

# IV

# O rei "achado"

Os príncipes daquele tempo precisavam possuir um anão. Os casais pobres consideravam quase uma bênção o fato de porem no mundo uma criatura assim. Dessa forma, eles estavam certos de um dia poderem vendê-la a algum importante nobre, se não ao próprio rei.

Pois o anão — e disso ninguém teria ousado duvidar — era um ser intermediário entre o homem e o animal doméstico. Animal, porque era possível colocar nele uma coleira, vesti-lo de maneira ridícula, com roupas grosseiras, tratá-lo como um cão amestrado, dar-lhe pontapés. E homem, porque ele falava e se propunha voluntariamente, mediante um salário e em troca de comida, a esse papel degradante. Tinha de bancar o bufão quando lhe ordenavam, pular, chorar ou bancar o tolo como uma criança, e isso tudo até quando já possuía cabelos brancos. O tamanho reduzidíssimo do anão realçava a grandeza de seu dono. Eram transmitidos de pai para filho como herança, exatamente como qualquer outro bem de propriedade. Ele era o símbolo do "súdito", do indivíduo submetido a um outro por natureza, e criado expressamente, ao que parecia, para ser uma testemunha da divisão da espécie humana em raças diferentes, sendo que a algumas delas era dado um poder absoluto sobre as outras.

O pequeno tamanho comportava certas vantagens: o menor, o mais fraco, o mais deformado, tinha seu lugar entre os mais bem alimentados e mais bem-vestidos. Também era permitido e até mesmo ordenado àquelas criaturas desprovidas de graça que dissessem aos mestres da raça superior o que não era tolerado da parte de ninguém mais.

As zombarias, as reprovações, os insultos que todo homem, mesmo o mais devotado, dirige às vezes em pensamento à pessoa que o comanda podiam ser ditos abertamente pelo anão, que as exprimia em nome de todos, como se tivesse recebido uma delegação de poderes para tal.

Existem dois tipos de anões: os de nariz comprido, rosto triste e corcunda dupla, e os de rosto largo, nariz curto e torso de gigante sobrepujando dois minúsculos membros inferiores. O anão de Felipe de Valois — João, o Louco — era do segundo tipo. Sua cabeça chegava à altura das mesas. Usava sininhos costurados na ponta do gorro e nas ombreiras de suas túnicas de seda.

Foi ele que, um dia, veio dizer a Felipe, dando cambalhotas e fazendo galhofas:

— Tu sabes, meu senhor, como o povo te apelidou? Todos te chamam de rei "achado".

Pois na Sexta-feira Santa, 1º de abril de 1328, a senhora Jeanne d'Évreux, viúva de Carlos IV, tinha dado à luz. Raramente no decorrer da história o sexo de uma criança foi observado com tanta atenção desde que saiu das entranhas maternas. E quando viram que era uma menina, cada qual reconheceu naquele fato a expressão da vontade divina, e todos experimentaram um grande alívio.

Os barões não precisariam voltar atrás em relação à decisão que tinham tomado no dia da festa da Candelária. Numa assembleia imediatamente realizada, durante a qual apenas o representante da Inglaterra, por princípio, exprimira seu desacordo, confirmaram a Felipe que a coroa lhe era outorgada.

O povo suspirou aliviado. A maldição do grão-mestre Jacques de Molay parecia esgotar-se ali. O ramo mais velho da raça descendente dos Capeto se extinguia com os três filhos de Felipe, o Belo, tal como botões que nem chegam a desabrochar.

A ausência de um varão, em toda a família, sempre foi considerada uma infelicidade ou um sinal de inferioridade. Ainda mais numa família real. Aquela incapacidade dos filhos de Felipe, o Belo, de produzirem descendentes varões parecia, de fato, a manifestação de um castigo. Portanto, a árvore se extinguia.

Repentinas febres se apoderavam dos povos, e era preciso buscar para elas uma explicação no deslocamento dos astros, de tanto que fugiam a qualquer outra tentativa de explicação: ondas de histeria cruel, como a da Cruzada dos Pastorinhos e o Massacre dos Leprosos, ou ondas de euforia delirante como aquela que acompanhou a chegada de Felipe de Valois ao trono.

O novo rei era de bela aparência e possuía aquela majestade muscular necessária aos fundadores de dinastia. Seu primeiro filho, um menino, já tinha 9 anos e parecia robusto; ele também tinha uma menina, e sabia-se, posto que os pátios das cidades não guardam esse tipo de segredo, que ele honrava todas as noites sua esposa manca com um ímpeto que os anos não diminuíam.

Dotado de uma voz forte e sonora, não era um fracote que murmurava besteiras como seus primos Luís, o Cabeçudo, e Carlos IV, nem um silencioso como Felipe, o Belo, ou Felipe V. Quem poderia opor-se a ele? Naqueles tempos de regozijo em que vivia a França, quem pensaria em escutar a voz de alguns doutores em direito pagos pela Inglaterra para representá-la, ainda que sem convicção?

Felipe VI chegava ao trono com um consentimento unânime.

E, no entanto, só era rei por acaso, e, na verdade, não passava de um sobrinho, de um primo de rei como existem aos montes, um homem de sorte em meio a todos os seus outros parentes; não era um rei designado por Deus desde o nascimento, não era um rei recebido, mas tão somente um rei "achado" num dia em que faltava outro melhor.

Aquele apelido inventado pelo povo não diminuía em nada a confiança e a alegria; não passava de uma daquelas expressões de ironia com as quais a multidão gosta de nuançar suas paixões e que dão a elas a ilusão de uma familiaridade com os poderosos. João, o Louco, quando repetiu tal apelido a Felipe, ganhou em troca um soco cujo efeito ele exagerou, esfregando os flancos e dando gritos agudos; de qualquer modo, tinha acabado de pronunciar uma palavra que faria definitivamente parte do destino daquele soberano.

Pois Felipe de Valois, como todo arrivista, queria provar que ele era mesmo digno, por valor natural, da situação em que se encontrava, e pretendia também responder à altura em relação à imagem que se pode fazer de um rei.

Pelo fato de o rei exercer soberanamente a justiça, ele mandou enforcar, três semanas depois de assumir o trono, o tesoureiro do último reinado, Pierre Rémy, que, segundo se dizia, tinha roubado muito do Tesouro durante o exercício de suas funções. Um ministro das Finanças no cadafalso é coisa que sempre alegra o povo; portanto, os franceses se rejubilaram: tinham um rei justo.

O príncipe é, por dever e por função, o defensor da fé. Felipe promulgou um edital que reforçava as penas contra os blasfemadores e aumentava o poder da Inquisição. Assim, o alto e o baixo cleros, a nobreza de segunda importância e as carolas de paróquias sentiram tranquilidade: a França tinha um rei verdadeiramente religioso.

Um soberano deve recompensar os serviços que foram prestados a seu reino. Ora, quantos serviços tinham sido necessários a Felipe para assegurar sua eleição! Mas um rei também deve tomar o cuidado de não fazer inimigos entre aqueles que se mostraram, durante os reinados precedentes, bons servidores dos interesses públicos. Assim, enquanto eram mantidos em seus cargos quase todos os antigos dignitários e oficiais reais, novas funções foram criadas, ou melhor, dobraram as que existiam a fim de dar um lugar aos que apoiavam o novo reinado, satisfazendo assim a todas as recomendações que tinham sido apresentadas pelos grandes eleitores. E, como na casa dos Valois, antes mesmo de Felipe ser rei, sua família já vivia como uma família real, esse estilo de vida foi ainda mais exagerado, acarretando uma verdadeira corrida aos empregos e benefícios. A França tinha um rei generoso.

Um rei deve ainda trazer a seus súditos a prosperidade. Felipe VI apressou-se a diminuir e até mesmo, em certos casos, a suprimir as taxas que Felipe IV e Felipe V haviam estabelecido sobre os negócios em geral, os negócios públicos e as transações estrangeiras, taxas que, do ponto de vista daqueles que as pagavam, entravavam as feiras e o comércio.

Ah! Que bom rei era aquele que punha um fim à chateação dos cobradores de impostos públicos! Os banqueiros lombardos, credores habituais do pai do novo rei e aos quais ele próprio devia somas monumentais, abençoaram-no. Ninguém imaginava que o fisco dos antigos reinados produzia seus efeitos a longo prazo, e que, se a França era tão rica, se nela se podia viver melhor do que em qualquer outro lugar do mundo, se nela os tecidos eram os de melhor qualidade, se todo o país, mesmo nos mais distantes lugarejos, contava com aparelhos públicos, tudo isso se devia aos precedentes Felipes, que tinham sabido assegurar a ordem no reino, a unidade das moedas, a segurança do trabalho.

Um rei... um rei deve ser também um sábio, o homem mais sábio de todo o seu povo. Felipe começou a assumir um tom sentencioso para enunciar, com sua bela voz, os graves princípios em que se reconheciam um pouco as maneiras de seu preceptor, o arcebispo Guilherme de Trye.

"Nós, que sempre soubemos conservar alerta a razão...", dizia ele a cada vez que não sabia que partido tomar.

E quando percebia que havia se enganado, o que lhe acontecia com frequência, encontrando-se assim obrigado a proibir o que tinha autorizado e ordenado dois dias antes, declarava, cheio de segurança: "Modificar seus propósitos é coisa desejável, ditada pela razão."

"Em tudo que se faz, mais vale prevenir do que remediar", enunciava ainda com grandes pompas aquele rei que, em vinte e dois anos de reinado, não deixaria de conhecer, uma atrás da outra, surpresas infelizes!

Jamais monarca algum produziu com tanta altivez maior número de bobagens. Acreditavam que ele refletia, mas, na verdade, pensava apenas na sentença que ia formular para dar a impressão de ter refletido; no fundo, sua cabeça era oca como uma noz podre.

Um rei, um verdadeiro rei, não esqueçamos, deve ser valente, corajoso e fastuoso! Na verdade, Felipe não tinha aptidão apenas para as armas, os combates, os torneios. Instrutor de jovens nobres, ele teria feito maravilhas na corte de algum barão. Soberano, seu palácio passou a assemelhar-se a um castelo dos romances da Távola Redonda, que eram muito lidos na época e tinham alimentado muitíssimo a imaginação das pessoas. Seu reinado foi uma sucessão de torneios, festas, festins, caças, divertimentos, depois outros torneios com um exagero de plumas ornando os elmos, e cavalos mais adornados do que as mulheres.

Felipe ocupava-se com muita seriedade do reino durante uma hora por dia, depois de um combate do qual ele voltava pingando de suor ou de um banquete do qual saía com a pança pesada e o espírito embotado. Seu chanceler, seu tesoureiro, seus inúmeros oficiais tomavam as decisões por ele, ou então iam pedir ordens a Robert d'Artois, que, na verdade, comandava muito mais do que o soberano.

Não havia dificuldade que se apresentasse sem que Felipe não pedisse um conselho a Robert, a cujas sugestões ele obedecia com toda a confiança; o conde d'Artois sabia que todo decreto por ele sugerido seria aprovado pelo rei.

Assim é que chegou o momento da sagração do rei, quando o arcebispo Guilherme de Trye devia enfim colocar sobre a cabeça de seu ex-aluno a coroa. As festas, ocorridas no final de maio, duraram cinco dias.

Parecia que o reino inteiro tinha vindo até a cidade de Reims. E não somente o reino, mas até uma parte da Europa, com o soberbo e impecunioso rei João da Boêmia, o conde Guilherme de Hainaut, o marquês de Namur e o duque de Lorraine. Cinco dias de regozijo e de comilança; uma abundância e gastos como os habitantes daquela cidade jamais tinham visto. O município, que tradicionalmente pagava as despesas da sagração, e que tinha protestado diante dos custos das últimas sagrações, dessa vez se via obrigado a fornecer o dobro, o triplo, e isso com alegria no coração. Fazia cem anos que o reino de França não havia bebido tanto; nos pátios e nas praças, homens a cavalo serviam a multidão.

Na véspera do coroamento, o rei condecorou cavaleiro Luís de Crécy, conde de Flandres e de Nevers, com a maior pompa possível. Havia sido, de fato, decidido que seria o conde de Flandres que seguraria o gládio de Carlos Magno durante a sagração e o entregaria ao rei. E todos se espantavam pelo fato de o condestável ter concordado em não assumir essa missão, que tradicionalmente lhe era atribuída. Mas, para isso, era preciso que o conde de Flandres fosse condecorado cavaleiro. Não era possível que Felipe VI demonstrasse maior amizade por seu primo flamengo.

Ora, no dia seguinte, durante a cerimônia na catedral, quando Luís de Bourbon, camareiro-mor de França, tendo calçado o rei com as botas decoradas com motivos de flor de lis, chamou o conde de Flandres para apresentar-lhe a espada, ele não se moveu.

Luís de Bourbon repetiu:

— Senhor conde de Flandres!

Luís de Crécy continuou imóvel, de pé, com os braços cruzados.

— Senhor conde de Flandres — proclamou o duque de Bourbon —, se estais aqui ou alguém foi mandado em seu lugar, vinde cumprir vosso dever, pois sois intimado a fazê-lo.

Um grande silêncio instalou-se sob as arcadas, e um espanto mesclado ao medo estava estampado nos semblantes dos prelados, dos barões, dos dignitários; mas o rei permanecia impassível, e Robert d'Artois fungava, arrebitando o nariz, como se quisesse sentir o sol através dos vitrais.

Enfim, o conde de Flandres concordou em avançar, parou diante do rei, inclinou-se e disse:

— Vossa Majestade, se tivésseis chamado pelo conde de Nevers ou pelo senhor de Crécy, eu teria me aproximado mais rapidamente.

— Mas o que quereis dizer? Pois também não sois vós o conde de Flandres? — perguntou Felipe VI.

— Vossa Majestade, eu uso esse nome, mas não tiro dele nenhum proveito.

Felipe VI assumiu, então, seu mais altivo porte real, com o peito inchado, o olhar vago e o nariz comprido apontando para o interlocutor, para, enfim, pronunciar calmamente:

— Mas o que me dizeis, meu primo?

— Vossa Majestade — continuou o conde —, o povo de Bruges, de Ypres, de Poperingue e de Cassel me expulsou de meu feudo e não me considera mais seu conde nem senhor. Só posso ir à cidade de Gand furtivamente, de tão forte que é a rebelião lá daqueles lados.

Felipe de Valois, então, pousou sua enorme mão sobre um dos braços do trono, gesto que ele vira fazer diversas vezes Felipe, o Belo, e que ele reproduzia inconscientemente, de tanto que seu tio fora, de fato, a encarnação da majestade.

— Luís, meu caro primo — declarou ele, com voz calma e potente —, nós vos consideramos conde de Flandres e, em nome das dignas unções e da sagração que hoje recebemos, prometemos que jamais descansaremos enquanto não vos tivermos devolvido a posse de vosso condado.

O conde de Flandres se ajoelhou e disse:

— Recebei toda a nossa gratidão, Vossa Majestade.

E a cerimônia continuou.

Robert d'Artois piscava para seus vizinhos, e compreendeu-se então que aquela cena era um golpe anteriormente preparado. Felipe VI assumia o cumprimento das promessas feitas por Robert para assegurar sua eleição. Felipe d'Évreux apareceria mais tarde, naquele mesmo dia, usando seu manto com as insígnias de Navarra.

Logo após a cerimônia, o rei reuniu os pares e os reis de barões, os príncipes de sua família, os senhores feudais de fora do reino que vieram assistir à sagração, e, como se houvesse muita urgência, deliberou com todos eles sobre o momento em que atacaria os rebeldes de Flandres. O dever de um rei valente é defender o direito de seus vassalos! Alguns espíritos prudentes, considerando que a primavera já estava quase no fim e que assim o exército do rei correria o risco de enfrentar o inverno — eles ainda guardavam na memória a "hoste lamacenta" de Luís, o Cabeçudo —, aconselharam o rei a adiar por um ano a expedição. O velho condestável Gaucher envergonhou-os ao exclamar em voz alta:

— Quem tem mesmo vontade de ir à guerra sempre encontra o momento conveniente!

Aos 78 anos, ele experimentava certa pressa para comandar sua última campanha militar, e não era para ficar tergiversando daquele modo que havia aceitado imediatamente renunciar ao gládio de Carlos Magno.

— Assim, os ingleses que estão por trás de toda essa rebelião levarão uma boa lição — finalizou ele, resmungando.

Nos romances de cavalaria era possível ler as aventuras de heróis de 80 anos, capazes de derrubar seus inimigos na batalha e de rachar elmos, atingindo-os no crânio. Como é que os barões ali presentes poderiam mostrar menos virtude do que o velho veterano impaciente para ir à guerra com seu sexto rei?

Felipe de Valois, levantando-se, exclamou:

— Aqueles que me amam hão de me seguir!

No movimento geral de entusiasmo pelas palavras ouvidas, decidiram convocar a hoste para o mês de julho, o que seria feito em Arras, como se por acaso. Robert poderia aproveitar para pôr um pouco em desordem o condado de sua tia Mahaut.

E assim, no início de agosto, entraram em Flandres.

Um burguês chamado Zannequin comandava os quinze mil homens das milícias de Furnes, de Dixmude, de Poperingue e de Cassel. Querendo provar que conhecia bem os costumes, endereçou ao rei um cartel pedindo-lhe que marcasse um dia para a batalha. Mas Felipe desprezou aquele simplório que assumia maneiras de príncipe e mandou que se respondesse aos flamengos que, posto que não tinham chefe, teriam de se defender como pudessem. Depois ele ordenou a seus dois marechais, Mathieu de Trye e Robert Bertrand, apelidado de "cavaleiro do Leão Verde", que incendiassem as redondezas de Bruges.

Quando os marechais retornaram, foram amplamente parabenizados; todos se regozijavam ao ver as casas pegando fogo ao longe. Os cavaleiros desarmados, vestidos com luxuosas túnicas, visitavam-se mutuamente nas diversas tendas do acampamento, comiam sob as barracas de campanha feitas de seda bordada e jogavam damas entre amigos mais próximos. O campo francês assemelhava-se realmente ao campo do rei Arthur nos livros ilustrados, e os barões se tomavam por verdadeiros Lancelote, Heitor ou Galaad.

Ora, acontece que o valente rei, que preferia prevenir do que remediar, estava jantando alegremente, acompanhado por seus próximos, quando os quinze mil homens de Flandres invadiram seu campo, brandindo os estandartes pintados com um galo, sob o qual se lia a inscrição:

*No dia em que este galo cantar,*
*O rei achado aqui há de se enterrar.*

Levaram pouco tempo para devastar a metade do acampamento, cortando as cordas das tendas e barracas, derrubando os tabuleiros de xadrez, virando de cabeça para baixo as mesas do festim e matando um bom número de senhores.

As tropas de infantaria francesas fugiram; o susto as levaria de um só fôlego até Saint-Omer, quarenta léguas para trás.

O rei só teve tempo para enfiar uma cota ornada com as armas de França, cobrir a cabeça com um pequeno barrete de couro branco e pular em seu cavalo para reunir seus heróis.

Os adversários, naquela batalha, haviam todos cometido um terrível erro, por vaidade. Os cavaleiros franceses tinham desprezado os habitantes das comunidades de Flandres; mas estes, para mostrar que eram bons guerreiros, tanto quanto seus senhores, haviam-se equipado com armaduras, mas vinham a pé!

O conde de Hainaut e seu irmão Jean, cujos acantonamentos se encontravam um pouco à parte, foram os primeiros a se lançar contra os flamengos e a desorganizar o ataque deles. Os cavaleiros franceses, reunidos pelo rei, puderam então se precipitar sobre aquele exército a pé que se movia com uma dificuldade extrema devido ao pesado e orgulhoso equipamento de seus homens. Depois só restava derrubá-los e espezinhá-los com os cascos dos cavalos; enfim, massacrá-los. Os Lancelote e Galaad contentavam-se em dar um primeiro golpe, deixando a seus subalternos a tarefa de acabar com os inimigos a facadas. Quem tentava fugir era derrubado por um cavalo que investia; quem se propunha à rendição era imediatamente degolado. Ficaram sobre o terreno treze mil flamengos que formavam um fabuloso monte de ferro e de cadáveres, e era impossível encostar em alguma coisa — relva, arreio, homem ou animal — que não estivesse encharcada de sangue.

A batalha do monte Cassel, que se iniciara com uma derrota, acabava na vitória total para a França. Já se falava dela como uma nova batalha de Bouvines.

Ora, o grande vencedor não era o rei, nem o velho condestável Gaucher, nem Robert d'Artois, por mais que tivessem dado mostras de valentia arremessando-se contra as fileiras dos adversários. Quem salvou tudo foi o conde Guilherme de Hainaut. Mas foi Felipe VI, seu cunhado, quem colheu os louros da glória.

Um rei tão poderoso quanto Felipe não poderia tolerar nenhuma falta da parte de seus vassalos. Ordenou, portanto, que o rei inglês, duque de Guyenne, fosse intimado a vir prestar homenagem e que ele se apressasse a fazê-lo.

Pode-se dizer que quase não existem derrotas salutares, mas com certeza há vitórias que são bem infelizes. Poucos dias haveriam de custar tão caro à França quanto aqueles de Cassel, pois contribuíram para consolidar falsas ideias: a saber, que o novo rei era invencível e, também, que os soldados a pé não valiam nada numa guerra. Crécy, vinte anos mais tarde, seria a consequência dessa ilusão.

Enquanto isso não vinha, qualquer um que tivesse um estandarte, qualquer um que usasse uma lança, até mesmo o mais simples escudeiro, olhava com desprezo, do alto de sua sela, os homens inferiores que seguiam a pé.

Naquele outono, em meados de outubro, a senhora Clemência de Hungria, a rainha de má sorte que fora a segunda esposa de Luís, o Cabeçudo, morreu aos 35 anos, no antigo palacete do Templo, que havia se tornado sua morada. Deixou tantas dívidas, que, numa semana, tudo que possuía — anéis, coroas, todo tipo de joias, móveis, roupas, ourivesaria, e até mesmo os utensílios de cozinha — foi levado a leilão a pedido dos credores italianos, os Bardi e os Tolomei.

O velho Spinello Tolomei, arrastando a perna, empurrando o ventre, com um olho aberto e outro fechado, compareceu àquele leilão em que seis ourives-leiloeiros, nomeados pelo rei, fizeram a avaliação dos bens. E tudo que outrora havia sido dado à rainha Clemência, durante um ano de precária felicidade, dispersou-se.

Durante quatro dias os leiloeiros Simon de Clokettes, Jean Pascon, Pierre de Besançon e Jean de Lille gritaram sem parar:

— Um belo chapéu de ouro,[5] ornamentado com quatro grandes rubis *balais,* quatro grandes esmeraldas, dezesseis pequenos *balais,* dezesseis pequenas esmeraldas e oito rubis de Alexandria, estimado em, no mínimo, seiscentas libras! Vendido ao rei!

— Um lote de quatro safiras, das quais três quadradas e um cabochão, estimados em quarenta libras. Vendido ao rei!

— Um lote de seis rubis do Oriente, três esmeraldas quadradas e três diamantes, estimado em duzentas libras. Vendido ao rei!

— Um prato de cobre, vinte e cinco taças, duas bandejas, uma tigela, estimados em duzentas libras. Vendidos ao senhor d'Artois, conde de Beaumont!

— Doze taças de cobre esmaltado decoradas com as armas de França e de Hungria, um grande saleiro de cobre ornamentado com quatro babuínos esculpidos, tudo por quatrocentas e quinze libras. Vendidos ao senhor d'Artois, conde de Beaumont!

— Uma bolsinha bordada em ouro, enfeitada com pérolas e com fundo falso, tendo em seu interior uma safira do Oriente. Estimada em dezesseis libras. Vendida ao rei!

A companhia dos Bardi comprou a peça mais cara do leilão: um anel trazendo o maior rubi de Clemência de Hungria, estimado em mil libras. Não era preciso pagá-lo, posto que a joia entrava como abatimento das dívidas contraídas pela ex-rainha, e os Bardi tinham certeza de conseguirem revender a peça ao papa, que, outrora devedor, dispunha agora de fabulosa riqueza.

Robert d'Artois, como se quisesse provar que as taças e outros serviços de mesa não eram sua única preocupação, adquiriu também uma bíblia em francês, pela soma de trinta libras.

Um lote de trajes religiosos — túnicas e dalmáticas — foi comprado pelo bispo de Chartres.

Um ourives, Guilherme le Flament, obteve, por uma soma razoável, o serviço de jantar de ouro da rainha defunta.

Dos cavalos da estrebaria, foi possível tirar seiscentas e noventa e duas libras. A carruagem da senhora Clemência e a de suas damas de companhia também foram levadas a leilão.

E, quando tudo acabou de ser retirado do palacete do Templo, todos tiveram o sentimento de fechar as portas de uma casa maldita.

Parecia realmente que, naquele ano, o passado se extinguia, como se por si só, para dar lugar apenas ao novo reinado. O bispo de Arras, Thierry d'Hirson, chanceler da condessa Mahaut, morreu no mês de novembro. Durante trinta anos havia sido conselheiro da condessa, um pouco amante dela também e seu servidor em todas as intrigas. A solidão se instalava, assim, em torno de Mahaut. Robert d'Artois nomeou para a diocese de Arras um eclesiástico do partido Valois, Pierre Roger.[6]

Tudo era desfavorável a Mahaut, tudo se mostrava favorável a Robert, cujo crédito aumentava incessantemente, ao mesmo tempo que ele chegava às supremas honrarias.

No mês de janeiro de 1329, Felipe VI promoveu o condado Beaumont-le-Roger a pariato; Robert tornava-se, assim, par do reino.

Como o rei da Inglaterra tardasse a vir prestar a homenagem feudal, decidiram apreender novamente o ducado de Guyenne. Mas, antes de executarem pela força das armas tal ameaça, Robert d'Artois foi enviado até Avignon para obter a intervenção do papa João XXII.

Robert passou duas semanas encantadoras às margens do rio Ródano, pois a cidade de Avignon, para onde afluía todo o ouro da Cristandade, era — para os que apreciavam os prazeres da mesa, o jogo e as belas cortesãs — uma cidade sem igual, controlada por um papa octogenário e asceta, envolvido unicamente com problemas de administração financeira, política e teologia.

O novo par de França teve diversas audiências com o Santo Padre; foi dado um festim em sua homenagem no castelo pontifical, e ele entrevistou-se doutamente com vários cardeais. Fiel, porém, aos gostos de sua tumultuosa juventude, ele também entrou em relação com pessoas de qualidade bem mais duvidosa. Onde quer que estivesse, Robert atraía, sem nenhuma dificuldade, as mulheres volúveis, os jovens de maus costumes, os foragidos da justiça. Se na cidade onde ele se encontrava existisse um único receptador, poderia descobri-lo em quinze minutos. O monge expulso de sua ordem por algum terrível escândalo, o notário acusado de furto ou de falso juramento vinham parar na porta do quarto dele em busca de ajuda. Nas ruas era com frequência cumprimentado por transeuntes de má aparência, e tentava em vão se lembrar em que prostíbulo, em que cidade os teria encontrado. Inspirava confiança aos bandidos de maneira geral, era evidente, e o fato de ter-se tornado o segundo príncipe mais importante de França nada mudava em relação a isso.

Seu velho valete Lormet le Dolois, agora muito velho para as longas viagens, não o acompanhava. Gillet de Nelle, um homem mais jovem, porém formado na mesma escola, desempenhava o mesmo papel e se encarregava das mesmas tarefas. Foi Gillet quem pôs em contato com ele um certo Maciot l'Allemant, sargento de armas desempregado e pronto para qualquer serviço, originário da cidade de Arras. Esse Maciot havia conhecido muito bem o bispo Thierry d'Hirson. Ora, o bispo d'Hirson, nos últimos anos de sua vida, tinha tido uma amante, uma tal de Jeanne de Divion, cerca de vinte anos mais jovem, e que, depois da morte do bispo, se queixava para que todos ouvissem dos infortúnios que lhe causava a condessa Mahaut. Caso o senhor Robert quisesse ouvir com mais detalhes a história dessa dama Divion...

Robert d'Artois constatou, mais uma vez, que é possível instruir-se sobre muitas coisas junto às pessoas de baixa reputação. Claro, as mãos do sargento Maciot não eram daquelas às quais se pudesse confiar uma bolsa, mas o homem estava a par de coisas interessantíssimas. Vestido com roupas novinhas em folha e montando um cavalo bem robusto, ele foi despachado por Robert para o norte.

Robert estava de volta a Paris no mês de março. Aguardava com impaciência as novidades que, tinha certeza, logo haveriam de se produzir no condado de Artois. Falava das atas reais outrora roubadas pelo bispo Thierry, a mando de Mahaut. Uma mulher com o rosto escondido por um capuz passara diversas vezes diante da porta de seu gabinete, e ele tivera com ela diversas conversações secretas. A cada semana que passava, mostrava-se mais confiante, mais alegre, e anunciava com mais certeza a derrota, próxima, de seus inimigos.

No mês de abril, a corte da Inglaterra, cedendo diante das recomendações do papa, enviou novamente a Paris o bispo Orleton, com um séquito de setenta pessoas, senhores, prelados, doutores, notários e valetes, a fim de negociar os termos da homenagem feudal. Era um verdadeiro tratado que todos se dispunham a estabelecer.

Os negócios da Inglaterra não atravessavam, naquele momento, seu melhor período. Lorde Mortimer não tinha conseguido aumentar seu prestígio ao forçar que lhe fosse conferido o pariato e ao obrigar o Parlamento a se reunir sob a ameaça de suas tropas. Teve de reprimir uma revolta armada dos barões reunidos em torno de Henri de Lancastre Pescoço-Torto, e passava por graves dificuldades para governar.

No início de maio, o valente Gaucher de Châtillon, quando começava seu octogésimo ano de vida, faleceu. Tinha nascido durante o reinado de São Luís, e exercido durante vinte e sete anos seu cargo de condestável. Sua voz rude muitas vezes havia mudado o rumo das batalhas e prevalecido durante as reuniões dos conselhos reais.

No dia 26 de maio, o jovem rei Eduardo III, tendo tido de tomar emprestadas, tal como fizera seu pai, cinco mil libras aos banqueiros lombardos a fim de cobrir os gastos da viagem, embarcava em Dovers para ir prestar homenagem a seu primo de França.

Nem sua mãe Izabel, nem lorde Mortimer o acompanhavam, pois ambos temiam que, ao se ausentar, o poder passasse para outras mãos. Um soberano de 16 anos, confiado aos cuidados de dois bispos, ia, portanto, enfrentar a corte mais impressionante do mundo.

A Inglaterra estava fraca e dividida, ao passo que a França era tudo. Não havia nação mais poderosa do que essa em todo o mundo cristão. Aquele reino próspero, com grande população, rico em indústrias, com uma excelente agricultura, dirigido por uma administração ainda competente e por uma nobreza ainda ativa, parecia o mais invejável de todos. E o rei achado que o governava havia um ano, colhendo unicamente sucessos em tudo que fazia, era o mais invejado de todos os reis da terra.

# V

# O gigante dos espelhos

ELE SENTIA VONTADE DE SE mostrar e de ser visto. Queria que sua bela esposa, a condessa, que os três filhos do casal, Jean, Jacques e Robert, dos quais o primogênito, aos 8 anos, parecia destinado a tornar-se grande e forte, queria que seus escudeiros, seus valetes de quarto e todas as pessoas de seu palacete, que trouxera consigo de Paris, contemplassem-no em todo o seu esplendor. Mas ele desejava também se ver e se admirar.

Para isto, pedira todos os espelhos que pudessem ser encontrados nas bagagens de sua escolta, espelhos de prata polida, redondos como pratos, espelhos munidos de cabo, espelhos de vidro montado sobre uma folha de estanho, cortados em forma octogonal e emoldurados com cobre, e tinha mandado pendurar todos, um ao lado do outro, junto à tapeçaria do quarto que ocupava.[7] O bispo de Amiens ficaria muito contente quando visse seu belo tapete lacerado pelos pregos que mandara enfiar nele! Mas pouco lhe importava. Um príncipe de França podia se permitir aquilo. O senhor Robert d'Artois, senhor de Conches e conde de Beaumont-le-Roger, desejava se contemplar usando seus trajes de par do reino, que vestia pela primeira vez.

Dava voltas, ia de um lado para o outro, avançava dois passos, recuava, e conseguia apreender apenas alguns fragmentos de sua imagem, semelhantes a pedaços cortados de um vitral: à esquerda, a bainha de ouro de uma longa espada, e, um pouco mais acima, à direita, um pedaço do torso no qual, sobre a cota de seda, estavam bordadas as armas de seus feudos; logo ali, um ombro ao qual estava preso por uma fivela brilhante o grande manto dos pares e, perto do chão, as franjas da longa túnica dobrada pelas esporas de ouro; e depois, no alto de tudo, a coroa de par com oito florões iguais, monumental, sobre a qual tinha mandado incrustar todos os rubis que comprara no leilão dos pertences da falecida rainha Clemência.

— Ora, estou vestido dignamente! — declarou ele. — Teria sido uma pena se não me nomeassem par, pois os trajes me vão muito bem.

A condessa de Beaumont, ela também vestida com grande aparato, parecia não compartilhar inteiramente a alegria orgulhosa do marido. Perguntou-lhe num tom preocupado:

— Tendes certeza, Robert, que a tal dama vai chegar a tempo?

— Mas é claro, é claro — respondeu ele. — E, caso ela não chegue na manhã de hoje, nem por isso hei de deixar de lado minhas acusações, e apresentarei amanhã todas as minhas provas.

O único incômodo que Robert experimentava com seus belos trajes devia-se ao fato de ter de usá-los naquele calor um tanto precoce para a estação. Ele transpirava sob todos aqueles aparatos de ouro, veludo e sedas espessas, e, ainda que se tivesse lavado naquela manhã, já começava a difundir em volta de si um forte perfume de animal selvagem.

Pela janela aberta que dava para um céu resplandecente de luz, ouviam-se as badaladas ininterruptas dos sinos da catedral sufocando todo o barulho que pode fazer uma cidade onde se encontram cinco reis com suas cortes.

Naquele 6 de junho de 1329, de fato, cinco reis estavam presentes em Amiens. Nenhum chanceler se lembrava de já ter visto semelhante reunião. Para receber a homenagem feudal de seu jovem primo e vassalo, rei da Inglaterra, Felipe VI tinha feito questão de convidar todos os seus parentes e aliados, os reis de Navarra, Boêmia e Maiorca, bem como o conde de Hainaut, o duque de Atenas e todos os pares, duques, condes, bispos, senhores feudais e marechais.

Seis mil cavalos do lado francês, e seiscentos do lado inglês. Ah! Carlos de Valois não teria desaprovado seu filho, nem seu genro Robert d'Artois, caso tivesse podido ver aquela reunião!

O novo condestável, Raul de Brienne, ao assumir a função, tinha sido encarregado de organizar alojamentos para todos. Ele havia se virado da melhor maneira, mas acabara emagrecendo três quilos.

O rei de França ocupava, com sua família, o palácio episcopal, do qual uma ala tinha sido reservada para Robert d'Artois.

O rei da Inglaterra estava instalado em Malmaison;[8] os outros reis, em grandes casas burguesas. Os servidores dormiam pelos corredores, os escudeiros acampavam em volta da cidade com os cavalos e o carregamento de bagagens.

Uma multidão incontável tinha vindo da província próxima, dos condados vizinhos, e até mesmo de Paris. Os desocupados passavam as noites nas ruas, junto aos portões de entrada das casas.

Enquanto os chanceleres dos dois reinos discutiam uma última vez os termos da homenagem feudal para tentar um acordo que, no fim da discussão, se revelou bem pouco preciso, toda a nobreza do Ocidente, havia seis dias, divertia-se em disputas e torneios, assistindo a espetáculos diversos de saltimbancos, dançando e festejando a ocasião com a fantástica comilança servida nos pomares dos palácios do nascer do sol até o desaparecimento das estrelas.

As hortaliças das redondezas de Amiens chegavam em barcas rudimentares deslizando pelos estreitos canais, e também enormes punhados de lírios, jacintos, ranúnculos e açucenas que eram descarregados no cais do mercado aquático para depois irem se esparramar pelas ruas, pátios e salões em que deviam passar os reis.[9] A cidade estava saturada do perfume de todas aquelas flores esmagadas, daquele pólen que colava nas solas dos sapatos e que se misturava ao cheiro dos cavalos e da multidão.

E os víveres! Os vinhos! As carnes! E as farinhas, as especiarias! Tropas de bois, carneiros e porcos eram empurradas na direção de matadouros que funcionavam a todo vapor; carroças que não paravam de trazer para as cozinhas dos palácios gamos, cervos, javalis, cabritos, lebres e todos os tipos de peixes de água salgada ou doce, solhos, salmões, barbos, douradas, tencas, crustáceos, e todo tipo de aves, os mais finos frangos capados, os gansos mais gordos, faisões de belíssimas cores, cisnes, garças alvíssimas, pavões magníficos. E os tonéis de vinho abertos eram incontáveis.

Qualquer lacaio, por mais insignificante que fosse, que ostentasse o libré de algum nobre, assumia ares de grande importância. As moças haviam enlouquecido. Os mercadores italianos tinham vindo de todo lado para aquela fabulosa feira organizada pelo rei. As fachadas de Amiens haviam desaparecido sob tantas sedas, brocados, tapetes pendurados às janelas como para embandeirar a cidade.

Havia sinos em excesso, fanfarras e gritos; havia uma quantidade incrível de palafréns e de cães, víveres e bebidas, príncipes, ladrões e prostitutas; luxo, ouro e reis em demasia! Amiens estava resplandecente.

O reino se embriagava assim ao contemplar seu próprio poder, do mesmo modo que Robert d'Artois ao se mirar em seus espelhos.

Lormet, seu velho criado, também estava lá, vestido com roupas novas, mas mesmo assim emburrado com toda aquela festança porque Gillet de Nelle ocupava um lugar grande demais na casa, porque agora ele não parava de ver novos acompanhantes em volta de seu senhor... Então ele se aproximou de Robert e disse-lhe em voz baixa:

— A dama que estais esperando acabou de chegar.

O gigante virou-se rapidamente, dizendo:

— Que ela venha até mim.

Deu uma piscadela à condessa, sua mulher, e depois, com grandes gestos, empurrou seus acompanhantes na direção da porta, gritando:

— Que todos saiam e formem um cortejo no pátio.

Permaneceu sozinho por alguns momentos, diante da janela, olhando a multidão reunida nas laterais da catedral para admirar a entrada das altas personalidades e os arqueiros que tinham dificuldade para contê-la. Os sinos, lá no alto, continuavam seu rebuliço; um cheiro de filhós quentinhos subia de uma barraca, misturando-se ao ar. De repente, todas as ruas em volta estavam repletas, e quase não se podia ver brilhar ao longe o canal do Hocquet, de tão numerosas que eram as barcas nele estacionadas.

Robert d'Artois sentia-se triunfante, e ele ficaria ainda mais agora mesmo, quando iria até seu primo Felipe VI, na catedral, e pronunciaria certas palavras que não deixariam de fazer tremer de surpresa os reis, os duques e os barões reunidos. E cada um deles, depois disso, não poderia ir embora tão alegre quanto havia chegado. A começar por sua cara tia Mahaut e pelo duque borguinhão.

Ah, com certeza, aquela era uma excelente ocasião para Robert estrear seus trajes de par do reino. Mais de vinte anos de luta teriam assim seu dia de recompensa. E, no entanto, naquela grande alegria orgulhosa que o animava, reconhecia uma espécie de fenda, um pesar. De onde poderia vir aquele sentimento, agora que em sua vida tudo lhe sorria, tudo estava de acordo com seus desejos? De repente compreendeu: o perfume dos filhós. Um par de França que vai reclamar o condado de seus pais não pode ir até a rua, com sua coroa de oito florões, simplesmente para comer um filhó. Um par de França não pode mais bancar o velhaco, misturar-se à multidão, dar beliscões nas mulheres e, de noite, acabar nos braços de quatro vagabundas, como ele fazia quando era pobre e tinha 20 anos. Aquela nostalgia o tranquilizou. "Vamos", disse a si mesmo, "eu ainda não estou morto!"

A visitante se mantinha à porta, intimidada, sem ousar perturbar a meditação de um senhor feudal que usava uma coroa tão majestosa.

Era uma mulher de cerca de 35 anos, de rosto triangular e maçãs do rosto salientes. O capuz de uma capa de viagem escondia pela metade seus cabelos trançados, e sua respiração enchia seu peito arredondado e muito cheio, sob o escapulário de linho branco.

"Ora essa! O bispo não perdia tempo!", pensou Robert quando percebeu sua presença.

Ela dobrou um joelho num gesto de reverência. Ele estendeu sua enorme mão coberta por uma luva e carregada de rubis.

— Dai-me! — disse Robert.

— Mas eu não os tenho, senhor — respondeu a mulher.

O rosto de Robert mudou de expressão.

— Como? Então vós não tendes os documentos? Tínheis garantido que poderíeis trazê-los hoje!

— Estou chegando do castelo d'Hirson, senhor, onde consegui entrar ontem, em companhia do sargento Maciot. Fomos até o cofre de ferro embutido numa parede para abri-lo com chaves falsas.

— E então?

— Ele já tinha sido visitado. Nós o encontramos vazio.

— Só me faltava essa! — disse Robert, cujas faces empalideceram um pouco. — Há um mês vós me levais em banho-maria: "Senhor, eu posso vos entregar as atas que vos garantirão a devolução de vosso condado! Eu sei onde estão escondidas. Dai-me um pedaço de terra e rendas que garantam a minha sobrevivência e eu as trarei na semana que vem!" E então uma semana passou, depois outra... "Os Hirson estão no castelo. Não posso ir até lá enquanto não forem embora." "Eu fui até lá, senhor, mas a chave que eu tinha não era a boa. Esperai um pouco mais..." E agora, finalmente, no dia em que devo apresentar os dois documentos ao rei... nada.

— Os três documentos, senhor: o tratado de casamento do conde Felipe, vosso pai, a carta do conde Robert, vosso avô, e ainda a do senhor Thierry.

— Melhor ainda: os três! Vindes até aqui para me dizer sem o menor pudor: "Ele já tinha sido visitado, nós o encontramos vazio!" E pensais que vou acreditar nisto?

— Perguntai ao sargento Maciot, que estava em minha companhia! Pois não vedes, senhor, em que situação me encontro?

Uma malvada desconfiança passou pelo olhar de Robert d'Artois, que, mudando de tom, perguntou:

— Dama Divion, dizei de uma vez por todas: não estaríeis me enganando? Quereis de fato me dar apoio ou, ao contrário, preferis me trair para apoiar Mahaut?

— Senhor! Como podeis imaginar tal coisa? — choramingou a mulher. — Todo o meu mal e a minha miséria resultam do que me fez a condessa Mahaut, que me roubou tudo que meu caro Thierry me havia deixado por testamento! Ah! Eu desejo a ela todo o mal que vós sereis capaz de lhe fazer, a essa senhora Mahaut! Lembrai-vos, senhor: durante doze anos fui amiga íntima de Thierry, e por causa disso muitos me viam com maus olhos. E, no entanto, um bispo é um homem igual aos outros. Mas as pessoas são malvadas...

A dama Divion recomeçava sua história, que Robert já tinha ouvido pelo menos três vezes. Ela falava depressa. Sob suas sobrancelhas horizontais, seu olhar parecia estar voltado para dentro de si mesma, tal como ocorre com os seres que ruminam incessantemente seus próprios problemas e que só prestam atenção em si mesmos.

Evidentemente, ela não podia esperar coisa alguma de seu marido, de quem havia se separado para viver na casa do bispo Thierry. Reconhecia que o marido tinha dado provas de tolerância, talvez pelo fato de ter deixado de ser um homem de verdade muito cedo. O senhor, com certeza, compreendia o que ela queria dizer. Tinha sido para que ela não passasse futuramente necessidade, como agradecimento por todos os anos felizes que havia proporcionado a ele, que Thierry a havia inscrito em seu testamento, deixando-lhe diversas casas, uma boa soma em ouro e rendas. Mas ele desconfiava da senhora Mahaut, que obrigatoriamente tinha de ser designada como executora do testamento.

— Ela sempre me viu com maus olhos porque eu era bem mais jovem do que ela, e porque, outrora, segundo me contou o próprio Thierry, ele fora obrigado a passar pela cama dela. Ele sabia muito bem que ela seria ruim comigo quando ele não estivesse mais entre nós, e que todos os membros da família Hirson, que não gostam de mim, a começar pela tal Beatriz, dama de companhia de Mahaut, e a mais malvada, faria tudo para me expulsar da casa e me privar do que me foi deixado.

Robert não escutava mais aquela história infindável. Havia colocado sobre um baú sua pesada coroa, e estava perdido em pensamentos, mexendo em seus cabelos ruivos. O belo plano que havia elaborado desmoronava ali. "Se me apresentardes o menor documento como prova, caro primo, eu vos autorizarei imediatamente a apelar contra os julgamentos de 1309 e 1318", eis o que lhe dissera Felipe VI. "Mas compreendeis que nada poderei fazer sem provas, por mais que tenha vontade de vos auxiliar, pois isso faria com que eu entrasse em contradição diante de Eudes de Borgonha. Sabeis que consequências isso traria." Ora, não se tratava de documentos de menor importância, mas sim de provas irrefutáveis: as atas que Mahaut tinha feito sumir a fim de pegar para ela a herança do condado de Artois! Robert dissera a Felipe VI que teria como apresentar tais documentos!

— E em alguns minutos — disse ele — terei de estar na catedral para a homenagem.

— Que homenagem? — perguntou dama Divion.

— Ora essa, a homenagem feudal que veio prestar ao rei de França o rei da Inglaterra!

— Ah... Então é por isso que a cidade está tão agitada, e eu tive tanta dificuldade para chegar aqui.

Aquela tola não via nada em volta dela, de tão ocupada que estava em ruminar seus infortúnios pessoais; não se dava conta de nada, nem estava informada de coisa alguma!

Robert se perguntou se ele não teria sido um tanto ingênuo ao dar crédito àquela mulher, e se os documentos, o cofre d'Hirson, a confissão do bispo, não seriam mero fruto da imaginação da dama Divion. E Maciot l'Allemant? Será que ele também estava sendo enganado? Ou, quem sabe, era conivente?

— Dizei a verdade, mulher! Vós jamais vistes tais documentos!

— Vi, senhor! — exclamou a mulher, espremendo as mãos contra as maçãs do rosto. Havia sido no castelo d'Hirson, no dia em que Thierry ficara doente, antes de ser transportado para o seu palacete de Arras. — Ele me disse: "Querida Jeannette, eu quero precavê-la contra Mahaut. Ela pensa que as cartas seladas que mandou retirar dos registros a fim de roubar o senhor d'Artois foram todas queimadas. Mas foram as dos registros de Paris que seguiram para a fogueira, diante dela. As cópias estão guardadas nos registros do condado de Artois." Estas foram as palavras de Thierry, senhor. Ele me disse que assegurou a Mahaut que as havia queimado, mas que na verdade as guardara, juntando a elas uma carta que ele mesmo escrevera. E Thierry me levou até o cofre escondido numa parede, em seu gabinete, e me deu a ler todos os documentos repletos de selos oficiais, a tal ponto que eu não conseguia acreditar que tamanha vilania fosse possível. Havia também oitocentas libras de ouro no cofre. Ele quis que eu ficasse com a chave, pois, se por infelicidade ele nos deixasse...

— E quando fostes pela primeira vez até o domínio d'Hirson...

— Eu tinha confundido a chave com uma outra. Eu a perdi, tenho certeza. Realmente, a calamidade me persegue. Quando tudo começa mal...

E, além do mais, era trapalhona! Ela devia estar dizendo a verdade. Quando alguém quer enganar, não inventa para si mesmo tão tolo papel. Robert a teria estrangulado de bom grado, caso isso pudesse servir a alguma coisa.

— Minha visita deve ter chamado a atenção — acrescentou ela. — Descobriram o cofre e arrebentaram a fechadura. Foi Beatriz, com certeza...

A porta se entreabriu e viu-se a cabeça de Lormet. Robert o dispensou, com um gesto de mão.

— Mas, enfim, senhor — continuou Jeanne de Divion, como se tentasse emendar-se de seu erro —, esses documentos... poderíamos fabricá-los de novo, não?

— Fabricá-los de novo?

— Isso mesmo, pois sabemos o que estava escrito neles! Eu sei muito bem, e posso vos dizer direitinho, quase que palavra por palavra, o que estava escrito na carta de Thierry.

Com o olhar ausente, o indicador apontado no ar para pontuar as frases, ela começou a recitar:

— "Sinto-me terrivelmente culpado por ter dissimulado tantas coisas sobre o fato de os direitos sobre o condado de Artois pertencerem ao senhor Robert d'Artois, devido ao que foi estabelecido com o casamento do senhor Felipe d'Artois com a senhora Branca de Bretanha. Isso ficou estabelecido, naquela ocasião, por meio de um duplo par de cartas lacradas, das quais possuo uma, tendo sido a outra retirada dos registros da corte por um de nossos mais importantes senhores feudais. Eu sempre desejei que, após a morte da senhora condessa, a cujas ordens sempre obedeci, caso Deus me chamasse para sua companhia antes dela, que o senhor Robert recebesse a posse do que lhe pertence. Para isso, decidi tornar público o documento em meu poder..."

Divion perdia suas chaves, mas era capaz de lembrar-se de um texto que lera uma única vez. Existem cérebros que funcionam dessa maneira! E propunha a Robert, como a coisa mais natural do mundo, que fabricassem documentos falsos. Visivelmente, ela não sabia de forma alguma distinguir o bem do mal, nem o moral do imoral, o permitido do proibido. Era moral aquilo que lhe convinha. Em 42 anos de vida, Robert havia cometido quase todos os pecados possíveis: ele havia matado, mentido, denunciado, pilhado, violado. Mas a falsificação de documentos era algo que ainda não tinha experimentado.

— Há também o ex-bailio de Béthune, Guilherme de la Planche, que deve se lembrar e poderá nos ajudar, pois naquele tempo ele era notário do senhor Thierry.

— Por onde anda esse homem? — perguntou Robert.

— Na prisão.

Robert deu de ombros. As coisas iam mal daquele jeito! Cometera um erro ao se apressar. Deveria ter esperado os documentos, e não se contentar com promessas. Mas também havia aquela ocasião da homenagem feudal, que o próprio rei o havia aconselhado a aproveitar...

O velho Lormet, de novo, passou a cabeça pela porta entreaberta.

— Sim, eu sei! — gritou Robert com impaciência. — Só temos de atravessar uma praça!

— É que o rei está prestes a descer — disse Lormet com um tom de reprovação.

— Está certo, estou indo.

O rei, no fim das contas, não passava de um cunhado dele, e só era rei porque ele, Robert, tinha feito todo o necessário para isso. Que calor fazia! Ele se sentia derretendo sob o manto de par.

Aproximou-se da janela, olhou a catedral com as duas torres desiguais e as aberturas para deixar entrar a luz do dia. O sol batia de viés na grande rosácea de vitrais. Os sinos continuavam a soar, cobrindo os rumores da multidão.

O duque de Bretanha, seguido por sua escolta, subia os degraus da escadaria principal.

Em seguida, a vinte passos de intervalo, avançava, claudicante, o duque de Bourbon, com a cauda do manto carregada por dois escudeiros.

Depois se aproximava o cortejo de Mahaut d'Artois. Ela andava com passos firmes naquele dia, a senhora Mahaut! Mais alta que a maioria dos homens, com o rosto extremamente vermelho, cumprimentava o povo com ligeiras inclinações da cabeça, com ares imperiais. Era ela a ladra, a mentirosa, a envenenadora de reis, a criminosa que furtava documentos dos registros reais! Robert estava tão perto de denunciá-la, de ganhar a luta contra ela; enfim, estava quase chegando à vitória pela qual trabalhava havia vinte anos. Seria ele obrigado agora a renunciar? Renunciar por causa de uma chave perdida por uma concubina de bispo? Não seria justo usar contra os malvados as mesmas armas que eles utilizavam para fazer o mal? Quando se trata de fazer com que o bem triunfe, pouco deve importar a escolha dos procedimentos para que o direito se faça.

Pensando bem, se Mahaut possuía os documentos encontrados no cofre arrombado do castelo d'Hirson — supondo que ela não os tivesse destruído imediatamente, como era de imaginar —, ela estaria totalmente impedida de mostrá-los ou de fazer alusão à existência deles, posto que isso daria as provas de sua culpabilidade. Ela não poderia fazer coisa alguma caso alguém chegasse com as cartas idênticas aos documentos desaparecidos! Pena que ele não tinha o dia inteiro para se informar melhor e poder refletir... Robert precisava decidir em uma hora, e sozinho.

— Quero vos ver mais uma vez, mulher. Mas deveis vos manter calada! — disse ele.

Documentos falsos... Um crime como esse consistia em um grande risco...

Ele pegou novamente sua monumental coroa, colocou-a na cabeça, lançou um olhar para os espelhos que lhe devolviam sua imagem estilhaçada em trinta pedaços e, em seguida, se dirigiu para a catedral.

# VI

# A homenagem e o perjúrio

"FILHO DE REI NÃO HÁ de se ajoelhar diante de filho de conde!"

Estas palavras foram elaboradas por um soberano de 16 anos, que as impôs a seus conselheiros para que eles, por sua vez, as impusessem aos legistas de França.

— Ora, vamos, monsenhor Orleton — dissera o jovem Eduardo III ao chegar a Amiens —, no ano passado viestes aqui em França para defender meu direito ao trono francês, mais legítimo que o de meu primo Valois. E agora decidis aceitar que eu me prosterne no chão diante dele?

Talvez por ter sofrido durante a infância devido às desordens resultantes da indecisão e da fraqueza do pai, Eduardo III, pela primeira vez que se via entregue a si mesmo, queria que fossem adotados princípios claros e sãos. E, durante os seis dias passados em Amiens, ele havia questionado tudo que fora programado.

— Mas a paz com a França é muito cara a lorde Mortimer — dizia John Maltravers.

— Meu caro lorde senescal — interrompia-o Eduardo —, estais aqui para tomar conta de mim, e não para me dar ordens, que eu saiba.

Ele sentia uma aversão mal disfarçada por aquele nobre da cara comprida que tinha sido o carcereiro e, com certeza, o assassino de Eduardo II. Ter de se submeter à vigilância, e até mesmo à espionagem de Maltravers contrariava muito o jovem soberano, que continuou sua argumentação:

— Lorde Mortimer é um grande amigo nosso, mas ele não é o rei, e não será ele que prestará a homenagem feudal. Será o conde de Lancastre, que preside o Conselho de regência, e, por isso, o único que pode tomar decisões em meu nome. Mas ele não me deu instruções, antes de eu sair de viagem, para que me submetesse a qualquer tipo de homenagem. Em hipótese nenhuma vou prestar a homenagem completa, como um vassalo qualquer.

O bispo de Lincoln, Henri de Burghersh, chanceler da Inglaterra, também do partido de Mortimer, porém menos submisso do que Maltravers e mais inteligente do que ele, não podia, apesar do transtorno causado por tal atitude, deixar de aprovar a preocupação do jovem rei em defender a sua dignidade, ao mesmo tempo que os interesses do reino.

Pois não somente a homenagem completa obrigava o vassalo a se apresentar desarmado e sem coroa, como ainda implicava, devido ao juramento pronunciado de joelhos, que o primeiro dever do vassalo fosse, daquele momento em diante, o de ser o *homem* de seu soberano.

Eduardo insistiu:

— Nesse caso, meus senhores, caso viesse a ocorrer uma guerra na Escócia, e o rei de França decidisse me convocar para uma guerra dele, em Flandres, por exemplo, na Lombardia ou em qualquer outro lugar, eu teria de largar tudo para ir juntar-me a ele e, caso não o fizesse, ele teria o direito de anexar meu ducado? Isso não é possível.

Um dos barões da escolta, lorde Montaigu, foi tomado por uma grande admiração por um príncipe que dava mostras de tão precoce sabedoria e firmeza. Montaigu tinha 28 anos.

— Acredito que teremos um bom rei. Tenho prazer em servi-lo — declarou.

A partir de então, passou a ser visto o tempo todo junto de Eduardo III, dando-lhe conselhos e apoio.

E, finalmente, a vontade do rei de 16 anos prevaleceu. Os conselheiros de Felipe de Valois também queriam a paz e, sobretudo, que se pusesse um fim a todas aquelas discussões. Pois o essencial não era que o rei inglês tivesse vindo? Eles não tinham reunido o reino e a metade da Europa para que tudo aquilo acabasse num fracasso.

— Pois que assim seja, que ele preste a homenagem simples — declarara Felipe VI a seu chanceler, como se se tratasse de escolher um passo de dança num baile ou uma maneira de entrar num torneio. — Dou razão a ele, pois em seu lugar haveria de fazer o mesmo.

E era por isso que, naquele momento, na catedral repleta de senhores feudais até as extremidades das alas laterais, Eduardo III avançava agora com a espada pendurada ao flanco, o manto bordado de leões caindo em longas pregas até o chão, os cílios louros abaixados sob a coroa. A emoção aumentava sua palidez. Sua juventude extrema era ainda mais surpreendente sob todos aqueles pesados ornamentos. Houve um momento em que todas as mulheres presentes, com o coração apertado pela ternura, sentiram-se apaixonadas por ele.

Dois bispos e dez barões vinham atrás dele.

O rei de França, com seu manto bordado de flores de lis, estava sentado, um pouco mais elevado do que os outros reis, rainhas e príncipes soberanos que o rodeavam e formavam uma espécie de pirâmide de coroas. Ele se ergueu, majestoso e cortês, para acolher seu vassalo, que se deteve a três passos dele.

Um forte raio de sol, atravessando os vitrais, veio tocá-los como uma espada celeste.

O senhor Miles de Noyers, camareiro real, mestre do Parlamento e da Câmara das Finanças, destacou-se de entre os pares e oficiais e colocou-se entre os dois soberanos. Era um homem de cerca de 60 anos, rosto sério, e que não parecia nem um pouco impressionado por sua tarefa nem por todos aqueles aparatos. Com voz forte e bem colocada, ele disse a Eduardo III:

— Majestade, nosso rei, mestre e poderoso senhor não vos recebe aqui por tudo aquilo que ele tem e conserva na Gasconha e no domínio de Agenais, tal como tinha e conservava o rei Carlos IV, e que não estão contidas nesta homenagem que aqui nos reúne.

Então, Henri de Burghersh, chanceler de Eduardo, aproximou-se para colocar-se lado a lado com Miles de Noyers e respondeu, dirigindo-se a Felipe VI:

— Majestade, nosso mestre e senhor, rei da Inglaterra, ou qualquer outro por ele ou em seu nome, não pretende renunciar a direito algum que deve ter pelo ducado de Guyenne e suas propriedades, e pensa que nenhum novo direito deve, por meio desta homenagem, ser atribuído ao rei de França.

Aquelas eram as fórmulas do compromisso sobre as quais ambas as partes haviam concordado. Eram intencionalmente ambíguas e não estipulavam nada, não regulamentavam nada. Cada palavra comportava um mal-entendido.

Do lado francês, queriam dizer que as terras dos confins, apreendidas sob o reinado precedente durante a campanha militar comandada por Carlos de Valois, permaneceriam diretamente sob o mando da coroa de França. Tratava-se da confirmação de um estado de fato.

Para a Inglaterra, os termos "ou qualquer outro por ele ou em seu nome" eram uma alusão à menoridade do rei inglês, e a seu Conselho de regência; mas o detalhe "em seu nome" podia significar, no futuro, as atribuições do senescal nomeado para a Guyenne, ou de qualquer outro representante do rei. Quanto à expressão "nenhum novo direito", ela constituía uma ratificação dos direitos adquiridos até ali, isto é, inclusive o tratado de 1327. Mas a afirmação não era feita explicitamente.

Essas declarações, como geralmente ocorre em todos os tratados de paz ou de alianças estabelecidos desde os tempos mais remotos entre todas as nações, dependiam inteiramente, para serem aplicadas, da boa ou má vontade dos governos. Por enquanto, a presença dos dois príncipes um diante do outro era o testemunho de um desejo recíproco de viver em harmonia.

O chanceler Burghersh abriu um pergaminho do qual pendia um selo da Inglaterra e leu, em nome do vassalo:

— *Vossa Majestade, torno-me aqui vosso homem do ducado de Guyenne e de suas redondezas, que clamo receber de vossa parte como duque de Guyenne e par de França, de acordo com a paz estabelecida por nossa própria vontade e a de nossos antepassados, os reis da Inglaterra e duques de Guyenne, para convosco e vossos antepassados, os reis de França.*

E o bispo estendeu a Miles de Noyers a cédula que acabara de ler, e cuja redação era bem resumida, em comparação com a forma da homenagem completa.

Então Miles de Noyers respondeu:

— Vossa Majestade, vós vos tornais homem do rei de França, meu senhor e soberano, por meio do ducado de Guyenne e suas redondezas, que vós reconheceis possuir por outorga dele, em vossa qualidade de duque de Guyenne e par de França, segundo a paz estabelecida entre os antecessores dele, reis de França, e os vossos, e de acordo com o que vós e vossos antepassados, reis da Inglaterra e duques de Guyenne, fizeram pelo mesmo ducado em relação aos antecessores de meu soberano.

Tudo aquilo ainda poderia alimentar processos e mais processos no dia em que eles não estivessem mais de acordo.

Eduardo III disse então:

— O que foi dito é verdade.

Miles de Noyers confirmou com as seguintes palavras:

— O rei nosso soberano vos recebe, de acordo com as suas condições e ressalvas anteriormente ditas.

Eduardo deu as três passadas que o separavam de seu suserano, tirou as luvas, entregou-as a lorde Montaigu e, estendendo as mãos finas e brancas, colocou-as sobre as grandes palmas das mãos do rei de França. Depois os dois trocaram um beijo na boca.

Viu-se, então, que Felipe VI não precisava abaixar-se muito para chegar até o rosto de seu jovem primo. A diferença entre eles era sobretudo de corpulência. O rei da Inglaterra, que ainda cresceria, seria mais tarde certamente tão robusto quanto Felipe.

Os sinos da torre mais alta puseram-se novamente a badalar. E todos se sentiam contentes. Pares e dignitários trocavam olhares satisfeitos. O rei João da Boêmia, com sua bela barba castanha descendo até o peito, tinha ares nobres e sonhadores. O conde Guilherme, o Bom, e seu irmão Jean de Hainaut trocavam sorrisos com os senhores feudais ingleses. Algo de muito bom acabava de se realizar.

Por que brigar, irritar-se, trocar ameaças, dar queixa diante dos Parlamentos, confiscar os feudos, sitiar as cidades, lutar horrivelmente, gastar tanto ouro, energia e sangue de tantos súditos, quando com um pouco de boa vontade era tão fácil chegar a um acordo?

O rei da Inglaterra tinha ido ocupar o trono preparado para ele, um pouco abaixo do assento do rei de França. Agora só restava rezarem a missa.

Entretanto, Felipe VI parecia ainda esperar algo e, virando a cabeça para o lado dos pares, buscava com o olhar Robert d'Artois, cuja coroa despontava acima de todas as outras.

Robert estava com os olhos semifechados. Enxugava com as luvas vermelhas o suor que escorria de suas têmporas, ainda que na catedral o ar estivesse agradavelmente fresco. Mas seu coração batia apressado naquele instante. E, sem perceber que suas luvas desbotavam, não sabia que seu suor, tingido de vermelho, formava como que um riacho de sangue sobre suas faces.

Bruscamente ele se levantou. Sua decisão estava tomada.

— Vossa Majestade — exclamou ele, detendo-se diante do trono de Felipe —, posto que todos os vassalos estão aqui reunidos...

Miles de Noyers e o bispo Burghersh, alguns instantes antes, tinham falado com voz firme e clara, audível em toda a igreja. Ora, quando Robert abriu a boca, muitos tiveram a impressão de que passarinhos gorjeavam antes de ele falar.

— ...posto que deveis fazer justiça, justiça venho vos pedir.

— Meu caro primo, senhor de Beaumont, quem foi que vos causou algum mal? — perguntou com gravidade Felipe VI.

— Foi vossa vassala Mahaut de Borgonha, que mantém indevidamente a posse, por meio de perfídia e astúcia, dos títulos e propriedades, do condado de Artois, que a mim pertencem por direito recebido de meus pais.

Então ouviu-se uma voz igualmente forte que exclamava:

— Ah! Isso tinha de acontecer!

Era Mahaut d'Artois quem acabava de falar.

Alguns movimentos de surpresa produziram-se entre os assistentes, mas sem grande espanto. Robert agia como o conde de Flandres tinha agido no dia da sagração. Parecia que aquele costume estava agora estabelecido: quando um par se julgava lesado, exprimia visivelmente sua queixa naquele tipo de ocasião solene, com a aquiescência do rei.

O duque Eudes de Borgonha interrogava com o olhar sua irmã, a rainha de França, que também lhe respondia com os olhos e com um gesto das mãos que ela era a primeira a se espantar e que não estava a par de coisa alguma.

— Meu primo — disse Felipe —, podeis apresentar provas e testemunhos que certifiquem vossos direitos?

— Posso — disse Robert, com firmeza.

— Ele não pode! Ele está mentindo! — exclamou Mahaut, que saiu de seu lugar e veio colocar-se lado a lado com o sobrinho, diante do rei.

Como eles se pareciam, Robert e Mahaut, com suas imensas coroas e seus mantos idênticos, animados pela mesma fúria, com o sangue subindo daquele modo até seus pescoços que mais pareciam de touros! Mahaut também usava, pendurado a seu flanco de gigante guerreira, o grande gládio de par de França, com bainha de ouro. Se tivesse sido mãe e filho, com certeza os dois não seriam tão parecidos.

— Minha tia — disse Robert —, podeis negar que o tratado de casamento do nobre conde Felipe d'Artois, meu pai, fazia de mim, seu primeiro herdeiro a vir ao mundo, o herdeiro de Artois? Podeis negar que vos aproveitastes de minha infância, depois da morte de meu pai, para me despojar de meus bens?

— Nego tudo o que dizeis. Sois um sobrinho malvado que me envergonha.

— Negais que esse tratado de casamento foi de fato assinado?

— Nego! — berrou Mahaut.

Então, um surdo murmúrio de reprovação levantou-se da assistência, e chegou-se mesmo a ouvir claramente a interjeição de surpresa do velho conde de Bouville, ex-camareiro de Felipe, o Belo, escandalizado pela cena. Nem todos os presentes tinham as mesmas razões que Bouville, que fora curador do ventre da rainha Clemência quando do nascimento de João I, o Póstumo, nem todos podiam conhecer tão bem as capacidades de Mahaut para mentir e sua eficácia no crime. Mas era evidente que ela estava mentindo. Um casamento entre um nobre do domínio de Artois, príncipe da flor-de-lis,[10] e uma nobre da Bretanha não teria podido se concluir sem um contrato ratificado pelos pares da época e pelo próprio rei. O duque João de Bretanha dizia isso a seus vizinhos. Daquela vez Mahaut passava dos limites. Que ela continuasse, como fizera durante os dois processos movidos pelo sobrinho contra ela, a alegar a existência de um velho costume do domínio de Artois que lhe era favorável, tendo em vista a morte prematura de seu irmão; isso podia ser compreensível. Mas que chegasse a negar até a existência do contrato... isso já era demais. Desse modo Mahaut confirmava todas as suspeitas contra ela e, sobretudo, que fora ela própria quem dera sumiço naqueles documentos.

Felipe VI dirigiu-se ao bispo de Amiens.

— Monsenhor, trazei por gentileza até aqui o Evangelho, a fim de que o querelante preste juramento...

Ele fez uma pausa e acrescentou:

— ...bem como Mahaut, a parte aqui chamada a juízo.

E, depois disso ter sido feito, ele continuou:

— Concordais, tanto um, quanto o outro, meu primo e minha prima, em prestar juramento sobre o Santíssimo Evangelho, diante de mim, vosso suserano, dos reis nossos parentes e de todos os pares do reino aqui reunidos?

Felipe estava realmente majestoso ao pronunciar aquelas palavras, e seu filho, o jovem príncipe João, de 10 anos, examinava-o com os olhos arregalados, o queixo um pouco caído, com uma admiração sem limites. Mas a rainha de França, Jeanne, a Manca, ostentava uma ruga malvada de cada lado da boca, e os dedos dela tremiam. A filha de Mahaut, Jeanne, a Viúva, viúva de Felipe, o Comprido, magra e seca, também havia se tornado tão branca quanto seu vestido alvo de rainha viúva. Também estavam pálidos a neta de Mahaut, a jovem duquesa de Borgonha, e o duque Eudes, seu esposo. Ter-se-ia dito que eles iam dar um salto para impedir Mahaut de jurar. Todas as cabeças estavam esticadas para ver, num grande silêncio.

— Aceito! — disseram ao mesmo tempo Mahaut e Robert.

— Tirai vossas luvas — disse-lhes o bispo de Amiens.

Mahaut usava luvas verdes, que o calor também tinha feito desbotar. De forma que as duas enormes mãos que se estenderam sobre a Santa Bíblia eram uma vermelha como o sangue e outra verde como o fel.

— Eu juro — pronunciou Robert — que o condado de Artois é meu e que tornarei públicos os testemunhos e as cartas que restabelecerão meus direitos e posses.

— Meu belo sobrinho — exclamou Mahaut —, ousais jurar por cartas e documentos que jamais vistes nem possuístes?

Olhos cinzentos nos olhos cinzentos, queixos quadrados cheios de gordura e com seus rostos quase se tocando, eles se desafiavam. "Vagabunda", pensou Robert, "foste realmente tu que os roubaste!". E, como numa circunstância daquelas era preciso se mostrar determinado, ele respondeu com toda clareza:

— Sim, eu juro. Mas vós, minha cara tia, ousais jurar que tais documentos jamais existiram, que nunca tomastes conhecimento deles e que jamais passaram por vossas mãos?

— Juro — respondeu ela com a mesma determinação, olhando Robert com o mesmo ódio.

Nenhum dos dois tinha conseguido marcar um ponto sobre o outro. A balança permanecia imóvel, contendo de cada lado o peso do falso juramento que eles se haviam obrigado mutuamente a pronunciar.

— A partir de amanhã, serão nomeados comissários para conduzir as investigações a fim de que eu possa fazer justiça. Aquele que mentiu será castigado por Deus; aquele que disse a verdade terá seu direito restabelecido — disse Felipe, fazendo um sinal para que o bispo levasse de volta o Evangelho.

Deus não é obrigado a intervir diretamente para punir o perjúrio, e o Céu pode permanecer mudo em relação a ele. As más almas contêm em si mesmas a semente que basta para fazer vingar sua própria infelicidade.

## SEGUNDA PARTE

# OS JOGOS DO DIABO

# I

# As testemunhas

AINDA PEQUENINA, SEM CHEGAR AO tamanho de um polegar, uma pera pendia para fora da treliça que cercava o pomar.

No banco de pedra, três personagens estavam sentados: o velho conde de Bouville, no centro, que era interrogado; à direita dele, o cavaleiro de Villebresme, comissário do rei; e, à esquerda, o notário Pierre Tesson, que anotava a deposição.

O notário Tesson usava o gorro característico de sua profissão pousado sobre seu enorme crânio, do qual pendiam os cabelos lisos; tinha o nariz pontudo, o queixo exageradamente longo e fino, e seu perfil lembrava uma lua crescente.

— Senhor — disse ele com grande respeito —, posso ler agora vosso testemunho?

— Podeis, senhor, podeis — respondeu Bouville.

E sua mão dirigiu-se, insegura, para a frutinha verde pendente, que ele apalpou, para verificar o quanto estava dura. "O jardineiro deveria ter amarrado este galho do outro lado", pensou ele.

O notário debruçou-se sobre a escrivaninha portátil apoiada em seus joelhos e começou:

— *No décimo sétimo dia do mês de junho do ano de 1329, nós, Pierre de Villebresme, cavaleiro a serviço do rei...*

O rei Felipe VI não havia esperado. Dois dias após o escândalo de Amiens e os juramentos pronunciados na catedral, tinha nomeado uma comissão para instruir o caso; e, menos de uma semana após o retorno da corte a Paris, a investigação já havia iniciado.

— *...e nós, Pierre Tesson, notário do rei, vimos até aqui para ouvir...*

— Mestre Tesson — disse Bouville —, vós sois o mesmo que serviu anteriormente no palacete do senhor d'Artois?

— Sim, senhor...

— Ah, e agora fostes nomeado notário do rei? Meus cumprimentos...

Bouville endireitou-se um pouco, cruzou as mãos por cima da barriga redonda. Estava vestindo uma túnica de veludo, comprida demais e fora de moda, como as que eram usadas no tempo de Felipe, o Belo, e que ele punha quando ficava em casa, no seu jardim.

Girava os polegares, três vezes para um lado, três para o outro. O dia seria belo e quente, mas a manhã ainda conservava alguns restos do frescor noturno...

— *...viemos ouvir o nobre e poderoso senhor conde Hugo de Bouville, e o ouvimos no pomar de seu palacete situado não longe do Pré-aux-Clercs...*

— Como a vizinhança se modificou depois que meu pai mandou construir esta morada — disse Bouville. — Naquele tempo, desde a abadia de Saint-Germain-des-Prés até Saint-André-des-Arts, havia apenas três palacetes: o de Nesle, às margens do rio; o de Navarra, um pouco afastado; e a casa de férias dos condes d'Artois, que era como se fosse uma casa de campo, pois em volta só havia campos e prados... Vede agora como construíram por toda parte! Todas as novas fortunas quiseram vir se estabelecer por aqui; os caminhos batidos transformaram-se em ruas. Outrora, do outro lado de meu muro, eu só via a relva, e agora, com o pouco que meus olhos podem enxergar, só vejo telhados. E o barulho! O barulho deste bairro! Tem-se a impressão de que é o centro da Cité. Se ainda me restasse um pouco mais de tempo a viver, eu venderia esta casa e construiria em outro lugar. Mas...

Sua mão se ergueu novamente, hesitante, na direção da pequena pera verde acima dele. O tempo que uma fruta como aquela levava para amadurecer: eis aí todo o tempo que ousava ainda esperar viver, o projeto mais longo que ele se permitia. Fazia meses que vinha perdendo a visão. O mundo, os seres, as árvores só lhe apareciam agora como que através de uma parede de água. Fora ativo e importante, viajara muito, participara dos conselhos do rei e dos grandes acontecimentos, e agora acabava em seu pomar, com o pensamento lento e a visão embaçada, sozinho e quase esquecido, a não ser quando os mais jovens sentiam necessidade de apelar para as suas lembranças.

Mestre Pierre Tesson e o cavaleiro de Villebresme trocaram um olhar de lassidão. Ah! O velho conde de Bouville não era uma testemunha fácil: seus propósitos se extraviavam o tempo todo, perdidos em vagas banalidades. Mas ele era um homem velho demais, nobre demais, para que fosse contrariado. O notário retomou:

— *...onde ele declarou, em pessoa, as coisas abaixo escritas, a saber: que, quando era camareiro de nosso saudoso Felipe, o Belo, antes de este tornar-se rei, tomou conhecimento do tratado de casamento concluído entre o falecido senhor Felipe d'Artois e a senhora Branca de Bretanha, e que o referido tratado passou por suas mãos, e que nele estava escrito que o condado de Artois iria como herança ao senhor Felipe d'Artois e, depois dele, a seus herdeiros varões, oriundos do referido casamento...*

Bouville sacudiu a mão.

— Eu não dei certeza disso. Tive o tratado em mãos, como disse e indiquei ao senhor Robert d'Artois quando ele veio me visitar outro dia, mas não tenho lembrança nem consciência de tê-lo lido.

— E por que, senhor, teríeis tido em mãos este tratado, se não era para lê-lo? — perguntou o senhor de Villebresme.

— A fim de levá-lo ao chanceler de meu mestre para que ele o selasse, pois o tratado recebeu, e disso me lembro bem, os selos de todos os pares, entre os quais o de meu mestre, Felipe, o Belo, em sua qualidade de primeiro varão herdeiro da coroa.

— Isso deve ser anotado, Tesson — disse Villebresme. — Todos os pares do reino puseram seus selos pessoais no documento. Sem sequer ter lido o tratado, senhor, sabíeis que ele assegurava a posse, por herança, do condado de Artois a seus herdeiros varões?

— Foi o que ouvi dizer na época — respondeu Bouville — e não posso certificar nada além disso.

Aquele Villebresme tinha uma maneira de fazê-lo declarar mais do que gostaria, e isso o irritava um pouco. Aquele moço nem havia nascido, seu pai ainda estava longe de engendrá-lo, quando todos aqueles fatos tinham se passado! E agora esses oficiaizinhos reais estavam ali diante dele, orgulhosos de sua tarefa. Um dia também se veriam velhos e sozinhos no fundo de um pomar... Sim, Bouville se lembrava das coisas inscritas no tratado de casamento de Felipe d'Artois. Mas quando é que ele tinha ouvido falar daquilo pela primeira vez? Quando ocorreu o casamento, em 1282, ou então quando o conde Felipe morrera, em 1298, por causa dos ferimentos que sofrera na batalha de Furnes? Ou, então, depois de o velho conde Robert II ter sido morto na batalha de Courtrai, em 1302, tendo assim sobrevivido por quatro anos a seu filho, o que era a razão do processo entre sua filha Mahaut e seu neto Robert III, o atual conde d'Artois...

Pediam a Bouville que apreendesse uma lembrança que poderia vir de qualquer momento no intervalo de vinte anos. E não eram apenas o notário Tesson e esse senhor de Villebresme que tinham vindo atormentá-lo assim, mas até o conde d'Artois em pessoa, todo cortês e cheio de reverências, isso era inegável, mas mesmo assim falando alto demais, agitando-se em demasia e esmagando as flores do jardim com suas botas enormes.

— Então retifiquemos assim — disse o notário, depois de corrigir o texto: — *...e que o referido tratado esteve em suas mãos, mas por pouco tempo, e que ele se lembra também de que o documento foi selado com os selos dos doze pares do reino; e o conde de Bouville nos declarou ainda que ouviu dizer, naquela ocasião, que no referido tratado estava inscrito precisamente* o *acordo sobre a herança do condado de Artois...*

Bouville aprovou. Ele teria preferido que suprimissem as palavras "naquela ocasião", que o notário havia introduzido. Mas já estava cansado. Além do mais, será que uma palavra tinha tanta importância assim?

— *...que passaria a seus herdeiros varões originários do referido casamento. Ele nos assegurou também que o tratado foi, de fato, para os registros da corte, bem como afirmou que mais tarde ele foi dali retirado por manobras astuciosas e por ordem da senhora Mahaut d'Artois...*

— Eu também não afirmei isso — disse Bouville.

— Vós não dissestes isto desta maneira, senhor — respondeu Villebresme —, mas é o que se pode concluir de vossa deposição. Retomemos, pois, o que confirmastes: inicialmente, que o tratado de casamento existiu; depois, que o vistes e, enfim, que ele foi enviado aos registros do reino...

— ...contendo os selos de todos os pares...

Villebresme trocou novamente um olhar aborrecido com o notário.

— ...contendo os selos de todos os pares — repetiu para agradar a testemunha. — Vós afirmais também que esse tratado excluía da herança a condessa Mahaut, e que ele desapareceu dos registros, de modo que não pôde ser apresentado durante o processo que moveu o senhor d'Artois contra sua tia. Em vossa opinião, quem poderia tê-lo retirado dos registros? Pensais que o falecido rei Felipe, o Belo, teria dado ordem para isso?

Aquela pergunta era pérfida. Pois muito se tinha dito que Felipe, o Belo, para fazer com que a sogra de seus dois filhos mais jovens levasse vantagem, havia pronunciado em seu favor um julgamento de complacência. Logo pretenderiam que o próprio Bouville teria sido encarregado de fazer desaparecer os documentos!

— Não deveis conspurcar a memória do rei Felipe, o Belo, meu inesquecível mestre e senhor, com um ato tão vil — respondeu o velho conde com dignidade.

Os sinos de Saint-Germain-des-Prés se fizeram ouvir, pairando acima dos telhados e das copas das árvores. Bouville pensou que era o momento que lhe traziam sua porção de leite coalhado; seu médico lhe havia recomendado que consumisse aquilo três vezes ao dia.

— Então — continuou Villebresme —, o tratado só pode ter sido roubado sem que o rei soubesse. E quem poderia estar interessado no desaparecimento dele, a não ser a condessa Mahaut?

O jovem comissário real bateu com os dedos na pedra do banco; estava contente com a sua demonstração.

— Ah! Claro, Mahaut é capaz de tudo!

Em relação a isso, sua convicção não datava da véspera. Ele sabia que Mahaut era culpada de dois crimes, e bem mais graves que o roubo de alguns pergaminhos. Matara, com toda a certeza, o rei Luís X; matara, em sua presença, uma criança de 5 dias que ela pensava ser o pequeno rei póstumo... e tudo isso para continuar assegurando a posse do condado de Artois. Realmente, duvidar que ela teria roubado os documentos, mesmo sem ter presenciado o acontecimento, era uma tolice! Com certeza ela roubara o contrato de casamento de seu irmão, contrato cuja existência ela agora ousava negar por juramento! Que mulher horrível... Por causa dela, o verdadeiro herdeiro dos reis de França crescia agora longe de seu reino, numa pequena cidade da Itália, na casa de um mercador lombardo que pensava ser ele seu filho... Ora, vamos! Não devia pensar naquele assunto. Bouville, no passado, havia confiado aquele segredo, do qual ele era o único depositário, ao papa. Não devia mais pensar naquilo... por medo de acabar falando. E que aqueles investigadores fossem embora o mais depressa possível!

— Tendes razão, podeis deixar o que foi escrito — disse ele. — Onde é que devo assinar?

O notário estendeu a pena a Bouville. Como o velho conde tivesse dificuldade para enxergar, sua assinatura saiu um pouco das margens. Escutaram-no resmungar mais uma vez:

— Deus acabará por fazer com que ela ainda expie todos os males que cometeu, antes de entregá-la de vez ao Diabo.

Um pouco de pó especial para secar a tinta foi salpicado sobre a assinatura. O notário colocou as folhas em sua bolsa de couro preto. Depois, os dois investigadores levantaram-se para se despedir. Bouville comprimentou-os sem se levantar. Ainda não tinham dado nem cinco passos, e já não passavam, para o conde, de duas sombras vagas se dissolvendo por detrás de uma cortina d'água.

O ex-camareiro tocou um sininho que estava ao lado dele, reclamando seu leite coalhado. Diversos pensamentos o torturavam. Como é que seu venerado mestre e senhor, Felipe, o Belo, ao pronunciar a sentença sobre o condado de Artois, tinha podido esquecer a ata que outrora ele mesmo ratificara? Como é que ele não havia se preocupado com o desaparecimento de tal documento? Ah! Nem os melhores reis realizam apenas boas ações...

Bouville também dizia a si mesmo que um dia desses iria visitar o banqueiro Tolomei, para obter notícias de Guccio Baglioni... e da criança... mas sem insistência, como se tal interesse não passasse de boa educação. O velho Tolomei quase não saía mais de sua cama. Suas pernas haviam se tornado imprestáveis. É assim que a vida se esgota; para um, são os ouvidos que não funcionam mais; para outro, os membros que deixam de se mover. O passado pode ser contado em anos e anos, mas o futuro só pode ser medido por curtas semanas.

"Será que ainda estarei vivo quando esta fruta estiver madura? Será que chegarei a colhê-la?", pensava o conde de Bouville, olhando a pera que pendia sobre a treliça do pomar.

O fidalgo Pierre de Machaut, senhor de Montargis, era um homem que jamais perdoava as injúrias, nem sequer aos mortos. O falecimento de seus inimigos não era suficiente para acalmar seus ressentimentos.

Seu pai, que ocupara um alto cargo no tempo do Rei de Ferro, tinha sido destituído por Enguerrand de Marigny, e a fortuna da família havia sido fortemente afetada por isso. A queda do todo-poderoso Enguerrand tinha sido, para Pierre de Machaut, uma revanche pessoal. O dia mais importante de sua vida fora aquele em que, como escudeiro do rei Luís, o Cabeçudo, conduzira o senhor de Marigny à forca. Conduzir era uma maneira de dizer. A palavra mais apropriada seria "acompanhar", e, mesmo assim, não lado a lado com os diversos dignitários mais importantes do que ele que faziam parte do cortejo, mas somente de longe, em meio a um séquito de personagens de segunda categoria. Entretanto, com a passagem dos anos, todos aqueles nobres haviam morrido, o que permitia ao senhor Pierre de Machaut, cada vez que ele contava aquele memorável trajeto, de ocupar um lugar mais importante no cortejo.

Inicialmente, havia se contentado em ter desafiado com os olhos o senhor Enguerrand, de pé na charrete que o levava, e ter-lhe mostrado com clareza que todos que importunavam a família Machaut, por mais importantes que fossem, acabariam pagando por isso.

Em seguida, com o embelezamento natural que a lembrança proporciona às coisas, ele assegurava que Marigny, durante aquele último passeio, não somente o havia reconhecido, como ainda se dirigira a ele para dizer tristemente:

— Ah! Sois vós, Machaut! Agora vós estais triunfando. Eu vos causei mal, e por isso me arrependo!

Quatorze anos se haviam passado, e agora parecia que Enguerrand de Marigny, quando se dirigia a seu suplício final, só tinha tido palavras para Pierre de Machaut e, da prisão até o cadafalso de Montfaucon, nada lhe tinha ocultado do estado de sua consciência.

Baixinho, com as sobrancelhas grisalhas bem próximas do nariz, uma perna rija por causa de uma queda de cavalo durante um torneio, Pierre de Machaut continuava encerando cuidadosamente as couraças que nunca mais poderia usar. Era tão vaidoso quanto rancoroso, e Robert d'Artois sabia disso muito bem, pois se dera ao trabalho de ir visitá-lo duas vezes para que ele falasse justamente daquela famosa cavalgada lado a lado com a charrete do senhor Enguerrand.

— Contai, então, tudo isso aos comissários do rei que virão vos pedir para testemunhar em meu processo — dissera a ele Robert. — As opiniões de um homem tão valente como vós são de extrema importância. Vós informareis assim o rei, e ele vos será grato, tanto quanto eu mesmo. Dizei-me: jamais recebestes pensão alguma pelos serviços que vós e vosso pai prestaram ao reino?

— Nunca.

Que injustiça! Ao passo que tantos intrigantes, burgueses, arrivistas de todo tipo tinham conseguido inscrever seus nomes, durante os últimos reinados, na lista de dons da corte, como é que tinham podido esquecer um homem tão virtuoso quanto o senhor de Machaut? Esquecimento voluntário, sem dúvida, e inspirado pela condessa de Mahaut, que sempre estivera do lado de Enguerrand de Marigny!

Robert d'Artois cuidaria pessoalmente da reparação daquela iniquidade.

De modo que, quando o cavaleiro Villebresme, sempre flanqueado pelo notário Tesson, apresentou-se na casa do ex-escudeiro, ele se aplicou nas respostas às perguntas do comissário.

O interrogatório ocorreu num jardim vizinho, tal como era o costume da justiça naquele tempo, pois as deposições tinham que ser feitas num local aberto e ao ar livre.

Escutando Pierre de Machaut, ter-se-ia acreditado que a execução de Marigny havia ocorrido na véspera.

— Então — dizia Villebresme —, vós estáveis diante da charrete quando o senhor Enguerrand desceu ao lado do cadafalso?

— Eu subi na charrete — respondeu Machaut — e, obedecendo às ordens do rei Luís X, perguntei ao condenado quais os erros que pretendia reconhecer antes de comparecer diante de Deus.

Na realidade, tinha sido Thomas de Marfontaine o encarregado daquele ofício, mas ele havia morrido fazia tanto tempo...

— E Marigny continuou a se dizer inocente em relação a tudo de que tinha sido acusado durante o seu processo. Entretanto, ele reconheceu... de acordo com suas próprias palavras, que mostram muito bem sua velhacaria... "ter cometido ações injustas em nome de causas justas". Então lhe perguntei que ações eram essas, e ele citou diversas, como a destituição de meu pai, o senhor de Montargis, e também o roubo do contrato de casamento do falecido conde d'Artois dos registros reais a fim de servir aos interesses da senhora Mahaut e suas filhas, noras do rei.

— Ah! Então foi ele o responsável por esse ato? Ele acabou se acusando! — exclamou Villebresme. — Isso é o mais importante. Escrevei, Tesson, escrevei.

O notário não precisava de tal encorajamento, e já rabiscava com aplicação seu papel. Que boa testemunha era o senhor de Machaut!

— E por acaso sabeis — perguntou por sua vez Tesson — se o senhor Enguerrand foi pago para cometer esse crime?

Machaut hesitou um pouco, franzindo as sobrancelhas grisalhas. Depois respondeu:

— É claro que foi. Pois eu lhe perguntei se era verdade, como se dizia na época, que ele havia recebido quarenta mil libras da senhora

Mahaut para que a fizesse ganhar seu processo junto ao rei. E Enguerrand abaixou a cabeça em sinal de assentimento e vergonha, e respondeu-me: "Senhor de Machaut, orai a Deus por mim", o que sem dúvida era uma confissão.

Pierre de Machaut cruzou os braços com ares de um desprezo triunfante.

— Agora tudo está bem claro — disse, satisfeito, Villebresme.

O notário transcrevia os últimos pontos da deposição.

— Já ouvistes muitas testemunhas? — perguntou o ex-escudeiro.

— Quatorze, senhor, e ainda temos de ouvir o dobro — disse Villebresme. — Mas somos oito comissários e dois notários a compartilhar a tarefa.

# II

# O litigante conduz as investigações

O GABINETE DE TRABALHO DO SENHOR d'Artois era decorado com quatro grandes afrescos de inspiração religiosa — pintados de maneira bastante simplificada e nos quais dominavam o ocre e o azul, e quatro figuras de santos, "para inspirar confiança", tal como dizia o dono da casa. À direita, São Jorge aniquilava o dragão; em frente, São Maurício, outro padroeiro dos cavaleiros, erguia-se, majestoso com sua couraça e sua cota azuladas; na parede do fundo, São Pedro tirava do mar suas infindáveis redes; e a última parede do recinto era ocupada por Santa Madalena, padroeira das pecadoras, vestida unicamente com seus cabelos dourados. Era sobretudo para aquela parede que o senhor Robert gostava de olhar.

As vigas do teto eram também pintadas de ocre, amarelo e azul, e decoradas, em espaços regulares, com os brasões de Artois, de Beaumont e de Valois. Mesas cobertas com toalhas de brocado, baús nos quais se amontoavam armas magníficas e pesadas tochas de ferro dourado mobiliavam o aposento.

Robert se levantou da grande cadeira que ocupava e devolveu ao notário as minutas das deposições, que ele acabara de ler.

— Muito bem, estes documentos são muito bons — declarou ele —, principalmente o testemunho do senhor de Machaut, que parece bastante espontâneo, além de completar inteiramente os propósitos do conde de Bouville. Decididamente, vós sois um homem hábil, mestre Tesson de la Chicane, e não lamento nem um pouco por vos ter feito chegar ao alto posto que ocupais agora. Sob vossa aparência de piedoso penitente, oculta-se mais astúcia do que na cabeça vazia de muitos membros do nosso Parlamento. Tenho de reconhecer que Deus vos deu espaço suficiente para abrigar vossos poderosos miolos.

O notário sorriu obsequiosamente e inclinou o crânio enorme, coberto por um gorro semelhante a um enorme repolho preto. Os cumprimentos cheios de zombaria do senhor d'Artois talvez dissimulassem a promessa de alguma vantagem a vir.

— Isso é tudo que obtivestes? Tendes outras notícias para mim hoje? — acrescentou Robert. — E o ex-bailio de Béthune, por onde anda?

A preparação de um processo era uma paixão, como o jogo. Robert d'Artois vivia para o seu processo, só pensava e agia em nome daquela causa. Naqueles últimos quinze dias, a única coisa que o havia ocupado era a procura de testemunhas. Seu espírito trabalhava naquilo, da alvorada até a noite, e até durante a noite ele acordava, arrancado dos sonhos por alguma inspiração repentina, e chamava seu valete Lormet, que vinha todo sonolento e resmungão. Robert lhe perguntava:

— E então, dorminhoco, tu me falaste outro dia de um tal de Simon Dourin ou Dourier, que foi escrivão de meu pai. Tu sabes se ele continua vivo? Trata de descobrir isto amanhã.

Durante a missa, à qual ia todos os dias em nome das conveniências, ele se surpreendia rezando e pedindo a Deus que lhe desse ganho em seu processo. Das orações, voltava naturalmente a suas maquinações, e dizia a si mesmo, durante o sermão:

"Mas aquele Gilles Flamand, que outrora foi escudeiro de Mahaut e que ela expulsou de seu palácio por algum delito... Eis aí um homem que talvez possa testemunhar em meu favor. Não posso esquecer isso."

Ele nunca fora tão assíduo nas reuniões do Conselho, e passava diversas horas no palácio, dando a impressão de dedicar-se inteiramente às tarefas do reino; mas era somente para alimentar a influência sobre seu primo Felipe VI, tornar-se indispensável a ele e cuidar das nomeações para os cargos importantes, impondo a escolha de pessoas que estavam do seu lado. Seguia de perto todos os decretos de justiça, a fim de descobrir novas inspirações que pudessem servir à sua causa. E com todo o resto ele pouco se importava.

Que na Itália guelfos e gibelinos continuassem a se entredilacerar, que Azzo Visconti tivesse mandado assassinar seu tio Marco e erigido barricadas na cidade de Milão contra as tropas do imperador Luís da Baviera, enquanto, por outro lado, Verona, Vicenza, Pádua, Treviso se subtraíam à autoridade do papa, protegido pela França, tudo isso o senhor d'Artois sabia e escutava, mas a nada dava importância.

Que na Inglaterra o partido da rainha se encontrasse em dificuldade e que a impopularidade de Roger Mortimer aumentasse a cada dia, a isso Robert d'Artois dava de ombros. A Inglaterra, naquele tempo, não lhe interessava, nem tampouco os negociantes de lã de Flandres que, devido às vantagens comerciais obtidas, multiplicavam os acordos com as companhias inglesas.

Mas que mestre Andrieu de Florence, cônego-tesoureiro de Bourges, fosse contemplado com um novo benefício eclesiástico, ou que o fidalgo de Villebresme passasse para a Câmara das Finanças... ah! isso, sim, era coisa importante e não podia esperar! É que mestre Andrieu, como o senhor de Villebresme, fazia parte dos oito comissários nomeados para instruir o processo do condado de Artois.

Aqueles comissários Robert os designara a Felipe VI e praticamente ele mesmo os havia escolhido... "E se nomeássemos Bouchart de Montmorency? Ele sempre nos serviu lealmente... E se pegássemos também Pierre de Cugnières? Eis aí um homem circunspecto que todos respeitam..." E o mesmo em relação aos notários, entre os quais esse Pierre Tesson, há mais de vinte anos servindo à família Valois, e depois ao próprio Robert.

Jamais Pierre Tesson sentira-se assim tão importante; jamais fora tratado com tanta amizade e familiaridade; jamais havia sido presenteado com tantas peças de tecido para sua esposa, e bolsinhas de ouro para ele próprio. Mesmo assim estava cansado, porque Robert o assediava constantemente e porque a vitalidade desse homem esgotava todos que conviviam com ele.

Antes de mais nada, Robert ficava quase sempre de pé. Andava sem parar de um lado para o outro de seu gabinete, passeando entre as figuras dos santos. Mestre Tesson não podia ficar à vontade para se sentar na presença de uma personalidade tão importante como era um par de França. Ora, os notários têm o hábito de trabalhar sentados. Mestre Tesson tinha, portanto, dificuldade para segurar sua bolsa de couro preto, que ele não ousava pousar sobre as toalhas de brocado, e da qual precisava tirar os documentos, um após o outro. Temia chegar ao final daquele processo com dores lombares incuráveis.

— Estive — disse, respondendo à pergunta de Robert — com o antigo bailio Guilherme de la Planche, que agora se encontra detido na prisão do Châtelet. A dama Divion ia visitá-lo outrora; ele testemunhou como esperávamos. Ele vos pede para não esquecerdes de pedir ao senhor Miles de Noyers que o agracie, pois seu caso é grave e ele teme terminar na forca.[11]

— Vou cuidar para que o soltem, que ele durma tranquilo. E Simon Dourier, vós o interrogastes?

— Ainda não, senhor, mas aproximei-me dele. Concorda em declarar diante dos comissários que estava presente no dia do ano de 1302, em que o conde Robert II, vosso avô, pouco antes de falecer, ditou a carta que confirmava vossos direitos à herança do condado de Artois.

— Ah! Com certeza! Com certeza!

— Eu lhe prometi que, nesse caso, vós o chamaríeis de volta para servir em vosso palacete e que lhe pagaríeis uma pensão.

— Por que ele foi expulso por Mahaut? — perguntou Robert.

O notário esboçou um gesto impreciso de alguém que enfia dinheiro no bolso.

— Bah! — exclamou Robert. — Agora ele está velho, e teve tempo para se arrepender! Eu lhe darei cem libras por ano, casa e cama para dormir.

— Manessier de Lannoy aceitará confirmar que as cartas furtadas foram queimadas e que a senhora Mahaut... A casa dele, como sabeis, ia ser vendida para que ele pagasse as dívidas que fizera junto aos banqueiros lombardos. Sente por vós enorme gratidão, pois fizestes com que ele conservasse um teto para morar.

— Sou um homem bom, mas isso... quase ninguém sabe — disse Robert. — Mas vós não tendes nada a me dizer sobre Juvigny, o velho criado de Enguerrand?

O notário abaixou a cabeça, com ares de quem se sentia culpado, e disse:

— Não consigo nada dele. Ele se recusa a falar, fingindo que não sabe de nada, que não se lembra de nada.

— Como? — gritou Robert. — Eu mesmo fui até o palácio do Louvre, onde ele é pensionista para não fazer quase nada, e falei com ele! Juvigny insiste em não se lembrar de nada? Vejamos então se não podemos dar uma ajuda para refrescar-lhe a memória. Talvez seja suficiente mostrar-lhe as tenazes para que ele se decida a dizer a verdade.

— Senhor — respondeu tristemente o notário —, os acusados de crimes são torturados, mas não as testemunhas.

— Então dizei-lhe que, caso sua memória não funcione, sua pensão será suprimida. Eu sou um homem bom, mas preciso de ajuda.

Pegou um candelabro de bronze que pesava mais de sete quilos e começou a jogá-lo de uma mão para a outra.

O notário pensou na injustiça divina que atribui tanta força muscular a alguns que só a utilizam para se divertir, ao passo que os pobres notários, obrigados a carregarem uma pesada bolsa de couro, são muitas vezes bem franzinos.

— Não temeis, senhor, que Juvigny possa se aliar com a condessa Mahaut e passar a receber dela uma pensão, caso decidis suprimir a que ele agora recebe no Louvre?

Robert se deteve.

— Mahaut? — exaltou-se. — Ela não pode mais fazer coisa alguma. Está apavorada. Quem foi que a viu na corte nos últimos tempos? Ela não sai mais de seu palacete, está tremendo de medo, sabe que está perdida.

— Que Deus vos ouça, senhor, que Deus vos ouça. É claro que vamos ganhar, mas isso não vai acontecer sem que tenhamos ainda alguns pequenos contratempos...

Tesson hesitava em continuar, não tanto por causa do que tinha a dizer, mas devido ao peso da bolsa. Ainda restavam cinco ou dez minutos para ficar de pé.

— Eu fui avisado — continuou ele — de que nossos homens que investigam o condado de Artois são seguidos e que nossas testemunhas recebem outras visitas depois que nos despedimos delas. Além do mais, ultimamente, houve um certo vaivém de mensageiros entre o palacete da senhora Mahaut e Dijon. Diversos mensageiros trajando a libré da Borgonha foram vistos adentrando as portas de sua casa...

Mahaut estava tentando estreitar seus elos com o duque Eudes, isso era evidente. Ora, o partido da Borgonha dispunha na corte do apoio da rainha.

— Sim, mas eu tenho do meu lado o rei — disse Robert. — Essa vagabunda vai perder, Tesson, posso afirmar com certeza.

— Mesmo assim, seria necessário apresentar provas, documentos, senhor, porque sem isso... será a vossa palavra contra a dela... Quanto antes apresentarmos provas, melhor será.

Ele tinha razões pessoais para insistir. Ao influenciar tantas testemunhas, chegando até mesmo a extorqui-las por suborno ou ameaça, um notário pode fazer fortuna, mas também corre o risco de ir parar na prisão do Châtelet e até mesmo de sofrer o suplício da roda... Tesson não desejava de modo algum tomar o lugar do bailio de Béthune.

— Havemos de mostrá-las, essas provas, havemos de mostrá-las! Estou dizendo! Pensais que é assim tão fácil obtê-las? A propósito, Tesson — disse repentinamente Robert, apontando a bolsa de couro preto —, vós anotastes no testemunho do conde de Bouville que o contrato de casamento tinha sido selado pelos doze pares do reino. Por que anotastes isso?

— Porque foi o que disse a testemunha, senhor.

— Ah, sim... Isso é muito importante — disse Robert, pensativo.

— Por quê, senhor?

— Por quê? Porque estou esperando a outra cópia do contrato, aquela que estava nos registros de Artois. Devem entregá-la a mim logo, logo, e por preço altíssimo, aliás. Caso os nomes dos doze pares não apareçam nesta cópia, significará que é falsa. Quais são os nomes dos pares daquele tempo? No que diz respeito aos duques e condes, é fácil saber; mas quanto aos pares da Igreja, quem eram eles? Estais vendo como é preciso prestar atenção a tudo?

O notário olhou para Robert com uma expressão de admiração e, ao mesmo tempo, de preocupação.

— Sabíeis, senhor, que, se não fôsseis um nobre tão valoroso, teríeis sido o melhor notário de nosso reino? E digo sem vos ofender, senhor, sem vos ofender!

Robert tocou o sininho para que viessem buscar seu visitante e acompanhá-lo até a saída.

Mal o notário saiu, Robert se retirou do gabinete por uma portinha disfarçada entre os quadris da Madalena — um detalhe decorativo que o divertia muitíssimo — e correu até os aposentos de sua esposa. Depois de ter mandado sair as damas de companhia, ele disse:

— Jeanne, minha boa amiga, minha cara condessa, deveis informar à dama Divion que pare de redigir o contrato de casamento: ele deve conter os nomes dos doze pares do reino do ano de 1282. Sabeis quais são? Pois eu também não sei! Onde é que podemos descobrir isso sem causar suspeitas? Ah! Quanto tempo perdido! Quanto tempo perdido!

A condessa de Beaumont, com seus belos olhos límpidos, contemplava o marido; um vago sorriso iluminava seu rosto. Seu gigante acabava de encontrar mais um motivo para se agitar. Muito calma, ela disse:

— Em Saint-Denis, meu doce esposo, em Saint-Denis, nos registros da abadia. Lá, com certeza será possível obter esses nomes. Vou enviar até lá meu confessor, como se ele quisesse fazer alguma pesquisa de erudito...

Uma expressão de ternura divertida, de gratidão alegre, passou pelo largo rosto de Robert.

— Sabíeis, minha cara — disse ele, inclinando-se com uma graciosidade um tanto pesada —, que, se não fôsseis tão importante nobre, teríeis sido o melhor notário de nosso reino?

Trocaram um sorriso, e Jeanne de Valois, agora condessa de Beaumont, leu nos olhos do marido que naquela noite ele visitaria o seu leito.

# III

# Os falsários

QUANDO UMA PESSOA ESCOLHE O caminho da mentira, ela sempre acredita que o trajeto será curto e fácil; tal caminho é escolhido com facilidade, e os primeiros obstáculos que ele traz são enfrentados até com certo prazer. Mas logo a floresta se torna mais e mais densa, a trilha desaparece, ramificando-se em incontáveis sendeiros que conduzem a pântanos. A cada passo, o mentiroso tropeça, e cada vez afunda mais na areia movediça. Ele se irrita, gasta toda a sua energia em empreitadas vãs, cada uma delas constituindo uma nova imprudência.

À primeira vista, nada mais simples do que falsificar um velho documento. Uma folha de pergaminho amarelada com a ajuda do sol e envelhecida com cinzas, a mão de um escrivão subornado, alguns selos e lacres aplicados cuidadosamente: eis algo que parece não exigir tanto tempo, nem despesas enormes.

Entretanto, Robert d'Artois tinha precisado renunciar provisoriamente à reconstituição do contrato de casamento de seu avô. E isso, não somente por causa da necessidade de encontrar os nomes dos doze pares da época, mas também porque era preciso redigir a ata em latim, e não era qualquer escrivão que podia redigir no estilo utilizado naquela época nos tratados de casamento principescos. O ex-capelão da rainha Clemência de Hungria, instruído sobre tais problemas, tardava a encontrar a fórmula correta para iniciar o documento; ninguém ousava apressá-lo, com medo de despertar suspeitas. E havia também o problema dos selos.

— Fazei com que eles sejam copiados por um gravador de cunhas, tomando como modelo carimbos antigos — dissera Robert.

Ora, os gravadores de cunhas eram artesãos juramentados; o da corte, que fora procurado, tinha afirmado que jamais é possível imitar com exatidão um selo, que duas cunhas jamais são idênticas, e que um lacre selado com uma falsa cunha pode ser reconhecido com facilidade pelos especialistas. Quanto às cunhas originais, elas sempre eram destruídas após a morte do proprietário.

Era preciso, portanto, obter antigas atas contendo os selos de que Robert precisava, destacá-los, o que não era uma operação fácil, e colá-los sobre o documento falso.

Robert aconselhou à dama Divion que concentrasse todos os seus esforços num documento menos difícil de falsificar, que apresentasse, no entanto, igual importância.

No dia 28 de junho de 1302, antes de partir para reunir-se à hoste de Flandres, onde ele acabaria perecendo atingido por vinte golpes de lança, o velho conde Robert II havia organizado todos os seus negócios e confirmado, por meio de uma carta, as disposições que asseguravam a seu neto o direito à herança do condado de Artois.

— E isto é de fato verdade! Todas as testemunhas confirmam — dizia Robert à sua mulher. — Simon Dourier lembra-se até de quais eram os vassalos de meu avô que estavam presentes e dos bailios cujos selos foram acrescentados aos documentos. Tudo que faremos será apresentar enfim a verdade!

Simon Dourier, ex-escrivão do conde Robert II, forneceu a declaração, empenhando sua memória da melhor forma que pôde. Tomou notas de suas palavras um notário da condessa de Beaumont, chamado Dufour; mas o texto de Dufour estava rasurado demais e, além disso, sua letra era facilmente reconhecível.

A dama Divion foi até o condado de Artois levar esse texto a um certo Robert Rossignol, que havia sido notário de Thierry d'Hirson, e que recopiou o documento, não com uma pena de ganso, mas sim com uma pena de bronze, para melhor disfarçar sua letra.

Esse Rossignol, a quem ofereceram como recompensa uma viagem a Santiago de Compostela, onde prometera ir para cumprir uma promessa que fizera por um problema de saúde, tinha um genro chamado Jean Oliette, que era perito em arrancar selos de velhos documentos. Decididamente, aquela família era cheia de recursos! Oliette ensinou sua técnica à dama Divion, que voltou para Paris e trancou-se com a condessa de Beaumont e uma única criada, Jeannette, a Mesquinha.[12]

E assim as três mulheres puseram-se a destacar, com a ajuda de uma lâmina de barbear aquecida e com uma crina de cavalo molhada num licor especial que a impedia de se quebrar, os selos lacrados de velhos documentos. Dividiam o selo em dois; depois esquentavam uma das metades e a reaplicavam sobre a outra, deixando entre as duas partes os laços de seda ou a ponta de pergaminho do novo selo que queriam fabricar. Depois cozinhavam um pouco a beirada de cera, a fim de fazer desaparecerem os traços do corte no meio do selo.

Jeanne de Beaumont, Jeanne de Divion e Jeanne, a Mesquinha, cuidaram assim de mais de quarenta selos. Jamais trabalhavam duas vezes no mesmo lugar, escondendo-se ora num quarto do palacete d'Artois, ora no palacete de l'Aigle, ou ainda em moradas do campo.

Às vezes Robert entrava no aposento, para dar uma olhada na operação.

— Então minhas três Jeanne estão na labuta! — dizia ele com bom humor.

Das três, era a condessa de Beaumont a mais hábil.

— Dedos de mulher, dedos de fada — dizia Robert, beijando cortesmente a mão da esposa.

Mas não bastava saber destacar os selos! Ainda era preciso confeccionar aqueles dos quais Robert precisava.

O selo de Felipe, o Belo, podia ser encontrado facilmente, por toda parte, em atas reais. Robert fez com que o bispo d'Évreux entregasse a ele uma carta que tratava de seu domínio senhorial de Conches, documento que, segundo disse ao religioso, precisava consultar e que nunca mais devolveu.

No condado de Artois, a dama Divion pôs seus amigos Rossignol e Oliette, bem como duas outras criadas — Maria, a Branca, e Maria, a Preta — à procura de antigos carimbos de bailios e de domínios senhoriais.

Logo todos os selos foram reunidos, com exceção de um, o mais importante: o do falecido conde Robert II. A coisa podia parecer absurda, mas era assim: todas as atas de família estavam trancadas nos registros de Artois, sob a vigilância dos notários de Mahaut, pois Robert, que era menor na época da morte do avô, não ficou com nenhum documento.

A dama Divion, graças a uma prima, aproximou-se de um personagem chamado Ourson, o Caolho, que possuía uma patente do falecido conde, selada com um elo especialmente concebido para resistir às falsificações.

O homem parecia disposto a se desfazer dele em troca de trezentas libras. A condessa Jeanne de Beaumont dera ordens para que o documento fosse comprado por qualquer preço, mas a dama Divion não tinha tanto dinheiro com ela em Artois, e o senhor Ourson, o Caolho, desconfiado, não aceitava desfazer-se da patente apenas com a promessa de ser pago mais tarde.

A Divion, como último recurso, lembrou-se de ter um marido que vivia beatamente na castelania de Béthune. Ele jamais tinha se mostrado excessivamente ciumento, e agora que o bispo Thierry estava morto e enterrado... Ela recorreu ao marido. A essa altura, o número de pessoas a par de todas essas tratações já era grande demais, mas não era possível fazer as coisas de outra maneira. O marido não quis emprestar o dinheiro, mas concordou em se desfazer de um bom cavalo, com o qual ele participara de um torneio, a fim de que Divion fizesse Ourson aceitar o animal como uma entrada pela aquisição do documento, deixando com o homem, além disso, algumas de suas joias.

Ah! Ela fazia tudo que era possível! Não poupava tempo, nem dificuldades, nem viagens. E muito menos sua língua. E, depois, prestava atenção para nada perder, e chegava a dormir com a cabeça em cima das chaves.

Com a mão crispada pela angústia, recortou com a lâmina o selo lacrado do falecido conde Robert. Um selo que custara trezentas libras! Como seria possível encontrar outro igual se, por infelicidade, aquele ali se estragasse?

O conde Robert começava a ficar impaciente, porque todas as testemunhas já tinham sido ouvidas e o rei lhe perguntava, com muita amabilidade e para demonstrar seu interesse, se os documentos que ele tinha jurado existirem seriam apresentados em breve.

Mais dois dias, mais um dia de paciência! O conde Robert ia ficar muito contente!

# IV

# Os convidados de Reuilly

DURANTE O VERÃO, QUANDO OS serviços que ele prestava ao reino e as ocupações com seu processo lhe deixavam alguma folga, Robert d'Artois gostava de passar os fins de semana em Reuilly, num castelo da família Valois que pertencia, por herança, a sua mulher.

Os prados e as florestas mantinham um frescor agradável em volta daquela morada. Era lá que Robert tinha seu viveiro de pássaros destinados à caça. Os ocupantes da casa eram numerosos, pois muitos jovens nobres, antes de receberem a ordem de cavalaria, vinham se pôr às ordens do conde Robert como escudeiros, despenseiros, valetes de quarto. Os que não conseguiam obter esses cargos na casa real esforçavam-se para servir o conde d'Artois por meio de recomendações de parentes influentes; uma vez aceitos, todos se esforçavam por se distinguir, mostrando o maior zelo possível. Segurar as rédeas do cavalo do senhor, estender-lhe a luva de couro sobre a qual viria pousar seu elegante falcão, pôr à mesa seu *couvert*, servir-lhe a água que mataria a sua sede no fim das refeições, tudo isso significava avançar pouco a pouco na hierarquia do Estado; vir acordá-lo de manhã era quase a mesma coisa que acordar Nosso Senhor Jesus Cristo, posto que, como todos sabem, o conde Robert fazia e acontecia na corte.

Naquele sábado do início de setembro, ele convidou a Reuilly alguns fidalgos amigos, entre os quais o senhor de Brécy, o cavaleiro Hangest, o arquidiácono de Avranches, e até o velho conde de Bouville, quase totalmente cego, que ele mandou ser transportado numa liteira. Aos que queriam levantar-se cedo, ele propôs uma saída para caçar pássaros.

Seus hóspedes encontravam-se, pois, reunidos no salão principal onde ele mesmo, trajando roupas campestres, estava descontraidamente sentado em seu pequeno trono. A condessa de Beaumont, sua esposa, encontrava-se presente, e também o notário Tesson, que colocou sobre a mesa sua escrivaninha portátil e suas penas.

— Meus caros senhores, meus amigos — disse ele —, pedi que me fizessem companhia por alguns dias a fim de vos pedir conselhos.

Todas as pessoas se sentiam aduladas quando lhes eram pedidos conselhos... Os jovens nobres a serviço do conde serviam aos convidados as bebidas que antecediam a refeição, os vinhos aromatizados, as pastilhas preparadas com finas especiarias, amêndoas descascadas em taças de cobre. Tomavam o maior cuidado para não fazer barulho nem cometer erros; arregalavam os olhos; preparavam para o futuro suas lembranças. Chegaria o dia em que poderiam dizer: "Naquele dia eu estava na casa do senhor Robert; estava lá o conde de Bouville, que tinha sido camareiro do rei Felipe, o Belo..."

Robert falava pausadamente, com seriedade: uma certa dama de Divion, que ele conhecia muito pouco, viera ter com ele, propondo entregar-lhe uma carta que se encontrava em seu poder, juntamente com outros documentos, do bispo Thierry d'Hirson... do qual ela era amicíssima, dizia o conde, completando a informação em voz baixa.

A Divion, naturalmente, pedia dinheiro em troca daquilo: aquele tipo de mulher só pensa em se aproveitar! Mas o documento parecia de grande importância. Contudo, antes de adquiri-lo, Robert queria estar certo de que não estava sendo ludibriado, que tal documento era verdadeiro, que ele poderia servir como prova em seu processo e que não estaria comprando a obra de algum falsário, fabricada unicamente para lhe extorquir dinheiro. Eis por que ele havia convidado seus amigos, que poderiam lhe dar bons conselhos e que eram mais hábeis do que ele no que dizia respeito à validade de antigos documentos. Queria lhes pedir que examinassem o documento.

De vez em quando, Robert dava uma olhada para sua mulher, a fim de se assegurar do efeito que estava produzindo. Jeanne inclinava a cabeça, imperceptivelmente. Admirava a esperteza do marido e a maneira que tinha aquele gigante de bancar o ingênuo, quando queria enganar todo mundo. "Ele finge estar preocupado, desconfiado..." Os outros não deixariam de aprovar tão excelente documento; e, depois de terem aprovado, não poderiam mais mudar de ideia. Além disso, a notícia de que Robert detinha as provas que o condado de Artois lhe pertencia haveria de se espalhar pela corte.

— Fazei entrar essa dama Divion — disse Robert em tom severo.

Jeanne de Divion surgiu, muito provincial, muito modesta; do escapulário de linho saía seu rosto triangular, com olhos rodeados por olheiras. Ela não precisava bancar a intimidada, pois de fato estava. Tirou de uma grande bolsa de tecido um pergaminho enrolado, do qual pendiam diversos selos lacrados, e o entregou a Robert, que o abriu, examinou-o por alguns momentos, e depois o entregou ao notário.

— Examinai os selos, mestre Tesson.

O notário verificou o lacre sobre os laços de seda, inclinou sobre o pergaminho seu enorme gorro preto e seu perfil de lua crescente.

— Trata-se, de fato, do selo de vosso avô, senhor — disse ele com um tom convicto.

— Examinai-o também, meus caros senhores — disse Robert, fazendo passar de mão em mão o documento.

Todos o examinaram. O senhor de Brécy confirmou que os selos dos bailios de Arras e de Béthune estavam excelentes. O conde de Bouville aproximou o documento de seus olhos cansados; conseguiu distinguir apenas a mancha verde na parte de baixo da carta; apalpou o lacre, e as lágrimas começaram a escorrer de suas pálpebras, ao murmurar:

— Ah! O selo de lacre verde de meu bom senhor Felipe, o Belo!

Houve, então, entre os presentes um momento de profundo enternecimento, um instante de silêncio em que todos se sentiram respeitosos diante daquele velho servidor da coroa.

Divion, que se mantinha um pouco retraída, encostada a uma parede, trocou um olhar discreto com a condessa de Beumont.

— Agora, mestre Tesson, lede o documento — ordenou Robert.

E o notário, pegando de volta o pergaminho, começou:

— *Nós, Robert de França, par do reino e conde d'Artois...*

As fórmulas iniciais tinham o aspecto de costume; os assistentes escutavam com calma.

— *...aqui declaramos, na presença dos senhores de Saint-Venant, de Saint-Paul, de Waillepayelle, nobres cavaleiros que lacrarão com seus selos pessoais este documento, e em presença de mestre Thierry d'Hirson, meu notário...*

Alguns olhares se voltaram para Divion, que abaixou o nariz.

"Muito hábil da parte dela ter mencionado o bispo Thierry", pensou Robert, "porque isso autentica todos os testemunhos sobre o papel dele neste caso; tudo está se encaixando muito bem."

— *...que por ocasião do casamento de nosso filho Felipe, nós o investimos herdeiro de nosso condado, cujo usufruto nos reservamos enquanto estivermos vivos, e que nossa filha Mahaut concordou com esta decisão, tendo renunciado ao mesmo...*

— Ah! Mas isso é fundamental! — gritou Robert. — É mais do que eu esperava. Nunca ninguém me tinha dito que Mahaut havia concordado! Vede, meus amigos, como essa mulher é vilã! Continuai, mestre Tesson.

Os presentes estavam muito impressionados. Alguns balançavam a cabeça, outros trocavam olhares. Sim, o documento era mesmo importantíssimo...

— *...e agora que Deus chamou para a sua companhia nosso caro e amado filho, o conde Felipe, pedimos a nosso rei, caso Deus queira dispor de nossa vida durante a guerra, que ele cuide para que os herdeiros de nosso filho não sejam deserdados...*

Todos os presentes continuavam a aprovar com ares dignos. O nobre cavaleiro de Hangest, que ocupava um posto no Parlamento, moveu as mãos na direção de Robert, com um gesto que significava: "Senhor, podeis estar certo de ganhar vosso processo."

O notário concluiu:

— *...e com isto, aqui lacramos nosso selo, em nosso palacete de Arras, no vigésimo oitavo dia de junho do ano da graça de mil trezentos e vinte e dois.*

Robert não pôde reprimir um sobressalto. A condessa de Beaumont empalideceu. Divion, encostada à parede, teve a impressão de que ia morrer.

Eles não eram os únicos a ter escutado o ano: *mil trezentos e vinte e dois.* No auditório, todas as cabeças se voltaram surpresas para o notário, que, ele mesmo, mostrou sinais de afobamento.

— Vós dissestes mil trezentos e vinte e dois? — perguntou o cavaleiro de Hangest. — Mas quereis dizer com certeza trezentos e dois, o ano da morte do conde Robert, não é?

Mestre Tesson desejava poder dizer que aquilo não passara de um erro de leitura, mas o texto estava lá, sob seus olhos; portanto, claramente, bem claramente, *mil trezentos e vinte e dois.* E todos pediriam para rever o documento. Como aquilo podia ter acontecido? Ah! O senhor Robert ia explodir! Em que armadilha ele próprio, Tesson, tinha caído? No Châtelet... isso mesmo, aquilo tudo ia acabar na prisão do Châtelet, com toda certeza!

Ele fez o que podia para reparar o desastre, murmurando:

— Sem dúvida, trata-se de um erro de escrita... É claro, só pode ser isso, devemos ler aqui *trezentos e dois*...

E prontamente ele mergulhou sua pena na tinta, rasurou o documento e corrigiu algumas letras, restabelecendo a data correta.

— Mas caberia realmente a vós a correção de tão importante documento? — perguntou o cavaleiro de Hangest com um tom um tanto chocado.

— É claro que sim, senhor — respondeu o notário. — Há aqui dois pontos marcados abaixo da palavra, e a correção das palavras mal escritas, desde que estejam assim marcadas, é um hábito estabelecido dos notários...

— O que ele diz é de fato verdade — confirmou o arquidiácono de Avranches.

Mas aquele incidente destruiu toda a bela impressão que fora provocada pela leitura.

Robert chamou um escudeiro e ordenou, cochichando em seu ouvido, que mandasse apressar a refeição. Depois se esforçou por animar a conversação:

— Em suma, mestre Tesson, o que me dizeis? Pensais que o documento é verdadeiro?

— Claro que sim, senhor, claro que sim — respondeu apressadamente o notário.

— E vós, senhor arquidiácono, o que pensais?

— Creio que ele é verdadeiro.

— Talvez — disse o senhor de Brécy num tom amigável — devêsseis fazer com que ele fosse comparado com outras cartas do falecido conde d'Artois, escritas no mesmo ano...

— E de que modo, meu caro amigo? — retrucou Robert. — Mahaut conserva todos os documentos em seus registros! Penso que o documento é verdadeiro. Não é possível inventar esse tipo de coisas. Eu mesmo não estava a par de tudo isso, especialmente no que diz respeito à renúncia de Mahaut.

Naquele momento um ruído de trombetas foi ouvido no pátio. Robert bateu palmas.

— Estão nos chamando, senhores. Lavemos as mãos e passemos ao jantar!

Ele estava espumando de raiva e andava de um lado para o outro do quarto de sua esposa. O assoalho tremia.

— E vós tínheis lido a carta! E Tesson também! E Divion igualmente! E ninguém, nenhum de vós foi capaz de ver esse infeliz *vinte e dois* que corre o risco de pôr tudo a perder!

— Mas vós também, meu amigo, vós também lestes e relestes a carta — respondeu calmamente Jeanne de Beaumont. — E vós estáveis muitíssimo satisfeito, lembro-me bem.

— Pois bem! Eu a li, sim, e também não vi esse erro infeliz! Ler em silêncio não é a mesma coisa. Como eu poderia pensar que cometeríamos uma tolice dessas? Foi preciso que esse asno de notário imbecil... e o outro asno que escreveu a carta... como é mesmo o nome dele? Rossignol? Esse se pretende capaz de redigir um documento, vos arranca o dinheiro que quer para fazer o serviço... e nem sequer é capaz de datar o documento corretamente! Eu vou mandar prender esse Rossignol e fazer com que ele seja chicoteado até perder todo o sangue!

— Vós devereis mandar prendê-lo em Santiago de Compostela, meu amigo, para onde ele foi em peregrinação com o dinheiro que pagastes a ele.

— Então vou esperar que volte!

— Não temeis que ele acabe falando o que sabe, enquanto estiver sendo chicoteado?

Robert deu de ombros.

— E ainda podemos nos dar por felizes pelo fato de isso ter acontecido aqui, e não durante a leitura do documento no Parlamento! Devereis ser mais atenta doravante, minha cara esposa, em relação aos outros documentos. Erros como esse não podem mais acontecer.

A senhora de Beaumont achava injusto que a ira do marido se voltasse contra ela. Deplorava aquele erro tanto quanto ele, e se entristecia igualmente, mas, afinal, ela tivera o maior trabalho para fazer aquilo tudo, chegando até a esfolar as mãos para cortar o lacre de tantos selos. Achava que Robert deveria se conter um pouco, e não tratá-la como culpada do incidente.

— Mas, Robert, afinal, por que insistis tanto nesse processo? Por que correis tantos riscos, fazeis-me correr também, assim como tantas outras pessoas? Sabeis que um dia poderemos todos ser acusados de falsificação de documentos e de mentira?

— Não são mentiras, não são documentos falsos! — berrou Robert. — É a verdade que quero fazer explodir diante dos olhos de todos! A verdade, que se obstinaram a esconder durante tanto tempo!

— Pois que seja a verdade — disse ela. — Confessai, porém, que ela não tem bela aparência. Devíeis temer que, sob tais hábitos, a mentira possa ser reconhecida! Vós tendes tudo, meu amigo: sois par do reino, irmão do rei através de mim, que sou irmã dele, e todo-poderoso no Conselho real. Vossas rendas são enormes, e o que eu vos trouxe como dote e herança faz com que vossa fortuna seja invejada por todos. Por que não deixais de lado o condado de Artois? Não pensais que já brincamos muito com um jogo pelo qual poderemos pagar caro demais?

— Minha amiga, não raciocinais corretamente, e espanto-me muito ao vos ouvir; logo vós, que normalmente sois tão sábia. Eu sou o primeiro barão de França, mas um barão sem terras. Meu pequeno condado de Beaumont, que só me foi dado como compensação, é, na verdade, domínio da coroa: não posso explorá-lo, apenas recebo as rendas provindas dele. Fui elevado ao pariato, como vós mesma acabais de dizer, porque o rei é vosso irmão. Ora, que Deus o guarde ainda por muito tempo, mas nenhum rei é eterno. Nós já vimos passar diversos pelo trono! Caso Felipe morra, serei eu o regente? Caso aquela manca da esposa dele, que me odeia e vos odeia, tenha o apoio da Borgonha para assumir a regência, será que continuarei a ser tão poderoso? Será que o Tesouro continuará pagando as minhas rendas? Eu não tenho nenhum domínio para administrar, para fazer a minha própria justiça; eu realmente não tenho vassalos importantes, nem posso contar com homens meus, convocados em terras minhas, que me devam completa obediência e que eu possa utilizar como queira. Quem garante hoje meus cargos? Homens originários de Valois, de Anjou, do Maine, dos apanágios e feudos do bom Carlos, vosso pai. Onde é que posso encontrar meus próprios servidores? Entre esses aí? Eu repito: não tenho nada. Não posso convocar um exército que empunhe meus próprios estandartes, numerosos o bastante para fazer tremer meus inimigos. O verdadeiro poder só se mede pelo número de castelanias que um homem comanda e das quais pode tirar seus homens para a guerra. Minha fortuna repousa unicamente sobre mim mesmo, meus braços, sobre o lugar que eu ocupo no Conselho. Meu crédito é baseado apenas em favores, e o favor depende somente da vontade de Deus. Nós temos filhos! Pois bem, pensai neles, minha cara esposa, pois não é certeza que eles tenham herdado meu juízo! Gostaria de legar-lhes a coroa de Artois... que é o dote que lhes pertence como herança legítima.

Jamais ele havia revelado tanto assim seus pensamentos profundos, e a condessa de Beaumont, esquecendo suas reprimendas, via seu marido de forma totalmente diferente agora, não mais somente como o colosso cheio de artimanhas cujas intrigas a divertiam, o mau súdito capaz de todas as velhacarias, o mulherengo que corria atrás de toda e qualquer mulher, fosse ela nobre, burguesa ou criada, mas como um verdadeiro e grande senhor, raciocinando de acordo com as leis de sua condição. Carlos de Valois, outrora, quando corria em busca de um reino ou de uma coroa de imperador, tentando encontrar para suas filhas alianças soberanas, justificava seus atos com o mesmo tipo de preocupação.

Naquele momento um escudeiro bateu à porta: a dama Divion pedia para falar com o conde, com a máxima urgência.

— Mas o que é que ela quer ainda? Ela não tem medo da minha reação? Fazei-a entrar.

Divion apareceu, um tanto desvairada, com ares de quem trazia uma péssima notícia. Suas duas criadas — Maria, a Branca, e Maria, a Preta —, as que a haviam ajudado a comprar diversos selos para a falsa carta, estavam na cadeia, para onde tinham sido levadas pelos sargentos da condessa Mahaut.

# V

# Mahaut e Beatriz

— QUE O DIABO VOS CARREGUE, todos vós! Imprestáveis! — gritava a condessa Mahaut. — Como? Eu mando prender essas duas mulheres, que podem nos informar tudo que queremos saber, e, mal elas são encontradas, vós as soltais?

A condessa Mahaut, em seu castelo de Conflans sur la Seine, perto de Vincennes, acabava de saber, alguns minutos antes, que as duas criadas de Divion, detidas sob suas ordens pelo bailio de Arras, tinham sido libertadas. Sua ira pelos "imprestáveis" estava indomável, mas por ora dirigia-se apenas a Beatriz d'Hirson, sua dama de companhia, sobre a qual ela descarregava todo o seu furor. O bailio de Arras era um tio de Beatriz, irmão mais jovem do falecido bispo Thierry.

— Senhora... essas criadas foram soltas por ordem do rei, uma ordem apresentada por dois sargentos — respondeu com toda a calma Beatriz.

— Ora essa, o rei está pouco se importando com duas criadas no fundo de uma cozinha em Artois! Elas foram soltas por ordem de meu sobrinho Robert, que correu até o rei a fim de obter a ordem para soltá-las. Alguém pensou, pelo menos, em anotar os nomes dos sargentos? Verificaram se eles eram de fato oficiais reais?

— Eles se chamam Maciot l'Allemant e Jean Le Servoisier, senhora — respondeu Beatriz com a mesma calma.

— São dois sargentos de Robert! Eu conheço esse Maciot l'Allemant; ele faz parte dos que são empregados pelo velhaco do meu sobrinho em todos os seus desprezíveis golpes. Além do mais, como Robert foi avisado que as criadas da Divion tinham sido presas? — perguntou Mahaut, lançando à dama de companhia um olhar cheio de suspeitas.

— O senhor Robert conservou muitos conhecimentos em Artois... vós não ignorais isto, senhora.

— Espero — disse Mahaut — que ele não tenha conhecidos entre os que convivem comigo... Mas o fato de me servir mal já equivale a uma traição, e vejo-me traída por todos. Ah! Desde a morte de Thierry, tenho a impressão de que não tens mais nenhum sentimento por mim. Ingratos! Eu lhes proporcionei tantos benefícios... Há quinze anos eu a trato como minha própria filha.

Beatriz d'Hirson abaixou seus longos cílios pretos e olhou vagamente o solo. Seu rosto cor de âmbar, liso, sua boca perfeita, não deixavam perceber nenhum sentimento, nem humildade nem revolta, simplesmente uma certa falsidade naquela maneira de abaixar os cílios extraordinariamente longos, por trás dos quais se abrigava seu olhar.

— Teu tio Denis, que nomeei meu tesoureiro para fazer a vontade de Thierry, me ludibria e me furta! Onde foi parar o dinheiro das cerejas de minhas terras que ele vendeu no mercado de Paris? Um dia exigirei o controle de todos os registros! Tu tens tudo: terras, casas, castelos comprados com os lucros que fazem à minha custa! Teu tio

Pierre, um tolo que eu nomeei bailio pensando que, pelo fato de ele ser tão tolo, pelo menos me seria fiel, não é mais capaz nem de manter fechadas as portas de minhas prisões! Entra e sai quem quer, como um albergue ou um prostíbulo!

— Como é que meu tio poderia recusar, senhora, ao ver um documento com lacre real?

— E o que foi que disseram essas putas desgraçadas durante os quatro dias em que permaneceram presas? Fizeram com que falassem? Teu tio mandou torturá-las?

— Mas, senhora... — disse Beatriz sempre com a mesma voz calma —, ele não podia fazer uma coisa dessas sem ter recebido uma ordem judicial. Lembrai-vos do que ocorreu a vosso bailio de Béthune...

Com um gesto brusco feito com a mão cheia de manchas, Mahaut recusou o argumento e disse:

— Não, tu não me serves mais de coração, ou melhor, nunca me serviste de coração.

Mahaut estava envelhecendo. A idade marcava seu corpo de giganta. Um rude buço branco crescia sobre suas faces, que se tornavam púrpuras diante da menor contrariedade, assemelhando-se a um naco de carne que acabava de ser cortado. No decorrer do ano precedente, ela tivera diversas alterações de saúde. O período que atravessava era funesto, em todos os sentidos.

Desde seu perjúrio de Amiens e a constituição da comissão de investigação, seu temperamento se tornava cada vez mais azedo, até ficar realmente odioso. Além do mais, seu espírito se cansava, e ela colocava todas as coisas no mesmo plano. Se a geada estragasse as rosas que ela mandava cultivar aos milhares em seus jardins, ou se algum acidente acontecesse nas máquinas hidráulicas que alimentavam as cascatas artificiais de seu castelo de Hesdin, sua ira se abatia como uma tempestade sobre os jardineiros, os operadores das máquinas, os escudeiros, e sobre Beatriz.

— E essas pinturas, feitas há menos de dez anos! — gritava ela, mostrando os afrescos das galerias de Conflans... — Eu paguei quarenta e oito libras parisinas àquele imagista que Denis mandou vir de Bruxelas, garantindo que ele usaria tintas da melhor qualidade.[13] Isso não faz nem dez anos, e o resultado está aí! O prateado dos elmos perdeu o brilho e a parte de baixo das imagens está descascando. Isso é um trabalho bom e honesto, por acaso?

Beatriz se entediava. O séquito de Mahaut era enorme, mas composto apenas por pessoas de idade avançada. Mahaut se mantinha agora afastada da corte de França, que estava sob a influência de Robert. Lá, em Paris, em Saint-Germain, em volta do rei achado, realizavam-se sem parar combates a cavalo, torneios e festas, fosse pelo aniversário da rainha, pela despedida do rei da Boêmia, ou até mesmo sem razão alguma, simplesmente por prazer. Mahaut quase não comparecia e, quando era obrigada enquanto par do reino, suas aparições eram breves. Não estava mais em idade de dançar, nem tinha ânimo para olhar os outros se divertirem, sobretudo numa corte em que a tratavam tão mal. Ela nem sequer se comprazia em passar algum tempo em seu palacete parisiense da rue Mauconseil; vivia retirada entre os altos paredões de Conflans, ou então em Hesdin, que ela fora obrigada a reformar e consertar após a devastação daquele castelo por Robert, fato ocorrido em 1316.

Ela se tornara tirânica depois que deixara de ter um amante — o último tinha sido o bispo Thierry d'Hirson, que se dividia entre ela e Divion, o que explicava o ódio que Mahaut sentia por essa mulher. Ela temia também ser acometida por algum mal-estar noturno, e obrigava Beatriz a dormir num canto de seu quarto, impregnado por cheiros acumulados de velhice, remédios e restos de comida. Pois Mahaut continuava comendo em demasia, a qualquer hora do dia ou da noite, surpreendida por uma fome monstruosa; os cortinados, os tapetes cheiravam a guisados, à carne de caça, aos virados condimentados com alho. Indigestões frequentes obrigavam-na a chamar seus médicos e boticários; as poções e os caldos de ervas sucediam-se às carnes temperadas. Ah! Bom tempo aquele em que Beatriz ajudava Mahaut a envenenar os reis!

A própria Beatriz começava a sentir o peso dos anos. Sua juventude estava acabando. Trinta e dois anos é a idade em que todas as mulheres, mesmo as mais perversas, contemplam as duas metades da vida, pensam com nostalgia nas primaveras passadas, e com inquietude nos invernos que estão por vir. Beatriz continuava bela e certificava-se disso no olhar que lhe lançavam os homens, que eram seus espelhos preferidos. Mas sabia também que não possuía mais aquela tez de fruta dourada que tinha sido seu charme aos 20 anos; os olhos eram escuros, não brilhavam mais com a mesma intensidade de manhã, ao despertar; os quadris se tornavam um tanto pesados. Não podia mais desperdiçar seus dias.

Mas como, com aquela Mahaut que a obrigava a dormir em seu quarto? Como escapar para ir encontrar um amante ou para ir, à meia-noite, a alguma casa secreta, assistir a uma missa negra e reencontrar nas práticas do sabá os temperos do prazer?

— Mas com o que andas sonhando? — gritou de repente a condessa.

— Não estou sonhando, senhora — respondeu Beatriz, dirigindo à condessa seu olhar displicente. — Estou pensando apenas que poderíeis encontrar uma moça melhor do que eu para vos servir. Estou pensando em me casar.

Dizer aquilo era dar provas de uma maldade cujo efeito se manifestou sem mais tardar.

— Belo partido tu farás! Belo prêmio terá aquele que te desposar! Ele terá de procurar tua virgindade na cama de todos os meus escudeiros, antes de ganhar um belo par de chifres!

— Em minha idade, senhora, virgindade é mais infelicidade que virtude. Depois, é coisa menos importante do que as casas e os bens que poderei proporcionar a um marido.

— Ah... Isso caso conserves tais bens, minha filha! Caso os conserve! Pois eles foram obtidos à minha custa!

Beatriz sorriu, e seu olhar sombrio novamente cobriu-se por um véu escuro.

— Oh, senhora — disse ela com uma doçura extrema —, não seríeis capaz de retirar vossos benefícios àquela que vos serviu em tantos assuntos secretos... e que realizou convosco tantas coisas...

Mahaut olhou-a com ódio.

Beatriz sabia como fazer para lembrar-lhe daqueles cadáveres reais que repousavam entre elas, as pastilhas envenenadas do Cabeçudo, o veneno posto nos lábios do pequeno João I... e ela sabia também como aquela cena terminaria: por um acesso de raiva traduzido pelo afluxo de sangue no rosto da condessa, pela papada vermelha bem visível sobre seu pescoço bovino.

— Tu não te casarás! Olha, olha bem o mal que fazes ao me contrariar assim. Deves estar contente — disse Mahaut ao mesmo tempo que caía sentada numa poltrona. — O sangue me sobe à cabeça e faz zumbir minhas orelhas. Vou ter de me fazer sangrar de novo.

— Não seria, senhora, o excesso de comida que vos obriga a tantas sangrias?

— Vou continuar comendo quanto quiser — berrou Mahaut — e quando quiser! Não preciso de uma ignorante como tu para decidir o que é bom para mim. Vai buscar um pouco de queijo inglês! E sem mais tardar!

Não havia mais queijo inglês nas despensas. O último pacote tinha sido consumido.

— Quem foi que o comeu? Estão me roubando! Então que tragam um patê de crosta crocante!

"Muito bem, isso mesmo! Enche bem a pança e vê se morre!", pensou Beatriz ao colocar diante de Mahaut a bandeja.

A condessa pegou uma enorme fatia com a mão e enfiou-a na boca. Mas o ruído que ela ouviu ecoar em sua cabeça não se devia ao estalo da mordida na crosta: ela acabava de quebrar um dente, mais um dente.

Seus olhos cinza e injetados se arregalaram. Ela permaneceu imóvel por alguns instantes, com o resto da fatia de patê numa das mãos, uma taça de vinho na outra, a boca aberta com um incisivo quebrado bem na raiz, que havia se deitado horizontalmente, tocando o lábio. Então pousou a taça e pegou sem dificuldade o dente quebrado. Apalpava com a língua o vazio criado na gengiva e sentia a superfície áspera da raiz, que arranhava. Ao mesmo tempo, contemplava entre os dedos o pedacinho de marfim amarelado, pretejado no ponto em que se quebrara, aquele fragmento de si mesma que a abandonava.

Mahaut levantou os olhos, pois Beatriz, diante dela, não parava de rir. Com os braços cruzados em volta da cintura, os ombros sacudidos, a dama de companhia não podia conter seu ataque de riso. Antes que ela tivesse tempo de recuar, Mahaut arremessou-se contra ela e esbofeteou-a duas vezes. O riso de Beatriz cessou de imediato. Por detrás dos longos cílios, as pupilas negras faiscaram com um brilho malvado, que logo depois se apagou.

Naquela noite, quando Beatriz ajudou a condessa a se despir, parecia que a paz havia se restabelecido entre elas. Mahaut, que voltara à sua obsessão, explicava a Beatriz:

— Tu compreendes por que eu queria tanto que interrogassem essas mulheres? Tenho certeza de que Divion ajuda Robert a fabricar documentos falsos, e queria surpreendê-la com a mão na botija.

Enquanto falava, ela apalpava com a língua, mecanicamente, o buraco do dente quebrado.

Depois do esbofeteamento, Beatriz amadurecia um projeto.

— Posso, senhora... propor-vos algo? Aceitais ouvi-lo?

— É claro, minha filha, fala, fala... Eu possuo a mão lépida, mas tenho confiança em ti, sabes disso.

— Pois bem, senhora, todo o mal vem da herança de meu tio Thierry... e do fato de não terdes querido pagar o que ele deixou à dama Divion. Trata-se, é claro, de uma má criatura e que não foi capaz de merecer isso tudo. Mas vós adquiristes assim uma inimiga que conhecia certos segredos que lhe foram contados por meu tio... e que agora os está vendendo ao conde Robert. Tivemos sorte por eu ter podido esvaziar a tempo o cofre d'Hirson... onde meu tio mantinha guardados alguns de vossos documentos! Vós sabeis que uso poderia ter feito deles essa má criatura. Se tivésseis dado a ela um pouco de terra e de dinheiro, isso lhe teria fechado o bico...

— É isso mesmo! — disse Mahaut. — Talvez eu tenha agido mal. Mas deves confessar que uma vagabunda capaz de esquentar os lençóis de um bispo ainda por cima conseguiu se impor no testamento e nele aparecer como esposa legítima... Sim, de fato, eu posso mesmo ter agido mal...

Beatriz estava ajudando Mahaut a tirar seu corpete. A giganta levantava os braços enormes, deixando à mostra um triste tosão branco que pendia das axilas; a gordura formava uma corcova no pescoço dela, como nos bois gordos; as mamas eram pesadas, caídas, monstruosas.

"Ela está bem velha...", pensava Beatriz, "e logo haverá de morrer... mas quando? Até seu último dia, serei obrigada a vestir e despir este corpo horrível, serei obrigada a gastar todas as minhas noites em sua companhia... E, depois que ela morrer, o que será de mim? O conde Robert, sem dúvida, ganhará o processo, pois tem o apoio do rei... A casa de Mahaut não existirá mais..."

Depois de vestir em Mahaut a camisola, Beatriz continuou:

— Se concedêsseis a Divion o que ela reclama, e até mesmo alguma coisinha a mais, vós faríeis com que ela ficasse do vosso lado. E assim poderíeis saber exatamente que serviços ela prestou a vosso sobrinho e, depois, tirar vantagem de tais informações.

— Talvez seja bem pensado tudo o que dizes — respondeu Mahaut. — Vale a pena gastar alguns milhares de libras para conservar meu condado, isso é certo. Mas como nos aproximaremos dessa vagabunda? Ela está hospedada no palacete de Robert, que deve vigiá-la o tempo todo... e até mesmo dormir com ela de vez em quando, pois ele aceita qualquer coisa. Nossa empreitada teria de ficar em segredo.

Eu me ofereço, senhora, para ir vê-la e falar com ela. Sou sobrinha de Thierry. Ele pode ter-lhe confiado a realização de alguma vontade póstuma...

Mahaut olhou com atenção para o rosto calmo, quase sorridente, de sua dama de companhia.

— Tu corres um grande risco — disse ela. — Se por acaso Robert ficar sabendo...

— Eu sei, senhora, sei que corro riscos. Mas o perigo não me assusta — disse Beatriz, ajeitando sobre Mahaut, que já se havia deitado, o cobertor bordado.

— Vamos, tu és uma boa moça — disse Mahaut. — Teu rosto ainda está doendo?

— Sim, senhora... sempre ao seu dispor...

# VI

# Beatriz e Robert

LORMET A RECEBERA POR UMA portinha lateral do palacete, a mesma por onde passavam os entregadores, como se a visitante fosse uma comerciante qualquer ou uma bordadeira que viesse entregar uma encomenda. Aliás, vestindo uma pelerine cinza, de tecido leve, e um capuz que cobria seus cabelos, Beatriz d'Hirson não se distinguia em nada de uma burguesa comum.

Reconhecera imediatamente o velho servidor pessoal do conde d'Artois; mas não demonstrara surpresa alguma, tanto durante a travessia dos dois pátios e das dependências de serviço, como quando se deu conta de estar sendo levada até os aposentos senhoriais.

Lormet ia na frente, com um fôlego bem audível, e se virava de vez em quando para dar uma olhada desafiadora naquela bela mulher, de passos deslizantes e cadenciados, e que não parecia nem um pouco intimidada.

"O que tem a fazer aqui o pessoal de Mahaut?", resmungava Lormet consigo mesmo. "Que receita especial daquela velhaca ela pretende cozinhar aqui nos nossos fornos? Ah! O conde Robert é bem imprudente ao deixá-la passar por esta porta! A condessa Mahaut sabe muito bem como agir: não foi uma feiona qualquer que ela quis enviar para a sua missão!"

Um corredor com arcadas, uma tapeçaria, uma porta baixa que se abriu girando sobre seus eixos bem engraxados, e Beatriz viu, nas três paredes, São Jorge com a lança, São Maurício apoiando-se em seu gládio, e São Pedro manejando suas redes.

O senhor Robert encontrava-se de pé no meio do recinto, com as pernas amplamente abertas, os braços cruzados sobre o peito e o queixo apoiado na gola.

Beatriz abaixou os longos cílios e sentiu-se percorrida por um agradável calafrio de temor e de satisfação ao mesmo tempo.

— Não esperáveis poder me ver, imagino — disse Robert d'Artois.

— Oh, sim, senhor... — respondeu Beatriz com sua fala lenta. — Era realmente vós que eu esperava encontrar.

Ela fizera o necessário para isso e, durante toda a semana, tinha feito questão de enviar diversos emissários à dama Divion, hospedada no palacete, sem o mínimo cuidado para dissimulá-los. Assim, todos estavam a par de tais visitas.

A resposta surpreendeu Robert.

— Então, o que vindes fazer? Anunciar-me a morte de minha tia?

— Oh, não, senhor... A senhora Mahaut apenas quebrou um dente.

— Bela notícia — disse Robert —, mas que não me parece digna de vossa visita. Ela vos enviou como mensageira? Por acaso ela percebeu que perdeu sua causa e agora quer me propor um acordo? Não há acordo possível!

— Não, senhor, a senhora Mahaut não quer propor acordo algum, pois ela sabe que vai ganhar.

— Ela vai ganhar? Essa é muito boa! Contra cinquenta e cinco testemunhas, todas de acordo para reconhecer os roubos e as tripudiações cometidas contra mim?

Beatriz sorriu.

— A senhora Mahaut apresentará sessenta, senhor, a fim de provar que vossas testemunhas estão mentindo, e ela poderá pagar-lhes tão caro como vós pagais a vossas.

— Ah, muito bem! Então viestes até aqui para zombar de mim? As testemunhas de vossa patroa não valerão nada, porque eu tenho documentos que provam o que meus defensores afirmam.

— Ah... É mesmo, senhor? — disse Beatriz num tom falsamente respeitoso. — Então a condessa deve estar enganada em relação à incrível procura por selos antigos que se passa atualmente em Artois... sob as vossas ordens.

— Estamos procurando selos — respondeu Robert, irritado — porque buscamos todos os documentos antigos que possam ser encontrados, a fim de que meu chanceler possa pôr em ordem os meus registros.

— É mesmo, senhor?

— Mas não cabe a vós me interrogar! Eu é que vos pergunto o que vindes procurar aqui. Vindes para corromper os meus?

— Não é preciso, senhor, posto que consegui chegar diante de vós.

— Então, enfim, o que desejais?

Beatriz percorria o recinto com os olhos. Viu a porta por onde tinha entrado, que se entreabria no ventre da Madalena, e sorriu ligeiramente.

— É por essa portinha escondida que passam as damas que vêm vos visitar?

O gigante estava começando a se enervar. Aquela voz irônica que se arrastava, aquele risinho breve, aquele olhar sombrio que brilhava por um instante e depois se apagava imediatamente por detrás dos longos cílios curvos, tudo aquilo o perturbava.

“Toma cuidado!”, dizia Robert a si mesmo. “Está na tua frente a famosa rameira que não pode vir para o teu bem!”

Ele conhecia Beatriz havia muito tempo. Não era a primeira vez que ela o provocava. Ele se lembrava da abadia de Chaâlis, ao sair de uma reunião noturna do Conselho do rei Carlos IV acerca dos problemas com a Inglaterra, e de como a tinha encontrado, esperando-o sob os arcos do claustro da hospedaria. Lembrava-se de muitas outras vezes... A cada encontro, era o mesmo olhar grudado no seu, o mesmo movimento ondulante dos quadris, o mesmo arfar do peito. Robert não era homem de se deixar algemar pela fidelidade; um tronco de árvore vestido de mulher teria bastado para pô-lo no mau caminho. Mas aquela moça, que pertencia a Mahaut e vivia de prontidão para levar a cabo todas as empreitadas dela, sempre lhe havia inspirado prudência.

— Minha bela, com certeza vós sois bem desavergonhada, mas talvez sejais também muito precavida. Minha tia pensa que vai ganhar o processo, mas vós, que tendes os olhos mais abertos, sabeis que ela vai perder. Sem dúvida sabeis que os bons ventos vão parar de soprar para os lados de Mahaut, e que já seria tempo de conquistar a confiança do senhor Robert, a respeito do qual tantas maledicências foram esparramadas, que foi tão prejudicado e, por isso mesmo, que pode decidir ter uma mão bem pesada quando chegar o momento da vingança. Não é isso, por acaso?

Ele andava de um lado para o outro, como sempre fazia. Usava uma cota curta bem ajustada à barriga; os músculos enormes de suas coxas esticavam o tecido das calças. Beatriz não parava de observá-lo, desde a cabeleira ruiva até os sapatos.

“Como ele deve ser pesado!”, pensava ela.

— Mas ninguém pode obter meus favores apenas com um sorriso — continuava Robert. — A menos que estejais precisando muito de dinheiro e queirais propor-me a venda de algum segredo. Eu sei recompensar os que me servem, mas sou implacável para com os que pretendem me enganar!

— Nada tenho a vender, senhor.

— Então, senhorita Beatriz, para o vosso próprio bem, afastai--vos de minha casa, seja qual for o pretexto que vos trouxe até aqui. Minhas cozinhas são muito bem vigiadas, mando provar meus pratos, e também o vinho que me é servido.

Beatriz passou a ponta da língua sobre os lábios, como se experimentasse algum licor saboroso.

"Ele teme que eu o envenene", pensou ela.

Ah! Como ela se divertia, ao mesmo tempo que sentia medo. E Mahaut, enquanto isso, pensava que ela estava ocupada com a Divion! Admirável golpe! Beatriz tinha a impressão de manter na palma da mão diversos fios invisíveis e mortais. Mas era preciso muita destreza para dominar todos eles.

Jogou, então, o capuz para trás, desamarrou o cordão em volta do pescoço e tirou a pelerine. Seus cabelos escuros estavam presos em tranças de cada lado das orelhas. Seu vestido de lã misturada com seda, muito decotado, deixava ver generosamente uma parte dos seios. Robert, que gostava das mulheres opulentas, não pôde se impedir de pensar que Beatriz havia se tornado ainda mais bela depois da última vez que a vira.

Beatriz estendeu a pelerine no chão, tirou da algibeira três penas pretas, que colocou em cima da capa, cruzando-as de modo a formar uma espécie de estrelinha. Depois começou a girar, descrevendo com o indicador um círculo imaginário e murmurando palavras incompreensíveis.

— Mas o que estais fazendo? — perguntou Robert.

— Estou vos enfeitiçando, senhor... — respondeu tranquilamente Beatriz, como se aquilo fosse a coisa mais natural do mundo, ou pelo menos a coisa mais habitual para ela.

Robert caiu na gargalhada. Beatriz olhou-o e tomou a mão dele como se quisesse levá-la até o interior do círculo. A mão de Robert se retirou.

— Tendes medo, senhor? — perguntou Beatriz sorrindo.

Pois aí está a força das mulheres! Que grande nobre teria ousado dizer ao conde Robert d'Artois que ele estava com medo sem receber um soco na cara ou um golpe de espada no crânio? E eis que uma simples vassala, uma camareira, era capaz de vir rodeá-lo em seu próprio palacete, para tomar seu tempo contando-lhe lorotas: "Mahaut perdeu um dente... Não tenho segredo algum a vos vender..." E, para completar, ela faz uma cena daquelas e acaba declarando que ele é medroso!

— Tenho a impressão de que vós sempre tivestes medo de vos aproximar de mim — continuou Beatriz. — O dia em que vos vi pela primeira vez, há muito tempo, no palacete da senhora Mahaut... quando viestes anunciar que as filhas dela iam ser julgadas... Talvez tenhais esquecido... mas já daquela vez tentastes me evitar. E a cada vez que nos reencontramos deu-se o mesmo. Não é possível, senhor, que tenhais de fato medo de mim!

Será que a coisa mais sábia a fazer não seria chamar Lormet e ordenar a ele que levasse embora aquela zombeteira, em vez de continuar perdendo tempo?

— Mas o que estais pretendendo com a vossa capa, vossas penas, vosso círculo? — perguntou ele. — Quereis fazer aparecer o Diabo?

— Isso mesmo, senhor...

Ele deu de ombros diante daquela criancice e, entrando na brincadeira, avançou para dentro do círculo.

— Pronto, senhor. Era exatamente o que eu queria. Porque sois vós o Diabo!

Que homem pode resistir a esse cumprimento? Dessa vez, Robert riu de bom grado, satisfeito. Ele segurou o queixo de Beatriz entre o indicador e o polegar.

— Sabíeis que eu poderia mandar vos queimar por bruxaria?

— Oh! Senhor...

Beatriz mantinha-se bem junto dele, com a cabeça levantada na direção das largas maxilas salpicadas de pelos ruivos. Respirava seu cheiro de javali caçado. Ela estava emocionada por causa do perigo, da traição, do desejo e do satanismo.

Uma vagabunda, uma verdadeira vagabunda, exatamente como Robert gostava! "Mas, afinal, que risco estou correndo?", disse ele a si próprio.

Ele a pegou pelos ombros e a puxou para mais perto.

"Este é o sobrinho da senhora Mahaut, o sobrinho que lhe deseja tanto mal...", pensava Beatriz, enquanto se afogava num longo beijo.

# VIII

# A casa da família Bonnefille

O BISPO THIERRY D'HIRSON, QUANDO EM vida, possuía em Paris, na rue Mauconseil, um palacete contíguo ao da condessa d'Artois, que ela aumentara comprando a casa de um vizinho, chamado Julien Bonnefille. Foi essa casa, recebida por ela como herança, que Beatriz propôs a Robert d'Artois como abrigo para os encontros de ambos.

A ideia de ter uma aventura com a dama de companhia de Mahaut, ao lado do palacete dela, numa casa paga com o dinheiro dela e que, ainda por cima, tinha conservado o nome de "Bonnefille",* tudo isso era mais do que suficiente para satisfazer a inclinação de Robert para a leviandade. O destino às vezes prepara divertimentos bem inesperados...

* "Boa moça", literalmente. (N.T.)

Mesmo assim, no início, Robert não abusou de sua satisfação e agiu com prudência. Ainda que ele próprio fosse proprietário, na mesma rua, de um palacete onde raramente passava algum tempo, preferia ir até a casa da família Bonnefille apenas depois do cair da noite. Naqueles bairros próximos do rio Sena, onde as ruelas estreitas eram repletas de uma multidão densa e vagarosa, um nobre como Robert d'Artois, facilmente reconhecível devido à sua estatura e escoltado por tantos escudeiros, não podia passar desapercebido. Robert preferia, portanto, esperar a noite. Ele sempre se fazia acompanhar por Gillet de Nelle e três servos, escolhidos entre os mais discretos e, sobretudo, entre os mais fortes. Gillet era o cérebro do grupo de guardas, e os três outros valetes, com seus punhos feitos para derrubar o primeiro que aparecesse, punham-se diante das saídas da casa Bonnefille, sem libré, como se fossem simples desocupados.

No decorrer dos primeiros encontros, Robert recusou-se a beber o vinho perfumado com especiarias que Beatriz lhe oferecia. "A donzela pode muito bem ter decidido me envenenar", pensava. Ele só tirava a roupa contrariado e, durante todo o tempo em que durava o prazer, ficava com os olhos grudados no baú sobre o qual havia deixado a sua adaga.

Beatriz se deleitava com tais temores. Então ela, uma burguesinha de Artois, moça ainda solteira com mais de 30 anos, e que tinha conhecido todo tipo de lençóis, era capaz de inspirar um temor daqueles a um colosso tão poderoso quanto aquele par de França?

A aventura tinha para Beatriz, mais ainda que para Robert, toda a pimenta da perversidade. Na casa de seu próprio tio, o bispo! E com o inimigo mortal da senhora Mahaut, a quem ela devia inventar todo tipo de histórias para justificar suas ausências... A dama Divion estava muito reticente... Ela não cederia de uma só vez e seria uma loucura entregar-lhe uma soma importante, pela qual poderia vender qualquer mentira... Não, era necessário encontrá-la com frequência, extirpar dela, pouco a pouco, as intrigas do terrível senhor Robert, fazer com que ela entregasse os nomes de todas as testemunhas arranjadas, e depois verificar tudo que ela dissera, ir encontrar o senhor Juvigny, no Louvre, ou Michelet Guéroult, o valete do notário Tesson. Ah! Tudo aquilo era bem difícil e custava muito tempo e dinheiro... "Seria preciso, senhora, dar de presente a esse notário uma peça de tecido, para a mulher dele. Aí sua língua se soltará... Vós me autorizais a pegar algumas libras para isso?"

E que prazer ao olhar para Mahaut, bem nos olhos, sorrindo, e ao mesmo tempo pensar: "Há menos de doze horas, eu estava me entregando inteirinha a vosso sobrinho!"

Ao ver o quanto sua dama de companhia se aplicava para bem servi-la, Mahaut implicava menos com ela e lhe mostrava novamente um pouco de afeição, chegando até a mimá-la um pouco. Para Beatriz, era uma ocasião rara de enganar Mahaut e, ao mesmo tempo, conquistar Robert. Pois nenhuma mulher pode pretender ter conquistado um homem por ter passado uma hora na cama com ele, do mesmo modo que nenhum domador pode acreditar ter amansado um animal selvagem porque o comprou e pode observá-lo por detrás das grades de uma jaula.

A posse não determina o poder.

Só se domina realmente quando o animal selvagem foi bem amestrado e obedece à voz do domador, deitando quando recebe a ordem, retendo suas garras e considerando que o olhar do domador é para ele como as grades que o confinam.

As desconfianças de Robert eram para Beatriz como garras que precisavam ser limadas. Em toda a sua carreira de caçadora, ela jamais tivera a ocasião de pegar um animal tão grande, e cuja ferocidade era lendária.

O dia que Robert consentiu em aceitar da mão de Beatriz uma taça de vinho, ela viveu sua primeira vitória e pensou: "Eu poderia ter posto aí dentro um veneno, e ele teria bebido tudo."

E depois que ele adormeceu, semelhante ao bicho-papão das fábulas, ela se sentiu triunfante. O gigante tinha no pescoço uma clara demarcação, exatamente na altura da gola das roupas; a tez avermelhada do rosto manchado pelas intempéries parava ali, bruscamente; logo depois começava a pele branca, manchada de sardas e coberta, nos ombros, por pelos ruivos parecidos ao de certa raça de porcos. Aquela linha de demarcação assemelhava-se, para Beatriz, à marca traçada pelo fio de um machado ou de um punhal.

Os cabelos cor de cobre, caindo em cachos sobre as faces, estavam em desordem e descobriam uma orelha pequenina, delicadamente modelada, infantil, enternecedora. Beatriz pensava: "Seria possível enfiar por esta orelha um fino fio de ferro até atingir o cérebro?"

Passados alguns minutos, Robert acordou sobressaltado e claramente preocupado.

— Pois bem, senhor, vede que não estais morto! — disse ela, rindo.

Seu riso deixava à mostra gengivas de um vermelho escuro.

Como se quisesse agradecer-lhe, ele recomeçou os jogos amorosos. Tinha de reconhecer que ela o seguia muito bem, com inventividade, traiçoeira, sem se poupar, sem reclamar de nada, e gritando bem alto por seu prazer. Robert, que tinha conhecido todos os tipos imagináveis de saias e saiotes, fossem de seda ou do tecido mais ordinário, achava que era mestre em sem-vergonhice. Mas confessava ter encontrado em Beatriz alguém mais experiente do que ele.

— Se foi frequentando o sabá, minha amiga, que tu aprendeste todas essas coisas, então todas as donzelas deveriam ir à mesma escola!

Beatriz lhe falava sempre do sabá e do Diabo. Aquela jovem vagarosa e aparentemente molenga, com um jeito de andar ondulante, com a fala arrastada, só revelava sua verdadeira violência na cama. Seu discurso também se tornava animado e rápido quando o assunto eram os demônios ou a bruxaria.

— Por que jamais te casaste? — perguntou-lhe um dia Robert. — Não devem ter faltado candidatos a te propor casamento, sobretudo se eles experimentaram antes de casar o que os aguardava contigo...

— Porque o casamento é feito na Igreja, e a Igreja me faz muito mal.

Ajoelhada na cama, com as mãos sobre os joelhos, o ventre imerso na sombra, os olhos bem abertos, Beatriz dizia:

— Sabeis, senhor, os padres e os papas de Roma e de Avignon não ensinam a verdade. Não existe apenas um Deus; mas, sim, dois. O da luz e o das trevas, o príncipe do Bem e o príncipe do Mal. Antes da criação do mundo, o povo das trevas se revoltou contra o povo da luz; e os vassalos do Mal, a fim de poderem sobreviver, devoraram uma parte dos princípios do Bem, pois o Mal é o nada absoluto e a morte. E assim, porque as duas forças do Bem e do Mal estavam contidas no povo do Mal, ele pôde criar o mundo e engendrar os homens, nos quais os dois princípios se encontram misturados e sempre em conflito, e nos quais o Mal é quem manda, posto que ele é, na verdade, o elemento original. E vê-se muito bem que há dois princípios, pois o homem e a mulher, como vós e eu, são de maneira diversa. É o Mal que faz cócegas nos ventres de ambos e os leva a se unir... Ora, as pessoas nas quais a natureza do Mal é mais forte do que a do Bem devem honrar Satã e fazer um pacto com ele para serem felizes e triunfarem na vida; e nada devem fazer para o Senhor do Bem, que é adversário delas.

Aquela estranha filosofia, que tinha um forte cheiro de enxofre, e na qual se encontravam elementos mal assimilados de maniqueísmo, outros das impuras doutrinas dos cátaros, mal transmitidos e mal compreendidos, tinha mais adeptos que os homens do poder imaginavam. Beatriz não representava um caso isolado; mas para Robert, cujo espírito jamais havia considerado aquele tipo de problema, ela entreabria as portas de um mundo misterioso; ele ficava admirado, sobretudo, por ouvir aquele raciocínio da boca de uma mulher.

— Tu tens mais tino do que eu imaginava. Quem foi que te ensinou isso tudo?

— Alguns Templários — respondeu ela.

— Ah! Os Templários! Claro, eles sabem muitas coisas...

— Vós os destruístes.

— Eu não! Eu não! — exclamou Robert. — Felipe, o Belo, e Enguerrand, os amigos de Mahaut... Mas Carlos de Valois, tanto quanto eu próprio, éramos contra a destruição da Ordem dos Templários.

— Na magia, eles continuaram muito fortes. Todos os males ocorridos ao reino foram causados pelo resultado do pacto que os Templários fizeram com Satã, porque o papa os havia condenado.

— As infelicidades do reino, as infelicidades do reino... — dizia Robert, sem grande convicção. — Algumas delas não teriam sido obra de minha tia, mais do que do Diabo? Pois foi ela quem mandou para o inferno meu primo Luís, o Cabeçudo, e depois o filho dele. E será que tu não terias ajudado um pouquinho?

Ele sempre abordava essa questão, mas a cada vez Beatriz se esquivava. Ou então sorria vagamente, como se não tivesse entendido ou, ainda, dava uma resposta que nada tinha a ver com o assunto.

— Mahaut não sabe... Ela não sabe que eu fiz um pacto com o Diabo, senão ela me expulsaria, com toda certeza...

E ela logo continuava, depressa, falando sobre seus assuntos favoritos, sobre a missa negra, que era o oposto, a negação da missa cristã, e que devia ser celebrada à noite, num local subterrâneo, e perto de um cemitério, de preferência. O ídolo tinha uma cabeça com dois rostos; serviam-se, na ocasião, hóstias pretas que eram consagradas pelo oficiante, que pronunciava três vezes o nome de Belzebu. Se esse fosse um padre renegado ou um monge que perdera a batina, era ainda melhor.

— O Deus das alturas falhou. Prometeu a felicidade e só dá desgraças às criaturas que servem a ele. É preciso, sim, obedecer ao Deus das profundezas. Senhor, se quiserdes que os documentos de vosso processo sejam reforçados pelo Diabo, fazei com que sejam transpassados por um ferro vermelho bem no canto de cada folha, de maneira que ali permaneça um buraquinho marcado por uma queimadura. Ou, então, maculai a página com uma manchinha de tinta feita em forma de cruz, com a haste superior terminando como uma mãozinha... Eu sei como é que se faz isso.

Mas Robert tampouco se entregava totalmente. E, por mais que estivesse evidente que Beatriz sabia que os documentos de que ele se gabava de possuir eram falsos, ele nunca se deixaria convencer a confessar a evidência.

— Se quiserdes adquirir todo o domínio sobre certo inimigo, se quiserdes que ele mesmo se prejudique sozinho pela vontade do Maligno — disse ela, um dia, a Robert —, deveis esfregar nas axilas dele, na parte de trás das orelhas e na planta dos pés um unguento feito com fragmentos de hóstias e de pó de ossos de uma criancinha morta sem batismo, tudo isso misturado ao esperma de um homem que tenha sido antes esparramado sobre as costas de uma mulher durante a missa negra, e também com o sangue menstrual dessa mesma mulher.[14]

— Eu ficaria mais tranquilo se dessem à minha maior inimiga um certo pó que mata ratos e toda espécie de animais fétidos...

Beatriz fingiu que não reagia. Mas a ideia lhe provocou ondas quentes por todo o corpo. Não, por enquanto ela não devia dar resposta alguma a Robert. Ele não devia saber que ela já dera seu consentimento... Existe pacto melhor do que um crime para unir para sempre dois amantes?

Pois ela o amava. Ela não percebia que, ao tentar aprisioná-lo, era ela que estava se tornando dependente. Vivia unicamente em função do momento em que ia encontrá-lo e, depois, da lembrança desse momento e da espera de um novo encontro. Espera daqueles cem quilos e daquele cheiro de estábulo que se desprendia de Robert, sobretudo durante as lutas amorosas; espera daquele forte suspiro de felino que ela conseguia arrancar-lhe da garganta...

As mulheres que apreciam os monstros são mais numerosas do que se pode imaginar. Os anões da corte, João, o Louco, e outros, sabiam muito bem disso, pois não davam conta de todas as conquistas que faziam. Até uma anomalia acidental é objeto de curiosidade e, por conseguinte, de desejo. Um cavaleiro caolho, por exemplo, faz sensação, por causa da vontade que têm certas mulheres de levantarem o pedacinho de tecido negro que oculta um de seus olhos. Robert, à sua maneira, era uma espécie de monstro.

A chuva do outono escorria pelos tetos. Os dedos de Beatriz divertiam-se ao seguir a curva ascendente daquela barriga gigantesca. Ela disse:

— Não precisais de coisa alguma para obterdes tudo que quereis, senhor, nem precisais ser instruído sobre nenhuma ciência... Sois o próprio Diabo... O Diabo não tem consciência de que é o Diabo.

Robert estava imerso em devaneios, satisfeito e farto, o queixo erguido, escutando aquelas palavras.

O Diabo tem olhos que queimam como a brasa, garras enormes para lacerar as carnes, uma língua de duas pontas e um sopro de fornalha que escapa da boca. Mas o Diabo também podia ter o peso e o cheiro de Robert. Ela estava apaixonada por Satã. Ela era a mulher do Diabo e dele jamais se separaria.

Numa noite em que Robert, vindo da casa Bonnefille, voltou para seu palacete, sua mulher apresentou-lhe o famoso contrato de casamento, enfim redigido, e no qual agora faltavam apenas os selos.

Robert, depois de examiná-lo, aproximou-se da lareira e, com um gesto negligente, introduziu o atiçador nas brasas; depois, quando a ponta ficou rubra, ele fez um buraquinho numa das folhas, que começou a estalar.

— O que estais fazendo, Robert? — perguntou a senhora de Beaumont.

— Quero ter certeza de que o pergaminho é de boa qualidade.

Jeanne de Beaumont observou por um instante o marido, depois lhe disse ternamente, quase num tom materno:

— Devíeis cortar as unhas, Robert, sim, cortar as unhas... Que moda nova é esta de deixá-las assim tão compridas?

# VIII
# Volta a Maubuisson

PODE ACONTECER QUE TODO UM plano urdido durante muito tempo esteja comprometido desde o início devido a uma falha de raciocínio.

Robert percebeu, de repente, que as catapultas que ele montara tão bem podiam se quebrar logo no momento em que deveriam lançar as pedras, simplesmente porque ele não percebera que elas tinham um pequeno defeito.

Assegurara ao rei, seu cunhado, e tinha jurado solenemente sobre o Evangelho, que seus títulos de herdeiro existiam; e havia mandado estabelecer cartas tão semelhantes quanto possível aos documentos desaparecidos. Obtivera inúmeros testemunhos a fim de fortalecer a validade dos documentos falsos. Todas as chances pareciam, portanto, reunidas para que tais provas fossem aceitas sem discussão.

Mas existia uma pessoa que sabia muito bem, sem nenhuma dúvida, que as atas eram falsas: Mahaut d'Artois, posto que ela queimara no passado as verdadeiras atas, inicialmente as dos registros de Paris, furtadas vinte anos antes, graças a alguns cúmplices próximos de Felipe, o Belo, e depois, recentemente, as cópias recuperadas no cofre de Thierry d'Hirson.

Ora, se um documento falso pode passar por autêntico aos olhos de pessoas favoravelmente prevenidas que jamais tomaram conhecimento dos originais, o mesmo não ocorre com os que têm certeza da falsificação.

Claro, Mahaut não poderia declarar: "Estes documentos são falsos. Tenho certeza disso, porque eu mesma joguei no fogo os verdadeiros." Mas, sabendo que a papelada era fraudulenta, ela ia fazer tudo que fosse possível para demonstrar isso. Quanto a esse fato, não havia dúvidas! A detenção das criadas da dama Divion constituía um alerta inequívoco. Muitas pessoas haviam participado da fabricação da papelada; dentre elas, sem dúvida, seria possível encontrar pelo menos uma capaz de trair por medo ou por cobiça pelo dinheiro.

Caso houvesse algum erro do tipo daquela infeliz confusão de datas — "1322" em vez de "1302" na carta lida em Reuilly —, Mahaut não deixaria de percebê-lo. Os selos podiam parecer perfeitos, mas Mahaut exigiria que eles fossem examinados minuciosamente. E, depois, o falecido conde Robert II tinha, como todos os príncipes, o costume de mencionar nas atas oficiais o nome do notário que as escrevera. Evidentemente, no que dizia respeito às cartas falsas, os falsários tinham evitado essa precisão. Uma omissão dessas, se fosse em um único documento, ainda poderia passar, mas em quatro... Mahaut aproveitaria para abrir todos os registros do condado de Artois: "Comparai", diria ela. "Em meio a todas as cartas seladas de meu pai, vede bem se há uma única cuja letra se assemelhe à das que meu sobrinho apresenta!"

Robert chegara à conclusão de que seus documentos, que para ele valiam como verdadeiros, só poderiam ser utilizados depois que desaparecesse também a pessoa que fizera desaparecer os próprios originais. Ou seja, ele só ganharia o processo se Mahaut morresse. Aquilo não era mais um desejo, e sim uma necessidade.

— Caso Mahaut viesse a falecer... — disse ele um dia a Beatriz com ares pensativos, as duas mãos na cabeça, o olhar perdido no teto do aposento — ...sim, se ela falecesse, eu poderia muito bem te fazer entrar a meu serviço, como dama de companhia de minha esposa... Já que eu recuperaria a herança, seria compreensível que conservasse parte do pessoal a serviço de minha tia. E assim eu poderia te conservar perto de mim...

O tamanho do anzol era enorme, e ele se destinava a um peixe que esperava com a boca aberta.

Aquela era a mais doce esperança que alimentava Beatriz. Ela se via morando no palacete de Robert, nele tramando suas intrigas, inicialmente amante secreta, depois às vistas de todos, pois esse tipo de coisa se instala com o tempo... E, quem sabe? A senhora de Beaumont, como toda criatura humana, não era eterna. Claro, ela era sete anos mais jovem do que Beatriz, e gozava de uma saúde que parecia excelente. Mas que vitória para qualquer mulher, a de triunfar sobre outra mais jovem do que ela! Será que um feitiço bem-feito não poderia fazer de Robert um viúvo, daqui a alguns anos? O amor tira todo e qualquer freio da razão, e faz com que a imaginação não tenha limites. Às vezes, Beatriz sonhava que se tornava condessa d'Artois, vestindo o manto do pariato...

E, caso o rei viesse a falecer, quem sabe Robert não haveria de se tornar regente? Em todo século existem mulheres que nascem insignificantes e acabam chegando ao topo da sociedade, devido ao desejo que inspiram a um príncipe, e também porque têm uma beleza e uma inteligência que as tornam superiores, por direito natural, a todas as outras. As damas imperatrizes de Roma e de Constantinopla, segundo o que contavam os romances dos menestréis, não tinham nascido todas elas em berço de ouro. Na sociedade dos poderosos deste mundo, uma dama se eleva mais depressa justamente quando sabe se deitar...

Para se deixar fisgar, Beatriz precisou apenas do tempo necessário para se assegurar de que estava segurando bem aquele que queria levá-la. E, para convencê-la, o conde d'Artois precisou comprometer-se e prometer-lhe dez vezes que a faria entrar para o seu palacete, garantindo-lhe também que desfrutaria de títulos e prerrogativas especiais, que ganharia certas terras... Aí sim, depois de tudo isso, ela consentiria em indicar algum feitiço que, por meio da utilização de um boneco de cera bem-feito, agulhas espetadas e conjurações bem recitadas, poderia acabar com Mahaut. Mas Beatriz fingia ainda estar cheia de hesitações, de escrúpulos; Mahaut não era benfeitora dela e de toda a sua família?

Presilhas de ouro e broches de pedras preciosas logo começaram a enfeitar as roupas de Beatriz; Robert aprendera a fazer galanterias. Acariciando com a mão a joia que acabara de receber, Beatriz dizia que, se quisessem realmente que o feitiço desse certo, o meio mais seguro e rápido consistia em tomar uma criança de menos de 5 anos que devia ser obrigada a engolir uma hóstia branca, depois cortar a cabeça da criança e deixar cair algumas gotas do sangue sobre uma hóstia preta que, em seguida, por algum subterfúgio, devia ser comida pela pessoa que se desejava enfeitiçar. Seria muito difícil encontrar uma criança de menos de 5 anos? Quantas famílias pobres, sobrecarregadas por uma prole numerosa, teriam consentido em vender uma criança?

Robert torcia o nariz. Tudo aquilo era complicado demais, e os resultados, incertos. Ele preferia um bom veneno, bem simples, que depois de administrado agiria imediatamente.

Finalmente Beatriz pareceu concordar, por devoção àquele diabo que ela adorava, por impaciência para viver ao lado dele no palacete d'Artois, por esperança de vê-lo diversas vezes ao dia. Por ele, ela seria capaz de tudo... Uma semana antes, ela já obtivera uma quantidade de arsênico branco suficiente para dizimar o bairro inteiro; Robert, que não sabia da novidade, acreditou triunfar quando lhe ofereceu cinquenta libras para comprar o veneno.

Agora era preciso esperar uma ocasião favorável. Beatriz explicava a Robert que a condessa estava rodeada por médicos que acorriam diante do menor mal-estar; suas cozinhas eram vigiadas, os copeiros eram diligentes... A empreitada não seria fácil.

E depois, de repente, Robert mudou de opinião. Tivera uma longa conversa com o rei. Felipe VI, diante dos relatórios dos comissários que haviam trabalhado com tanto afinco sob orientação do lesado, mais do que nunca convencido da legitimidade dos direitos de seu cunhado, queria a todo custo fazer algo por ele. A fim de evitar um processo cuja conclusão fosse desde o início tão evidente, e cujos ecos na corte e em todo o reino pudessem ser desagradáveis, o rei decidira convocar Mahaut e convencê-la a renunciar ao Artois.

— Ela jamais aceitará — disse Beatriz —, sabeis disso tanto quanto eu, senhor...

— Mesmo assim, tentemos. Se o rei conseguir convencê-la a agir razoavelmente, esta será a melhor saída.

— Não... a melhor saída é o veneno.

Isso porque a eventualidade de um acerto amigável não era nem um pouco interessante para ela. Sua entrada para o palacete de Robert seria assim adiada. Beatriz deveria permanecer como dama de companhia da condessa até que ela se fosse, Deus sabia quando! Agora era ela que queria apressar as coisas, e todos os obstáculos e dificuldades que via antes não mais a amedrontavam. A ocasião favorável? Havia várias todos os dias, por exemplo, quando ela levava à condessa suas infusões de ervas ou seus medicamentos.

— Mas a convocação do rei é para daqui a três dias em Maubuisson — observava Robert.

Os dois amantes decidiram o seguinte: ou Mahaut aceitava a proposta do rei para renunciar a Artois, e então a deixariam com vida, ou ela recusava e, nesse caso, no mesmo dia, Beatriz lhe daria o veneno. Que ocasião melhor do que aquela eles poderiam ter? Mahaut, acometida de um mal-estar ao sair da mesa do rei! Quem ousaria suspeitar que esse último havia ordenado seu assassinato? E, se alguém suspeitasse, quem ousaria dizer?

Felipe VI havia proposto a Robert que estivesse presente à entrevista de conciliação. Contudo, ele recusou.

— Vossa Majestade, vossas palavras terão maior efeito caso eu não esteja presente. Mahaut me odeia profundamente, e o fato de me ver poderia causar nela uma obstinação, em vez de encorajá-la a submeter-se à vossa vontade.

Ele realmente pensava assim; entretanto, o que Robert mais queria, com a sua ausência, era furtar-se de qualquer acusação eventual.

Três dias mais tarde, em 23 de outubro, a condessa Mahaut, sacudida em sua grande liteira toda dourada e decorada com os brasões do condado de Artois, avançava pela estrada de Pontoise. Sua única filha sobrevivente, a rainha Jeanne, viúva de Felipe, o Comprido, a acompanhava. Beatriz ia junto, sentada nas tapeçarias da liteira.

— Senhora, o que imaginais que quer o rei lhe propor? — perguntou Beatriz. — Caso seja um acordo... e caso possais aceitar meu conselho... deveis recusar. Eu não tardarei a ter várias provas contra o senhor Robert d'Artois. Dessa vez, a Divion está pronta a nos entregar as provas que causarão a derrota dele.

— Por que não trazes até mim essa Divion, posto que agora ela é tua íntima? Ela nunca veio ter comigo...

— Isso não é possível, senhora... Ela teme por sua vida. Se o senhor Robert souber, ela não amanhecerá viva. Para me visitar em Bonnefille, ela espera o cair da noite... e sempre vem escoltada por diversos domésticos que a protegem. Mas deveis recusar, senhora, deveis recusar!

Jeanne, a rainha viúva, com seu vestido branco de luto, olhava a paisagem e nada dizia. Foi somente quando todos os tetos pontudos de Maubuisson apareceram ao longe, acima das copas das árvores, que ela abriu a boca e disse:

— Lembrai-vos, minha mãe, há quinze anos...

Fazia quinze anos que, naquela mesma estrada, vestida com uma túnica grosseira e com a cabeça raspada, ela urrava sua inocência na carroça pintada de preto que a levava para Dourdan. Outra carroça preta levava sua irmã, Branca, e sua prima Margarida de Borgonha para a fortaleza de Château-Gaillard. Quinze anos!

Ela fora agraciada e pudera reencontrar a ternura de seu esposo. Margarida morrera. Luís X também... Jeanne nunca tinha feito nenhuma pergunta a Mahaut sobre o desaparecimento de Luís, o Cabeçudo, e do pequeno João I... E Felipe, o Comprido, havia se tornado rei e ficara no trono durante seis anos; depois, também ele morrera. Jeanne tinha a impressão de ter vivido três vidas distintas: a primeira terminava lá longe no passado, com aquele dia atroz de Maubuisson; na segunda, fora coroada rainha de França em Reims, junto com Felipe; e depois, na terceira, tornara-se essa viúva, rodeada de cuidados mas distanciada do poder, e sentada, naquele momento, na luxuosa liteira de sua mãe. Três vidas... e a estranha impressão de ter sido três pessoas diferentes, difíceis de conciliar entre si. Sua própria continuidade, ela só a sentia por meio daquela mãe imponente, autoritária, que sempre a dominava, e à qual temia dirigir a palavra desde a infância.

Mahaut também se lembrava...

— E sempre por causa desse Robert miserável... — disse ela. — Foi ele quem preparou tudo junto com aquela cadela, Izabel da Inglaterra, cujos negócios, aparentemente, não vão muito bem no momento, como, aliás, os de seu amante, Mortimer, de quem ela é a prostituta. Todos eles serão castigados um dia!

Cada uma das três mulheres estava imersa em seus próprios pensamentos. A rainha viúva murmurou:

— Agora meus cabelos cresceram novamente... mas ganhei rugas.

— Artois será teu, minha filha — disse Mahaut, pondo a mão sobre o joelho de Jeanne.

Beatriz contemplava os campos e sorria para as nuvens.

Felipe VI recebeu Mahaut com cortesia, mas nem por isso deixou de demonstrar certa altivez, imprimindo à sua fala um tom imponente de rei. Desejava a paz entre seus vassalos; os pares do reino, sustentáculos da coroa, não deviam dar o exemplo da discórdia nem se oferecer à desonra pública.

— Eu não quero fazer nenhum julgamento do que aconteceu nos reinados precedentes — disse Felipe, como se cobrisse com o véu da indulgência as ações passadas de Mahaut. — Quero estatuir sobre o presente. Meus comissários terminaram a missão que lhes dei. As testemunhas, minha prima, não vos são nem um pouco favoráveis, não posso vos esconder isso. Robert vai apresentar os documentos...

— Testemunhas corrompidas e documentos falsificados... — resmungou Mahaut.

A refeição se passou no grande salão, o mesmo onde Felipe, o Belo, outrora havia julgado suas três noras. "Todos aqui devem estar pensando nisso", dizia consigo mesma Jeanne, a rainha viúva, e isso tirava completamente seu apetite. Contudo, com exceção de sua mãe e dela própria, ninguém mais pensava naquele longínquo acontecimento, cujas testemunhas, quase todas, haviam desaparecido. Agora mesmo, quando todos tivessem deixado a mesa, talvez algum velho escudeiro dissesse a um outro:

— Lembrai-vos? Nós estávamos lá, quando a senhora Jeanne foi transportada na charrete... e agora ela está de volta entre nós como rainha viúva...

E a lembrança se apagaria imediatamente após ter sido evocada.

Aquele que acredita que seu próximo atribui tanta importância a sua pessoa quanto a si próprio comete um erro, mesmo que comum a todos os humanos. Os outros esquecem depressa o que aconteceu a seus semelhantes, a não ser quando têm algum interesse particular para se lembrar. E, mesmo quando não esquecem, o fato de se lembrarem não se reveste da gravidade que se imagina.

Em outro local, talvez Mahaut tivesse se mostrado mais receptiva às proposições de Felipe VI. Monarca que queria exercer suas prerrogativas de árbitro, ele tentava acomodar as coisas. Mas Mahaut, pelo fato de estar em Maubuisson, o que reavivava todos os seus ódios, não sentia inclinação alguma para ceder. Faria condenar Robert como falsário, provaria que ele cometia perjúrio, esse era o seu único pensamento.

Obrigada a medir suas palavras, comia exageradamente como compensação, engolindo tudo que punham em seu prato e esvaziando sua taça assim que acabavam de enchê-la. A ira, ajudada pelo vinho, enrubescia seu rosto. O rei não se contentava em aconselhá-la a renunciar, simplesmente, a seu condado, deixando-o a Robert: ele ainda se comprometia a fazer com que este pagasse à tia quarenta mil libras por ano!

— Eu me comprometo a garantir em relação a isso a concordância de vosso sobrinho! — disse Felipe.

Mahaut pensou: "Se Robert quis que seu cunhado me propusesse isso, então é porque ele está inseguro em relação aos documentos, e por isso prefere me pagar quarenta mil libras por ano, em vez de apresentar sua papelada falsa!"

— Eu recuso, Vossa Majestade, pois não posso me despojar assim do que é meu. Posto que Artois me pertence, tenho certeza de que vossa justiça garantirá a minha proteção.

Felipe VI olhou-a do alto. Aquela obstinação em recusar talvez fosse motivada por algum sentimento de orgulho, ou então pelo temor de confirmar as acusações feitas contra ela caso cedesse... Felipe sugeriu outra solução: Mahaut conservava seu condado, seus títulos e direitos, sua coroa de par por toda a vida, mas assinava diante do rei um documento ratificado por todos os pares, deixando Robert como herdeiro de Artois. Honestamente, ela não teria razão alguma para se opor a essa proposta: seu filho tinha sido chamado de volta a Deus, sua filha ali presente recebia uma pensão real de viúva, e suas netas estavam muito bem casadas — uma, com um membro da família de Borgonha; outra, com um jovem de Flandres; a terceira, com um nobre de Viennois. Mahaut poderia desejar algo melhor do que isso? Quanto a Artois, o condado voltaria um dia a seu destinatário natural.

— Pois se vosso irmão, o conde Felipe, não tivesse morrido antes de vosso pai, vosso sobrinho Robert seria hoje o senhor do condado de Artois. Podeis negar isto? Se aceitardes esta proposta, para vós ambos a honra estará salva e, quanto a mim, terei encontrado para o conflito que vos opõe um acerto justo.

Mahaut cerrou com força os maxilares e agitou a cabeça em um gesto negativo.

Então Felipe VI demonstrou certa irritação e mandou os criados apressarem o serviço. Uma vez que Mahaut fazia o que bem entendia, uma vez que ela o ofendia, recusando sua arbitragem, então o processo continuaria... para a sua infelicidade!

— Não insisto mais em que fiqueis aqui, minha prima — disse ele, logo após a passagem da bacia para que os convivas lavassem as mãos. — Não creio que a estadia em minha corte vos agrade muito.

Aquilo era o sinal da desgraça, e estava bem claro.

Antes de pegar de volta a estrada, Mahaut foi derramar algumas lágrimas sobre o túmulo de sua filha Branca, na capela da abadia. Ela própria já manifestara o desejo de também ser enterrada lá.[15]

— Ah! Maubuisson... Este é um lugar que não nos deu sorte. Serve apenas para que nele repousemos depois da morte!

No decorrer de todo o trajeto, ela não parou de exprimir sua ira.

— Ouvistes bem o que disse aquele tolo que a má sorte nos deu como rei? Desfazer-me de Artois, assim sem mais nem menos, apenas para agradá-lo! Nomear como meu herdeiro esse sobrinho podre que o destino me deu! Nunca! Minha mão secaria se eu assinasse um documento desses! Decididamente, entre os dois há muita cumplicidade; com certeza, um tem para com o outro dívidas que justificam isso... E pensar que, sem mim... Se eu não tivesse outrora trabalhado tão bem para abrir o caminho do trono...

— Minha mãe... — murmurou suavemente Jeanne, a Viúva.

Se ela ousasse exprimir seu pensamento, se não temesse a reação terrível da mãe, Jeanne teria aconselhado Mahaut a aceitar as propostas do rei. Mas isso não serviria para nada.

— Nunca, eles nunca hão de obter isso de mim! — repetia sem parar Mahaut.

Sem saber, ela acabava de selar sua sentença de morte, e a executora estava bem ali à sua frente, na liteira, olhando-a através de seus longos cílios negros.

— Beatriz — disse de repente Mahaut —, ajuda-me a afrouxar um pouco minhas roupas. Meu ventre está muito inchado.

Os nervos haviam perturbado sua digestão. Foi preciso parar a liteira para que a senhora Mahaut fosse aliviar as entranhas no meio do campo.

— Esta noite, senhora, eu vos darei vossa marmelada — disse Beatriz.

De noite, ao chegar a Paris, no palacete da rue Mauconseil, Mahaut ainda sentia ânsias, mas já estava um pouco melhor. Fez uma refeição leve e foi se deitar.

# IX

# O salário dos crimes

BEATRIZ ESPEROU QUE TODOS OS criados estivessem dormindo. Aproximou-se da cama de Mahaut, levantou o cortinado que ficava fechado à noite. Uma velinha pendurada no baldaquim difundia um fraco clarão azulado. Beatriz estava de camisola e segurava uma colher.

— Senhora, vós esquecestes a marmelada...

Mahaut, sonolenta, hesitando entre a ira e o cansaço, disse apenas:

— Ah, sim... és uma boa filha, obrigada por ter-se lembrado.

E engoliu o conteúdo da colher.

Duas horas antes do amanhecer, ela acordou todo mundo gritando e tocando sem parar o sininho. Encontraram-na vomitando numa bacia que Beatriz estendia diante dela.

Thomas le Miesier e Guilherme du Venat, seus médicos, imediatamente chamados, pediram que lhes contassem em detalhes o que a condessa havia comido durante o dia; concluíram sem hesitar que ela fora acometida de uma forte indigestão acompanhada por afluxo de sangue causado por um aborrecimento.

Mandaram buscar o barbeiro Thomas, que, pelos quinze tostões de costume, aplicou na condessa uma sangria, e a dama Mesgnière, preparadora de ervas da capital, administrou-lhe uma lavagem intestinal.[16]

Beatriz, dando como pretexto que ia buscar um electuário na casa de mestre Palin, comerciante de especiarias diversas, escapou à noite para ir encontrar Robert a algumas passadas do palacete de Mahaut, na casa Bonnefille. Ao vê-lo, ela disse:

— A coisa foi feita.

— Ela morreu? — perguntou, surpreso, Robert.

— Ah, não! Ela vai sofrer por muito tempo — disse Beatriz com um brilho sombrio no olhar. — Mas precisaremos ser prudentes, senhor, e não poderemos nos ver com tanta frequência por algum tempo.

Mahaut levou um mês para morrer.

Beatriz, noite após noite, pouco a pouco, empurrava-a lentamente para o túmulo, e isso com toda facilidade, pois Mahaut só tinha confiança nela e só aceitava tomar os remédios que ela lhe dava.

Depois dos vômitos que duraram três dias, foi acometida por um catarro que vinha da garganta e dos brônquios; engolia somente com extrema dificuldade. Os médicos declararam que ela fora exposta ao frio durante a indigestão. Depois, quando seu pulso começou a enfraquecer, pensaram que haviam exagerado nas sangrias. Em seguida, a pele de todo o seu corpo se cobriu de espinhas e pústulas.

Cuidadosa, atenta, sempre presente, exibindo um humor sorridente que é tão precioso aos doentes, Beatriz se deleitava ao contemplar os repugnantes progressos de sua obra. Quase não ia mais encontrar Robert; mas o cuidado de escolher todos os dias o alimento ou o remédio no qual colocaria o veneno lhe proporcionava um prazer inenarrável.

Quando Mahaut viu seus cabelos caírem em tufos cinzentos como feno seco, ela teve a certeza de estar perdida.

— Envenenaram-me! — disse ela, angustiada, à sua dama de companhia.

— Oh, senhora, não deveis dizer tais coisas. Foi na casa do rei que fizestes vossa última refeição antes de cairdes doente.

— Pois é nisso mesmo que estou pensando! — disse Mahaut.

Continuava animada pela raiva, ralhando com os médicos, acusando-os de asnos. Não dava sinais de querer aproximar-se da religião, e atribuía mais importância aos negócios de seu condado que aos da alma. Ditou uma carta à filha: "Caso eu venha a falecer, ordeno que vos dirijais imediatamente ao rei exigindo que ele aceite vossa homenagem na qualidade de herdeira do condado de Artois. Isso deve ser feito antes que Robert tenha tempo de tentar algo."

Os males que ela sofria não a faziam de modo algum pensar naqueles que outrora infligira a outros. Permanecia, até o fim, uma alma egoísta e dura, na qual nem a proximidade da morte fazia surgir alguma fonte de arrependimento ou de humana compaixão.

Pareceu-lhe, entretanto, necessário confessar que matara dois reis, o que jamais havia dito a confessores comuns. Para isso, decidiu escolher um obscuro franciscano. Quando o monge saiu, pálido, do quarto, ele foi imediatamente interpelado por dois sargentos que tinham ordens para conduzi-lo ao castelo de Hesdin. As instruções de Mahaut foram mal compreendidas. Ela dissera que o monge devia ficar retido em Hesdin até sua morte; o governador do castelo pensou que se tratava da morte do monge e o trancou numa masmorra subterrânea. Foi o último crime — esse, involuntário — da condessa Mahaut.

Finalmente, a enferma foi tomada por cãibras atrozes que se manifestaram inicialmente nos dedos dos pés, depois nas panturrilhas e, por último, nos antebraços, que se tornaram rígidos. A morte estava subindo pouco a pouco.

No dia 27 de novembro, diversos mensageiros foram enviados na direção do convento de Poissy, onde então residia a rainha Jeanne, a Viúva, na direção de Bruges, para avisar o conde de Flandres, e também para Saint-Germain, onde o rei se encontrava na companhia de Robert d'Artois. Cada um dos mensageiros enviados a Saint-Germain assemelhava-se, aos olhos de Beatriz, ao portador de uma mensagem de amor endereçada a Robert: a condessa Mahaut tinha recebido os últimos sacramentos; a condessa não podia mais falar; a condessa estava à beira da morte...

Aproveitando de um momento em que se encontrava sozinha junto da moribunda, Beatriz debruçou-se sobre a cabeça calva, sobre a face purulenta na qual agora só restava alguma vida nos olhos, e pronunciou suavemente:

— Fostes envenenada, senhora... por mim... em nome do amor que sinto pelo senhor Robert.

O olhar da moribunda mostrou-se inicialmente incrédulo, depois exibiu um grande ódio. Naquele ser em que a existência se apagava, o último sentimento foi o desejo de matar. Não! Ela não tinha de lamentar nenhum de seus atos! Tivera toda a razão de ser malvada, posto que o mundo é povoado de seres malvados! Nem sequer por um instante ela pensou que o que recebera era o justo pagamento por seus crimes. Decididamente, tratava-se de uma alma perdida.

Quando sua filha chegou de Poissy, Mahaut apontou para Beatriz com um dedo rígido e frio que quase não podia mais se mexer; seus lábios se contraíram, mas a voz não pôde sair, e ela entregou a alma ao fazer aquele esforço.

Durante os funerais, que ocorreram no dia 30 de novembro, em Maubuisson, Robert mostrou-se pensativo e sombrio, a ponto de surpreender os demais. Naturalmente, sua tendência teria sido exibir um ar de triunfo. Entretanto, sua atitude não era fingida. Quando se perde um inimigo contra o qual se luta há vinte anos, experimenta-se uma espécie de despojamento. O ódio é um elo tão forte que, ao se romper, deixa uma certa melancolia.

Obedecendo às últimas vontades da mãe, a rainha viúva Jeanne, no dia seguinte, pediu a Felipe VI que o governo do condado de Artois lhe fosse entregue. Antes de responder, Felipe VI fez questão de se explicar francamente com Robert:

— Não posso fazer outra coisa senão satisfazer o pedido de vossa prima Jeanne, posto que, segundo os tratados e julgamentos, ela é herdeira legítima do condado. Mas meu consentimento é puramente formal e provisório, até que consigamos um acerto amigável ou então até que o processo chegue ao fim... Eu vos exorto a apresentar-me o mais depressa possível vosso pedido, também.

O que Robert se apressou a fazer, por meio de uma carta assim redigida:

> "Meu caríssimo e temido senhor: eu, Robert d'Artois, vosso humilde conde de Beaumont, estive por muito tempo deserdado do condado de Artois contra meus direitos legítimos, por causa de diversas intrigas, fraudes e enganos. Tal condado me pertence e deve pertencer-me por diversas causas justas, e por motivos novos de que tomei conhecimento. Assim, venho humildemente requerer a Vossa Majestade que, em nome de meus direitos, ele me seja outorgado..."

A primeira vez que Robert retornou à casa Bonnefille após a morte de Mahaut, Beatriz acreditou servir-lhe uma fina iguaria ao fazer o relato, hora a hora, dos últimos momentos de vida da condessa. Ele escutou, mas sem dar mostras de prazer algum.

— Tem-se a impressão de que lamentais a morte dela — disse Beatriz.

Robert respondeu, pensativo:

— De modo algum, de modo algum... ela teve o que merecia.

Seu espírito já estava concentrado no próximo obstáculo.

— Agora posso ser dama de companhia em vosso palacete. Quando começarei?

— Quando eu tiver Artois. Deves ficar ao lado da filha de Mahaut — respondeu Robert. — Agora é ela que precisa sair do meu caminho.

Quando a senhora Jeanne, a Viúva, reencontrando o prazer das honras que não mais havia experimentado depois da morte de seu esposo, Felipe, o Comprido, e liberada, enfim, aos 37 anos, da sufocante tutela materna, deslocava-se com um grande séquito para ir tomar posse de Artois, deteve-se em Roye-en-Vermandois. Lá, sentiu vontade de beber uma taça de vinho tinto. Beatriz d'Hirson mandou o copeiro Huppin buscar a bebida. Huppin prestava mais atenção aos olhos de Beatriz do que nos deveres de seu ofício: fazia quatro semanas que ele se derretia em amores. Foi Beatriz quem trouxe a taça de vinho. Como dessa vez estava com pressa para liquidar o problema, não usou arsênico, mas sal de mercúrio.

E a viagem da senhora Jeanne acabou ali.

Os que assistiram à agonia da rainha viúva contaram depois que o mal se apoderou dela por volta da meia-noite, que o veneno escorria por seu nariz, pela boca e pelos olhos, e que seu corpo ficou todo manchado de branco e preto. Não chegou a resistir por dois dias ao envenenamento, e viveu apenas dois meses a mais que a mãe.

Então a duquesa de Borgonha, neta de Mahaut, reclamou o condado de Artois.

# Terceira Parte

# A Queda do Poder

# I

# O complô do fantasma

O MONGE DECLARARA SEU NOME: THOMAS Dienhead. Ele era um tipo de testa curta, coroada por ralos cabelos cor de cerveja, e mantinha as mãos escondidas sob as mangas do hábito de dominicano, de um branco um tanto duvidoso. Olhava à direita e à esquerda, e tinha perguntado três vezes se o "lorde" estava sozinho e se não havia riscos para que outros ouvidos escutassem o que eles tinham a dizer.

— Podeis falar — disse o conde de Kent do fundo da poltrona em que estava sentado, balançando a perna com certa impaciência e algum tédio.

— *My Lord,* Vossa Majestade, o rei Eduardo II, ainda está vivo.

Edmond de Kent não teve o sobressalto que seria de esperar, antes de mais nada porque ele não era homem que mostrasse voluntariamente suas emoções, e também porque aquela espantosa notícia já lhe tinha sido trazida, alguns dias antes, por outro emissário.

— O rei Eduardo está escondido no castelo de Corfe — continuou o monge. — Eu o vi e venho até aqui para vos dar meu testemunho.

O conde de Kent levantou-se, passou por cima de seu galgo e se aproximou da janela de pequenos vitrais e grades de chumbo pela qual observou por alguns momentos o céu cinzento acima de seu castelo de Kensington.

Kent tinha 29 anos. Não era mais o jovem esbelto que comandara a defesa inglesa durante a desastrosa guerra de Guyenne, em 1324, e que, por falta de tropas, tinha sido obrigado a se render, na fortaleza La Réole totalmente sitiada, a seu tio Carlos de Valois. Mas mesmo que tivesse engordado um pouco, ainda conservava a palidez loura e os ares negligentes e distantes que correspondiam mais a uma tendência ao devaneio do que ao hábito da reflexão.

Jamais havia escutado coisa mais surpreendente! Então, seu meio-irmão Eduardo II, cujo falecimento fora anunciado três anos antes, que, segundo diziam todos, estava enterrado em Gloucester — e cujos assassinos ninguém mais, no reino, hesitava agora em nomear —, ainda faria parte deste mundo? A detenção no castelo de Berkeley, a forma atroz como havia sido assassinado, a carta do bispo Orleton, a culpabilidade compartilhada entre a rainha Izabel, lorde Mortimer e o senescal Maltravers, enfim, a inumação feita às pressas, tudo não teria passado de uma fábula, montada pelos que estavam interessados na morte do ex-rei, e aumentada em seguida pela imaginação popular?

Pela segunda vez, em menos de quinze dias, alguém vinha lhe fazer essa revelação. Na primeira vez ele havia se recusado a acreditar. Mas agora estava começando a se sentir abalado.

— Se essa notícia é verdadeira, ela pode mudar muitas coisas no reino — disse ele sem se dirigir precisamente ao monge.

Pois em três anos a Inglaterra tivera tempo suficiente para renunciar a seus sonhos. Onde estavam a justiça, a liberdade, a prosperidade que, inicialmente, todos tinham acreditado depender da rainha Izabel e do glorioso lorde Mortimer? Da confiança que havia sido depositada neles, das esperanças que tinham suscitado, só restava a lembrança de uma grande ilusão perdida.

Por que expulsar, destituir, prender e — pelo menos segundo o que todos ainda acreditavam — deixar assassinar o fraco Eduardo II, rei submisso a seus favoritos? Tudo aquilo fora feito apenas para substituí-lo por um rei menor de idade, ainda mais fraco, e despojado de todo o poder pelo amante de sua mãe.

Por que decapitar o conde de Arundel, liquidar o chanceler Baldock, cortar em quatro pedaços Hugh Le Despenser, para que agora lorde Mortimer governasse com a mesma arbitrariedade, sugando o país com a mesma avidez, insultando, oprimindo, aterrorizando, e não admitindo a menor discussão quanto à sua autoridade?

Hugh Le Despenser, criatura cúpida, cheia de vícios, pelo menos tinha algumas fraquezas sobre as quais era possível agir. Às vezes ele cedia ao medo ou à atração pelo dinheiro. No que dizia respeito a Roger Mortimer, isso não acontecia, pois ele era um nobre inflexível e violento. A Loba de França — esse era o apelido da rainha-mãe — tinha como amante um verdadeiro lobo.

O poder corrompe depressa os que dele se apoderam sem nenhuma preocupação com o bem público.

Corajoso, até mesmo heroico, como demonstrava sua evasão sem precedentes da torre de Londres, em seus anos de exílio Mortimer havia encarnado as aspirações de um povo infeliz. Lembravam-se de que havia conquistado outrora o reino da Irlanda para a coroa inglesa, mas esqueciam que depois dessa conquista ele havia se apoderado do feudo irlandês.

Na verdade, Mortimer nunca tinha pensado na nação como um todo, nem nas necessidades do povo. Havia se tornado o defensor da causa pública apenas porque essa causa se confundiu por algum tempo com seus próprios interesses. Encarnava, na verdade, apenas o descontentamento de certa fração da nobreza. Uma vez tendo se tornado mestre do reino, ele se comportava como se toda a Inglaterra estivesse a seu serviço.

Antes de mais nada, ele havia se apoderado de quase um quarto do reino, tornando-se conde de Marche, título e feudo que criara para si mesmo. Junto com a rainha-mãe, vivia como um rei e se comportava com o jovem Eduardo III como se este fosse seu herdeiro, e não seu suserano.

Em outubro de 1328, quando Mortimer exigira do Parlamento, reunido em Salisbury, a confirmação de sua nomeação para o pariato, Henri de Lancastre Pescoço-Torto, o mais velho membro da família real, havia se recusado a participar da votação. No decorrer da mesma sessão, Mortimer tinha feito com que suas tropas, armadas, atravessassem as muralhas do Parlamento, a fim de fazer com que sua vontade fosse cumprida. Aquele tipo de pressão jamais havia sido admirada pelas assembleias.

Quase fatalmente, a coalizão formada outrora para liquidar os Despenser havia se reconstituído em volta dos mesmos membros da alta nobreza, liderados por Henri Pescoço-Torto e pelos condes de Norfolk e de Kent, jovens tios do rei.

Dois meses depois do caso de Salisbury, Pescoço-Torto, aproveitando-se de uma ausência de Mortimer e de Izabel, reuniu secretamente em Londres, na igreja Saint-Paul, vários bispos e senhores feudais, a fim de organizar uma revolta armada. Ora, Mortimer mantinha espiões por toda parte. Antes mesmo que a coalizão tivesse podido se equipar, ele veio atacar com suas próprias tropas a cidade de Leicester, primeiro feudo da família Lancastre. Henri queria continuar a luta; mas Kent, julgando que a coisa havia começado mal, saiu pela tangente, de maneira bem pouco gloriosa.

Lancastre pôde se safar do complô apenas com uma multa de onze mil libras, que, aliás, jamais foi paga. Esse tratamento ameno só foi possível porque ele era o primeiro tutor do rei e porque, devido a um absurdo diálogo, Mortimer tinha necessidade de manter a ficção jurídica daquela tutela a fim de poder fazer com que fossem condenados legalmente, por revolta contra o rei, adversários como o próprio Lancastre!

Este último tinha sido enviado à França, com o pretexto de negociar o casamento da irmã do jovem rei com o filho primogênito de Felipe VI. Tal distanciamento era um prudente desfavor: a missão duraria muito tempo.

Com Pescoço-Torto ausente, Kent se via, mesmo sem querer, na posição de líder dos descontentes. Tudo vinha parar nas suas mãos. Tentava apagar sua deserção no ano anterior. Não... não era por covardia que ele havia renunciado à luta...

Pensava confusamente em todas essas coisas, diante da janela de seu castelo de Kensington. O monge continuava imóvel, com as mãos escondidas sob as mangas. O fato de ele ser um monge dominicano, exatamente como o primeiro mensageiro que tinha vindo anunciar-lhe que Eduardo II não morrera, dava o que pensar ao conde de Kent e o inclinava a levar a sério a notícia, pois a Ordem dos Dominicanos era conhecida por sua hostilidade a Mortimer. Ora, a informação, caso fosse verídica, fazia cair por terra todas as presunções de regicídio que pesavam sobre Izabel e Mortimer. Por outro lado, modificava completamente a situação do reino.

Pois agora o povo tinha saudades do tempo de Eduardo II e, passando de um extremo a outro, estava propenso a considerar o ex-rei de costumes dissolutos um verdadeiro mártir. Se fosse verdade que Eduardo continuava vivo, o Parlamento poderia muito bem voltar atrás em relação a suas decisões passadas, declarando que elas lhe haviam sido impostas, e assim restaurar ao poder o ex-soberano.

Afinal, que provas possuíam de sua morte? O testemunho dos habitantes de Berkeley, desfilando diante dos despojos, era uma prova? Mas quantos deles tinham realmente visto Eduardo II antes? Quem podia afirmar que não lhes tinham mostrado outro corpo? Nenhum membro da família real estava presente ao misterioso enterro na abadia de Gloucester; além do mais, o cadáver que haviam colocado no fundo da tumba, dentro de um caixote coberto com um lenço preto, tinha mais de um mês.

— Então dizeis, irmão Dienhead, que o vistes realmente com vossos próprios olhos? — perguntou Kent, olhando para o monge.

Thomas Dienhead olhou novamente em torno de si, como um bom conspirador, e respondeu em voz baixa:

— Foi o prior de nossa ordem que me enviou até lá; conquistei a confiança do capelão, que, para permitir a minha entrada, me obrigou a vestir roupas de leigo. Fiquei durante um dia inteiro escondido numa casinha situada à esquerda da tropa de guarda. À noite fizeram-me penetrar num grande salão, e foi lá que eu vi o rei à mesa, rodeado por vários homens a seu serviço.

— Falastes com ele?

— Não permitiram que eu me aproximasse — disse o religioso. — Mas o capelão me mostrou o rei, por trás de um pilar, e disse-me que era ele.

Kent permaneceu silencioso por um momento, depois perguntou:

— Caso precise de vós, posso mandar vos chamar no convento dos irmãos dominicanos?

— Não, *my Lord,* pois meu prior aconselhou-me a não permanecer no convento, por enquanto.

E ele deu seu endereço, em Londres, na casa de um notário, no bairro de Saint-Paul.

Kent abriu uma bolsa e estendeu ao monge três moedas de ouro. Ele recusou, pois não tinha direito de aceitar presentes.

— Aceitai isto para as esmolas de vossa Ordem — disse o conde de Kent.

Então o irmão Dienhead estendeu uma das mãos, inclinou-se muitíssimo e retirou-se.

Naquele mesmo dia, Edmond de Kent decidiu avisar os dois principais prelados outrora afiliados à conjuração fracassada — Graveson, bispo de Londres, e William de Melton, arcebispo de York, o mesmo que realizara o casamento de Eduardo III com Felipa de Hainaut.

Ele lhes escreveu, explicando que a notícia lhe era dada por duas fontes, e ambas eram seguras.

As respostas não se fizeram esperar. Graveson garantia seu apoio ao conde de Kent em toda e qualquer ação que ele quisesse empreender; quanto ao arcebispo de York, primado da Inglaterra, ele enviou como mensageiro seu próprio capelão, Allyn, prometendo a Kent que lhe forneceria quinhentos homens armados, e talvez até mais, caso fosse necessário, para a libertação do ex-rei.

Kent fez, então, outros contatos, especialmente com lorde de la Zouche e com diversos senhores feudais, como lorde Beaumont e sir Thomas Rosslyn, que haviam se refugiado em Paris para escapar à vingança de Mortimer. Pois havia novamente na França um partido inglês de nobres exilados.

O que pôs tudo a perder foi uma comunicação pessoal e secreta do papa João XXII ao conde de Kent. O Santo Padre, tendo sido também informado de que o rei Eduardo II continuava vivo, recomendava ao conde de Kent que agisse rapidamente para libertá-lo, absolvendo de antemão todos os participantes da empreitada *"ab omni poena et culpa"*... Seria possível dizer, de maneira mais clara, que todos os meios eram bons para fazer o que o papa estava exigindo? O santo pontífice praticamente ameaçava o conde de Kent de excomunhão, caso ele negligenciasse aquela tarefa de importância prioritária para os negócios da Igreja.

Ora, a mensagem papal não foi transmitida oralmente, mas sim por meio de uma carta em latim, na qual um eminente prelado da Santa Sé, cuja assinatura era impossível de decifrar, lembrava fielmente as palavras pronunciadas por João XXII a esse respeito, durante uma conversação. A carta fora encaminhada por um membro do séquito do chanceler Burghersh, bispo de Lincoln, que tinha acabado de voltar de Avignon, onde havia ido negociar, ele também, o hipotético casamento da irmã de Eduardo III com o herdeiro do trono de França.

Edmond de Kent, bastante emocionado, resolveu então ir verificar se todas aquelas informações eram concordantes, e estudar as possibilidades de uma evasão do rei preso secretamente.

Mandou buscar o irmão Dienhead no endereço que ele lhe deixara e, com uma escolta pequena, mas segura, dirigiu-se a Dorset. Estavam, então, no mês de fevereiro.

Chegando a Corfe, num dia de péssimo tempo em que as tempestades costeiras sacudiam a península desolada, Kent convocou o governador da fortaleza, *sir* John Daverill. Ele veio até o único albergue de Corfe, situado diante da igreja de São Eduardo, o Mártir, rei da dinastia saxã assassinado.

Alto, com os ombros estreitos e uma espécie de civilidade tímida, tal como convém a um homem de dever, John Daverill desculpou-se pelo fato de não poder receber o nobre lorde no castelo da localidade. Ele recebera ordens indiscutíveis.

— O rei Eduardo II está vivo ou morto? — perguntou-lhe Edmond de Kent.

— Não posso vos dizer.

— Mas ele é meu irmão! Ele está sob a vossa guarda?

— Não estou autorizado a falar. Um prisioneiro me foi confiado, mas não devo revelar seu nome, nem sua procedência.

— Poderíeis deixar-me vê-lo, ao menos de longe?

John Daverill balançou a cabeça em sinal negativo. Aquele governador era uma verdadeira rocha, tão impenetrável quanto a sinistra torre maciça defendida por três enormes muralhas que se erguiam no alto da colina, acima da aldeiazinha dos telhados de pedra achatada. Ah! Mortimer sabia muito bem escolher seus servidores!

Mas existe uma maneira de negar que equivale a uma afirmação. Teria Daverill feito tanto mistério, teria ele mostrado tamanha inflexibilidade, se não fosse de fato o ex-rei que lhe havia sido confiado?

Edmond de Kent usou todas as suas armas persuasivas, todos os argumentos aos quais quase nunca a natureza humana é insensível. Colocou sobre a mesa uma pesada bolsa cheia de ouro, e em seguida disse:

— Eu gostaria que esse prisioneiro fosse bem tratado. Aqui estão cem libras esterlinas, destinadas a melhorar seu destino.

— Posso vos assegurar, *my Lord*, que é muito bem tratado — disse Daverill em voz baixa, com certo tom de cumplicidade.

E, sem nenhum constrangimento, passou a mão na bolsa contendo as moedas de ouro.

— Eu daria de bom grado o dobro disso, só para poder vê-lo de longe — disse Edmond de Kent.

Daverill negou, com ares de quem lamentava não poder atendê-lo.

— Compreendei, *my Lord*... Neste castelo encontram-se cem arqueiros montando guarda.

Edmond de Kent, convencido de ser um grande guerreiro, anotou de memória essa informação, que, segundo ele, seria importante no caso de uma evasão do prisioneiro.

— E se caso um deles dissesse algo... e caso a rainha Izabel viesse a saber, ela me condenaria a morrer decapitado.

Seria possível se trair de maneira mais clara, e confessar exatamente o que se pretendia esconder?

— Mas eu posso fazer chegar até o prisioneiro uma mensagem — continuou o governador —, pois isso ficará entre vós e mim.

Kent, feliz de ver que as coisas avançam tão rápida e positivamente para ele, escreveu a seguinte carta, enquanto as rajadas do vento molhado batiam nas janelas do albergue:

> "Fidelidade e respeito a meu caríssimo irmão, é o que peço. Rogo a Deus com toda minh'alma que estejais em boa saúde, pois já foram tomadas disposições para que sejais muito em breve liberto dos males que vos afligem. Podeis estar certo de que tenho o apoio dos

maiores vassalos da Inglaterra e de todas as forças a eles ligadas, isto é, as tropas e tesouros deles. Sereis rei novamente, tal como juraram pelo Evangelho os prelados e os nobres de nosso reino."

Ele estendeu a folha dobrada ao governador.

— Gostaria que pusésseis nela um lacre, *my Lord*. Eu não quero conhecer o conteúdo dela — disse o governador.

Kent mandou que um integrante de seu séquito lhe trouxesse o lacre, e timbrou o documento; depois, Daverill colocou a correspondência sob sua cota de malha, dizendo:

— Uma mensagem chegará do exterior ao prisioneiro, que, segundo penso, irá destruí-la imediatamente após a sua leitura. Assim...

E fez um gesto que significava esquecimento.

Edmond de Kent pensava: "Caso eu saiba como manobrá-lo, esse homem concordará em nos abrir as portas, e nem precisaremos travar batalha."

Três dias mais tarde sua carta estava nas mãos de Roger Mortimer, que a lia durante a reunião do Conselho, em Westminster.

A rainha Izabel, dirigindo-se ao jovem rei Eduardo III, disse, patética:

— Meu filho, meu filho, eu vos rogo que aja contra vosso mais mortal inimigo, que pretende fazer com que todo o reino acredite nessa fábula segundo a qual vosso pai ainda está vivo. Isso se destina a vos depor do trono para roubar vosso lugar. Precisais dar ordens para que castiguem esse traidor enquanto ainda é tempo.

De fato, as ordens já tinham sido dadas, e os guardas a serviço de Mortimer já estavam galopando na direção de Winchester para deter o conde de Kent, durante sua viagem de volta. Mas não era somente uma detenção que queria Mortimer; exigia uma condenação espetacular. Tinha suas razões para se apressar desse modo.

Em um ano, Eduardo III seria maior de idade, e *já* manifestava diversos sinais de sua impaciência para governar. Eliminando Kent, depois de ter posto de lado Lancastre, Mortimer decapitava a oposição e impedia que o jovem rei pudesse escapar a seu domínio.

No dia 19 de março, o Parlamento se reunia em Winchester para julgar o tio do rei.

Ao sair de uma estadia de mais de um mês na prisão, o conde de Kent apareceu decomposto, magro, com ares desvairados, como se não entendesse nada do que estava acontecendo com ele. Decididamente, ele não era um homem feito para suportar a adversidade. Seus belos ares negligentes haviam desaparecido. Sob o interrogatório dirigido por Robert Howell, coronel da casa real, sua resistência desmoronara, e ele confessara tudo, contara sua história de uma ponta à outra, dera o nome de seus informantes e cúmplices. Mas que informantes? Na Ordem dos Dominicanos ninguém nunca tinha ouvido falar daquele irmão Dienhead. Sem dúvida, aquela era uma invenção do acusado, que tentava salvar a própria pele. Invenção, igualmente, da carta do papa João XXII, pois ninguém, no séquito do bispo de Lincoln, durante a missão enviada a Avignon, tinha conversado com o Santo Padre sobre o falecido rei, nem com seus cardeais ou conselheiros. Edmond de Kent se obstinava em suas afirmações. Então queriam que enlouquecesse? Havia falado com aqueles irmãos dominicanos! Ele tivera em mãos aquela carta *"ab omni poena et culpa"*...

Kent descobria, enfim, a horrível armadilha para a qual o haviam empurrado, utilizando o fantasma do rei morto para atraí-lo. Tratava-se de um complô organizado inteiramente por Mortimer e seus comparsas: falsos emissários, falsos monges, falsas cartas e, mais falso do que todo o resto, aquele Daverill do castelo de Corfe!

O coronel real requeria a pena de morte.

Mortimer, sentado num estrado alto, diante dos lordes, dominava todos com seu olhar. E Lancastre, talvez o único que teria ousado falar a favor do acusado, estava ausente do reino. Mortimer tinha informado que ele não empreenderia nenhuma perseguição judicial contra os cúmplices de Kent, eclesiásticos ou não, caso ele fosse condenado. Um grande número de altos nobres estava envolvido no caso. Eles abandonaram — até mesmo Norfolk, o próprio irmão do acusado — o segundo príncipe mais importante do reino ao rancor do conde de Marche. Ele não passava de uma vítima expiatória.

Kent humilhou-se diante da assembleia, reconhecendo seus erros, e ofereceu-se para ir dar provas de sua submissão ao rei, vestido apenas com as roupas de baixo e com a corda passada ao pescoço. Mesmo assim, os lordes, lamentando, promulgaram a sentença que se esperava deles. Para acalmar a própria consciência, cochichavam uns aos outros: "O rei vai agraciá-lo... Com certeza, utilizará seu poder para perdoar..."

Não era de fato provável que Eduardo III autorizasse a decapitação de seu tio por uma ação da qual, sem dúvida, ele era culpado, mas na qual a leviandade fora determinante, e a provocação, mais do que evidente.

Vários lordes que tinham votado pela execução estavam dispostos a ir, no dia seguinte, pedir a Eduardo que agraciasse Kent.

Quanto à Câmara dos Comuns, ela se recusou a ratificar a sentença dos lordes, e reclamava investigações complementares.

Mas Mortimer, tão logo garantiu o voto da Alta Câmara, correu até o castelo da rainha, onde a encontrou jantando, e disse-lhe:

— A coisa está feita. Podemos enviar Kent ao cadafalso. Mas muitos de nossos falsos amigos garantem que vosso filho vai salvá-lo da pena suprema. Por isso vos peço que aja sem mais tardar.

Haviam tomado o cuidado de deixar o jovem rei ocupado durante todo o dia, com uma recepção no colégio de Winchester, um dos mais antigos e reputados da Inglaterra.

— O governador da cidade — acrescentou Mortimer — executará vossa ordem, como se ela viesse diretamente do rei.

Izabel e Mortimer olharam-se bem nos olhos; um crime a mais ou a menos não faria mais grande diferença para eles. A Loba de França assinou a ordem para decapitar imediatamente seu cunhado e primo.

Edmond de Kent foi novamente arrancado de seu cárcere e, vestindo apenas as roupas de baixo, com as mãos atadas, foi conduzido com uma pequena escolta de arqueiros até um pátio interno do castelo. Lá ele permaneceu por uma, duas, três horas, embaixo de chuva, enquanto caía a noite. Por que aquela interminável espera diante do cadafalso? Ele passava de um sentimento de abatimento total à mais louca esperança. O rei, seu sobrinho, estava sem dúvida prestes a assinar a ordem de perdão. Aquela imobilidade trágica era o castigo que tinha sido imposto ao condenado para lhe inspirar o arrependimento e para fazer com que apreciasse mais profundamente a magnanimidade da clemência. Ou então deveriam estar ocorrendo perturbações e revoltas; o povo teria se rebelado. Ou, quem sabe, Mortimer não teria sido assassinado? Kent rezava, e de repente começava a suspirar de angústia. Tremia sob as roupas molhadas, e a chuva não parava de escorrer sobre o cadafalso e os capacetes dos arqueiros. Quando aquele suplício chegaria ao fim?

A única explicação que não pôde vir ao espírito do conde de Kent é que estavam procurando um carrasco em todo o condado de Winchester, e que não encontravam nenhum. O da cidade, sabendo que a Câmara dos Comuns havia rejeitado a sentença e que o rei não tinha podido se pronunciar, recusava-se com obstinação a exercer seu ofício e executar um príncipe da família real. Seus ajudantes estavam solidários e preferiam perder o cargo a cumprir a ordem de execução.

Dirigiram-se aos oficiais da guarnição para que designassem um homem deles, a menos que algum voluntário se propusesse a fazer o serviço em troca de uma polpuda remuneração. Os oficiais se sentiram enojados com tais propostas. Aceitavam manter a ordem, montar guarda em volta do Parlamento, acompanhar o condenado até o local da execução, mas ninguém deveria lhes pedir mais do que isso, nem a eles, nem a seus soldados.

Mortimer foi acometido de uma ira feroz contra o governador.

— Não tendes em vossas prisões algum assassino, falsário ou bandido que queira salvar a própria vida em troca dessa execução? Vamos, apressai-vos, do contrário acabareis também no fundo de um calabouço!

Visitando os cárceres, descobriram enfim o homem de que precisavam; havia roubado algumas igrejas e devia ser enforcado na semana seguinte. Concordou em fazer o serviço e, quando lhe entregaram o machado, exigiu que seu rosto fosse coberto.

A noite caíra. Ao clarão das tochas, que a chuva incessante quase apagava, o conde de Kent viu aproximar-se seu executor e compreendeu que as longas horas de esperança que vivera não haviam passado de uma ridícula ilusão. Deixou escapar um horrendo grito, e foi preciso fazer com que se ajoelhasse à força.

O carrasco de ocasião era mais medroso do que cruel, e tremia mais do que sua vítima. Hesitava em levantar o machado, depois errou o golpe, e a lâmina tocou os cabelos. Ele teve de recomeçar quatro vezes e, no final, golpeou enfim o que restava da cabeça já atingida diversas vezes. Os velhos arqueiros que estavam em volta tinham acessos de vômito.

Assim morreu, antes de chegar aos 30 anos, o conde Edmond de Kent, príncipe gracioso e ingênuo. E um ladrão de candelabros pôde voltar ao seio de sua família.

Quando o jovem rei Eduardo III enfim terminou de escutar uma longa discussão em latim sobre as doutrinas de mestre Occam, informaram-no que seu tio havia sido decapitado.

— Sem a minha ordem? — perguntou ele.

Mandou, então, chamar lorde Montaigu, que estava por perto dele todo o tempo, depois da homenagem feudal de Amiens, homem cuja lealdade ele tinha podido apreciar diversas vezes, e lhe disse:

— *My Lord,* estáveis no Parlamento no dia do julgamento. Eu gostaria de saber toda a verdade...

# II

# O machado de Nottingham

TODO CRIME DE ESTADO PRECISA ser coberto por uma aparência de legalidade.

A fonte da lei emana do soberano, e a soberania pertence ao povo, que a exerce por intermédio de uma representação eleita, seja por uma delegação hereditariamente concedida a um monarca, seja por um conjunto de dispositivos, tal como era o caso, já naquela época, na Inglaterra.

Todo ato legal naquele país precisava, portanto, do consentimento conjunto do monarca e do povo, quer tal consentimento fosse tácito ou expresso.

A execução do conde de Kent tinha uma legalidade formal, posto que os poderes reais eram exercidos pelo Conselho de regência e, na ausência do conde de Lancastre, tutor do soberano, a assinatura cabia à rainha-mãe. Mas aquela execução não tivera nem o verdadeiro consentimento do Parlamento, que fora obrigado a se reunir, nem a adesão do rei, que fora mantido na ignorância de uma ordem dada em seu nome. Tal ato só poderia ser funesto a seus autores.

Eduardo III marcou sua reprovação tanto quanto pôde, exigindo que seu tio Kent fosse enterrado com honras de príncipe. Como se tratava, então, apenas de um cadáver, Mortimer aceitou os desejos do jovem rei. Mas Eduardo jamais perdoou Mortimer por ter disposto mais uma vez, sem que ele soubesse, da vida de um membro de sua família. Tampouco lhe perdoaria o desmaio sofrido por Felipa de Hainaut, na ocasião do anúncio brutal da execução do conde de Kent. Ora, a jovem rainha estava grávida de seis meses, razão pela qual deveriam ter pensado em poupá-la. Eduardo reprovou o fato à sua mãe; Izabel reagiu com irritação, alegando que Felipa exagerava na sensibilidade pelos inimigos do reino, e que uma mulher que decidia ser rainha precisava ser forte. Eduardo respondeu-lhe:

— Nem todas as mulheres têm um coração de pedra como o vosso.

O incidente não teve maiores consequências para a senhora Felipa e, em meados de junho, ela deu à luz um menino.[17] Eduardo III experimentou a alegria simples, profunda e grave que todo homem sente quando a mulher que ama e por ele é amada lhe dá o primeiro filho. Ao mesmo tempo, como rei, sentia-se bruscamente amadurecido. Sua sucessão estava assegurada. O sentimento da dinastia, de seu próprio lugar entre seus antepassados e seus descendentes, já representados pela presença frágil daquele bebê recém-nascido, ocupava suas meditações e fazia com que achasse cada vez mais insuportável a incapacidade jurídica na qual o mantinham devido à minoridade.

Entretanto, ele estava assaltado por escrúpulos diversos; de nada servia destituir um grupo de dirigentes quando não podiam ser colocados no lugar outros homens, melhores, para substituí-lo. Frequentemente, perguntava a si mesmo: "Estaria eu realmente preparado para tudo isso?"

Seu espírito permanecia marcado pelo detestável exemplo que lhe fornecera seu pai, inteiramente dominado pelos Despenser, bem como pelo exemplo de dominação total que oferecia sua mãe, submissa a Roger Mortimer.

Sua inação forçada permitia-lhe observar e refletir. Nada podia ser feito no reino sem o Parlamento, sem seu acordo espontâneo ou obtido por qualquer meio. A importância assumida nos últimos anos por aquela assembleia de consulta, reunida com frequência cada vez maior, em todos os lugares e a propósito de todos os assuntos, era consequência da má administração, das expedições militares mal comandadas, das desordens da família real e do estado de constante hostilidade entre o poder central e a coalizão dos grandes senhores feudais do reino.

Era preciso parar com aquelas viagens custosas durante as quais as câmaras dos Lordes e a dos Comuns tinham de ir até Winchester, Salisbury, York, e reunir-se em sessões cujo único objetivo era permitir a lorde Mortimer a demonstração de sua severa autoridade.

"Quando eu for de fato rei, o Parlamento virá se reunir em datas preestabelecidas e regulares, e de preferência em Londres... E o exército? O exército não é de modo algum, atualmente, o exército do rei: estes homens não passam de pequenos exércitos dos grandes vassalos, e apenas a eles obedecem. Seria preciso um exército recrutado a serviço do reino, e comandado por chefes que só obedeçam ao poder do rei... E a justiça? A justiça tem de ficar concentrada nas mãos do soberano, que deve se esforçar para que ela seja igual para todos. No reino de França, apesar do que dizem, a ordem é muito maior. Também é preciso dar abertura ao comércio. Muitos se lamentam de seu ritmo lento, mas ele é inevitável, devido a tantas taxas e proibições que impedem os negócios com os couros e as lãs, que são nossa grande riqueza."

Aquelas eram ideias que podiam parecer muito simples, mas que não eram tanto assim, pelo fato de virem da mente de um rei. Eram ideias quase revolucionárias, num tempo de anarquia, de arbitrariedade e de crueldade como poucas nações conheceram.

O jovem soberano intimidado comungava assim das aspirações de seu povo oprimido. De suas intenções, ele falava a pouquíssimas pessoas: à esposa, Felipa, a Guilherme de Mauny, escudeiro que ela trouxera de Hainaut com ela, a lorde Montaigu, sobretudo, que representava para ele os sentimentos dos jovens lordes.

Muitas vezes é por volta dos 20 anos que um homem formula alguns princípios que levará a vida inteira para aplicar. Eduardo III tinha uma qualidade importante para um homem de poder: não possuía paixões, nem vícios. Tivera a sorte de desposar por amor uma princesa que ele continuava amando. Possuía aquela força suprema do orgulho que consistia em assumir a posição de rei como algo natural. Exigia o respeito de sua pessoa e de sua função, mas desprezava a servidão, porque ela excluía a franqueza. Detestava as pompas inúteis, porque achava que elas eram uma injúria à miséria e o contrário da verdadeira majestade.

As pessoas que tinham estado outrora na corte de França diziam que ele era muito parecido com o rei Felipe, o Belo; viam nele a mesma palidez do rosto, a mesma frieza dos olhos azuis nos momentos que levantava os longos cílios.

Sem dúvida, os que tinham conhecido o Rei de Ferro apenas nos últimos anos de sua vida, no final de um longo reinado, diziam que Eduardo era mais comunicativo e entusiasta que o avô materno. Mas ninguém se lembrava do que ele fora aos 20 anos. O sangue de França, nas veias de Eduardo III, tinha sido mais forte do que o dos Plantagenetas e, ao que parecia, um verdadeiro descendente da dinastia dos Capetos ocupava agora o trono da Inglaterra.

Em outubro daquele mesmo ano de 1330, o Parlamento foi convocado novamente, em Nottingham, no norte do reino. A reunião prometia ser agitada: a maioria dos lordes, de consciência pesada, tinha guardado rancor por Mortimer devido à execução do conde de Kent.

O conde de Lancastre Pescoço-Torto, que agora chamavam de "velho Lancastre", pois havia conseguido o prodígio de conservar, até mais de 50 anos, sua enorme cabeça torta sobre o pescoço, homem corajoso e sábio, estava de volta. Fora atingido por uma doença nos olhos que, depois de permanecer ameaçadora por muito tempo, havia se agravado bruscamente até a semicegueira; por isso, Lancastre precisava ser acompanhado constantemente por um escudeiro. Mas aquela enfermidade tornava-o ainda mais vulnerável, e suas opiniões eram solicitadas com maior deferência.

A Câmara dos Comuns estava agitada por causa dos novos subsídios que lhe seriam solicitados, e das novas taxas, mais elevadas, sobre as lãs. Onde é que ia parar todo aquele dinheiro?

E as trinta mil libras do tributo da Escócia? Que destino lhes havia dado Mortimer? Seria para seu proveito ou para o reino que ele tinha comandado aquela duríssima campanha militar, três anos antes? E por que a gratificação ao vassalo Maltravers, concedendo-lhe o título de senescal e, ainda por cima, outorgando-lhe a soma de mil libras de salário por ele ter hospedado o falecido rei Eduardo II — ou seria por tê-lo assassinado? Pois tudo se sabe e a verdade sempre acaba aparecendo, e as contas do Tesouro não podem permanecer eternamente secretas. Eis aí para que servia a renda das taxas de comércio! E Ogle e Gournay, os assessores de Maltravers, e Daverill, o governador de Corfe, haviam recebido a mesma quantia.

Mortimer avançava pela estrada de Nottingham com um séquito de um esplendor magnífico, a tal ponto que o próprio rei Eduardo III parecia fazer parte de sua comitiva. Mortimer, agora, só era de fato apoiado por uma centena de partidários que deviam a ele toda a fortuna que possuíam, que só eram poderosos pelo fato de servi-lo, e que corriam o risco de cair em desgraça, de serem banidos ou mesmo executados, caso ele despencasse do poder.

Mortimer achava que era obedecido porque uma rede de espiões, até mesmo junto do rei, que era vigiado por um homem chamado John Wynyard, informava-o de tudo que se passava e era dito. Achava-se poderoso porque suas tropas impunham o temor aos lordes e aos comuns. Mas as tropas podem marchar sob outras ordens, e os espiões podem se tornar traidores.

O poder, sem o consentimento daqueles sobre o qual ele é exercido, é uma tolice ilusória que jamais dura muito tempo, um equilíbrio frágil entre o medo e a revolta, que pode ser rompido, de repente, quando homens suficientemente fortes tomam consciência, juntos, do fato de que compartilham o mesmo estado de espírito.

Cavalgando em sua sela bordada a ouro e prata, rodeado por escudeiros vestidos com trajes de tecido escarlate e ostentando um pendão na ponta de suas lanças, Mortimer avançava por um caminho minado.

Durante a viagem, Eduardo III notou que sua mãe parecia adoentada, que estava com o rosto abatido e sem brilho, os olhos marcados pelo cansaço, menos brilhantes. Viajava na liteira, e não em sua égua branca, como era seu costume. E com frequência pedia que parassem a liteira, pois era acometida por náuseas. Mortimer se mostrava muito atencioso com ela, mas, ao mesmo tempo, incomodado.

Talvez Eduardo tivesse observado menos aqueles sinais, caso não tivesse tido a ocasião de verificar os mesmos sintomas, no início daquele ano, em sua esposa, Felipa. E depois, durante as viagens, os servos falavam demais. As criadas da rainha falavam com as da senhora Felipa. Em York, onde todos se detiveram por dois dias, Eduardo não tinha mais dúvidas: sua mãe estava grávida.

Ele se sentia submerso em sentimentos de vergonha e de desgosto. O ciúme, também, um ciúme de filho mais velho, aumentava seus ressentimentos. Ele não encontrava mais a bela imagem que tinha outrora, durante a infância, de sua mãe.

“Por ela eu odiei meu pai, devido a toda a vergonha que ele lhe infligia. E agora é ela que me envergonha! Mãe, aos 40 anos, de um bastardo que será mais jovem do que meu próprio filho!”

Como rei, sentia-se humilhado diante do reino, e, como esposo, perante sua esposa.

No quarto do castelo de York, virando de um lado para o outro nos lençóis, sem conseguir dormir, ele dizia a Felipa:

— Lembra-te, cara amiga? Foi aqui que selamos nossa união... Ah! Eu te fiz rainha de um reino bem infeliz!

Plácida e ponderada, Felipa considerava o fato sem paixão. Mas como era uma mulher recatada, não podia deixar de julgá-lo mal.

— Coisas como esta jamais aconteceriam na corte de França... — disse ela.

— Ah, minha amiga... E os adultérios de vossas primas de Borgonha? E vossos reis envenenados?

Assim, de repente a família capetiana passava a ser de Felipa, como se ele próprio também não descendesse dela.

— Na França, a cortesia é uma regra — respondeu Felipa. — Isso impede os desejos de tomarem a dianteira, e as pessoas de serem cruéis devido a seus rancores.

— Elas são mais dissimuladas, mais traiçoeiras. Preferem o veneno ao ferro...

— Aqui vós sois mais brutais...

Ele não deu resposta. Ela temeu tê-lo ofendido, e estendeu para ele seus braços redondos e suaves, dizendo:

— Eu te amo muito, caro amigo, pois não sois nem um pouco parecido com eles...

— E não é somente a vergonha... — continuou Eduardo —, mas também o perigo que me atormenta.

— O que queres dizer?

— Quero dizer que Mortimer é bem capaz de nos fazer perecer, todos nós... a fim de desposar minha mãe e, assim, se ver reconhecido como regente para, depois, colocar no trono seu bastardo.

— Tais pensamentos são uma loucura! — disse Felipa.

Claro, uma subversão daquelas supunha a negação de todos os princípios, ao mesmo tempo religiosos e dinásticos, e teria sido inimaginável no seio de uma monarquia forte. Mas, naquele reino dilacerado e entregue às lutas internas, tudo era possível, até as mais dementes aventuras.

— Amanhã vou me abrir a esse respeito com Montaigu — disse o jovem rei.

Ao chegar a Nottingham, lorde Mortimer mostrou-se especialmente impaciente, autoritário e nervoso, porque John Wynyard, sem poder descobrir exatamente do que falavam, tinha surpreendido várias vezes, na última parte do trajeto, as conversações entre o rei, Montaigu e vários lordes jovens.

Mortimer perdeu o controle e repreendeu severamente *sir* Eduardo Bohun, o vice-governador, encarregado de organizar o alojamento. Ele tinha agido simplesmente de acordo com os costumes, e previra instalar os grandes nobres no próprio castelo.

— Com que direito — perguntou aos gritos Mortimer — reservastes estes aposentos tão próximos aos da rainha-mãe, sem pedir a minha autorização?

— Eu achei, *my Lord,* que o conde de Lancastre...

— O conde de Lancastre, como todos os outros, deve ser alojado a pelo menos uma milha do castelo.

— E vós, *my Lord*?

Mortimer franziu as sobrancelhas como se aquela pergunta fosse uma ofensa.

— Devo ser alojado ao lado dos aposentos da rainha-mãe, e deveis mandar entregar a ela, por meio do *constable,* as chaves do castelo, todas as noites.

Eduardo Bohun inclinou-se profundamente.

Certos atos de prudência revelam-se, às vezes, funestos. Mortimer queria evitar que comentassem o estado da rainha-mãe e, sobretudo, isolar o jovem rei, o que permitiu aos jovens lordes se reunirem e discutirem com mais liberdade, longe do castelo e dos espiões de Mortimer.

Lorde Montaigu reuniu os amigos que lhe pareciam mais decididos, jovens que, na maioria, tinham entre 20 e 30 anos: os lordes

Molins, Hufford, Stafford, Clinton, bem como John Nevil de Homeby e os quatro irmãos Bohun, Eduardo, Humphrey, William e John, este último conde de Hereford e de Essex. A juventude formava o partido do rei. Tinham as bênçãos de Henri de Lancastre, disposto a apoiá-los até o fim.

Quanto a Mortimer, ele permanecia no castelo em companhia do chanceler Burghersh, de Simon Bereford, de John Monmouth, John Wynyard, Hugh Turplington e Maltravers, consultando-os sobre os meios de impedir uma nova conspiração contra o seu poder.

O bispo Burghersh sentia que o vento estava mudando de direção e se mostrava menos ardente e severo; dando como desculpa a dignidade eclesiástica, pregava o entendimento entre as partes. Outrora, ele soubera mudar de lado a tempo, abandonando os Despensers e passando para o partido de Mortimer.

— Chega de detenções, de processos e de sangue — dizia ele. — Talvez com algumas doações de terras, dinheiro, ou com algumas honrarias dispensadas...

Mortimer interrompeu-o com o olhar que, sob as pálpebras imóveis e os arcos das sobrancelhas, ainda fazia tremer. O bispo de Lincoln calou-se de imediato.

Ora, no mesmo momento, lorde Montaigu conseguia reunir-se a sós com Eduardo III.

— Rogo a Vossa Majestade que não continue tolerando por muito tempo as insolências e as intrigas de um homem que mandou assassinar vosso próprio pai, decapitar vosso tio, e que corrompeu vossa mãe. Nós juramos derramar até a última gota de sangue para vos liberar desse jugo. Estamos prontos para qualquer coisa. Mas é preciso agir depressa, e para isso temos de penetrar, juntos, no castelo onde nenhum dos nossos se encontra alojado.

O jovem rei refletiu por um momento.

— Agora, William, tenho certeza de que não me enganei pela amizade que sinto por vós.

Ele não dissera: "pela amizade que vós sentis por mim". O detalhe mostrava que seu temperamento era, de fato, marcado pelo sentimento da realeza: ele não duvidava que queriam servi-lo, e o importante, para ele, era saber atribuir sem enganos sua confiança e sua afeição. Eduardo continuou:

— Então podeis ir ver o *constable* do castelo, *sir* William Eland, em meu nome, e dizer-lhe que, sob as minhas ordens, ele deve obedecer a vós em tudo que disserdes.

— Que Deus nos ajude, Vossa Majestade!

Agora tudo dependia daquele Eland, e de sua adesão e lealdade à causa real. Caso ele revelasse a ação de Montaigu, os conspiradores estariam perdidos e, talvez, até o próprio rei. Mas *sir* Eduardo Bohun garantia que ele ficaria do bom lado, nem que fosse só para se vingar de Mortimer que, depois da chegada a Nottingham, o tratava como se fosse um criado.

William Eland não decepcionou Montaigu, prometeu-lhe conformar-se às suas ordens na medida do possível, e jurou guardar segredo.

— Posto que estais do nosso lado — respondeu Montaigu —, deveis me dar hoje à noite as chaves do castelo.

— *My Lord* — respondeu o *constable* —, deveis saber que as grades e portas são fechadas todas as noites por chaves que entrego depois à rainha-mãe, que as esconde sob seus travesseiros até a manhã seguinte. Deveis saber também que a guarda costumeira do castelo foi substituída por quatrocentos homens das tropas pessoais de lorde Mortimer.

Montaigu viu desmoronar todas as suas esperanças.

— Mas eu conheço um caminho secreto que conduz dos campos até o castelo — continuou Eland. — Trata-se de um subterrâneo que os reis saxões mandaram cavar para escapar dos dinamarqueses, na época em que estes assolavam o país. A existência desse subterrâneo é ignorada pela rainha Izabel, por Mortimer e por todos que estão do lado deles, pois eu não tinha razão alguma para informá-los a esse respeito. Ele sai bem no centro do castelo, no *keep,* e por lá é possível penetrar sem que ninguém perceba.

— Como vamos encontrar a entrada no campo?

— Eu estarei convosco, *my Lord.*

Lorde Montaigu teve uma segunda e rápida entrevista com o rei. Depois, à noite, em companhia dos irmãos Bohun, dos outros conspiradores e do *constable* Eland, ele montou a cavalo e deixou a cidade, declarando a diversas pessoas que não se sentia em segurança em Nottingham.

Aquela partida, que se assemelhava muito a uma fuga, foi imediatamente levada aos ouvidos de Mortimer.

— Eles sabem que foram descobertos e denunciam a si mesmos. Amanhã mandarei capturá-los para que sejam julgados pelo Parlamento. Agora, tenhamos uma noite tranquila, minha cara amiga — disse ele à rainha Izabel.

Por volta da meia-noite, do outro lado do *keep,* num recinto com paredes de granito, iluminado apenas por uma fraca lamparina, a senhora Felipa perguntava a seu esposo por que ele permanecia assim sentado na cama, vestindo uma cota de malhas e com a espada pronta para ser empunhada.

— Coisas muito importantes podem acontecer esta noite — respondeu Eduardo.

Felipa permaneceu plácida, aparentemente, mas seu coração estava disparado. Ela se lembrava das conversas em York.

— Acreditais que eles virão vos assassinar?

— Isso também não é impossível.

Ouviu-se, então, um barulho de gente cochichando no aposento ao lado, e Gautier de Mauny, que o rei designara para montar guarda diante de seus aposentos, bateu discretamente à porta. Eduardo foi abrir.

— O *constable* está aqui, Vossa Majestade, e os outros também.

Eduardo foi beijar a testa de Felipa. Ela tomou as mãos dele, mantendo-as apertadas contra si durante algum tempo, e depois murmurou:

— Deus te guarde!

Gautier de Mauny perguntou:

— Devo vos seguir, Vossa Majestade?

— Fechai todas as portas depois da minha saída, e velai a senhora Felipa.

No pátio verdejante do torreão, sob o clarão da lua, os conspiradores esperavam, reunidos em volta do poço, como sombras armadas de gládios e machados.

Todos os jovens aliados do rei tinham tomado a precaução de proteger os pés com tecido a fim de não fazer barulho. Eduardo III fora o único a não fazê-lo, por isso seus passos ecoavam ao longo do corredor. Uma única tocha iluminava seu caminho.

Aos servos deitados no chão, que se levantavam, sonolentos, à sua passagem, murmuravam: "O rei!" Os criados então permaneciam onde estavam, comprimidos uns contra os outros, preocupados com aquele passeio noturno de grandes nobres armados. Mas ninguém tentava se informar melhor sobre o que se passava.

A luta estourou somente na antecâmara dos aposentos da rainha Izabel, onde os seis escudeiros postos de plantão por Mortimer recusaram a passagem, mesmo sendo o rei que a exigia. O conflito durou pouco, e apenas John Nevil foi ferido pela ponta de uma lança que atravessou um de seus braços; cercados e desarmados, os homens que montavam guarda colaram-se às paredes. O incidente durou apenas um minuto, mas por trás da porta espessa ouviu-se um grito escapando da garganta da rainha-mãe, e depois o barulho de travas de porta que eram retiradas.

— Lorde Mortimer! Vinde até aqui! — ordenou Eduardo III. — É vosso rei que vem pessoalmente vos deter!

Ele assumira sua voz clara e grave de batalha, a mesma que a multidão de York tinha ouvido no dia de seu casamento.

A única resposta que Eduardo obteve foi o tilintar da lâmina de uma espada.

— Mortimer, vinde até mim! — repetiu o jovem rei.

Ele esperou mais alguns segundos, depois pegou repentinamente o machado das mãos de um jovem lorde e arremessou-o contra a porta.

Aquela machadada era a afirmação, por tanto tempo esperada, de seu poder real; era o fim das humilhações, o término dos decretos promulgados contra a sua vontade. Era a libertação de seu Parlamento, a honra devolvida aos lordes e a legalidade do reino restaurada. Bem mais do que no dia da coroação, o reinado de Eduardo começava naquele momento, por meio daquele machado plantado no carvalho escuro, e aquele choque, aquele estrondo da madeira repercutiu sob as arcadas do castelo de Nottingham.

Dez outros machados foram arremessados contra a porta, que logo cedeu.

Roger Mortimer estava no centro do aposento. Tivera tempo para se calçar, e sua camisa branca estava aberta, deixando ver o peito. Aquele homem possuía ainda uma força respeitável.

Izabel, junto dele, com as faces inundadas pelas lágrimas, tremia de frio e de medo; seus pés magros, nus, eram como duas manchas claras sobre as lajotas. No aposento contíguo era possível ver uma cama desarrumada.

O primeiro olhar do jovem rei foi para o ventre da rainha-mãe, cuja camisola deixava entrever as formas arredondadas. Eduardo III jamais perdoaria Mortimer por ter reduzido sua mãe, que em suas lembranças representava a beleza e a coragem diante das adversidades, tão cruel no triunfo mas sempre tão marcada pela realeza, àquele estado de mulher chorosa, à qual acabavam de arrancar o macho do qual ela estava grávida. Izabel agitava as mãos, dizendo:

— Meu querido filho, meu querido filho... eu vos rogo... Poupai o gentil Mortimer!

Ela viera se colocar entre o filho e o amante.

— Por acaso ele poupou a vossa honra? — perguntou Eduardo.

— Não podeis fazer mal a ele! — gritou Izabel. — Ele é um nobre corajoso, nosso amigo benquisto. Lembrai-vos de que é a ele que deveis vosso trono!

Os conspiradores hesitaram. Haveria um combate no qual seria necessário matar Mortimer sob o olhar da rainha?

— Ele já foi mais do que recompensado por ter apressado meu reinado! Vamos, meus lordes, devemos dominá-lo agora! — disse o jovem rei, afastando a mãe e fazendo sinal a seus companheiros para que avançassem.

Montaigu, os irmãos Bohun, lorde Molins e John Nevil, cujo braço estava banhado de sangue sem que isso o preocupasse, rodearam Mortimer. Dois machados se levantaram sobre a sua cabeça, três lâminas de espada apontaram para seus flancos, uma mão abateu-se contra seu braço para fazer com que ele soltasse a espada que segurava. Empurraram-no na direção da porta. No momento de passar por ela, Mortimer olhou para trás, exclamando:

— Adeus, Izabel, minha rainha! Nós nos amávamos tanto...

E era verdade. O maior, o mais espetacular, o mais devastador amor do século, que tinha começado como um romance de cavalaria e emocionara todas as cortes da Europa, até a Santa Sé, aquela paixão que conseguira fretar toda uma frota de navios equipados com um exército, havia se consumido num poder tirânico e sanguinário, e agora acabava em meio àqueles machados, ao clarão de uma tocha fumacenta. Roger Mortimer, oitavo barão de Wigmore, ex-juiz-mor da Irlanda, primeiro conde de Marche, era naquele momento conduzido à prisão. Sua amante real, de camisola, desmaiava ao pé da cama.

Antes da chegada da alvorada, Bereford, Daverill, Wynyard e os principais comparsas de Mortimer haviam sido detidos. Depois os lordes do rei lançaram-se na perseguição de Maltravers, Gournay e Ogle, os três assassinos de Eduardo II, que haviam fugido sem mais tardar.

A multidão, de manhã, tinha vindo abarrotar as ruas de Nottingham e urrava de alegria diante da passagem da escolta que levava numa carroça — suprema desonra para um nobre — Mortimer acorrentado. Pescoço-Torto, com a orelha debruçada na direção do ombro, encontrava-se nas primeiras fileiras da população e, ainda que seus olhos doentes mal vissem o cortejo, dançava de alegria na praça, jogando para cima o seu gorro.

— Para onde o levam? — perguntavam as pessoas.

— Para a torre de Londres.

# III

# Rumo aos Common Gallows

**O**S CORVOS DA TORRE VIVEM até uma idade muito avançada, mais de 100 anos, dizem. O mesmo enorme corvo, atento e traiçoeiro, que sete anos antes tentara atacar os olhos do prisioneiro através das barras do respiradouro, tinha voltado e pousara diante da cela de Mortimer.

Teria sido por zombaria que haviam decidido atribuir-lhe a mesma cela de outrora? No mesmo lugar onde o pai o mantivera trancado por dezessete meses, agora o filho é que o mantinha cativo. Mortimer dizia a si mesmo que devia fazer parte dele, de sua natureza, alguma coisa que o tornava intolerável para a autoridade real, ou que tornava intolerável para ele mesmo tal autoridade. De qualquer modo, um rei e ele não podiam coexistir na mesma nação, e seria preciso que um dos dois desaparecesse. Ele conseguira destituir um rei; agora era outro soberano que o destituía. Um homem que nasce com alma de monarca sem que o destino lhe reserve um trono é profundamente infeliz.

Mortimer, daquela vez, não tinha mais esperança, nem sequer desejo de fuga. Parecia-lhe até mesmo que já estava morto, depois de sua saída de Nottingham. Para seres como ele, dominados pelo orgulho, e cujas ambições mais altas foram por algum tempo satisfeitas, a queda equivalia à morte. O verdadeiro Mortimer estava, a partir daquele momento, e para todo o sempre, inscrito nas crônicas da Inglaterra. O cárcere da torre continha apenas seu indiferente envelope carnal.

O fato de esse envelope ter reencontrado seus antigos hábitos era coisa bem singular. Da mesma maneira que um homem volta, depois de vinte anos de ausência, à morada onde viveu durante a infância, e que ali repete mecanicamente os mesmos gestos que fazia anos antes, Mortimer havia retomado exatamente o mesmo comportamento que tivera em sua detenção anterior. Ele podia, à noite, dar alguns passos, do respiradouro até a parede na escuridão, sem tropeçar; desde a sua entrada na cela, havia empurrado o banquinho para seu lugar de antes; reconhecia todos os barulhos, para ele familiares, a troca da guarda, a campainha que anunciava os ofícios na capela de São Pedro; e tudo isso, sem o menor esforço de atenção. Sabia a hora em que lhe trariam as refeições. A comida era praticamente tão ruim quanto no tempo do ignóbil *constable* Seagrave.

Da primeira vez, o barbeiro Ogle havia servido de emissário a Mortimer, e fora assim que sua fuga tinha sido organizada. Por isso, agora, recusavam enviar alguém para fazer-lhe a barba, que já crescia havia um mês, escondendo suas faces. Mas, com exceção desse detalhe, todo o restante era semelhante, até mesmo o corvo que Mortimer tinha chamado outrora de "Eduardo", e que fingia dormir, abrindo de vez em quando o olho redondo, antes de avançar contra ele para tentar bicá-lo através das barras da prisão.

Mas havia algo que fazia falta: sim, os monólogos do velho lorde Mortimer de Chirk, jazendo sobre o catre que fazia as vezes de cama... Agora Roger Mortimer compreendia por que seu tio recusara, outrora, segui-lo na fuga. Não era nem por medo do risco nem por fraqueza do corpo, pois um homem sempre tem forças suficientes para começar um caminho, mesmo quando sabe que pode cair. Era, sim, o sentimento do término de sua vida que retivera lorde de Chirk, fazendo-o preferir a espera do fim naquele catre sujo.

Para Roger Mortimer, que só tinha 45 anos, a morte não viria espontaneamente. Ele experimentava uma vaga angústia quando olhava para o centro do Green e via o lugar onde normalmente era erguido o cadafalso para as execuções. Mas é possível habituar-se à proximidade da morte por uma série de pensamentos muito simples que se organizam para constituir uma melancólica aceitação. Mortimer dizia a si mesmo que o corvo traiçoeiro continuaria vivo depois e zombaria de outros prisioneiros; os ratos também sobreviveriam, os enormes ratos molhados que subiam durante a noite das margens enlameadas do Tâmisa e corriam pelas paredes da fortaleza; até a pulga que lhe provocava coceiras escaparia, pulando para o corpo do carrasco no momento da execução. Toda vida que se apaga deste mundo deixa outras vidas intactas. Nada é mais banal do que morrer.

Algumas vezes ele pensava em sua mulher, lady Jeanne, sem nostalgia nem remorsos. Ele a tinha mantido bem afastada de seu poder, razão pela qual agora ninguém teria motivos para voltar-se contra ela também. Deixar-lhe-iam, sem dúvida, a posse de seus bens pessoais. E seus filhos? Claro, eles herdariam os ódios de que ele era objeto; mas como havia poucas chances de que viessem a se tornar homens tão valorosos e ambiciosos quanto ele, o que lhe importava que se tornassem ou não condes de Marche? O grande Mortimer era ele, ou melhor, o que ele havia sido. Mas não lamentava coisa alguma, nem por sua mulher, nem por seus filhos.

A rainha? A rainha Izabel morreria um dia e, a partir de então, deixaria de existir sobre a face da Terra uma pessoa que o tivesse conhecido realmente como ele era. Somente nos momentos em que pensava em Izabel é que Mortimer se sentia ainda um pouco apegado à vida. Ele tinha morrido em Nottingham, disso não havia dúvidas; mas a lembrança de seu amor continuava vívida, à semelhança da maneira como os cabelos se obstinam em crescer mais um pouco depois de o coração ter parado de bater. Eis aí tudo que restava ao carrasco. Quando fossem separar a cabeça do corpo, aniquilariam a lembrança daquelas mãos reais que tantas vezes tinham enlaçado seu pescoço.

Como fazia todas as manhãs, Mortimer havia perguntado a data. Era dia 29 de novembro. O Parlamento devia, pois, encontrar-se reunido, e o prisioneiro esperava que o convocassem para comparecer diante da assembleia. Conhecia muito bem a tarefa da instituição, e sabia que ninguém tomaria sua defesa, muito pelo contrário. Os lordes e os comuns iam se vingar o mais rápido possível do terror que ele lhes havia inspirado por tanto tempo.

O julgamento já fora pronunciado, na câmara de Nottingham. Não era, pois, a um ato de justiça que o submeteriam, mas apenas a um simulacro indispensável, uma formalidade, exatamente como ocorrera com as condenações ordenadas por ele mesmo contra terceiros.

Um soberano de 20 anos, impaciente para governar, e jovens lordes impacientes para ganhar todos os favores reais tinham de fato muita pressa de vê-lo desaparecer, para estarem seguros do poder.

"Minha morte, para esse insignificante Eduardo, é o complemento indispensável da sagração... Entretanto, eles não farão melhor do que eu: o povo não ficará satisfeito sob o governo deles. Onde eu não obtive sucesso, quem seria capaz de obtê-lo?"

Que atitude deveria Mortimer adotar diante do simulacro de justiça? Fazer-se suplicante, como o conde de Kent? Reconhecer a própria culpa, implorar, submeter-se, com os pés nus e a corda passada ao pescoço, confessando o remorso por seus erros? É necessária uma grande vontade de viver para consentir essa comédia da decadência! "Eu não cometi nenhum erro. Eu fui o mais forte, até que outros, mais fortes por um momento, pudessem me abater. Isso é tudo."

E que tal insultá-los? Afrontar pela última vez aquele Parlamento de ovelhas e dizer a todos: "Eu levantei armas contra o rei Eduardo II. Meus caros lordes, quais dentre vós, hoje aqui reunidos para julgar-me, não me seguiram naquela ocasião? Eu fugi da torre de Londres. Meus caros lordes bispos, quais dentre vós não forneceram alguma ajuda e dinheiro para me libertar? Eu salvei a rainha Izabel do assassinato que teriam cometido os favoritos de seu esposo, eu convoquei tropas e armei uma frota que vos liberaram dos Despensers, eu depus o rei então por todos vós odiado e fiz com que seu filho, que hoje me julga, fosse coroado. Meus caros lordes, condes, barões e bispos, e vós todos, senhores da Câmara dos Comuns, quais dentre vós deixaram de dizer louvores por tudo que fiz, e até mesmo pelo amor que a rainha me consagrou? Tudo que podeis me criticar é o fato de eu ter agido em vosso lugar. Hoje não me poupais vossas críticas, e a morte de um único homem — eu, lorde Mortimer — será suficiente para fazer com que esqueçais o que foi obra de todos.

Ou então... o silêncio... Recusar-se a responder ao interrogatório, recusar-se a apresentar uma defesa, não se dar ao trabalho de se justificar. Deixar uivar os cães, posto que não haveria mais um chicote para fustigá-los e detê-los... "Eu tinha toda a razão de submetê-los ao medo..."

Ele foi tirado de seus pensamentos por ruídos de passos. "Chegou o momento", pensou.

A porta se abriu, e alguns sargentos apareceram, dando passagem para o irmão do falecido conde de Kent, o conde de Norfolk, marechal da Inglaterra. Vinha seguido pelos xerifes de Londres, e por diversos delegados das Câmaras dos Lordes e dos Comuns. Todos aqueles homens não podiam entrar ao mesmo tempo na cela, e os que tinham ficado de fora esticavam os pescoços para ver o que se passava dentro do calabouço.

— *My Lord, my Lord* — disse o conde de Norfolk —, venho por ordem do rei para vos ler a sentença de vosso julgamento, promulgada há dois dias, pelo Parlamento reunido.

Os assistentes ficaram surpresos ao ver que, diante daquele anúncio, Mortimer sorria. Um sorriso calmo, de desprezo, que não se dirigia a eles, mas a si próprio. Então o julgamento já ocorrera sem que ele sequer comparecesse, sem interrogatório, sem defesa... E alguns momentos antes, ele estava preocupado com a atitude que deveria tomar diante de seus acusadores... Preocupação bem vã! Infligiam-lhe assim uma última lição: no passado, ele poderia muito bem ter dispensado qualquer formalidade jurídica para julgar os Despensers e os condes de Arundel e de Kent.

O coronel da corte tinha começado a ler a sentença.

— *Posto que foi ordenado pelo Parlamento, reunido em Londres, imediatamente após o coroamento de Vossa Majestade, o rei Eduardo III, que o conselho do rei compreenderia cinco bispos, dois condes e cinco barões, e que nada poderia ser decidido na ausência deles; posto que Roger Mortimer, ignorando as disposições do Parlamento, apropriou-se do governo e da administração do reino, deslocando e comandando como bem entendia os oficiais da casa real e de todo o reino a fim de privilegiar a seu bel-prazer seu próprios amigos...*[18]

De pé, encostado à parede e com a mão pousada sobre uma barra do respiradouro, Roger Mortimer olhava para fora e parecia bem pouco interessado na leitura da sentença.

— *Posto que o pai de nosso rei, tendo sido condenado no castelo de Kenilworth, por ordem dos pares do reino, a fim de nele permanecer e ser tratado com a dignidade merecida por um grande prín-*

*cipe, o acusado Roger Mortimer ordenou que lhe recusassem tudo que ele solicitasse, e fez com que fosse transferido para o castelo de Berkeley, onde, finalmente, por ordem do mesmo Mortimer, ele foi assassinado por traidores ignominiosos...*

— Sai daqui, pássaro ruim! — gritou de repente Mortimer, para o espanto dos presentes, porque o corvo traiçoeiro tinha acabado de lhe dar uma bicada na mão.

— *Posto que, mesmo tendo o rei proibido que se entrasse armado na sala de deliberação do Parlamento reunido em Salisbury, e isso sob pena de violação da fidelidade do vassalo a seu suserano, o acusado Roger e seu séquito, armados, violaram impunemente as ordens reais...*

A lista das acusações não parava de aumentar, interminável. Reputavam a Mortimer a expedição militar contra o conde de Lancastre; os espiões colocados em volta do jovem soberano, que o haviam obrigado a *"se comportar mais como um prisioneiro do que como um rei";* o confisco de vastas propriedades pertencentes à coroa; o sequestro, o roubo e a expulsão de diversos membros da alta nobreza; o complô montado para fazer com que o conde de Kent acreditasse que Eduardo II continuava vivo, "o *que fez com que o conde decidisse verificar tais suposições por meio de ações honestas e legais";* a usurpação dos poderes reais para levar o conde de Kent a julgamento diante do Parlamento e para condená-lo à morte; o desvio de enormes somas destinadas a financiar a guerra da Gasconha, bem como de trinta mil marcos de prata pagos pelos escoceses para a execução do tratado de paz; o controle total do Tesouro real, de modo que o rei não tinha mais como ter acesso a ele a fim de dispor de sua fortuna. Mortimer era acusado também de ter provocado a discórdia entre o pai do rei e a rainha consorte, *"posto que a rainha nunca mais voltou para junto de seu esposo legítimo a fim de compartilhar de sua cama, para o grande aviltamento do rei e de todo o reino"*, e, enfim, por ter desonrado a rainha, *"mostrando-se junto dela por toda parte, como seu amante notório e confesso".*

Mortimer, olhando para o teto e cofiando a barba, estava sorrindo novamente; era toda a sua história que estavam lendo ali e que, sob aquela estranha forma, estaria para sempre gravada nos arquivos do reino.

— *Eis por que o rei, consultando os condes, barões e outros nobres, decidiu que o citado Roger Mortimer fosse justamente julgado, o que os membros do Parlamento, depois de se reunirem, fizeram, declarando que todas as acusações enumeradas eram válidas, notórias, conhecidas de todo o povo e especialmente a que dizia respeito à morte do rei Eduardo II no castelo de Berkeley. Por isso foi decidido por eles que Roger Mortimer, traidor e inimigo do rei e do reino, será arrastado sobre uma grade por um cavalo, e depois enforcado...*

Mortimer teve um leve sobressalto. Então ele não seria decapitado? Até o final o imprevisível o alcançava.

— *Também foi decidido que esta sentença não é passível de apelo, tal como o próprio Mortimer outrora decidiu nos processos dos dois Despensers e do falecido lorde Edmond, conde de Kent e tio do rei.*

O notário terminara a leitura e enrolava as folhas de pergaminho. O conde de Norfolk, irmão do falecido conde de Kent, olhava Mortimer bem nos olhos. O que tinha feito aquele homem, que se mantivera bem quieto nos últimos meses, para reaparecer agora afetando ares vingativos e justiceiros? Por causa daquele olhar, Mortimer teve vontade de falar... Brevemente, apenas para dizer ao conde marechal e, por meio dele, ao rei, aos conselheiros, aos lordes, aos comuns, ao clérigo, a todo o povo:

— Quando aparecer no reino um homem capaz de realizar todas essas coisas que acabais de enumerar, vós ficareis submissos a ele imediatamente, tal como fostes submissos a mim. Mas não creio que esse homem nasça tão cedo... Agora já é tempo de acabar com isso. Pretendeis conduzir-me agora?

Parecia que ele ainda estava dando ordens e comandando sua própria execução.

— Sim, *my Lord* — disse o conde de Norfolk —, é agora. Nós vos conduziremos aos *Common Gallows.*

*Esse* era o local de execução dos ladrões, bandidos, falsários, traficantes de mulheres; era o cadafalso dos piores canalhas.[19]

— Pois muito bem! — disse Mortimer.

— Mas deveis primeiro tirar vossas roupas, a fim de ser arrastado nu pelo cavalo.

— Muito bem! Podeis tirá-las!

Tiraram-lhe todas as roupas, deixando apenas um pedaço de pano amarrado em volta das ancas. Assim ele saiu, nu, em meio àquela escolta convenientemente vestida para o frio da estação, sob o chuvisco incessante de novembro. Seu corpo alto e musculoso consistia em uma mancha clara no meio de todos aqueles uniformes escuros dos oficiais e dos guardas.

A grade sobre a qual ele seria amarrado estava no Green, e tinha sido feita com pedaços de latão amassado fixados sobre rodinhas, o conjunto preso ao arreio de um cavalo de carga.

Mortimer conservou seu sorriso de desprezo ao olhar todo aquele equipamento. Quantos cuidados, quanta aplicação para humilhá-lo! Deitou-se sem ajuda e amarraram seus pulsos e tornozelos ao carrinho; depois o cavalo começou a andar, inicialmente devagar, sobre a relva do Green, passando em seguida para o caminho coberto de cascalho.

O marechal da Inglaterra, o lorde-prefeito da cidade, os delegados do Parlamento, o constable da torre de Londres vinham atrás; uma escolta de soldados, com as lanças apontadas por cima dos ombros, abria caminho e protegia o cortejo.

O cortejo saiu da fortaleza, atravessando o Traitors Gate, onde uma multidão esperava, curiosa, agitada, cruel, tornando-se cada vez mais numerosa no decorrer do trajeto.

Quando sempre se teve a possibilidade de observar as multidões do alto de um cavalo ou de um estrado, a impressão causada por vê-las naquela posição tão baixa era bem estranha; era possível ver, então, os queixos agitados, todas aquelas bocas deformadas por gritos, aqueles milhares de narinas abertas. Quando observados assim, os homens têm realmente rostos bem feios, e as mulheres também parecem grotescas e malvadas, com suas horríveis caras de gárgulas, que não receberam, dos homens que têm a sorte de estar de pé, todas as bofetadas merecidas! Sem aquele chuvisco que entrava por seus olhos, Mortimer, sacudido em seu carrinho, teria sem dúvida podido ver melhor todas aquelas faces cheias de ódio.

Uma coisa viscosa e mole atingiu seu rosto, e escorreu pela barba; Mortimer compreendeu que era um escarro. E, depois, uma dor aguda, penetrante, atravessou-o inteiro; um covarde lhe tinha lançado uma pedra no baixo ventre. Sem os guardas com suas lanças, a multidão, embriagada por seus próprios gritos, teria dilacerado completamente seu corpo ali mesmo.

Ele continuava avançando sob uma sequência interminável de xingamentos e maldições; ele que, seis anos antes, por todas as estradas da Inglaterra, só ouvia aclamações de boas-vindas. As multidões têm duas vozes; uma para o ódio, outra para a alegria. É impressionante que tantas gargantas urrando juntas possam produzir dois rumores tão diferentes.

Depois, bruscamente, veio o silêncio. Teriam chegado ao local da execução? Não, acabavam de entrar em Westminster, e faziam com que ele passasse lentamente sob as janelas do Parlamento, para as quais se precipitavam todos os seus membros. Calavam-se ao contemplar, assim arrastado como uma árvore ruim sobre o calçamento, aquele que durante tantos meses tinha feito deles o que bem entendia.

Mortimer, com os olhos repletos da chuva que não parara de cair, procurava um olhar. Talvez, por uma crueldade suprema, tivessem obrigado a rainha Izabel a assistir a seu suplício. Mas ele não a encontrou.

Depois o cortejo se dirigiu para Tyburn. Ao chegar aos *Common Gallows*, o condenado foi desamarrado e pôde confessar-se rapidamente. Pela última vez Mortimer dominou a multidão, do alto do cadafalso. Sofreu pouco, pois a corda do carrasco a ele amarrada, ao ser puxada bruscamente, rompeu suas vértebras.

A rainha Izabel encontrava-se naquele dia em Windsor, onde se recuperava lentamente de haver perdido ao mesmo tempo que seu amante, a criança que esperava dele.

O rei Eduardo fez saber a sua mãe que viria passar com ela as festas de Natal.

# IV

# Um dia ruim

PELAS JANELAS DA CASA BONNEFILLE, Beatriz d'Hirson olhava a chuva cair na rue Mauconseil. Fazia horas que esperava por Robert d'Artois, que lhe prometera vir vê-la, naquela tarde. Mas Robert não cumpria suas promessas, nem as grandes nem as pequenas, e Beatriz se considerava bem tola por ainda acreditar nele.

Para uma mulher que espera, um homem é sempre culpado de todos os erros. Robert lhe havia prometido também — e agora já fazia um ano — que ela entraria como dama de companhia a serviço de seu palacete. E, até agora, nada! No fundo, ele não era diferente da tia: todos os Artois eram iguais. Uns ingratos! Ela fizera o impossível para realizar as vontades dele, correndo atrás de venenos e de feiticeiras; ela matara para servir aos interesses dele, e tudo isso arriscando a força ou a fogueira, pois não seria o conde Robert d'Artois que seria detido caso tivessem surpreendido Beatriz despejando arsênico na infusão de ervas da senhora Mahaut, ou sal de mercúrio na taça de vinho de Jeanne, a Viúva. "Essa Beatriz? Não a conheço! Ela diz que agiu sob as minhas ordens? Mentira! Trabalhava para a minha tia, não para mim. Ela está inventando histórias para salvar a própria pele. Que a submetam ao suplício da roda, e então ela falará a verdade!" Entre a palavra de um alto nobre de França, cunhado do rei, e a de uma sobrinha qualquer de um bispo entre tantos, cuja família nem gozava mais de grandes favores, quem teria hesitado?

"Por que fiz isso tudo?", pensava Beatriz. "Para esperar, para esperar na solidão aqui em minha casa, que o senhor Robert queira vir me visitar uma vez por semana! Ele disse que viria no início da tarde; e agora a noite já está caindo, e nada. Ele deve estar se empanzinando com seus convidados, contando suas grandes proezas, os casos do reino, seu processo; deve estar passando a mão em todas as camareiras que cruzam seu caminho. Até a tal da Divion come à mesa com ele, eu sei! E eu... eu fico aqui olhando a chuva cair. Chegará apenas tarde da noite, pesado, arrotando e com as faces pegando fogo, dirá três tolices e depois desmaiará roncando durante uma hora, para levantar-se em seguida e ir embora. Se é que virá...

Beatriz se entediava, mais ainda do que em Conflans, nos últimos meses de vida de Mahaut. Seus amores com Robert chegavam ao fim. Ela acreditara ter prendido o gigante, mas era ele o vencedor. A paixão contrariada, humilhada, transformava-se em surdo rancor. Esperar, esperar sempre! E nem sequer poder sair, ir pelas tabernas afora com alguma amiga em busca da aventura, porque Robert poderia aparecer exatamente no momento que ela estivesse ausente. E, além do mais, ele mantinha alguns espiões espreitando todos os seus passos!

Era obrigada a reconhecer que Robert se desapegava dela, e que agora só vinha vê-la por obrigação, como uma cúmplice com a qual era preciso ter cuidado. Às vezes, duas semanas inteiras se passavam sem que ele desse o menor sinal de desejo por ela.

— Não sereis sempre vitorioso, senhor Robert! — disse ela baixinho.

Beatriz estava começando a odiar secretamente o conde d'Artois, na falta de poder possuí-lo.

Ela já experimentara as melhores receitas de filtros de amor: "*Pegai um pouco de vosso próprio sangue, numa sexta-feira de primavera; ponde para secar ao forno, num pequeno recipiente, com dois testículos de lebre e um fígado de pomba; reduzi a mistura a um pó fino e fazei com que a pessoa que desejais a engula; caso o efeito não se perceba logo da primeira vez, repeti a operação até três vezes.*"

Ou então: "*Dirigi-vos numa sexta-feira de madrugada, antes do nascer do sol, a um pomar, e colhei numa macieira a mais bela maçã que encontrardes; depois deveis escrever com vosso próprio sangue, num pedacinho de papel branco, vosso nome e sobrenome e, na linha seguinte, o nome e sobrenome da pessoa que quereis ver apaixonada por vós; e devereis ter em mãos três fios de cabelo dessa pessoa, que vós colocareis junto com três fios vossos, e com eles vós fechareis o papelzinho em que foram escritos os nomes; depois, abrireis a maçã ao meio, retirareis as sementes e, no lugar delas, colocareis o bilhetinho fechado com os fios de cabelo; em seguida, com dois pequenos espetos feitos com um galho de mirta verde, vós fechareis novamente a maçã e fareis com que ela seque ao forno, de forma que se torne dura e sem nenhuma umidade, como as maçãs secas da quaresma; então, enrolareis tudo em folhas de louro e de mirta, e tratareis de colocar o pacotinho sob a cabeceira da cama em que dorme a pessoa amada, sem que ela perceba; em pouco tempo ela vos dará sinais de seu amor.*"

Todas as tentativas foram em vão. As maçãs da sexta-feira permaneceram inoperantes. A bruxaria, prática na qual Beatriz se acreditava infalível, parecia não ter nenhuma influência sobre o conde d'Artois. Não era possível! Ele não era a encarnação do Diabo, apesar de ela ter-lhe dito isso, para seduzi-lo.

Ela desejara ficar grávida. Robert parecia amar muito seus filhos, por orgulho, talvez, mas era certo que os amava. Eram os únicos seres dos quais ele falava com um pouco de ternura. Um bastardo, então... teria sido bem-vindo. E, depois, aquilo seria bom para Beatriz, que, ao mostrar a barriga, diria: "Estou esperando uma criança do conde d'Artois..." Mas talvez ela tivesse agido no passado de maneira a se tornar estéril, ou então o Maligno a tinha feito incapaz de engendrar a vida... O certo é que aquela esperança também foi decepcionada. E tudo que restava a Beatriz d'Hirson, ex-dama de companhia da condessa Mahaut, era a espera, a chuva, e sonhos de vingança...

Na hora que os burgueses iam para a cama, Robert d'Artois enfim chegou, com a cara fechada, coçando a barba sem parar. Praticamente não olhou para Beatriz, que tinha tido o capricho de estrear um vestido novo. Ele se serviu de uma boa quantidade de hipocraz.

— Essa bebida está azeda — disse ele, fazendo uma careta e indo sentar numa poltrona que gemeu sob seu peso.

Como é que a bebida não teria perdido seu aroma? Ela fora preparada havia quatro horas!

— Eu te esperava bem mais cedo, senhor.

— Pois é, mas tive graves problemas que me impediram de vir.

— Como ontem, e anteontem...

— Sabes muito bem que não posso ser visto entrando de dia em tua casa, sobretudo num momento como este, em que toda a prudência é necessária.

— Bela desculpa! Então não deves dizer que virás de dia, já que só podes me visitar à noite. Mas a noite pertence à condessa, tua esposa...

Ele deu de ombros, irritado.

— Tu sabes que não chego mais perto dela.

— Todos os maridos dizem isso às amantes, tanto os mais altos nobres do reino quanto os mais reles sapateiros... E todos mentem do mesmo jeito. A senhora de Beaumont não teria tão bons olhos para ti, nem te trataria tão bem caso não frequentasses mais a cama dela.... Durante o dia, o senhor está ocupado com o Conselho real, como se o rei passasse o dia inteiro trabalhando, desde a alvorada até o cair da noite. Ou então o senhor está caçando, ou participando de combates a cavalo... isso quando não viaja para suas terras de Conches.

— Deixa-me em paz! — gritou Robert, dando um murro na mesa. — Tenho outras preocupações e não posso perder tempo com ladainhas de mulher. Foi hoje que apresentei meu requerimento diante da Câmara real.

De fato, era o dia 14 de dezembro, data fixada por Felipe VI para a abertura do processo de Artois. Beatriz sabia disso. Robert a prevenira, mas, roída pelo ciúme, ela havia esquecido.

— E tudo se passou como querias?

— Não exatamente — respondeu Robert. — Apresentei as cartas de meu avô, e elas foram contestadas como falsas.

— Mas tu pensavas mesmo que elas fossem boas? — perguntou Beatriz com um sorriso malvado. — Quem as contestou?

— A duquesa de Borgonha, que pediu que os documentos fossem reexaminados.

— Ah! A duquesa de Borgonha está em Paris...

Seus longos cílios negros levantaram-se por um instante, e o olhar de Beatriz exibiu um brilho repentino, que ela logo tratou de dissimular. Robert, mergulhado em suas preocupações, nada percebeu.

Batendo os punhos um contra o outro, com os maxilares contraídos, ele dizia:

— Ela veio especialmente para a ocasião com o duque Eudes. Mahaut será capaz de continuar me prejudicando até depois de morta, por meio de seus descendentes! Por que um sangue tão ruim corre nas veias dessa família? Todas as mulheres da família de Borgonha são putas, ladras e mentirosas! Essa, que empurra contra mim o idiota de seu marido, já é uma vagabunda, exatamente como todas as outras de sua raça. Eles já têm a Borgonha, por que motivo querem ainda apoderar-se de Artois, meu condado que me foi roubado? Mas eu hei de ganhar. Caso seja preciso, instigarei uma revolta em Artois, como já fiz contra Felipe, o Comprido, pai dessa vagabunda que agora quer atravessar o meu caminho. E dessa vez não será na direção de Arras que conduzirei meus homens, mas sim para Dijon...

Ele falava, mas sem uma convicção profunda. Aquela era uma ira comportada, sem grandes gritos, sem aquelas passadas de um lado para o outro que faziam tremer as paredes, sem toda aquela comédia furibunda que ele sabia tão bem representar. Por que ele se teria dado ao trabalho disso tudo, posto que não tinha à sua disposição um grande auditório?

A rotina é um veneno que carcome os temperamentos dos que se amam. Nós nos esforçamos somente diante da novidade, e só tememos aquilo que não conhecemos. Ninguém é feito apenas de poder, e os temores desaparecem ao mesmo tempo que o mistério vai se apagando. Cada vez que uma pessoa se põe a nu, ela perde um pouco da sua autoridade. Beatriz não temia mais Robert.

Esquecera o que era temê-lo, pois já o tinha visto dormir muitas vezes, permitindo-se para com aquele gigante o que ninguém teria ousado.

E o mesmo acontecia com Robert em relação a Beatriz, que se tornara uma amante ciumenta, exigente, que tinha mil reprovações contra ele, como ocorre com toda mulher, quando uma relação às escondidas dura muito tempo. Seus talentos de bruxa não divertiam mais Robert. Suas práticas de magia e satanismo pareciam-lhe uma rotina. Ele desconfiava de Beatriz, mas apenas por costume atávico, simplesmente porque partia do princípio de que todas as mulheres são, por natureza, mentirosas e enganadoras. Como ela lhe mendigasse um pouco de prazer, ele não pensava mais em temê-la, e esquecia que ela se jogara em seus braços apenas pelo gosto da traição. Até a lembrança dos dois crimes que haviam cometido juntos perdia importância e se dissolvia na poeira dos dias, ao mesmo tempo que os dois cadáveres apodreciam sob a terra.

Quanto maior era o perigo naquelas semanas que atravessavam, mais eles se recusavam a acreditar em suas evidências. Os amantes deveriam saber, no momento em que deixam de se amar, que voltarão a ser exatamente como eram quando se conheceram. As armas de cada um jamais são destruídas, mas somente depostas, enquanto dura o idílio.

Beatriz observava Robert em silêncio, enquanto ele, por sua vez, sonhava, bem longe dela, com novas maquinações para ganhar seu processo. Mas quando um homem já utilizou todos os meios para vencer durante vinte anos, vasculhando leis e costumes, lançando mão de falsos testemunhos, de falsificação de documentos, até de assassinatos, quando ele tem como cunhado o próprio rei e mesmo assim ainda não obteve a vitória, tem motivos para se desesperar em certos dias.

Mudando de atitude, Beatriz veio ajoelhar-se perto dele, repentinamente carinhosa, submissa e terna, como se quisesse consolá-lo e, ao mesmo tempo, aninhar-se.

— Quando o meu gentil senhor Robert vai me levar para o seu palacete? Quando vai me nomear dama de companhia da condessa, como me prometeu? Seria tão bom! Eu estaria sempre junto de ti, tu poderias me chamar no momento que quisesses... e eu estaria sempre por perto, para te servir e velar por ti melhor que ninguém. Quando, então?

— Quando eu ganhar o meu processo — disse ele, como a cada vez que ela tocava no assunto.

— Do jeito que as coisas vão, acho que não será antes de eu ter todos os cabelos brancos.

— Quando houver o julgamento. Eu já disse, e minha palavra é uma só. Com os diabos, um pouco de paciência!

Lamentava tê-la atraído outrora com esse projeto. Agora ele estava realmente decidido a não cumpri-lo jamais. Beatriz no palacete de Beaumont? Que incômodo, que cansaço, que fonte inesgotável de aborrecimentos!

Ela se levantou, foi estender as mãos diante da lareira ardente.

— Paciência, eu já tive demais — disse ela, sem levantar a voz. — Primeiro, eu entraria a teu serviço após a morte da senhora Mahaut;

em seguida, seria depois da morte da senhora Jeanne. Pelo que sei, elas estão mortas, e logo estaremos chegando ao fim do ano... Mas tu não queres que eu entre para o teu palacete... Uma prostituta da pior espécie como a Divion, que foi amante de meu tio bispo, e que fabricou a teu pedido documentos falsos tão perfeitos que até um cego seria capaz de reconhecer, ela sim, ela tem o direito de frequentar tua mesa, de se exibir na corte...

— Deixa de lado a Divion. Tu sabes muito bem que só conservo essa tola comigo por prudência.

Beatriz deu um sorrisinho. A prudência!... Com a Divion, porque ela preparara alguns selos falsos, era preciso ser prudente. Mas quanto a ela, Beatriz, que tinha enviado dois príncipes para o além, não era necessário temor algum, e era possível pagar-lhe apenas com ingratidão.

— Vamos, não te lamentes — disse Robert. — Tu tens o melhor de mim. Se estivesses em minha casa, eu poderia te ver muito menos, e com certeza sem essa despreocupação.

Ele era bem seguro de si, o senhor Robert, e falava de sua presença como se fosse um presente sublime que ele se dignava a oferecer!

— Se isto é o melhor de ti... então, o que não seria o pior! — respondeu Beatriz com sua voz arrastada. — A cama está pronta.

E ela apontou para a porta do quarto, que estava aberta.

— Não, minha amiguinha. Eu tenho de voltar agora para o palácio e encontrar secretamente o rei, a fim de tomar medidas contra a duquesa de Borgonha.

— Claro... a duquesa de Borgonha... — repetiu Beatriz, balançando a cabeça como se compreendesse a situação. — Então, é amanhã que devo esperar receber o melhor de ti?

— Ah, que pena! Amanhã tenho de viajar para Conches e depois para Beaumont.

— E vais ficar fora... ?

— Pouco. Apenas duas semanas.

— Então não estarás aqui para a festa do Ano-Novo? — perguntou ela.

— Não, minha bela gata. Mas eu te darei como presente um belo broche de pedrarias para que te enfeites e fiques ainda mais bela.

— Então vou me enfeitar para encontrar meus criados, que são as únicas pessoas que vejo.

Robert devia ter sido mais desconfiado. Há dias que são funestos. Na audiência de 14 de dezembro, os documentos que apresentara tinham sido tão veementemente contestados pelo duque e pela duquesa de Borgonha, que Felipe VI deu sinais de preocupação, olhando inquieto para o cunhado. Teria sido a ocasião para ser mais cuidadoso, para não ferir, justamente naquele dia, uma mulher como Beatriz, deixando-a por duas semanas insatisfeita de corpo e alma. Ele se levantou, enquanto ela perguntava.

— E a Divion? Vai contigo em teu séquito?

— Claro, minha esposa decidiu que ela deve ir.

Um sopro de ódio encheu o belo peito de Beatriz, e seus cílios desenharam uma sombra arredondada sobre suas faces.

— Então, senhor, ficarei à tua espera como uma serva terna e fiel — disse ela com ares sorridentes.

Robert beijou mecanicamente o rosto de Beatriz. Colocou as pesadas mãos na altura de seus rins, segurou-a por um momento, e terminou seu gesto com um tapinha indiferente. Não, decididamente, ele não a desejava mais. Sem dúvida, essa era a pior ofensa que ele podia lhe fazer.

# V
# Conches

NAQUELE ANO, O INVERNO FOI relativamente ameno.

Antes do nascer do dia, Lormet sempre vinha acordar Robert, que dava alguns bocejos de grande felino, molhava um pouco o rosto na bacia que Gillet de Nelle lhe trazia, enfiava suas roupas de caçador, todas de couro e forradas de pele, as únicas que achava realmente agradáveis. Depois ia escutar a missa matinal em sua capela; o capelão tinha ordens para apressar a leitura do Evangelho e a comunhão, reduzindo-as a alguns minutos. Robert se impacientava quando o religioso demorava demais com as orações; e mal o cibório tinha sido guardado, ele já havia deixado o recinto.

Depois engolia uma boa quantidade de caldo quente, duas asas de frango ou então um naco de porco bem gordo, com uma bela taça de vinho branco de Meursault, que reanima o homem ao escorrer como ouro líquido pela garganta, despertando os humores adormecidos por uma noite de sono. Tudo aquilo, ele fazia de pé. Ah! Se tudo o que a Borgonha produzisse se limitasse a seus vinhos! Mas lá também estavam seus duques, para complicar a vida do conde d'Artois. "Comer de manhã garante boa saúde", dizia Robert ainda mastigando enquanto montava em seu cavalo. Com o punhal pendurado ao flanco, uma corneta a tiracolo, e seu gorro de pele de lobo enfiado até as orelhas, ele saía cavalgando.

Sua matilha de cães de caça seguia-o açoitada com um chicote para correr o mais rápido possível, ladrando loucamente; os cavalos bufavam, com a garupa mordida pelo frio da manhã. O estandarte tremulava ao vento no alto do torreão, tal como era o costume quando o senhor do castelo se encontrava na propriedade. A ponte levadiça abaixava-se, e cães, cavalos, valetes, mestres de caça, numa grande balbúrdia, precipitavam-se na direção do charco, situado bem no centro do burgo, depois seguiam na direção dos campos, sempre atrás do gigantesco barão.

Nas manhãs de inverno, paira sobre os prados da região de Ouche uma brumazinha branca, que possui um cheiro de casca de árvore e de fumaça. Robert d'Artois realmente gostava de sua propriedade de Conches. Não passava de um pequeno castelo, sem dúvida, mas bem agradável, e com belas florestas nas redondezas.

O sol pálido dissipava a bruma no momento exato em que ele chegava ao local onde o aguardavam seus valetes acompanhados dos sabujos para lhe apresentar o relatório: tinham encontrado, mais de uma vez, os rastros da caça perseguida. Depois todos atacavam, seguindo as marcas do animal caçado.

O bosque de Conches era repleto de cervos e javalis. Os cães eram bem treinados. Quando conseguiam impedir o javali de se despistar, perseguindo-o sem trégua, era possível pegá-lo em cerca de uma hora. Os grandes cervos majestosos conseguiam escapar por um pouco mais de tempo, embrenhando-se em covis pelos quais entravam os perseguidores, fazendo voar a terra pelos ares sob as ferraduras dos cavalos. No final, os pobres animais, assustados, ofegantes, a língua de fora sob os pesados chifres, eram encurralados em algum lago ou pântano pelos cães, que latiam sem parar.

O conde Robert caçava pelo menos quatro vezes por semana. Sua caça não se assemelhava de modo algum às saídas de caça do rei, durante as quais duzentos nobres se aglomeravam, e não era possível ver nada. Naquelas ocasiões, todos pareciam caçar apenas a companhia do rei, mais dos que os animais do bosque. Quanto a Robert, ele se divertia de fato com seus picadores, alguns vassalos da vizinhança muito orgulhosos por terem sido convidados, e seus dois filhos, que ele começava a formar na arte da caça, que todo nobre devia conhecer. Sentia-se contente com seus filhos, de 10 e 9 anos, ambos crescendo com saúde; tomava conta da formação dos dois meninos, que aprendiam a manejar as armas. Tinham muita sorte, aqueles garotos! Robert, que havia sido privado muito cedo do pai, desdobrava-se em cuidados com os filhos...

Ele próprio cuidava do animal abatido, utilizando um facão para o cervo, ou uma lança para o javali. Mostrava nisso uma grande destreza e sentia um enorme prazer ao ver o ferro penetrando na carne macia. A caça e o caçador estavam, ambos, desfazendo-se em suor. Mas o animal desmoronava, fulminado, ao passo que o homem permanecia de pé.

No caminho de volta, que percorriam comentando os incidentes ocorridos durante a perseguição, surgiam de seus casebres os camponeses das redondezas, vestidos com trapos, as pernas envolvidas por tecidos rasgados; vinham beijar a espora do grande nobre, com um movimento ao mesmo tempo extasiado e cheio de temor: velho e bom hábito que se havia perdido na cidade.

No castelo, desde que o senhor aparecia de volta, começavam os preparativos para a refeição do meio-dia. No salão repleto de tapeçarias decoradas com os brasões de França, de Artois, do Valois e de Constantinopla — pois a senhora de Beaumont, por parte de mãe, pertencia à família Courtenay —, Robert punha-se à mesa para devorar tudo que lhe serviam durante três horas, brincando com seus convivas. Mandava chamar seu chefe de cozinha, que surgia com a colher de madeira pendurada na cintura, e às vezes o cumprimentava por um assado de javali bem temperado, cozido no ponto, ou então prometia condená-lo à forca caso o molho de pimenta-do-reino, destinado a regar o assado, não estivesse suficientemente picante.

Depois ele se entregava a uma sesta curta, e em seguida voltava para o salão para se entender com seus prebostes e cobradores de impostos, que lhe apresentavam as contas do feudo e os casos precisando de julgamento por parte do senhor feudal. Gostava muito de julgar e ver depois o ódio ou a inveja nos olhos dos litigantes, a velhacaria, a astúcia, a malícia, a mentira; de ver, em suma, refletidos na plebe, os sentimentos que ele mesmo experimentava em relação a suas querelas.

Ele se regozijava sobretudo com as histórias de vagabundas e seus maridos enganados.

— Mandai comparecer o corno! — ordenava ele, sentado em seu trono de carvalho.

E depois perguntava ao homem as coisas mais licenciosas, enquanto os notários quase morriam de rir, e o coitado ficava cada vez mais vermelho de vergonha.

Robert tinha uma má propensão, que seus prebostes lhe reprovavam, a somente infligir penas muito leves aos ladrões, trapaceiros, subornadores, assaltantes, proxenetas e homens violentos, a não ser, evidentemente, que o roubo ou outro delito tivesse sido cometido contra ele próprio. Uma secreta conivência afetiva o ligava com toda a bandidagem que existia na face da Terra.

Pronunciados seus julgamentos, o dia já tinha praticamente chegado ao fim. Robert descia para a sala de banhos, instalada num recinto subterrâneo do torreão, mergulhava na tina de água quente perfumada com ervas e aromas que repousavam o corpo, depois se deixava enxugar e esfregar como um cavalo de raça, pentear-se, barbear-se, frisar os cabelos.

A essa altura, os escudeiros, copeiros e criados já tinham novamente arrumado as mesas para o jantar. Robert aparecia trajando uma enorme túnica de suserano, de veludo vermelho bordada com lírios de ouro e com os castelos de Artois, e cujo forro era comprido o bastante para cobrir até seus sapatos.

Quanto à senhora de Beaumont, ela usava um vestido de *camocas* roxo, forrado de peliça, bordado em ouro com as iniciais "J" e "R" entrelaçadas, e também com motivos de trevos, esses bordados em prata.

A comida era menos pesada que ao meio-dia: caldos de ervas e leite, um pavão, um cisne assado servido em meio a uma coroa de pombos, queijos frescos e fermentados, tortas e outras guloseimas doces que iam bem com os vinhos que fluíam das jarras em forma de leão ou de pássaro.

O serviço era à francesa, isto é, uma porção para duas pessoas, uma mulher e um homem comendo num único prato, com exceção do suserano. Robert recebia seu prato sozinho, e o esvaziava com a ajuda de uma colher, uma faca e dos dedos, limpando a boca e as mãos na toalha, como todos os outros presentes. Quando comia as aves miúdas, ele mastigava carne e ossos, tudo junto.

Por volta do final do jantar, o menestrel Watriquet de Couvin era solicitado. Ele ia pegar sua harpa e recitar algo de sua própria autoria. O senhor Watriquet era originário do Hainaut. Conhecia bem o conde Guilherme e a condessa, irmã da senhora de Beaumont, e tinha começado na corte deles, prosseguindo depois sua carreira em todas as casas da família Valois, uma a uma. Todos os disputavam com polpudas quantias.

— Watriquet, dizei agora o lai das Damas de Paris! — pedia Robert, ainda com a boca cheia.

Aquela era sua história preferida e, mesmo conhecendo-a de cor, ele não se cansava de ouvi-la, parecendo assim com as crianças que exigem todas as noites a mesma história, e a cada vez com todos os detalhes. Vendo Robert num momento daqueles, quem teria podido acreditar que ele era capaz de cometer crimes e falsificar documentos?

O lai das Damas de Paris contava a aventura de duas burguesas, Margue e Marion, respectivamente mulher e sobrinha de Adam de Gonesse que, numa manhã do dia de Reis, ao irem até o tripeiro, têm a infelicidade de encontrar uma vizinha, a dama Tifaigne, cabeleireira, e se deixam arrastar por ela até um albergue em que o hospedeiro, ao que parece, vende fiado.

As fofoqueiras ocupam uma mesa na taberna dos Maillets, na qual o patrão, Drouin, lhes serve coisas excelentes: vinho, um ganso bem gordo, uma tigela cheinha de alhos, doces quentes.

Nessa altura do conto, Robert d'Artois começava a rir, antes da hora. E Watriquet continuava:

*...Então Margue começou a suar*
*E a beber grandes taças.*
*Em poucas horas um litro e meio já tinha descido por sua garganta.*
*"Margue, pela fé que tenho em São Jorge",*
*Disse sua amiga, Maroclippe,*
*"Esse vinho me deixa a boca amarga;*
*Agora quero experimentar um outro,*
*Se pudesses vendia até minha vaca*
*Para ter em mãos um pote bem cheio."*

Sentado perto da grande lareira em que uma árvore inteira queimava, Robert d'Artois, jogando-se para trás, dava terríveis gargalhadas.

Era toda a sua juventude, passada nas tabernas, nos prostíbulos e em outros lugares de má fama, que ele revivia com aquela história. Havia conhecido um monte de rameiras como aquelas, que frequentavam as tabernas e se embriagavam sem que seus maridos sequer desconfiassem!

E Watriquet continuava cantando: à meia-noite, Margue, Marion e a cabeleireira ainda estão no albergue, e já experimentaram todos os vinhos, produzidos no Arbois ou em Saint-Mélion, e se serviram de doces e bolos variados, amêndoas, peras, especiarias e nozes. Margue propõe que elas vão dançar na rua. O taberneiro exige, para que elas saiam, que deixem as roupas como garantia. E elas consentem de bom grado, de tão bêbadas que estão. Num passe de mágica se desfazem das roupas de cima e de baixo, e de tudo que trazem com elas.

Nuas como vieram ao mundo, desaparecem numa noite de janeiro, gritando: *"Amourau vireli m'en vois"*, titubeando, tropeçando, esbarrando nas paredes, segurando uma na outra, até que vão cair, enfim, como mortas, no meio de um monte de lixo.

O dia amanhece, as portas se abrem. Elas são descobertas completamente sujas e machucadas, imóveis no chão, que nem *"um monte de merda no meio do caminho"*. Os maridos delas são chamados e levam-nas para o cemitério dos Inocentes, onde elas são jogadas na fossa comum.

*Uma em cima da outra, todas três vivas;*
*O vinho escorria pelas gengivas das três*
*E por todos os tubos dos corpos delas.*

Elas só despertam daquele sono na noite seguinte, acordando em meio à carniça, cobertas de terra, mas ainda bêbadas, e põem-se a gritar no cemitério completamente escuro, no frio terrível da noite:

*Drouin, Drouin, onde estás?*
*Traz-me três arenques salgados*
*E uma caneca de vinho bem forte*
*Para fazer passar a dor de cabeça;*
*E trata de fechar a grande janela!*

Nesse ponto da história, o riso de Robert assemelhava-se a um rugido. O menestrel Watriquet tinha dificuldade para terminar seu conto, pois durante diversos minutos o riso do gigante enchia a sala. Com os olhos lacrimejantes de tanto rir, ele dava tapas em seus próprios flancos com as duas mãos, repetindo dez vezes: "*E trata de fechar a grande janela!*" Sua alegria era tão contagiante que todos caíam na gargalhada com ele.

— Ah! As danadas! Completamente nuas, com as nádegas ao vento gelado... "E *trata de fechar a grande janela!*"

E recomeçava a rir.

No fundo, a vida que se levava em Conches era bem agradável... A senhora de Beaumont era uma boa esposa, o condado de Beaumont era pequeno, mas muito bom, e que importância tinha o fato de ele ser domínio da coroa, posto que as rendas provenientes de suas terras iam parar nas mãos de Robert? Será que o Artois era mesmo tão importante assim, a ponto de merecer tantas preocupações, lutas e dedicação? "Que importância tem a terra onde um dia acabará repousando meu corpo? Que seja em Conches ou em Hesdin... pouco importa!"

Tais pensamentos eram típicos de alguém que tinha passado dos 40 anos, que não conseguia resolver a contento um problema que se arrastava havia anos, e que dispunha naquele momento de duas semanas de lazer. Mas Robert sabia bem, no fundo, que não se conformaria com esse tipo de consideração, resultante de uma sabedoria fugaz... Mesmo assim, no dia seguinte ele foi caçar de novo pelos lados de Beaumont, com a intenção de aproveitar a viagem para fazer uma inspeção no castelo, e ver se não seria conveniente aumentá-lo...

Foi na volta de Beaumont, onde ele estivera em companhia da esposa, no antepenúltimo dia do ano, que Robert d'Artois encontrou seus escudeiros desesperados, aguardando por ele na ponte levadiça de Conches.

Tinham vindo durante a tarde levar a dama Divion para a prisão, em Paris.

— Presa? Quem foi que veio prendê-la?

— Três sargentos.

— Que sargentos? Com ordem de quem? — urrou Robert.

— Do rei.

— Como foi que a deixastes partir? Sois todos uns tolos que merecem ser açoitados. Mandar prender alguém que está em minha casa? Que impostura! Pelo menos pedistes para ver a ordem de prisão do rei?

— Nós a vimos, senhor — respondeu Gillet de Nelle, tremendo —, e chegamos a exigir que ela ficasse em nosso poder. Só deixamos que levassem a dama Divion com essa condição. Eis a ordem.

Era de fato uma ordem emitida pelo rei, escrita por um escrivão, mas trazendo o carimbo e o selo de Felipe VI. E não o selo da chancelaria, o que poderia ter dado margem a alguma velhacaria. A cera do lacre trazia o relevo do selo privativo e pessoal de Felipe, o que era conhecido como "selinho", que ficava permanentemente em poder do rei, em sua bolsa, e que apenas ele podia utilizar.

O conde d'Artois não era por natureza um homem angustiado. Naquele dia, entretanto, descobriu o que era sentir medo.

# VI
# A rainha funesta

Ir de Conches a Paris no mesmo dia não era fácil: uma viagem assim exigia um cavalo robusto, e era extremamente cansativa até para um cavaleiro bem treinado. Robert d'Artois deixou no caminho dois de seus escudeiros cujos cavalos, machucados, tinham se tornado mancos. Chegou à noite na cidade e encontrou, apesar da hora tardia, as ruas ainda cheias, com a multidão que festejava o Ano-Novo. Os bêbados vomitavam nos lugares mais escuros, nas proximidades das tabernas; as mulheres iam de braços dados, cantando com toda a força e com os passos titubeantes, como na história contada por Watriquet.

Sem prestar atenção à plebe, que com o peito do cavalo ele ia empurrando, Robert seguiu diretamente para o palácio. O capitão de plantão informou-lhe que o rei viera durante o dia a fim de receber os cumprimentos dos burgueses, mas que havia voltado para Saint-Germain.

Robert, então, atravessou a ponte e foi até o Châtelet. Um par de França podia permitir-se acordar o governador. Ora, este, interrogado, declarou não ter recebido, nem na véspera, nem naquele mesmo dia, nenhuma dama que se chamasse Jeanne de Divion, nem que se assemelhasse à descrição que o conde d'Artois fazia dela.

Se ela não estava no Châtelet, então deveria estar no Louvre, pois era apenas naqueles dois lugares que se encontravam encarceradas as pessoas presas por ordem do rei.

Robert foi até o Louvre. Mas o capitão disse a mesma coisa. Então, onde estaria Divion? Teria Robert andado mais depressa que os sargentos do rei e, pegando outro caminho, teria passado na frente deles? Em Houdan, entretanto, onde havia se informado, tinham-lhe dito que três sargentos, conduzindo uma dama, haviam passado por lá fazia várias horas. O mistério tornava-se cada vez mais denso em relação àquela prisão.

Robert teve de se resignar a voltar para seu palacete, dormir um pouco, esperando a alvorada seguinte para ir até Saint-Germain.

Uma geada branca cobria os campos e os prados; os galhos das árvores brilhavam sob o orvalho gelado, e as colinas e florestas em volta da residência real de Saint-Germain pareciam um bolo de confeitaria.

O rei tinha acabado de acordar. As portas se abriram para Robert até o quarto de Felipe VI, que estava ainda na cama, rodeado pelos camareiros e por seus mestres caçadores, dando ordens para a caça do dia.

Robert entrou com um passo apressado, ajoelhou-se, levantou-se imediatamente em seguida e disse:

— Vossa Majestade, tomai de volta o pariato que recebi, meus feudos, minhas terras, minhas rendas, tirai-me todo o bem e o uso que deles faço, expulsai-me de vosso Conselho, do qual não sou mais digno de participar. Não, eu não sou mais nada neste reino!

Arregalando seus grandes olhos azuis, Felipe perguntou:

— Mas o que está acontecendo? O que está por trás do que acabais de dizer?

— Digo a verdade. Digo que não sou mais nada neste reino, já que o rei, sem sequer pensar em informar-me, manda prender uma pessoa hospedada sob meu teto!

— Quem foi que eu mandei prender? Que pessoa é esta?

— Uma certa dama de Divion, Majestade, que trabalha para mim, como criada de minha esposa, vossa irmã. Três sargentos, obedecendo a vossas ordens, foram até meu castelo de Conches para conduzi-la à prisão!

— Obedecendo a minhas ordens? — disse Felipe, espantado. — Mas eu nunca dei esta ordem... Divion? Não conheço este nome. E, de qualquer maneira, Robert, e espero que confieis no que digo, eu jamais teria mandado prender alguém hospedado em vossa casa, mesmo que tivesse motivos, sem antes vos avisar e, principalmente, pedir vosso conselho.

— É no que eu teria acreditado, Majestade — disse Robert —, no entanto, esta ordem foi de fato dada por vós.

E ele tirou de um bolso a ordem de prisão entregue a seus sargentos de Conches.

Felipe VI olhou-a, reconheceu seu lacre pessoal, e suas narinas empalideceram.

— Hérouart! Trazei minha túnica! — gritou ele a um dos camareiros. — Que todos saiam depressa. Quero ficar a sós com o senhor Robert!

Depois de afastar as cobertas bordadas de ouro, ele se pôs de pé, vestido com um camisolão branco. O camareiro ajudou-o a enfiar uma túnica forrada, depois quis avivar o fogo da lareira.

— Saí! Saí!... Já disse que quero ficar sozinho!

Desde que estava a serviço do rei, jamais Hérouart de Belleperche tinha sido tratado por ele com tamanha violência, como se não passasse de um ajudante de cozinha.

— Não, não fui eu que lacrei esta ordem. Nem ditei coisa alguma — disse o rei, depois de o camareiro se retirar.

Ele examinou o documento com muita atenção, aproximou as duas partes do lacre, quebradas pela abertura da correspondência, pegou uma lupa de cristal na gaveta de um console.

— Será que alguém não teria imitado vosso lacre? — perguntou Robert.

— Isso não é possível. Os artesãos que fabricam as cunhas são hábeis, e sabem como fazer para impedir cópias, dissimulando sempre alguma pequena imperfeição voluntária, sobretudo quando se trata dos lacres reais ou dos grandes barões. Olhai o "L" de meu nome; vede esta pequena rachadura, e este pontinho claro nas folhas que decoram as margens...

— Então — disse Robert —, talvez alguém tenha destacado um selo lacrado de algum documento anteriormente assinado.

— De fato, parece que esse tipo de coisa se pratica com uma lâmina quente, ou de alguma outra maneira. Meu chanceler me informou.

O rosto de Robert estampou uma expressão ingênua, como se ele tomasse conhecimento naquele momento de algo em que jamais havia pensado. Mas seu coração batia um pouco mais depressa do que o normal.

— Mas este não seria o caso — prosseguiu Felipe —, pois só uso meu lacre pessoal para selar os documentos que devem ser abertos. Nunca o uso em documentos abertos; por exemplo, uma página lisa e aberta. Desse modo, sempre é necessário quebrá-lo, o que impede depois as falsificações.

Ele permaneceu silencioso por um momento, com os olhos fixos em Robert, como se lhe pedisse uma explicação que, na verdade, buscava apenas em seu próprio pensamento. Depois Felipe VI concluiu:

— Alguém, sem dúvida, furtou meu lacre. Mas quem? E quando? Durante todo o dia, ele não sai da algibeira presa a minha cintura. Só me separo dela para dormir...

Ele foi até o console, pegou numa gaveta uma bolsa de tecido de ouro, apalpou-a para sentir que ela continha seu lacre, que era moldado em ouro, com uma flor de lis servindo de cabo.

— ...até que a pego de volta logo de manhã...

Sua voz havia se tornado mais lenta, pois uma terrível dúvida se instalara em seu espírito. Mais uma vez ele pegou a ordem de prisão e a estudou novamente, com muita atenção.

— Conheço esta letra — disse ele. — Não é a de Hugues de Pommard, nem a de Jacques La Vache, nem a de Geoffroy de Fleury...

Ele tocou o sininho. Pierre Trousseau, o outro camareiro que estava de serviço, apresentou-se.

— Convocai com urgência, caso ele se encontre no castelo, ou onde quer que esteja, o escrivão Robert Mulet. Que ele venha até mim, munido de suas penas de escrever.

— Esse Mulet — perguntou Robert —, ele não está a serviço de tua esposa, a rainha Jeanne?

— Sim, Mulet fica ora a meu serviço, ora a serviço de Jeanne — disse Felipe com ares evasivos, para disfarçar seu mal-estar.

Eles tinham começado a se tratar de maneira informal novamente, utilizando o pronome "tu", e não mais o "vós", como era de rigor então. Assim é que eles se tratavam no tempo em que Felipe nem sonhava em ser rei, e Robert não pensava que poderia um dia ser par de França; não passavam, naquele tempo, de dois primos unidos; também naquela época o conde Carlos de Valois sempre citava, para seu filho Felipe, Robert d'Artois como um exemplo a seguir, devido a sua força, sua tenacidade, sua inteligência nos negócios.

Mulet se encontrava no castelo. Chegou, apressado, com a escrivaninha portátil a tiracolo, e curvou-se para beijar a mão do rei.

— Prepara-te para escrever — disse Felipe, que imediatamente começou a ditar: — Da parte do rei, a nosso amado e leal preboste de Paris, Jean de Milon, com os nossos cumprimentos. Nós vos ordenamos que...

Os dois primos, ao mesmo tempo, tinham se aproximado e liam por cima dos ombros do escrivão. Sua letra era realmente a mesma da ordem de prisão.

— ...mande soltar imediatamente a dama Jeanne de...

— ...Divion — completou Robert.

— ...que esteve recolhida em nossa prisão de... Enfim, onde é que ela se encontra? — perguntou Felipe.

— Nem no Châtelet, nem no Louvre — disse Robert.

— Na torre de Nesle, Majestade — disse o notário, que pensava que seu zelo e sua boa memória seriam muito apreciados.

Os dois primos se olharam e cruzaram os braços, fazendo um gesto idêntico.

— E como tu sabes? — perguntou o rei ao escrivão.

— Sei disso, Vossa Majestade, porque tive a honra de escrever, anteontem, vossa ordem de prisão referente a essa dama.

— E quem a ditou?

— A rainha, Vossa Majestade, que me disse que vós não tínheis tempo para fazê-lo e que por isso ela fora encarregada de tal tarefa. Escrevi, na verdade, as duas ordens: uma de prisão, outra de encarceramento.

O sangue havia desaparecido completamente do rosto de Felipe VI, tão pálido ele estava, dividido entre a vergonha e a ira. Não ousava sequer olhar para seu cunhado e primo.

"Que vagabunda", pensava Robert. "Eu já sabia que ela me odiava, mas chegar a roubar o lacre de seu esposo para me prejudicar... E quem poderia tê-la informado?"

— Não quereis terminar, Majestade? — perguntou o escrivão.

— Claro, claro — disse Felipe, saindo de seus pensamentos.

E ditou a fórmula final. O escrivão acendeu na lareira uma vela, deixou escorrer algumas gotas da cera vermelha do lacre sobre a folha dobrada que, depois, apresentou ao rei para que nela pusesse seu timbre pessoal.

Felipe, perdido em mil reflexões, parecia atribuir a seus gestos apenas uma atenção secundária. Robert pegou a ordem, tocou um sino. Foi Hérouart de Belleperche quem reapareceu.

— Isto deve ser enviado ao preboste, imediatamente, da parte do rei — disse-lhe Robert, entregando-lhe a carta.

— E mandai vir até mim a rainha — ordenou Felipe VI, do fundo do aposento.

O escrivão Mulet esperava, olhando alternadamente para o rei e para o conde d'Artois, e perguntando-se se seu excesso de zelo teria sido de fato muito bem-vindo. Robert, com um gesto, fez com que ele compreendesse que devia desaparecer.

Alguns instantes depois a rainha Jeanne entrou com aquele andar especial que resultava de sua manqueira. Seu corpo se deslocava descrevendo a quarta parte de um círculo, do qual a perna mais longa formava o eixo de apoio. Era uma rainha magra, com um rosto ainda bastante belo, mesmo tendo alguns de seus dentes estragados. Os olhos eram grandes, com a falsa limpidez da mentira; os dedos, muito compridos, um pouco tortos, deixavam passar entre eles a luz, mesmo quando as mãos estavam bem fechadas.

— Desde quando, senhora Jeanne, tendes permissão para enviar ordens em meu nome?

A rainha assumiu de imediato ares de surpresa e inocência, perfeitamente fingidos.

— Que ordem, meu amado esposo?

A voz dela era grave, melodiosa, e nela se arrastava um sotaque de ternura muito falso.

— E desde quando roubam de mim meu timbre quando estou dormindo?

— Vosso timbre, meu coração? Eu nunca pus as mãos nele. De que timbre estais falando?

Uma forte bofetada veio lhe tirar a fala.

Os olhos de Jeanne, a Manca, encheram-se de lágrimas, de tão brutal e agudo que fora o tapa. Sua boca se entreabriu de incredulidade, e ela levou os longos dedos até a face, que enrubescera violentamente.

Robert d'Artois estava tão surpreso quanto ela mesma, mas, em seu caso, a surpresa era motivo de felicidade. Jamais teria imaginado que seu primo Felipe, que todos diziam submisso à mulher, fosse capaz de levantar as mãos contra ela. "Será que ele resolvera virar mesmo rei?", era o que se perguntava Robert.

Felipe de Valois tinha, na verdade, virado homem, e igual a todo e qualquer esposo, fosse ele altíssimo nobre ou o último dos criados, que corrige a mulher mentirosa que tem. Uma outra bofetada partiu, como se a primeira lhe tivesse agradado e, depois, uma chuva de tapas. Jeanne, desesperada, protegia o rosto com os dois braços levantados. A mão de Felipe caía onde podia: no alto da cabeça, nos ombros. Ao mesmo tempo, ele gritava:

— Foi na outra noite, não é, que me pregaste essa peça! E tens a coragem de negar, quando Mulet confessou tudo! Tu és uma puta ruim que me mima, que se esfrega em mim, que se diz cheia de amor, mas que és capaz de te aproveitares de meus sentimentos e me enganar enquanto estou dormindo, para roubar meu timbre real! Tu não sabes que não há ação mais horrível do que o roubo? Tu não sabes que eu não toleraria que nenhum súdito, fosse ele qual fosse, em todo este reino, usasse o timbre alheio sem que o punisse com toda a minha ira? E foi o meu que tu usaste! Nem o pior canalha do reino ousou me desonrar assim diante de meus pares, de meu primo, casado com a minha própria irmã! Não é verdade, Robert? — disse ele, detendo-se um pouco em busca de aprovação. — Como é que poderíamos governar nossos súditos se todos se pusessem a roubar nossos timbres a fim de ordenar coisas que não são de nossa vontade? Isso é uma violação da nossa honra.

Depois, voltou-se novamente para sua mulher, com ira renovada:

— Eis aí a bela utilização que fazeis do palacete de Nesle, que vos dei de presente. Vós me suplicastes para obtê-lo! Seríeis tão ruim quanto vossa irmã, e estaria essa torre maldita destinada a abrigar as malfeitorias de Borgonha? Se não fôsseis rainha, devido à infelicidade que tive de vos desposar, eu ordenaria que fôsseis aprisionada lá! E, posto que não posso ordenar que outros vos castiguem, eu me encarrego disso com as minhas próprias mãos!

E a chuva de bofetadas recomeçou.

"Tomara que ele só pare quando ela estiver morta!", pensava Robert.

Jeanne agora estava agachada, quase entrando embaixo da cama, com as pernas se debatendo, à mostra, e cada golpe lhe arrancava um gemido ou um grito. Depois, de repente, ela enfrentou o marido como uma gata, atacando com as unhas, e pôs-se a urrar, com as faces manchadas de lágrimas:

— Isso mesmo, fui eu! Sim, roubei teu timbre enquanto dormias, porque não és justo e quero defender meu irmão de Borgonha contra esse malvado Robert que aqui está, e que sempre nos prejudicou com seus delitos e crimes, e que, de complô com teu pai, fez morrer minha irmã Margarida...

— A memória de meu pai não deve ser conspurcada em tua boca! — exclamou Felipe.

Vendo aquela luz nos olhos do marido, ela se calou, pois de fato lhe pareceu que ele seria capaz de matá-la.

Levantando a mão com um gesto protetor até os ombros de Robert, o soberano acrescentou:

— E evita, malvada infeliz, prejudicar meu primo, que é para mim como um irmão, e que é o melhor apoio de meu trono.

Quando ele foi abrir a porta para informar o camareiro que suspendia a caça naquele dia, vinte cabeças amontoadas recuaram ao mesmo tempo. Jeanne, a Manca, era detestada por todos os criados, pois ela os assediava com exigências e os denunciava diante do menor erro. Entre eles, ela ganhara o apelido de "rainha funesta". O relato da correção que ela acabara de receber do marido ia encher de alegria todo o palácio.[20]

Por volta do final da manhã, no pomar de Saint-Germain, onde a geada derretia, Felipe e Robert passeavam juntos, com passadas lentas. O rei estava de cabeça baixa.

— Não é uma coisa horrível, Robert, ter de desconfiar de sua própria esposa, até quando se dorme? O que posso fazer? Colocar meu timbre embaixo do travesseiro? Ela poderá pegá-lo do mesmo jeito. Tenho o sono pesado. E não posso trancar essa mulher num convento; afinal, apesar de tudo, ela é minha esposa! A única coisa que posso fazer é não deixá-la mais dormir perto de mim. O pior é que eu a amo, essa leviana! Isso deve ficar entre nós, mas a verdade é que já fui experimentar outra para ver como era, e tudo que consegui foi voltar para ela ainda com mais vontade... Mas, caso ela recomece a se comportar assim, vou espancá-la de novo!

Naquele momento, Trouillard d'Usages, vidama do Mans e oficial do palacete, vinha pela alameda para anunciar o preboste de Paris, que seguia um pouco atrás dele.

Com uma barriga bem proeminente e as pernas curtas, Jean de Milon não tinha jeito de quem vinha com boas novas.

— Então, senhor preboste? Mandastes soltar a dama de Divion?

— Não, Vossa Majestade — respondeu o preboste com uma voz hesitante.

— O quê? Minha ordem não foi clara? Talvez não tenhais reconhecido meu lacre?

— Não é isso, Vossa Majestade. É que, antes de executar vossa ordem, achei melhor falar convosco, e fico satisfeito de encontrar em vossa companhia o conde d'Artois — disse Jean de Milon, olhando para Robert com ares incomodados. — A dama de Divion confessou.

— E o que foi que ela confessou? — perguntou Robert.

— Toda sorte de vilanias, senhor, falsificação de documentos e muitas outras coisas.

Robert conseguiu manter o controle sobre si mesmo, fingiu até levar a coisa na brincadeira, e exclamou dando de ombros:

— É claro que, se foi torturada, ela deve ter confessado muitas coisas! Se eu vos entregar aos torturadores, senhor de Milon, garanto que confessareis ter tido a intenção de me sodomizar!

— Quem dera assim fosse, senhor... — disse o preboste —, a dama falou antes do interrogatório... por medo, simplesmente por medo de ser interrogada. Ela entregou a longa lista de seus cúmplices.

Felipe VI, silencioso, observava o cunhado. Pensamentos diferentes animavam-no agora.

Robert sentiu que uma armadilha se fechava sobre ele. Um rei que acabara de esbofetear a esposa, e isso diante de uma testemunha, por usurpação do timbre real e falsificação de uma carta dificilmente poderia libertar, ainda que fosse para agradar um parente próximo, uma súdita ordinária que acabara de confessar o mesmo tipo de delito cometido pela rainha punida.

— Qual é o teu conselho, meu caro Robert? — perguntou Felipe, sem tirar os olhos do primo.

Robert compreendeu que sua salvação dependia da resposta que ia dar, e que era preciso se mostrar leal. Azar para Divion. Tudo que ela pudesse ter dito comprometendo-o seria considerado por ele mentiras desavergonhadas.

— Fazei justiça, Majestade, fazei justiça! — declarou ele. — Deveis manter essa mulher presa, e, caso ela me tenha enganado, declaro que reclamarei de vossa parte o maior rigor.

Ao mesmo tempo ele se dizia: "Mas quem teria avisado o duque de Borgonha?" E então a resposta, a resposta evidente, apareceu. Existia uma única pessoa que poderia ter dito ao duque de Borgonha, ou até mesmo à rainha funesta, que a Divion se encontrava em Conches: Beatriz.

Foi somente por volta do final de março, quando o rio Sena, cheio devido às chuvas da primavera, transbordava e inundava os porões das casas próximas, que foi recuperado, por alguns homens que pescavam pelos lados de Chatou, um saco flutuante que continha um corpo feminino completamente nu.

Toda a população da aldeia, atolando na lama, havia se reunido em volta do macabro achado, e as mães davam tapas em suas crianças, gritando:

— Fora daqui! Fora daqui! Essas coisas não são para criança ver!

O cadáver estava terrivelmente inchado, com uma horrenda coloração esverdeada devido à decomposição já avançada; devia ter ficado no rio por mais de um mês. Entretanto, era possível ter certeza de que a morta era bem jovem. Seus longos cabelos negros pareciam se mover, por causa das bolhas d'água que estouravam entre eles. O rosto estava lacerado, deformado, esmagado, para que a identificação da mulher fosse impossível. E o pescoço conservava a marca de uma coleira.

Os pescadores, divididos entre o desgosto e uma atração obscena, empurravam com a ponta de seus croques a impudica carniça.

De repente o corpo, jogando para fora a água que o inchava, pôs-se a mexer-se sozinho, dando por um instante a ilusão de que ia ressuscitar, e as mulheres se afastaram, gritando.

O bailio, que fora avisado, chegou, fez algumas perguntas, rodeou a morta, inspecionou os objetos que estavam dentro do saco com o cadáver e que tinham sido postos para secar sobre a relva: um chifre de bode, um bonequinho de cera enrolado em tecidos e com vários alfinetes espetados, um cibório grosseiro de estanho, no qual estavam gravadas inscrições satânicas.

— Isso é uma bruxa assassinada por seus comparsas depois de um sabá ou uma missa negra — declarou o bailio.

As mulheres fizeram imediatamente o sinal da cruz. O bailio designou um local, num bosquezinho, para que enterrassem o mais depressa possível o corpo e os objetos encontrados com ele, longe da aldeia, e sem orações.

Um crime bem-feito; em suma, bem disfarçado, cometido por Gillet de Nelle, de acordo com as instruções de Lormet, e que tinha o desfecho que fora desejado pelos assassinos.

Robert d'Artois estava, portanto, vingado pela traição de Beatriz, o que, no entanto, não significava que tivesse triunfado.

Duas gerações mais tarde, os aldeões de Chatou não sabiam mais por que o nome de "bosque da bruxa" tinha sido dado a um aglomerado de árvores rio abaixo.

# VII

# O torneio de Évreux

EM MEADOS DE MAIO, ARAUTOS vestindo a libré da casa real francesa foram vistos, acompanhados dos tocadores de corneta, nas praças das cidades, nas encruzilhadas dos burgos e diante da entrada dos castelos. Os corneteiros tocavam seus compridos instrumentos, dos quais pendia a flâmula decorada com motivos de flor de lis, enquanto o arauto desenrolava um longo pergaminho e, em voz alta, proclamava:

*"Escutai! Escutai! Faz-se saber a todos os príncipes, senhores, barões, cavaleiros e escudeiros dos ducados de Normandia, Bretanha, Borgonha, dos condados e comarcas de Anjou, Artois, Flandres e Champagne, e a todos os demais, quer sejam deste reino ou de qualquer outro reino cristão, caso não tenham sido banidos nem sejam inimigos de nosso rei, Felipe VI — que Deus lhe dê longa vida —, que no dia de Santa Lúcia, sexto do mês de julho, nas proximidades da cidade de Évreux, realizar-se-á um grandís-*

*simo torneio, com combates de clava pesada e espadas cruzadas, com arreios providos de todos os aprestos próprios para tal, com cavaleiros paramentados para esse fim, com capacetes e cotas de armas, e cavalos comandados por nobres participantes, tal como é de nossos mais antigos costumes.*

*"Desse torneio são chefes os grandes e poderosos príncipes, nosso bem-amado Felipe VI, rei de França, na qualidade de desafiante, e o senhor Jean de Luxemburgo, rei da Boêmia, na qualidade de desafiado. E assim faz-se saber mais uma vez a todos os príncipes, senhores, barões, cavaleiros e escudeiros dos domínios anteriormente mencionados e outros, seja qual for a que nações pertençam, caso tenham vontade e desejo de participar do torneio, a fim de adquirir honra, que venham munidos de escudos, de modo a serem reconhecidos como cavaleiros participantes. E, no referido torneio, prêmios riquíssimos serão distribuídos pelas damas e donzelas.*

*"Além do mais, anuncio a todos os príncipes, barões, cavaleiros e escudeiros que tenham a intenção de participar, que eles devem se dirigir ao referido local de Évreux a fim de se alojarem nos albergues quatro dias antes do início dos combates, e isso para dar a conhecer, pendurando, às suas janelas, seus brasões e estandartes, sem o quê, correm o risco de não serem admitidos no torneio. E isto tudo mandam-me anunciar meus senhores, os juízes designados."*

As trombetas soavam novamente, e os moleques corriam até a saída do burgo, formando uma escolta para o arauto, que ia embora para outras plagas, levando sua notícia.

Os populares, antes de se dispersarem, diziam: "Isso ainda vai nos custar caro caso nosso castelão queira participar desse torneio! Ele viajará acompanhado de sua senhora e de todos os empregados da casa... Os divertimentos são sempre para eles, ao passo que nós é que sempre pagamos as contas."

Muitos pensavam ao mesmo tempo: "Se o senhor de nosso feudo quisesse levar meu filho mais velho para trabalhar nas estrebarias, ele certamente teria uma boa quantia a ganhar, e talvez conseguisse algum emprego de futuro... Vou falar com o cônego para que recomende meu filho Gastão."

Durante seis semanas, o torneio seria a grande e única preocupação nos castelos. Todo adolescente sonhava com a possibilidade de surpreender todo mundo com as suas proezas.

— Tu és ainda jovem demais. Irás em outro ano — respondiam os pais.

— Mas o filho de nosso vizinho de Chambray, que tem a minha idade, vai participar!

— Se o senhor de Chambray perdeu a cabeça, ou se ele tem dinheiro para jogar fora, isso é problema dele!

Os idosos remexiam nas velhas lembranças. A escutá-los, ter-se-ia acreditado que no tempo deles os homens eram mais fortes, as armas mais pesadas, os cavalos mais rápidos:

— No torneio de Kenilworth, realizado por lorde Mortimer de Chirk, o tio daquele que foi enforcado em Londres neste inverno...

— No torneio de Condé-sur-Escaut, no domínio do senhor Jean d'Avesnes, o pai do atual conde de Hainaut...

Muitos tomavam dinheiro emprestado contando com uma colheita ainda por vir ou com a madeira que ainda iam cortar; outros levavam suas baixelas de prata ao mais próximo mercador lombardo a fim de vendê-la e poder comprar plumas para o elmo de seu suserano, ou tecidos luxuosos como o *sandas* ou o *camocas* para os vestidos de suas esposas, ou ainda adornos para os cavalos.

Os hipócritas fingiam se queixar:

— Ah! Quantas despesas, quanta correria! Como seria bom ficar quieto em casa... Mas não é possível deixar de se mostrar nesse torneio, para a honra nosso feudo... Se nosso rei enviou os arautos até a porta de nossa casa, nós o aborreceríamos se não comparecêssemos.

Por toda parte as atividades eram intensas: costurava-se, malhava-se o ferro, curtia-se o couro para as cotas dos cavaleiros, treinavam-

-se os cavalos, e os próprios homens se exercitavam nos pomares, dos quais fugiam os passarinhos, amedrontados pelo rebuliço, pelo barulho do choque entre as lanças e pelo clangor das espadas. Os suseranos de menor importância levavam três horas para vestir a proteção de crânio usada nos combates.

Para ganhar dinheiro esfolando os vassalos, os castelãos organizavam torneios locais, em que os homens de mais idade, franzindo as sobrancelhas, enchendo as bochechas, julgavam os golpes dados pelos mais novos, que se enfrentavam. Depois todos se punham à mesa para cear vagarosamente, enchendo a pança, bebendo e conversando.

Aqueles jogos guerreiros, de feudo em feudo, acabavam tendo um custo tão alto quanto as verdadeiras campanhas militares.

No fim, todos decidiam se pôr a caminho do torneio; o avô tinha decidido no último minuto que ia, e o filho de 14 anos acabava convencendo os pais de participar, servindo como jovem escudeiro. Os cavalos de combate, que não deviam ficar cansados de modo algum, eram puxados pela rédea pela estrada, e ninguém podia montá-los; os baús contendo os vestidos e as armaduras eram carregados por mulas. Os servos arrastavam os pés pela poeira afora. Os viajantes se hospedavam nos conventos ou então na casa de algum parente cujo solar se encontrasse no caminho e que ele também se dirigia ao torneio. Ainda mais um pesado jantar, copiosamente regado com vinho, e, na alvorada, todos partiam juntos.

Assim, de parada em parada, as tropas aumentavam, até o encontro, com um formidável aparato, do senhor conde do qual todos eram vassalos. Todos lhe beijavam a mão e eram ditas algumas banalidades, que, mais tarde, dariam lugar a infindáveis comentários. As damas mandavam tirar dos baús um vestido novo, depois juntavam-se ao séquito do conde, que já tinha meia légua de comprimento, e no qual se viam incontáveis estandartes flutuando ao sol do início do verão.

Falsos exércitos, equipados com lanças sem ponta, espadas sem corte e clavas leves, atravessavam então o Sena, o Eure, o Risle, ou subiam seguindo o Loire, para irem ver e participar da falsa guerra em que nada era verdadeiro, senão as vaidades.

Oito dias antes do início do torneio, já não havia mais um quarto ou sótão para alugar em toda a cidade de Évreux. O rei de França se encontrava com sua corte na maior abadia das redondezas, e o rei da Boêmia, em cuja honra eram dadas aquelas festas, estava hospedado no castelo do conde d'Évreux, rei de Navarra.

Curioso príncipe, aquele Jean de Luxemburgo, rei da Boêmia, absolutamente sem dinheiro, possuidor de dívidas mais do que de terras, que vivia pendurado no Tesouro de França, mas que jamais teria imaginado vir até Évreux acompanhado de um aparato menos imponente do que o próprio rei que o recebia, e do qual ele tirava todos os seus recursos! Jean de Luxemburgo estava perto dos 40 anos, mas parecia ter apenas 30. Era reconhecido por sua bela barba castanha, sedosa e volumosa, por seu rosto sorridente e seu porte altivo, por suas mãos graciosas, sempre estendidas a todos. Era um prodígio de vivacidade, força, audácia, alegria, mas também de tolice. Da mesma estatura que Felipe VI, ele era realmente magnífico e assemelhava-se, por tudo em sua aparência, a um rei, tal como a imaginação popular representava essa figura. Sabia fazer com que todos o amassem, tanto os príncipes quanto o povo em toda parte; conseguira até se tornar amigo do papa João XXII e do imperador Luís da Baviera, dois adversários irredutíveis. Maravilhoso sucesso para um imbecil, pois, em relação a isso, todos também estavam de acordo: Jean de Luxemburgo era tão estúpido quanto sedutor.

A tolice não impede um homem de agir; ao contrário. Ela oculta os obstáculos de suas ações e faz com que tudo que pareceria desesperadamente difícil para um homem razoável pareça fácil para o tolo. Jean de Luxemburgo, negligenciando seu pequeno domínio da Boêmia, onde ele se entediava, tinha se lançado nas aventuras mais dementes na Itália. "As lutas entre os gibelinos e os guelfos aniquilam este país", pensara ele, como se fizesse uma grande descoberta. "O imperador e o papa disputam repúblicas cujos habitantes não param de se matar uns aos outros. Pois bem! Posto que eu não estou do lado de nenhum deles, que me entreguem a responsabilidade desses Estados, e farei com que a paz neles venha reinar!" O mais surpreendente era que ele quase havia alcançado seus objetivos. Durante vários meses fora um ídolo na Itália, menos para os florentinos, gente difícil de ser enganada, e para o rei Roberto de Nápoles, que começava a ficar preocupado com aquele incômodo personagem.

Em abril, ele tivera um encontro secreto com o cardeal legado Bertrand du Pouget, parente do papa e, segundo diziam, seu filho natural; com esse encontro, os boêmios acreditavam ter acertado ao mesmo tempo a sorte de Florença, a retirada de Rimini dos Malatesta e o estabelecimento de um principado independente, do qual Bolonha seria a capital. Ora, sem que ele soubesse como, sem que compreendesse por quê, quando seus negócios iam tão bem e ele até pensava em substituir seu amigo íntimo, Luís da Baviera, no trono imperial, eis que de repente Jean de Luxemburgo viu se levantarem contra ele duas formidáveis coalizões, nas quais guelfos e gibelinos, pela primeira vez, faziam aliança, na qual Florença estava de acordo com Roma, na qual o rei de Nápoles, com apoio do papa, atacava o sul enquanto o imperador, inimigo do papa, atacava o norte, e da qual os dois duques da Áustria, o margrave de Brandemburgo, o rei da Polônia e o rei da Hungria também vinham participar. Coisa bem surpreendente para um príncipe amado de todos, e que queria levar de volta a paz à Itália!

Deixando somente oitocentos cavalos a seu filho Carlos, para que ele dominasse toda a Lombardia, Jean de Luxemburgo, com a barba ao vento, correu de Parma até a Boêmia, onde os austríacos estavam penetrando. Ele caíra nos braços de Luís da Baviera e, depois de muitos abraços e trocas de gentilezas, conseguira dissipar o absurdo mal-entendido. A coroa imperial? Mas ele só tinha pensado naquilo para agradar o papa!

Agora ele chegava ao reino de Felipe de Valois para rogar-lhe que interviesse junto ao rei de Nápoles, e também para arrancar-lhe novos subsídios e poder prosseguir com seu projeto de reino pacífico.

O que poderia fazer Felipe VI para homenagear aquele hóspede tão cavalheiresco? Sem dúvida, era preciso honrá-lo com um torneio daquelas proporções.

Assim, no planalto de Évreux, às margens do Iton, o rei de França e o rei da Boêmia, amigos fraternos, iam se entregar a uma falsa batalha... com maior quantidade de armas do que dispunha o filho deste último para se opor à Itália inteira...

As liças, isto é, o local reservado para o torneio, tinham sido traçadas num vasto prado, que formavam um retângulo de noventa por sessenta metros, fechado por meio de duas paliçadas, a primeira de treliça, feita com postes que terminavam numa ponta, e a segunda, no interior, um pouco mais baixa e limitada por um largo corrimão. Os servidores de armas dos participantes do torneio ficavam entre as duas paliçadas durante os combates.

Do lado escuro tinham sido montados os estrados, três grandes tribunas cobertas de lona e decoradas com bandeirolas: o do meio para os juízes, e os dois outros para as senhoras.

Em volta, no planalto, via-se um amontoado de barracas dos criados domésticos e empregados das estrebarias; era lá que todos vinham passear e admirar as montarias de torneio; sobre cada barraca flutuava o estandarte de seu proprietário.

Os quatro primeiros dias do encontro foram consagrados às disputas individuais, aos desafios lançados de um vassalo a outro. Alguns queriam uma revanche por causa de uma derrota sofrida num encontro precedente; outros, que jamais tinham combatido, queriam experimentar; ou, então, era o público que reclamava o combate de dois adversários por ele escolhido.

As tribunas enchiam-se mais ou menos, de acordo com a qualidade dos adversários. Se, por exemplo, dois jovens escudeiros conseguissem obter autorização para usar as liças por meia hora, numa manhã, os estrados ficavam quase vazios, contando apenas alguns parentes ou amigos dos combatentes. Mas, quando se anunciava um encontro entre o rei da Boêmia e o senhor Jean de Hainaut, vindo especialmente da Holanda com vinte nobres cavaleiros, as tribunas quase cediam ao peso da multidão que as invadia. Era então que as damas arrancavam uma manga do vestido para entregá-la ao cavaleiro que as escolhessem, na maioria dos casos uma falsa manga, em que a seda era costurada por cima da verdadeira por alguns fios fáceis de romper; às vezes, a manga era verdadeira, mas apenas quando se tratava das damas ousadas, às quais agradava a ideia de deixar descoberto um belo braço roliço.

No público havia todo tipo de gente, pois naquela enorme afluência que fazia de Évreux uma espécie de feira internacional da nobreza não era possível triar os assistentes. Algumas prostitutas conhecidas, tão enfeitadas quanto as mais altas nobres, e muitas vezes mais belas e de maneiras mais refinadas, conseguiam ocupar os melhores lugares, com o olhar provocante, convidando os homens para outro tipo de torneio.

Os combatentes que não se encontravam nas liças, com a desculpa de assistir às proezas de um amigo, vinham sentar-se perto das damas, e assim se encetavam flertes que prosseguiam à noite, no castelo, em meio às danças e quadrilhas.

O senhor Jean de Hainaut e o rei da Boêmia, invisíveis sob as armaduras empavonadas, traziam, cada qual, na haste de sua lança, seis flâmulas de seda, como corações entrelaçados. Era preciso que um dos dois derrubasse o outro ou então que a madeira da lança se quebrasse. Só era permitido bater no corpo do outro na altura do peito, e o escudo era curvo, de forma a desviar os golpes. Os adversários se arremessavam um contra o outro com o ventre protegido pela cabeça do arreio, muito alta, e a cabeça trancada num elmo cuja abertura de ventilação ficava abaixada. Nas tribunas, o público urrava, louco de alegria. Os dois combatentes tinham a mesma força, e por muito tempo os assistentes comentariam a graça com a qual o senhor de Hainaut amortecia os golpes com o *fautre*,[21] e também a maneira que tinha o rei da Boêmia de permanecer ereto como uma flecha em seus estribos e de resistir ao choque até que as duas hastes, dobrando-se em arcos, acabavam se rompendo.

Quanto ao conde Robert d'Artois, vindo de Conches, domínio vizinho, homem pesado de dar medo, montava enormes cavalos percherões. Arreio vermelho, lança vermelha, echarpe vermelha flutuando junto ao elmo, ele tinha uma habilidade especial para colher o adversário em plena corrida, levantá-lo de sua sela e jogá-lo ao chão. Mas nos últimos tempos andava com o humor sombrio, e ter-se-ia dito que participava do torneio mais por dever do que por prazer.

Enquanto isso, os juízes, todos escolhidos entre os mais importantes personagens do reino, como o condestável Raul de Brienne, ou o senhor Miles de Noyers, cuidavam da organização do grande torneio final.

Entre o tempo passado para se paramentar e tirar todos os paramentos, para comparecer aos combates, para comentar as proezas dos participantes, para conciliar as vaidades dos cavaleiros que queriam combater sob tal estandarte e não sob outro e, além disso, o tempo passado à mesa, o tempo para escutar os menestréis depois dos festins e para dançar depois de ter ouvido as canções, o rei de França, o rei da Boêmia e os conselheiros de ambos dispunham, no máximo, de meia hora por dia para discutir sobre os problemas da Itália, que eram, afinal, o motivo daquele encontro. Mas é sabido que os problemas mais importantes são resolvidos com poucas palavras, caso os interlocutores estejam de bom humor e propensos a um acordo.

Como dois verdadeiros reis da Távola Redonda, Felipe de Valois, magnífico em suas túnicas douradas, e Jean de Luxemburgo, não menos suntuoso, trocavam, cada qual com uma taça à mão, as mais solenes declarações de amizade. Decisões como a de enviar uma carta ao papa João XXII ou uma representação diplomática ao rei de Nápoles eram tomadas às pressas.

— Ah! Vossa Majestade, será preciso também que discutamos sobre a Cruzada — dizia Felipe VI.

Pois ele retomara o projeto do pai, Carlos de Valois, e de seu primo, Carlos, o Belo. Tudo ia tão bem no reino de França, as provisões do Tesouro eram tamanhas e a paz na Europa, com a ajuda do rei da Boêmia, tão bem assegurada que se tornava urgente encarar uma bela e gloriosa expedição contra os infiéis, pela honra e prosperidade das nações cristãs.

— Senhores, estão preparando a água...

A conferência estava suspensa. Discutiriam novamente sobre a Cruzada depois da refeição, ou no dia seguinte.

À mesa, todos zombavam muito do jovem rei Eduardo III da Inglaterra, que, três meses antes, acompanhado de lorde Montaigu, tinha vindo à França disfarçado de mercador a fim de encontrar secretamente o rei Felipe VI. Isso mesmo, vestido como um negociante lombardo! E por quê? Para concluir um acerto de comércio relativo ao fornecimento de lã ao país de Flandres. Ele realmente agia como um mercador, pois cuidava do comércio de lãs! Onde já se vira um príncipe preocupar-se com tais negócios, como um vulgar burguês membro de guildas e hansas?

— Então, meus amigos, posto que ele assim queria, eu o recebi como *um mercador!* — disse Felipe de Valois com ar zombeteiro. — Sem festas, sem torneio, concedendo-lhe um simples encontro pelas alamedas da floresta de Halatte. Depois ofereci a ele um jantarzinho bem magro.[22]

Aquele jovenzinho tinha ideias bem absurdas! Pois ele não estava instituindo em seu país um exército permanente de homens a pé, com serviço obrigatório? O que poderia ele esperar de um exército desses, posto que todos sabiam — e a batalha do monte Cassel tinha dado provas disso — que apenas a cavalaria conta nos combates, e que o soldado de infantaria foge assim que vê aparecerem as armaduras dos cavaleiros?

— No entanto, parece que há muito mais ordem na Inglaterra, depois que lorde Mortimer foi enforcado — observou Miles de Noyers.

— Sim, reina a ordem — respondeu Felipe VI —, pois os grandes vassalos ingleses estão cansados, e assim ficarão pelo menos por algum tempo, de brigar entre si. Assim que recuperarem o ânimo, o pobre Eduardo verá o que será capaz de fazer com seu exército a pé! E ele tivera a intenção outrora, o pobre moço, de reclamar a coroa de França... Ora vamos... Os senhores lamentam não tê-lo como rei, ou preferem mesmo vosso "rei achado"? — perguntou ele, batendo no peito, alegremente.

Na saída de cada festim, Felipe dizia baixinho a Robert d'Artois:

— Caro primo, quero falar a sós contigo, sobre coisas gravíssimas.

— Quando quiseres, primo.

— Então, esta noite...

Mas à noite todos iam dançar, e Robert não fazia questão de apressar uma conversa cujo assunto ele adivinhava; desde as confissões da dama Divion, que continuava presa, outras detenções haviam ocorrido; entre elas, a do notário Tesson, bem como a de todas as testemunhas submetidas a uma contrainvestigação. Alguns tinham observado, durante as breves conferências com o rei da Boêmia, que Felipe VI quase não pedia mais os conselhos de Robert, o que poderia ser interpretado como um sinal de perda de interesse do rei para com seu primo.

Na véspera do torneio, o "rei de armas",[23] acompanhado de seus arautos e tocadores de trombeta, foi até o castelo, até as moradas dos principais vassalos e até as liças, também, a fim de proclamar:

*"Escutai, escutai! Grandes e poderosos príncipes, duques, condes, grandes vassalos, cavaleiros e escudeiros! Venho notifi-*

*car, por ordem dos senhores juízes, que cada um deve hoje trazer seu elmo e seus estandartes até o palacete dos senhores juízes, a fim de que eles possam começar seu julgamento; e depois de eles terem chegado a um acordo, as damas virão vos ver e visitar, para vosso grande prazer; e neste dia, outra coisa não se fará, senão as danças, após a ceia."*

No local onde estavam hospedados os juízes, os elmos, à medida que eram apresentados pelos servos de armas, ficavam alinhados sobre baús, no claustro, e divididos em campos. Dir-se-ia que eram os despojos de um exército decapitado. Pois, para se distinguir realmente durante a batalha, os participantes do torneio tinham fixado em seus elmos os mais estranhos e vistosos emblemas: uma águia, um dragão, uma sereia, um unicórnio. Além do mais, longas echarpes de seda da cor de cada vassalo estavam penduradas nos capacetes.

Durante a tarde as damas vieram até a hospedaria e, precedidas pelos juízes e pelos dois chefes do torneio, isto é, os reis de França e da Boêmia, foram convidadas a dar uma volta no claustro enquanto um arauto, detendo-se diante de cada elmo, dizia o nome de seu dono.

— Senhor Jean de Hainaut... Senhor conde de Blois... Senhor de Évreux, rei de Navarra...

Alguns elmos eram pintados, do mesmo modo que certas espadas ou hastes das lanças, daí os apelidos de seus proprietários: Cavaleiro das armas brancas, Cavaleiro das armas pretas etc.

— Senhor marechal Robert Bertrand, o Cavaleiro do Leão Verde...

Em seguida, vinha um monumental elmo vermelho, sobrepujado por uma torre de ouro:

— Senhor Robert d'Artois, conde de Beaumont-le-Roger...

A rainha estava na primeira fileira das damas. Ela avançou com seus passos desiguais, depois estendeu a mão. Felipe VI deteve-a, segurando-a pelo punho e, fingindo que a ajudava a andar, disse-lhe em voz baixa:

— Eu vos proíbo de fazer uma coisa dessas!

A rainha Jeanne esboçou um sorriso malvado.

— Teria sido uma boa ocasião — murmurou ela à sua vizinha e cunhada, a jovem duquesa de Borgonha.

De acordo com as regras do torneio, se uma dama encostasse num dos elmos, o cavaleiro a que ele pertencia era "recomendado", isto é, não tinha mais o direito de participar do encontro. Os demais cavaleiros se reuniam para bater nele com as hastes das lanças quando ele entrava nas liças; seu cavalo era dado ao trompetista; o cavaleiro era também empurrado à força na direção do corrimão que rodeava as liças e obrigado a permanecer lá, ridiculamente montado a cavalo, durante todo o torneio. Infligiam esse tratamento de infâmia àquele que havia falado mal de uma dama, ou atacado de qualquer outra maneira sua honra, ou ainda quando ele havia emprestado dinheiro a juros ou mentido.

O gesto da rainha não tinha passado despercebido à senhora de Beaumont, que empalideceu. Ela se aproximou do rei, seu irmão, e dirigiu-lhe certas repreensões.

— Minha irmã — respondeu Felipe VI com uma expressão severa —, em vez de vos lamentar, deveríeis agradecer.

À noite, durante as danças, todos estavam a par do incidente. A rainha tinha desejado "recomendar" Robert d'Artois, que se mostrava com o pior humor de todos os tempos. No momento das quadrilhas, ele recusou com ostentação a mão à duquesa de Borgonha, e foi ficar plantado diante da rainha Jeanne, que jamais dançava, por causa de seu defeito físico; ele ficou assim por um bom tempo, com o braço posto de maneira como se a convidasse para dançar, o que era uma afronta bem malvada. As esposas procuravam com os olhos seus maridos; as violas e harpas eram escutadas num silêncio um tanto angustiado. Teria bastado o menor incidente para que o torneio fosse adiantado, e que uma briga geral começasse ali mesmo, no salão de baile.

A entrada do rei de armas, escoltado por seus arautos para mais uma proclamação, teve o efeito de romper aquela tensão.

*"Escutai, escutai, grandes e poderosos príncipes, vassalos, senhores, cavaleiros e escudeiros que participais deste torneio! Venho anunciar, a mando dos senhores juízes, que cada qual deve amanhã apresentar-se em fila ao meio-dia, em armas e pronto para dar início ao torneio, pois à uma hora da tarde os juízes mandarão cortar as cordas para que o torneio comece, e nele haverá ricos prêmios oferecidos pelas damas. Além do mais, eu vos aviso que nenhum de vós deve levar convosco mais servos do que é permitido, a saber: quatro servos para as montarias por príncipe, três por conde, dois por cavaleiro e um por escudeiro, e tantos servos a pé quanto queiram, tal como ordenaram os juízes. Além do mais, deveis levantar a mão direita para o alto, na direção dos santos, e todos juntos deveis prometer que não desferireis nenhum golpe com a ponta da espada, nem golpe algum abaixo da cintura; e se, por desventura, algum de vós vier a deixar cair seu elmo, nenhum outro o atacará até que tenha podido recolocá-lo amarrado; e, caso não respeiteis tais ordens, estareis correndo o risco de perder armadura e montaria, e de ser banido dos torneios que estão por vir. E assim jurareis e prometereis em nome da fé e de vossa honra."*

Todos os participantes presentes levantaram a mão e gritaram:

— Sim! Sim, nós juramos!

O duque de Borgonha disse a seus cavaleiros:

— Tomai muito cuidado amanhã, pois nosso primo de Artois poderia se mostrar bem ruim, recusando-se a respeitar todos esses juramentos.

E em seguida todos recomeçaram a dançar.

# VIII

# Honra de par, honra de rei

TODO PARTICIPANTE SE DIRIGIA AO pavilhão decorado com cortinados drapeados, no qual flutuava seu estandarte, aonde ia se equipar. Primeiro os calçados de malha aos quais eram fixadas as esporas; depois as placas de ferro que cobriam as pernas e os braços; em seguida a loriga de couro espesso por cima da qual ele vestia a armadura, espécie de tonel de ferro, articulado ou fabricado numa peça só, segundo as preferências de cada um. Vinham então uma peça em volta da cabeça para protegê-la dos golpes desferidos contra o elmo e, depois, o próprio elmo, adornado com plumas ou encimado por emblemas, que era amarrado à parte de baixo da loriga por correias de couro. Por cima da armadura passava-se a cota de seda, de uma cor espalhafatosa, comprida, flutuante, com enormes mangas ornadas de festões que pendiam dos ombros, e com os brasões do cavaleiro bordados na altura do peito. Enfim, o cavaleiro recebia a espada, cujo corte era inexistente, e o escudo, broquel ou rodela.

Do lado de fora, o cavalo estava à espera, coberto por uma capa decorada com brasões, mastigando seu freio comprido, e com a testa protegida por uma placa de ferro sobre a qual estava fixado, como no elmo do cavaleiro, um dragão, um leão, uma torre ou um buquê de plumas. Os servos do cavaleiro encarregados de cuidar de suas armas esperavam com três lanças sem pontas — esse era o número a que cada participante tinha direito —, bem como de uma clava leve o bastante para não ser capaz de matar.

Os nobres passeavam por todos os acampamentos, vinham assistir à preparação dos campeões, dirigiam aos amigos seus últimos encorajamentos.

O principezinho João, primogênito do rei, contemplava com admiração aqueles preparativos, e João, o Louco, que o acompanhava, fazia caretas sob seu gorro colorido e cheio de guizos.

O populacho, abundante, era mantido a distância pelos arqueiros, e veria sobretudo a poeira, pois, estando os participantes travando seus combates havia já quatro dias, a relva estava morta, e o solo, mesmo sendo regado constantemente, transformava-se em pó.

Antes mesmo de montarem, os participantes já estavam pingando de suor embaixo de todos aqueles trajes e sobretudo das placas de ferro da armadura, que esquentavam ao sol forte de julho. Chegavam a perder cerca de dois quilos num só dia.

Os arautos passavam, gritando:

— Amarrai os elmos, amarrai os elmos, senhores cavaleiros, e alçai os estandartes para escoltar o estandarte do chefe!

Os estrados já estavam repletos de juízes, entre os quais o condestável, o senhor Miles de Noyers e o duque de Bourbon, que se encontravam em seus respectivos lugares, na tribuna central.

As cornetas soaram; os participantes, auxiliados pelos servos, montaram pesadamente em seus cavalos e dirigiram-se, uns até a tenda do rei da Boêmia, outros diante da tenda do rei de França, para formar um cortejo, dois a dois, cada cavaleiro seguido por seu porta-estandarte, até as liças, onde todos entraram.

O campo de combate estava separado em duas metades por cordas, no sentido da largura. Os dois partidos se posicionaram um diante do outro. Depois de novos toques de corneta, o rei de armas avançou para repetir uma última vez as regras do torneio.

Enfim, ele gritou:

— Cortai as cordas, gritai ao ataque, quando quiserdes!

O duque de Bourbon nunca escutava aquelas palavras sem um certo mal-estar, pois eram as mesmas que, outrora, gritava seu pai, Robert de Clermont, o sexto filho de São Luís, durante as crises de demência que, repentinamente, se apoderavam dele durante uma refeição ou um conselho real. O duque preferia fazer parte do júri a combater.

Os encarregados levantavam seus machados, abatendo-os sobre as cordas, que se rompiam. Os porta-estandartes saíam das fileiras; os servos a cavalo, armados com cabos de lança que não tinham mais do que um metro, alinhavam-se junto ao corrimão, prontos para socorrer seus senhores. Depois a terra tremia sob as ferraduras de duzentos cavalos que se lançavam a galope uns contra os outros; e a briga começava.

As damas, de pé nas tribunas, gritavam, seguindo com os olhos o elmo de seu cavaleiro preferido. Os juízes ficavam atentos aos golpes trocados entre os participantes a fim de designar os vencedores. O choque das lanças, dos estribos, das armaduras, de toda aquela ferraria produzia um alvoroço infernal. A poeira fazia um filtro para o brilho do sol.

Desde o primeiro enfrentamento, quatro cavaleiros foram jogados ao chão e vinte outros tiveram suas lanças rompidas. Os servos, respondendo aos apelos que saíam pela abertura de ventilação dos elmos, corriam para trazer novas lanças aos participantes desarmados e para ajudar a levantar os coitados, que esperneavam no chão como caranguejos caídos de costas. Um deles estava com a perna quebrada e quatro homens tiveram de carregá-lo.

Miles de Noyers estava de humor sombrio e, ainda que fosse juiz, interessava-se bem pouco pelo espetáculo. Na verdade, sentia que o faziam perder tempo. Ele tinha os trabalhos do Tribunal de Contas para presidir, tinha de controlar os decretos do Parlamento, cuidar da administração geral do reino. E, para agradar ao rei, tinha de ficar ali, assistindo àquela gritaria de um bando de marmanjos armados com lanças sem ponta! Ele não escondia seus sentimentos.

— Todos esses torneios custam caro demais; são profusões inúteis, que o povo maldiz — dizia ele aos que estavam do seu lado. — O rei não escuta o que dizem seus súditos nos burgos e nos campos. Quando passa, ele só vê cabeças abaixadas beijando seus pés, mas eu, eu sei muito bem o que me contam os prebostes e os bailios. Vãs despesas feitas por orgulho e futilidade! Enquanto isso, ninguém faz nada. Ordenanças e editais ficam parados durante duas semanas esperando assinatura. O conselho só se reúne para decidir quem será o rei de armas ou o cavaleiro de honra. A grandeza de um reino não pode ser medida por esses simulacros de cavalaria. O rei Felipe, o Belo, sabia disso muito bem. Por isso, de acordo com o papa Clemente, ele mandou proibir os torneios.

O condestável Raul de Brienne, com a mão sobre a viseira para melhor observar os combates, respondeu:

— Claro, vós tendes razão, senhor Miles, mas negligenciais um aspecto dos torneios: eles são um bom treinamento para a guerra.

— Que guerra? — replicou Miles de Noyers. — Então acreditais realmente que alguém poderia ir à guerra com todos esses enfeites na cabeça, com essas mangas compridas que pendem até o chão? Posso concordar que os combates a cavalo conservam a habilidade no combate; mas os torneios, desde que deixam de ser realizados com armaduras verdadeiras e que o cavaleiro não sente o peso real delas, perde todo o seu sentido. Chega até a ser funesto, pois nossos jovens escudeiros, que jamais serviram em hoste alguma, tendem a acreditar que entre os inimigos as coisas se passam da mesma maneira, e que se ataca apenas quando se ouve o grito: "Cortai as cordas!"

Miles de Noyers podia falar com autoridade, pois fora marechal do exército, no tempo em que seu parente Gaucher de Châtillon estava começando no cargo de condestável e que Brienne ainda estava se exercitando nas quintanas.

— Também é bom que nossos nobres aprendam a se conhecer para a Cruzada — disse o duque de Bourbon com ares de quem entendia do que falava.

Miles de Noyers deu de ombros. Era bem conveniente para o duque, um legendário poltrão, pregar as maravilhas da Cruzada!

O senhor Miles estava cansado de cuidar dos negócios da França obedecendo a um soberano que todos concordavam em julgar admirável, mas que ele, com sua longa experiência no poder, considerava um incapaz. Certo cansaço apodera-se de um homem que continua a se esforçar com objetivos que ninguém aprova, e Miles, que começara sua carreira na corte da Borgonha, perguntava-se se não devia retornar para lá o mais rápido possível. Mais valia administrar sabiamente um ducado do que loucamente um reino; ora, o duque Eudes, na véspera, tinha lhe acenado com um convite. Ele procurou com os olhos o duque, e viu que ele jazia caído no chão, derrubado por Robert d'Artois. Então Miles de Noyers interessou-se novamente pelo torneio.

Enquanto o duque Eudes era colocado novamente de pé por seus valetes, Robert d'Artois descia de seu cavalo e propunha a seu adversário um combate sem montaria, a pé. Com a clava e a espada nas mãos, os dois homens de ferro avançaram um contra o outro, com passos um tanto titubeantes, para se cobrirem de golpes. Miles vigiava Robert d'Artois, pronto para desqualificá-lo diante da menor infração. Mas Robert obedecia ao regulamento, não atacava abaixo da cintura

e só desferia os golpes permitidos. Com sua clava, martelava o elmo do duque de Borgonha, esmagando o dragão que o sobrepujava. E, ainda que a clava só pesasse meio quilo, o outro devia sentir fortes abalos no crânio, pois começava a ter dificuldade para se defender, como se via pelo fato de sua espada atingir muito mais o ar do que Robert. Querendo esquivar-se, Eudes de Borgonha perdeu o equilíbrio; Robert colocou, então, um pé sobre o peito dele e a ponta da espada no laço do elmo; o duque se rendeu. Assim, devia retirar-se do combate. Robert, com a ajuda de seus servos, subiu novamente à sela e foi-se a galope, passando orgulhosamente diante das tribunas. Uma dama entusiasmada arrancou a manga do vestido e atirou-a para o cavaleiro, que a colheu no ar, com a ponta da lança.

— Nos dias atuais o senhor Robert não devia ostentar tanta soberba — disse Miles de Noyers.

— Que nada! — respondeu Raul de Brienne. — O rei o protege. A condessa Mahaut parece ter morrido um pouco depressa demais, como também sua filha, a senhora rainha Jeanne, a Viúva. E depois, essa tal de Beatriz d'Hirson, dama de companhia da condessa, desapareceu completamente... Sua família já a procurou por toda parte... O duque de Borgonha daria mostras de prudência ordenando que seus pratos sejam provados antes de ingeri-los.

— Vossa impressão de Robert parece ter mudado radicalmente. No ano passado estáveis do lado dele.

— É que no ano passado eu ainda não tinha cuidado da instrução de seu processo... Como sabeis, fui eu quem dirigiu a segunda investigação...

— Ah! Aí está o senhor de Hainaut, que passa ao ataque — disse o condestável.

Jean de Hainaut, que acompanhava o rei da Boêmia, debatia-se loucamente. Não havia um só nobre importante, no partido de França, que ele não tivesse desafiado. Todos sabiam que ele receberia o troféu de vencedor.

O torneio durou uma hora inteira. No final dela, os juízes mandaram novamente soar as cornetas, abrir as barreiras e separar as fileiras. Uma dezena de cavaleiros e de escudeiros de Artois, mesmo assim, ainda pareciam não ter ouvido o sinal e atacavam energicamente quatro nobres da Borgonha, num canto das liças. Robert não se encontrava entre eles, mas com certeza havia inspirado alguns de seus partidários; a briga tendia a tornar-se um massacre. O rei Felipe VI foi obrigado a fazer com que lhe tirassem o elmo, a fim de ser reconhecido facilmente e, para a admiração de todos, encaminhou-se para separar os brigões.

Precedidos pelos arautos e pelos trompetistas, as duas tropas formaram um cortejo para sair da arena. Agora as armaduras não passavam de cotas em trapos, todos os ornamentos estavam estragados, os cavalos mancos com suas capas rasgadas. O encontro acabava com um morto e alguns estropiados para o resto da vida. Além do senhor de Hainaut, que receberia o prêmio oferecido pela rainha, todos os participantes seriam agraciados com um presente como lembrança: uma taça de cobre, um cálice ou uma tigela de prata.

Em suas tendas, cujas portinholas estavam levantadas, os grandes vassalos se liberavam das armaduras e elmos, deixando à mostra rostos inchados, mãos esfoladas na altura das articulações das luvas protetoras, pernas cheias de hematomas. Ao mesmo tempo, todos trocavam comentários.

— Meu elmo saiu do lugar logo no início. Foi isso que causou meu incômodo...

— Se o senhor de Courgent não tivesse vindo imediatamente vos socorrer, teríeis visto, meu amigo!

— O duque Eudes não conseguiu resistir muito tempo diante do senhor Robert!

— Brécy se comportou muito bem, devo reconhecer!

Risos, raivas, suspiros de cansaço; os participantes dirigiam-se para a sala de banhos, instalada numa granja vizinha, e entravam nas tinas já preparadas, primeiro os príncipes, depois os grandes vassalos, em seguida, os cavaleiros e, por último, os escudeiros. Existia entre eles uma certa familiaridade, fraterna e sólida, criada pelas competições físicas. Mas também era possível perceber alguns rancores tenazes.

Felipe VI e Robert d'Artois banhavam-se lado a lado, em duas tinas vizinhas.

— Belo torneio, belo torneio! — dizia Felipe. — Ah, meu cunhado, preciso falar contigo.

— Meu nobre senhor, sou todo ouvidos.

Visivelmente, Felipe precisava fazer algo que o contrariava muito. Mas, para falar com seu primo, cunhado, seu amigo de juventude e de sempre, que momento melhor ele poderia encontrar? Acabavam de participar juntos de um torneio e, ali onde se encontravam, os gritos enchiam o espaço, os tapas que os cavaleiros se davam nas costas, o barulho da água, o vapor que subia das tinas, tudo isso contribuía para isolá-los completamente.

— Robert, teu processo vai mal, pois as cartas são falsas.

Robert teve um sobressalto, levantando a cabeça coberta por seus cabelos ruivos.

— Não, meu primo, elas são verdadeiras!

O rei assumiu uma expressão desolada.

— Robert, eu te rogo para que não te obstines numa via tão ruim. Fiz por ti o mais que pude, e contra a opinião de muitos, em minha família e em meu Conselho. Aceitei entregar o condado de Artois à condessa de Borgonha apenas sob reserva de teus direitos. Impus, para governá-lo, Ferry de Picquigny, homem devotado a ti. Propus à condessa a compra de Artois, para que depois ele te fosse entregue...

— Não era necessário comprar-lhe o condado, posto que ele me pertence!

Diante daquela obstinação teimosa, Felipe esboçou um gesto de irritação. Ele gritou a seu camareiro:

— Trousseau! Traz-me um pouco de água fria.

Depois prosseguiu:

— Foram as comunas do condado de Artois que não quiseram pagar o preço para mudar de suserano. O que posso fazer? O decreto para abrir teu processo espera há um mês. Há um mês recuso-me a assiná-lo, porque não quero te ver confrontado a uma gente baixa, que vai enlamear tua reputação, temo, de maneira irrecuperável. Todo homem tem suas falhas, e nenhum é responsável apenas por gestos dignos de louvor. Tuas testemunhas foram pagas ou ameaçadas, e teu notário confessou; os falsários foram postos na prisão, e suas confissões, recolhidas: eles afirmam que escreveram as cartas que apresentaste.

— Elas são verdadeiras — repetiu Robert.

Felipe VI suspirou. Quantos esforços teria de fazer para salvar um homem que não queria a salvação!

— Não estou dizendo, Robert, que tu és realmente culpado. Não estou dizendo, como pretendem alguns, que tenhas feito tu mesmo tais cartas. Elas te foram trazidas, tu acreditaste que elas eram verdadeiras, tu foste enganado...

Robert, em sua tina, mostrava-se tenso, com os maxilares contraídos. Felipe continuou:

— Talvez tenha sido até minha própria irmã, tua esposa, quem te enganou. As mulheres cometem tais falsidades, às vezes, acreditando nos servirem da melhor maneira! A falsidade faz parte da natureza delas. Olha para a minha, que não hesitou em roubar meu timbre pessoal.

— Sim, as mulheres são falsas — disse Robert, irado. — Tudo isso não passa de um golpe preparado por tua esposa e tua cunhada de Borgonha. Não conheço nenhuma dessas pessoas cujas confissões me inculpam!

— Eu quero também acreditar que é uma calúnia — continuou Felipe, falando mais baixo — o que se diz sobre a morte de tua tia...

— Mas ela havia jantado contigo!

— Mas não a filha dela, que caiu doente e morreu em dois dias.

— Eu não era o único inimigo que elas puderam arranjar com todas as maldades que fizeram em vida! — respondeu Robert, com um tom fingido de indiferença.

Ele saiu da tina e pediu toalhas para se enxugar. Felipe fez o mesmo. Estavam um diante do outro, nus, com a pele rosada, muito peludos. Os servos esperavam a alguns passos, segurando as roupas.

— Robert, estou esperando a tua resposta — disse o rei.

— Que resposta?

— Que tu renuncias a Artois, para que eu possa encerrar esse assunto...

— E assim não precisarás honrar a palavra que me deste antes de se tornar rei. Meu caro primo, terias por acaso esquecido quem foi que te levou até o trono, quem te trouxe os pares que te apoiaram, quem fez tudo para que ganhasses o cetro?

Felipe de Valois pegou Robert pelos punhos e, olhando-o diretamente nos olhos, disse:

— Se eu tivesse esquecido, Robert, acreditas que eu estaria falando contigo neste momento, como estou fazendo? Pela última vez: renuncia a Artois.

— Nunca — respondeu o gigante, balançando a cabeça.

— É ao rei que tu recusas este pedido?

— Sim, Vossa Majestade, foi ao rei que eu recusei.

Felipe soltou os punhos do primo e disse:

— Então, se não queres de fato salvar a tua honra de par, eu cuidarei de salvar a minha honra de rei!

# IX

# Os Tolomei

— PERDOAI-ME, SENHOR, por não poder me levantar para vos receber — disse Spinello Tolomei, com uma voz ofegante, quando viu entrar Robert d'Artois.

O velho banqueiro estava deitado numa cama que fora colocada em seu gabinete de trabalho; um cobertor leve deixava adivinhar a forma de sua grande barriga e de seu peito franzino. Uma barba de oito dias assemelhava-se a um depósito de sal sobre suas faces caídas, e sua boca de lábios azulados procurava pelo ar. De sua janela, que dava sobre a rua dos Lombardos, não vinha, no entanto, nenhuma brisa. Paris parecia cozinhar sob o sol de uma tarde de agosto.

Não restava mais muita vida no corpo do senhor Tolomei, nem muito mais vida na expressão de seu único olho aberto, no qual só se via um desprezo cansado, como se 80 anos de existência tivessem sido um esforço bem inútil.

Em volta da cama mantinham-se quatro homens de pele escura, lábios finos, olhos brilhantes como azeitonas pretas, todos vestidos também de cores escuras.

— Meus primos Tolomeo Tolomei, Andrea Tolomei, Giaccomo Tolomei... — disse o moribundo, apontando para eles. — Já conheceis meu sobrinho, Guccio Baglioni...

Aos 35 anos, as têmporas de Guccio já estavam grisalhas.

— Eles vieram de Siena para me ver morrer... e também por outros assuntos — acrescentou lentamente o velho banqueiro.

Robert d'Artois, vestido para viagem, com o busto um pouco debruçado sobre a poltrona que lhe tinham oferecido, olhava o velho com uma falsa atenção que caracteriza as pessoas que têm uma grave preocupação.

— O senhor d'Artois é um amigo, ouso dizê-lo — continuou Tolomei, dirigindo-se aos parentes. — Tudo que puder ser feito por ele deve ser feito. Muitas vezes ele nos salvou...

Como os parentes de Siena quase não compreendiam o italiano, Guccio traduziu, rapidamente, as palavras do tio; os primos assentiram com a cabeça, num mesmo movimento de expressão sombria.

— Mas se é de dinheiro que precisais, senhor, sinto muito! Apesar de toda devoção que sinto por vós, nada podemos fazer. Sabeis muito bem por quê...

Era possível sentir que Spinello Tolomei economizava forças. Ele não precisava falar sobre o assunto. Qual o sentido de comentar a situação dramática em que se debatiam, havia alguns meses, os banqueiros italianos?

Em janeiro, o rei havia assinado um decreto que ameaçava todos os lombardos de expulsão. Aquilo não era uma novidade; todo reinado, em seus momentos difíceis, brandia a mesma ameaça e arrancava aos lombardos uma parte da fortuna que tinham, obrigando-os a pagar novamente pelo direito de permanecer na França. Para compensar a perda, os banqueiros aumentavam durante um ano as taxas de usura. Mas o decreto, daquela vez, vinha acompanhado de uma medida bem mais grave. Todos os créditos que os italianos tinham feito aos nobres franceses se encontravam, por vontade real, anulados; e estava proibido aos devedores saldarem tais dívidas, caso eles tivessem vontade ou possibilidade para fazê-lo. Sargentos reais, montando guarda diante das entradas das casas de comércio dos italianos, mandavam de volta os clientes honestos que vinham reembolsá-los. Os banqueiros italianos estavam perdidos!

— E tudo isso porque a nobreza se endividou demais com essas loucas festas, todos esses torneios em que cada um quer brilhar mais do que o outro diante do rei! Nem sob o reinado de Felipe, o Belo, chegamos a ser tão maltratados.

— Eu preguei em favor de vossa causa — disse Robert.

— Eu sei, eu sei, senhor. Vós sempre defendestes nossas companhias comerciais. Mas neste momento não estais em situação muito melhor do que a nossa... Podíamos acreditar que as coisas acabariam se arranjando, como das outras vezes. Mas com a morte de Macci dei Macci, recebemos o golpe que faltava!

O ancião virou-se para a janela e se calou.

Macci dei Macci, um dos maiores homens de finanças italianos estabelecidos na França, ao qual Felipe VI confiara, desde o início de seu reinado, seguindo os conselhos de Robert, a administração do Tesouro, tinha acabado de ser enforcado na semana precedente, após um julgamento sumário.

Guccio Baglioni, com a voz carregada de uma ira contida, disse então:

— Um homem que pusera todo o seu saber e toda a sua astúcia a serviço do reino. Sentia-se mais francês do que se tivesse nascido em pleno rio Sena! Por acaso ele enriqueceu mais do que os que ordenaram o seu enforcamento? Os italianos é que são sempre atingidos, e isso porque não têm meios para se defender.

Os primos de Siena captavam o que podiam do discurso. Ao ouvirem o nome de Macci dei Macci, todas as sobrancelhas se levantaram até o meio da testa, e, com as pálpebras fechadas, eles emitiram um lamento incontido.

— Tolomei — disse Robert d'Artois —, não vim para vos pedir dinheiro, mas sim para pedir que tires dinheiro de mim.

Por mais enfraquecido que estivesse, o senhor Tolomei levantou ligeiramente o torso, de tão surpreso que ficara com o que acabava de ouvir.

— Isso mesmo — continuou Robert. — Eu gostaria de pôr em vossas mãos todo o tesouro em moeda que possuo, em troca de letras de câmbio. Estou partindo. Vou-me embora deste reino.

— Vós, senhor? Vosso processo não está bem encaminhado? O julgamento não vos dará ganho de causa?

— O julgamento ocorrerá daqui a quatro semanas. Sabeis, banqueiro, como é que me trata este rei cuja irmã desposei e que, nunca, sem mim, teria chegado ao trono? Ele enviou seu bailio de Gisors à porta de todos os meus castelos, em Conches, em Beaumont, em Orbec, para dizer que me convocava para o dia de São Miguel a comparecer em julgamento. Fingida justiça esta, em que a sentença contra mim está preparada com antecedência. Felipe enviou todos os seus cães em meu encalço: Sainte-Maure, seu péssimo chanceler; Forget, seu tesoureiro ladrão; Mathieu de Trye, seu marechal; e Miles de Noyers, para preparar o caminho. Os mesmos que se aliaram contra vós, os mesmos que enforcaram vosso amigo Macci dei Macci! Foi a rainha funesta, aquela manca, quem ganhou a batalha, com toda a sua vilania. Jogaram na prisão meus notários, meu capelão, e torturaram todas as minhas testemunhas para obrigá-las a negar o que tinham declarado. Pois bem, que eles me julguem. Eu não estarei presente. Eles me roubaram o condado de Artois, pois então, que me desonrem como bem entenderem! Este reino não é mais nada para mim, e seu rei é meu inimigo. Passo para fora de suas fronteiras a fim de lhe fazer todo o mal de que serei capaz! Amanhã estarei em Conches para despachar meus cavalos, minha louça, minhas joias e armas para Bordeaux, e depois embarcá-los num navio rumo à Inglaterra. Eles querem apreender meu corpo e meus bens, mas não poderão colocar as mãos em mim!

— Então é para a Inglaterra que ireis, senhor?

— Inicialmente, peço refúgio a minha irmã, a condessa de Namur.

— Vossa esposa parte convosco?

— Minha esposa virá mais tarde. Eis aí, banqueiro, o que quero: meu tesouro em moeda contra letras de câmbio pagáveis em vossas casas comerciais da Holanda e da Inglaterra. De cada vinte libras, podeis cobrar uma comissão de duas libras.

Tolomei moveu um pouco a cabeça e encetou uma conversação com o sobrinho e os primos em italiano, da qual Robert não entendia quase nada. Ele apreendia palavras como *debito... rimborso... deposito...* Será que ao aceitar o dinheiro de um nobre francês a companhia não estaria cometendo uma infração contra o último decreto? Não, pois não se tratava do pagamento de uma dívida, mas sim de um depósito...

Depois Tolomei virou-se novamente para Robert d'Artois e, mostrando seus parentes, disse:

— Nós também, senhor, estamos indo embora, ou melhor... eles é que estão indo... Eles vão levar tudo o que temos aqui. Nossas companhias, neste momento, encontram-se divididas. Os Bardi, os Peruzzi hesitam; acham que o pior já passou e que, fazendo um pouco de esforço... Eles são como os judeus, que sempre confiam nas leis e pensam que estarão livres dos problemas desde que paguem o que lhes é exigido. Mas pagam, e depois são levados para a fogueira! Quanto aos Tolomei, decidiram ir embora. Essa partida vai causar alguma surpresa, pois levaremos para a Itália todo o dinheiro que nos foi confiado, e a maior parte, aliás, já se encontra lá. Já que nos recusam o direito de recebermos o que nos é devido, muito bem! Levamos conosco os depósitos![24]

Uma última expressão de malícia ainda pôde aparecer nos traços exauridos do ancião.

— A riqueza que deixarei para o solo francês reduz-se a meus ossos! Tesouro bem modesto! — acrescentou ele.

— A França, na verdade, não foi boa conosco — disse Guccio Baglioni.

— Ora, ela te deu um filho, isso não é assim tão ruim!

— É mesmo — disse Robert d'Artois. — Tendes um menino. Ele está grande?

— Ele cresce muito bem, obrigado, senhor — respondeu Guccio. — Sim, logo ele será maior do que eu, e está com quinze anos. Mas não aprecia muito os negócios bancários.

— Ele ainda vai tomar gosto pela coisa... — disse o ancião. — Então, senhor, nós aceitamos. Confiai-nos vosso dinheiro, nós o faremos sair do país e vos entregaremos as letras de câmbio no mesmo montante, sem cobrar comissão alguma. Dinheiro fresco é sempre bem-vindo.

— Eu agradeço, Tolomei. Meus cofres serão entregues aqui hoje à noite.

— Quando o dinheiro começa a fugir de um reino, a felicidade desse está em perigo. Vós tereis vossa revanche, senhor. Eu não estarei mais aqui para ver, mas tenho certeza de que chegareis lá!

O olho esquerdo, normalmente fechado, agora estava aberto, e Tolomei o fitava com os dois olhos, ou seja, enfim, com o olhar da verdade. E Robert d'Artois sentiu a alma um tanto comovida, pois naquele momento um velho lombardo que logo ia morrer observava-o intensamente.

— Tolomei, eu já vi homens corajosos, que lutaram até o final da batalha. Tu és também corajoso, à tua maneira.

Um sorriso triste aflorou nos lábios do banqueiro.

— Não se trata de coragem, senhor, ao contrário. Se eu não fizesse ainda negócios bancários, eu teria muito medo neste momento...

Sua mão descarnada saiu de baixo do cobertor e fez um sinal a Robert para que se aproximasse.

Robert se debruçou, como se fosse receber uma confidência.

— Senhor — disse Tolomei —, deixai-me abençoar meu último cliente.

E ele traçou um sinal da cruz sobre a cabeça do gigante ruivo, tal como fazem os pais italianos na testa dos filhos quando partem para uma longa viagem.

# X

# A justiça real

NO CENTRO DE UM ESTRADO alto, num trono cujos braços terminavam com cabeças de leões esculpidas na madeira, Felipe VI estava sentado, com a coroa na cabeça e coberto pelo manto real. Um enorme cortinado bordado de seda, decorado com os brasões de França, ondulava acima dele; de vez em quando se debruçava, ora à esquerda, na direção de seu primo, o rei de Navarra, ora à direita, na direção de seu parente, o rei da Boêmia, para convocar o testemunho de ambos, com o olhar, e fazer com que apreciassem o quanto sua mansuetude durara.

O rei da Boêmia sacudia sua bela barba castanha, com uma expressão ao mesmo tempo confusa e indignada. Mas como era possível que um grande nobre, um par do reino de França como era Robert d'Artois, um príncipe da flor de lis, tivesse se comportado daquela maneira, comprometendo-se em ações tão sórdidas como todas aquelas que eram ali enumeradas, misturando-se com gente de espécie tão desprezível?

Na fileira dos pares laicos, via-se presente pela primeira vez o herdeiro do trono, o príncipe Jean, excepcionalmente grande para seus 13 anos, menino do olhar sombrio e pesado, do queixo comprido demais, que acabava de se tornar duque da Normandia, por ordem do pai.

Junto do jovem príncipe encontravam-se o conde d'Alençon, irmão do rei, os duques de Bourbon e da Bretanha, o conde de Flandres, o conde d'Étampes. Havia dois banquinhos vazios: o do duque de Borgonha, que não podia fazer parte das deliberações por estar envolvido no caso julgado, e o do rei da Inglaterra, que nem sequer enviara um representante.

Entre os pares eclesiásticos era possível ver monsenhor Jean de Marigny, conde-bispo de Beauvais, e Guilherme de Trye, arquiduque de Reims.

Para que o julgamento fosse ainda mais solene, o rei havia convocado os arcebispos de Sens e de Aix, os bispos de Arras, de Autun, de Blois, de Forez, de Vendôme, o duque de Lorraine, o conde Guilherme de Hainaut e seu irmão Jean, e todos os grandes oficiais da coroa: o condestável, os dois marechais, Miles de Noyers, os senhores feudais de Châtillon, de Soyecourt, de Garencières, que faziam parte do Conselho restrito, e muitos outros, todos sentados em volta do estrado, encostados às paredes do grande salão do Louvre, onde ocorria a audiência.

No chão, sentados sobre almofadas, estavam amontoados os referendários e conselheiros do Parlamento, os notários que trabalhavam para a justiça e os eclesiásticos de menor importância.

De pé, diante do rei, a seis passos dele, encontrava-se o procurador-geral, Simon de Bucy, rodeado pelos comissários de investigação. Fazia duas horas que ele estava lendo seu requisitório, o mais longo que jamais pronunciara em toda a sua carreira. Havia precisado retomar toda a história do caso do condado de Artois, cuja origem remetia ao final do século passado, depois precisara lembrar aos ouvintes o primeiro processo de 1309, a sentença pronunciada por Felipe, o Belo, a rebelião armada de Robert d'Artois contra Felipe, o Comprido, em 1316, o segundo julgamento de 1318, para enfim chegar ao presente processo, ao falso juramento de Amiens, à investigação, à contrainvestigação, aos inúmeros depoimentos recolhidos, ao suborno das testemunhas, à fabricação dos falsos documentos, às detenções dos cúmplices.

Todos esses fatos esclarecidos um após o outro, explicados, comentados em seu encadeamento, em sua complicada engrenagem, constituíam não somente um dos maiores processos de direito privado, e agora de direito criminal, jamais realizados, mas ainda por cima interessavam diretamente à história do reino num período de um quarto de século. Os assistentes estavam ao mesmo tempo fascinados e surpresos: a surpresa era provocada pelas revelações do procurador, e o fascínio devia-se à descoberta da vida secreta do grande senhor feudal diante do qual todos ainda tremiam, do qual todos queriam se tornar amigos, o homem que durante tanto tempo havia decidido tudo na nação francesa! A denúncia dos escândalos da torre de Nesle, a prisão de Margarida de Borgonha, a anulação do casamento de Carlos IV, a guerra de Guyenne, a renúncia à Cruzada, o apoio dado a Izabel da Inglaterra, a eleição de Felipe VI — Robert tinha sido a alma de tudo aquilo, criando o acontecimento ou tomando a rédea nas mãos, mas sempre movido por um único pensamento, um único interesse: o condado de Artois, a herança de Artois!

Quantos, entre os presentes, não deviam seus títulos, suas funções, sua fortuna, àquele perjuro, àquele falsário, àquele criminoso... a começar pelo próprio rei!

O lugar do acusado ausente estava simbolicamente ocupado, no pretório, por dois sargentos armados que seguravam um painel de seda no qual figurava o brasão de Robert, cujo fundo era "decorado com o emblema de França e com quatro pendentes, cada um deles contendo três castelos de ouro".

A cada vez que o procurador pronunciava o nome de Robert, ele olhava para o painel, como se fosse uma pessoa.

Em seu relato, chegara à fuga do conde d'Artois:

— Apesar de a convocação lhe ter sido comunicada por mestre Jean Loncle, oficial do bailio de Gisors, em suas moradas de costume, o referido Robert d'Artois, conde de Beaumont, recusou-se a comparecer diante de Vossa Majestade e de sua câmara de justiça, devidamente convocada para o vigésimo nono dia de setembro. Ora, soubemos e pudemos confirmar por diversas fontes que o referido Robert d'Artois embarcara seus cavalos e seu tesouro num navio, em Bordeaux, e que dirigira suas moedas para fora do reino por meios ilegais, e que ele próprio, em vez de se apresentar diante da justiça do rei, tinha se movimentado para fora das fronteiras.

"No dia 6 de outubro de 1331, a dama Divion, considerada culpada de inúmeros delitos cometidos a serviço do referido Robert, em primeiro lugar a fabricação de falsos documentos e a falsificação de selos, morreu queimada em Paris, na place aux Pourceaux, e seus ossos foram reduzidos a pó, diante do duque de Bretanha, do conde de Flandres, dos senhores Jean de Hainaut e Raoul de Brienne, condestável de França, dos marechais Robert Bertrand e Mathieu de Trye, e do senhor Jean de Milon, preboste de Paris, que fez ao rei um relato da execução..."

Os que tinham sido nomeados abaixaram os olhos; conservavam a lembrança da Divion urrando amarrada sobre a pira, as chamas que devoravam seu vestido de tecido grosseiro, as pernas que inchavam e depois estouravam sob a ação do calor, e também a lembrança do cheiro atroz que o vento de outubro jogava de encontro ao rosto dos presentes. Aquele fora o fim da amante do ex-bispo de Arras.

— Nos dias 12 e 14 de outubro, mestre Pierre d'Auxerre, conselheiro, e Michel de Paris, bailio, comunicaram à senhora de Beaumont, esposa do referido Robert, inicialmente em Jouy-le-Châtel, depois em Conches, Beaumont, Orbec e Quatre-Mares, suas moradas costumeiras, que o rei convocava o citado para julgá-lo, no dia 14 de dezembro. Ora, o referido Robert, nessa data, deixou pela segunda vez de comparecer. Devido à sua grande mansuetude, Vossa Majestade Felipe VI expediu nova convocação quinze dias depois da festa da Candelária e, para que o referido Robert não pudesse ignorá-la, tal decisão foi inicialmente proclamada na Câmara principal do Parlamento, depois da Mesa de Mármore do salão do Palácio, e finalmente comunicada em Orbec e Beaumont, e ainda em Conches, pelos mesmos Pierre d'Auxerre e Michel de Paris, que, embora não tendo podido falar com a senhora de Beaumont, leram a proclamação diante da porta de seus aposentos, e em voz bem alta, para que ela pudesse ouvi-la...

Cada vez que a senhora de Beaumont era citada, o rei passava a mão no rosto e torcia um pouco o narigão carnudo que tinha. Era de sua irmã que se tratava!

— O referido Robert d'Artois não compareceu à sessão de deliberação presidida pelo rei no Parlamento na data citada e mandou, para representá-lo, mestre Henry, decano de Bruxelas, e mestre Thiébault de Meaux, cônego de Cambrai, munidos de procuração para se apresentarem no lugar dele e explicar as causas de sua ausência. Mas, posto que a convocação era para a segunda-feira, quinze dias depois da festa da Candelária, e que a procuração que eles tinham trazia a data da terça-feira, ela não pôde ser considerada válida. Assim, pela terceira vez, a sessão se realizou à revelia do convocado. Enquanto isso, é fato incontestável que Robert d'Artois tentava refugiar-se primeiro junto à senhora condessa de Namur, sua irmã; mas Vossa Majestade proibiu a senhora de Namur de ajudar e recolher esse rebelde, e ela proibiu ao referido Robert, seu irmão, a estadia em seus domínios. Em seguida, Robert d'Artois quis refugiar-se junto do senhor conde Guilherme, em seus Estados de Hainaut; mas, diante do pedido de Vossa Majestade, ele proibiu ao referido Robert que fosse para ali. E Robert d'Artois ainda pediu asilo e refúgio ao duque de Brabant, que, interpelado por Vossa Majestade Felipe VI, respondeu inicialmente que ele não era vassalo do rei de França, e que, portanto, podia acolher quem ele bem entendesse e segundo as suas conveniências; porém, depois o duque de Brabant cedeu diante das admoestações que lhe foram feitas pelo senhor de Luxemburgo, rei da Boêmia, e, com toda a cortesia, expulsou Robert d'Artois de seu ducado.[25]

Felipe VI voltou-se para o conde de Hainaut e para o rei da Boêmia, dirigindo a cada um deles um gesto amigo e de imensa gratidão. Felipe, visivelmente, sofria; e não era o único. Por mais culpado que fosse Robert d'Artois, os que o tinham conhecido imaginavam-no errando pelas pequenas cortes da Europa, acolhido um dia, expulso noutro, indo um pouco mais longe para ser expulso de novo. Por que razão ele havia se obstinado tanto em causar sua própria desgraça, quando o rei, até o fim, tinha querido lhe abrir os braços?

— Apesar de as investigações terem chegado ao fim, depois que setenta e seis testemunhas foram ouvidas, das quais quatorze foram mantidas nas prisões reais, e o rei tendo assim reunido elementos suficientes para julgar o caso, apesar de as acusações contra Robert d'Artois serem evidentes, Vossa Majestade, em nome da antiga amizade com o acusado, mandou informá-lo de que lhe concedia um salvo-conduto para entrar e sair do reino como quisesse, sem ameaças para ele e sua família, a fim de que pudesse ouvir as acusações que lhe eram feitas, apresentar sua defesa, reconhecer seus erros e obter a graça real. Ora, o referido Robert, longe de aceitar essa oferta de clemência, não voltou ao reino; pelo contrário, em suas diversas estadias, envolveu-se com todo tipo de gente de má índole, banidos e inimigos do rei, e advertiu a todos de sua intenção de matar o chanceler, em duelo ou por qualquer outro meio, e também o marechal de Trye e diversos conselheiros de Vossa Majestade, e finalmente pronunciou as mesmas ameaças contra o próprio rei.

O público manifestou-se com um longo murmúrio de indignação.

— Posto que tudo o que foi dito é sabido e notório, visto que o referido Robert d'Artois foi convocado por uma última vez por meio de publicações regulares feitas para isso na quarta-feira, 8 de abril, antes da Páscoa, visto ainda que o citamos para comparecer pela quarta vez...

Simon de Bucy interrompeu sua fala e fez um sinal a um sargento, que pronunciou em voz bem alta:

— Senhor Robert d'Artois, conde de Beaumont-le-Roger, queira comparecer!

Todos os olhares se voltaram instintivamente para a porta, como se o acusado fosse realmente entrar. Alguns segundos se passaram, num silêncio total. Depois o sargento bateu no chão com sua clava, e o procurador prosseguiu:

— ...e como constatamos que o referido Robert se encontra ausente, requerimos, em nome de Vossa Majestade, Felipe VI, que o referido Robert seja destituído dos títulos, direitos e prerrogativas de par do reino, bem como de todos seus outros títulos, senhorias e possessões; além do mais, que todos os seus bens, terras, castelos, casas e objetos, móveis ou imóveis sejam confiscados e entregues ao Tesouro, para que o rei faça deles o que bem entender; além do mais, que seus brasões sejam destruídos na presença dos pares do reino e dos senhores feudais, para que jamais reapareçam num estandarte ou num timbre, e que sua pessoa seja para sempre banida das terras do reino, e que fique proibido a todos os vassalos, aliados, parentes e amigos de Vossa Majestade lhe dar abrigo. Enfim, requeremos que a presente sentença seja proclamada pelos arautos nos principais cruzamentos de Paris, e comunicada aos bailios de Rouen, Gisors, Aix e Bourges, bem como aos senescais de Toulouse e de Carcassonne, para que enfim ela seja executada, por ordem do rei.

Mestre Simon de Bucy calou-se em seguida. O rei parecia sonhar. Seu olhar errou por alguns momentos sobre a assembleia. Depois, inclinando a cabeça, primeiro à direita, depois à esquerda, ele disse:

— Meus pares, quero ouvir agora vossos conselhos. Aquele que não disser nada concorda!

Ninguém levantou a mão, ninguém abriu a boca.

A palma de Felipe VI bateu na cabeça de leão esculpida no braço do trono e ele disse:

— O julgamento está acabado!

Então o procurador ordenou aos dois sargentos que seguravam o painel bordado com os brasões de Robert d'Artois que avançassem até o trono. O chanceler Guilherme de Sainte-Maure, um dos que Robert, de seu exílio, ameaçava de morte, avançou até o painel, pegou o gládio de um dos sargentos e desferiu-o contra o tecido, que se partiu em dois, deixando escapar um longo gemido de seda rasgada.

O pariato de Beaumont não existia mais. O homem para o qual ele fora instituído, o príncipe francês descendente de Luís VIII, o gigante célebre por sua força, por suas infinitas intrigas, não passava agora de um proscrito; não pertencia mais ao reino sobre o qual seus antepassados haviam reinado, e nada mais lhe pertencia nesse reino.

Para os pares e senhores feudais, para todos aqueles homens cujos brasões eram como a expressão do poder e, mais ainda, da própria existência, aqueles homens que imprimiam em tudo o que possuíam seus emblemas pessoais — em suas casas, lanças, em seus cavalos e trajes, nas cotas de seus escudeiros e nas librés de seus domésticos, nos móveis e na louça —, marcando assim homens e animais que dependiam deles de uma forma ou de outra, a destruição daquele painel ornamentado com os brasões de um homem era como uma espécie de excomunhão laica, e era mais infamante do que o enforcamento ou a decapitação. Pois a morte apaga o erro, e a desonra morre ao mesmo tempo que o desonrado.

"Mas, enquanto um homem permanece vivo, sempre resta alguma esperança de ganhar", isto era o que dizia a si mesmo Robert d'Artois, errando por estradas hostis, longe de sua pátria, na direção de crimes de alcance ainda mais amplo.

# Quarta Parte

# O Belicoso

# I

# O proscrito

DURANTE MAIS DE TRÊS ANOS, Robert perambulou pelas fronteiras do reino, como um felino ferido.

Parente de todos os reis e príncipes da Europa, sobrinho do duque da Bretanha, tio do rei de Navarra, irmão da condessa de Namur, cunhado do conde de Hainaut e do príncipe de Tarento, primo do rei de Nápoles, do rei da Hungria e de muitos outros, ele era, aos 45 anos, um viajante solitário diante do qual as portas de todos os castelos se fechavam. Possuía muito dinheiro, graças às letras de câmbio dos bancos de Siena, porém nunca um escudeiro vinha se apresentar à porta da hospedaria onde ele se encontrava para convidá-lo a jantar com o senhor feudal local. Se algum torneio ocorresse nas paragens, a preocupação dos nobres era saber como fazer para evitar um convite a Robert d'Artois, o banido, o falsário que outrora teriam feito ocupar o lugar do convidado de honra. E uma ordem lhe era entregue com uma deferência fria, pelo capitão da cidade: "O senhor conde, suserano local, roga-lhe que se afaste o máximo possível daqui. Pois o senhor conde suserano, ou duque, ou margrave, não quer ter problemas com o rei de França e não se sente nem um pouco obrigado a dar provas de consideração por um homem tão desonrado, que não possui nem brasão nem estandarte."

E Robert voltava a aventurar-se pelas estradas afora, escoltado apenas por seu valete Gillet de Nelle, um súdito suficientemente ruim que teria merecido apodrecer pendurado num cadafalso qualquer, mas que dedicava a seu senhor, como outrora Lormet, uma fidelidade sem limite. Robert lhe dava, em compensação, o maior testemunho de retribuição possível: a intimidade com um grande nobre às voltas com as adversidades da vida. Quantas noitadas, naquela errância, não tinham ambos passado jogando dados, à mesa de alguma horrível taberna... E quando a necessidade de farrear se tornava para eles mais imperiosa, os dois entravam em algum prostíbulo, dos inúmeros existentes no país de Flandres, e se permitiam escolher à vontade em meio à grande quantidade de grosseiras prostitutas.

Era nesses lugares, conversando com os mercadores que voltavam das feiras, ou com alcoviteiras que tinham feito os viajantes abrir a boca, que Robert obtinha notícias de França.

No verão de 1332, Felipe VI casou seu filho João, duque de Normandia, com a filha do rei da Boêmia, Bonne de Luxemburgo. "Eis aí por que Jean de Luxemburgo me mandou expulsar da casa de seu parente do domínio de Brabant", dizia a si mesmo Robert, "eis o preço que pagaram por seus serviços." As festas dadas para aquelas bodas, em Melun, segundo o que se contava, tinham ultrapassado em esplendor todas as outras anteriormente realizadas.

E Felipe VI havia aproveitado aquela enorme reunião de príncipes e da nobreza em geral para mandar costurar solenemente a cruz sobre o seu manto real. Pois a Cruzada, daquela vez, estava mesmo decidida. Pierre de la Palud, patriarca de Jerusalém, tinha pregado por ela em

Melun, arrancando lágrimas dos seis mil convidados para as bodas, dos quais mil e oitocentos eram cavaleiros da Alemanha. O bispo Pierre Roger também pregava pela Cruzada em Rouen, cuja diocese acabava de ficar sob a sua responsabilidade, depois das dioceses de Arras e de Sens. A saída geral estava decidida para a primavera de 1334. A construção de uma grande frota, nos portos da Provença, de Marselha e de Aigues-Mortes estava apressada. E o bispo Marigny já se via em pleno mar, encarregado de ir desafiar o Sudão e o Egito!

Os reis da Boêmia, de Navarra, de Maiorca, de Aragão, que viviam à mesa de Felipe, da mesma maneira como os duques, condes e grandes barões e parte da cavalaria atraída pela aventura das campanhas militares, tinham aderido com entusiasmo às ideias do rei de França. Mas a pequena nobreza do interior dava mostras de não estar nem um pouco apressada para empunhar as cruzes vermelhas oferecidas pelos predicadores e embarcar na direção das areias do Egito. O rei da Inglaterra, por sua vez, apressava a instrução militar de seu povo, mas não dava resposta alguma aos projetos de uma missão na Terra Santa. E o velho papa João XXII, aliás atravessando uma grave querela com a Universidade de Paris e seu reitor Buridan acerca dos problemas da visão beatífica, ignorava completamente o assunto. Concedera à Cruzada apenas uma bênção bem reticente, e torcia o nariz diante da ideia de dividir as despesas que ela acarretaria... Por outro lado, os mercadores de especiarias, de incenso, de sedas, de relíquias, os fabricantes de armaduras e os construtores de navios faziam pressão para que a empreitada se realizasse.

Felipe VI já havia tratado de organizar a regência durante a sua ausência, e tinha feito com que os pares, os barões e os bispos jurassem que, caso ele viesse a morrer além-mar,[26] obedeceriam cegamente a seu filho João e lhe entregariam sem discussão a coroa.

"Se Felipe exige que reconheçam desde já seu filho João como herdeiro do trono, isso significa que ele não está totalmente seguro de sua legitimidade", pensava Robert d'Artois.

Debruçado à mesa de uma taberna, diante de uma caneca de cerveja, Robert não ousava dizer aos informantes que cruzavam seu caminho que ele conhecia todos os grandes personagens dos quais lhe falavam; não ousava contar que tinha combatido em torneio contra o rei da Boêmia, feito com que Pierre Roger recebesse a mitra, que pegara no colo o atual rei da Inglaterra e jantara à mesa do papa. Mas anotava tudo que ouvia, esperando um dia tirar proveito de tais informações.

O ódio fazia com que Robert resistisse. Por todo o tempo em que lhe restasse vida, também lhe restaria o ódio. Fosse qual fosse o lugar onde ele se hospedasse, era o ódio que o acordava de manhã com os primeiros raios do sol entrando pela janela de um quarto desconhecido. O ódio era o tempero de suas refeições, o céu de seu caminho.

Diz-se que os fortes são os que sabem reconhecer seus erros. Talvez haja homens ainda mais fortes que jamais admitam ter errado. Robert pertencia a essa segunda espécie. Atribuía aos outros todos os erros, estivessem eles mortos ou vivos: a Felipe, o Belo, a Enguerrand, a Mahaut, a Felipe de Valois, a Eudes de Borgonha, ao chanceler Sainte-Maure. E a cada etapa acrescentava a sua lista de inimigos um nome: o de sua irmã de Namur, seu cunhado de Hainaut, Jean de Luxemburgo e o do duque de Brabant.

Em Bruxelas, contratou um procurador judicial fraudulento chamado Huy e seu secretário Berthelot; era por meio de gente acostumada a lidar com os autos que ele começava a pôr ordem na casa.

Em Louvain, o procurador judicial Huy arranjou para ele um monge de cara feia e de vida duvidosa, o irmão Henry de Sagebran, que conhecia muito mais toda espécie de feitiçarias e práticas satânicas do que as litanias e as obras de caridade. Com o irmão Henry de Sagebran, o ex-par de França, lembrando-se das lições de Beatriz d'Hirson, batizou alguns bonecos de cera e neles espetou agulhas, nomeando-os Felipe, Sainte-Maure e Mathieu de Trye. Robert dizia:

— E esta aqui, estás vendo? Cuida bem dela, espeta primeiro a cabeça, depois o corpo inteiro, pois o nome dela é Jeanne, a Manca, que é a rainha de França. Na verdade, não é uma rainha, mas o diabo em forma de mulher!

Tratou de arranjar também um pouco de tinta invisível para escrever certas fórmulas que, traçadas num pergaminho, proporcionavam o sono eterno. Depois seria preciso introduzir o pergaminho na cama da pessoa da qual ele pretendia se livrar. O irmão Henry de Sagebran, levando um pouco de dinheiro e muitas promessas, foi-se para a França, feito um monge mendicante, carregando, sob a batina, uma enorme quantidade de pergaminhos para fazer "dormir".

Gillet de Nelle, por seu lado, tratava de contratar assassinos mercenários, ladrões por vocação, foragidos, valentões prontos para qualquer briga; enfim, todos que se sentissem mais atraídos pelo crime do que pelas jornadas de trabalho. E quando Gillet conseguiu uma pequena tropa dessa espécie, bem instruída para a sua missão, Robert enviou-a ao reino de França com a incumbência de agir, de preferência durante as grandes reuniões populares ou durante as festas.

— As costas se tornam alvos fáceis quando os olhos estão voltados para os combates dos torneios, ou quando as orelhas estão ocupadas em escutar a pregação pela Cruzada.

De tanto correr pelas estradas afora, Robert tinha emagrecido. As rugas aprofundavam-se cada vez mais em seu rosto, e a maldade dos sentimentos que o animavam desde o momento que acordava até a hora de dormir tinha dado a seus traços uma expressão definitiva. Mas, ao mesmo tempo, toda aquela aventura rejuvenescia sua alma. Divertia-se experimentando, em regiões novas e desconhecidas, pratos diferentes e também mulheres diferentes.

A cidade de Liège o expulsou, mas não pelos seus maus atos do passado, e sim porque ele, em companhia de seu servidor Gillet, havia transformado uma casa alugada de um certo senhor Argenteau em verdadeiro antro de prostitutas, e o barulho que faziam ali perturbava a vizinhança inteira, que não dormia mais.

Havia os dias bons e os dias ruins, como aquele em que soube que o irmão Henry Sagebran, com seus pergaminhos para fazer dormir para sempre, havia sido detido em Cambrai, e aquele outro dia em que um dos assassinos contratados por ele reapareceu para anunciar-lhe que seus comparsas não tinham podido ir mais longe do que a cidade de Reims, e que estavam naquele momento apodrecendo nas prisões do “rei achado”.

Depois Robert caiu doente, da maneira mais tola. Refugiado numa casa às margens de um canal onde estavam ocorrendo competições de pesca, a curiosidade fez com que enfiasse a cabeça e o pescoço dentro de uma cesta de arame destinada a conter peixes, objeto que se encontrava bem diante de sua janela. Enfiou tanto a cabeça que só pôde retirá-la com enormes esforços, arrancando a pele das bochechas. Os arranhões infeccionaram, e logo a febre se apoderou dele, fazendo-o tremer durante dias. Quase morreu.

Entediado das Marches flamengas, foi para Genebra. Andando a esmo à beira do lago, foi lá que soube da detenção da condessa de Beaumont, sua esposa, e dos três filhos do casal. Felipe VI, em represália a Robert, não tinha hesitado em trancar a própria irmã na torre de Nemours, inicialmente, depois em Château-Gaillard. A mesma prisão onde estivera Margarida! Com certeza, a Borgonha sabia preparar a sua revanche.

De Genebra, viajando com um nome falso e vestido como qualquer burguês da época, Robert foi até Avignon. Lá permaneceu durante duas semanas, com o intuito de fazer intrigas em nome de sua causa. Achou a capital da Cristandade transbordante de riquezas e cheia de uma vida cada vez mais dissoluta. Ali as ambições, as vaidades, os vícios não eram revestidos por uma couraça própria aos torneios, mas dissimulavam-se, isto sim, sob os hábitos dos prelados. As marcas do poder eram ostentatórias, e viam-se não nos arreios de prata e elmos ornados com plumas, mas nas mitras incrustadas com pedras preciosas, nos cibórios de ouro mais pesados que as taças do rei. Ninguém lançava desafios para batalhas, mas todos se odiavam na sacristia. Os confessionários não eram seguros; as mulheres se mostravam mais infiéis e malvadas do que em qualquer outro lugar, posto que o pecado as enobrecia.

Ninguém, no entanto, queria se comprometer para ajudar o ex-par de França. Quase nem lembravam de tê-lo conhecido. Até naquele antro de depravação Robert era considerado um empesteado. E a lista de seus rancores aumentava, cada vez mais.

Entretanto, obteve algum consolo ao constatar, escutando as pessoas, que os planos de seu primo Valois não iam tão bem quanto se poderia imaginar. A Igreja tentava desencorajar a Cruzada. Em que situação ficaria o Ocidente depois que Felipe VI e seus aliados embarcassem, deixando todos os negócios nas mãos do imperador e do rei inglês? Caso esses dois soberanos decidissem se unir... A partida geral já havia sido adiada por dois anos. A primavera de 1334 tinha acabado sem que os preparativos estivessem prontos. Falava-se agora do ano de 1336.

Quanto a Felipe VI, ele presidia em pessoa a assembleia plenária dos doutores de Paris, cuja sede se situava na montanha Santa Genoveva; brandia a ameaça de um decreto de heresia contra o velho pontífice de 90 anos, caso ele não se retratasse por suas teses teológicas. Aliás, acreditavam que a morte de João XXII era iminente, mas fazia dezoito anos que se dizia isso.

— Permanecer vivo — repetia a si mesmo Robert d'Artois —, eis aí tudo o que tenho de fazer: durar... durar para esperar o dia da minha vitória.

O falecimento de alguns de seus inimigos já lhe havia dado alguma esperança. O tesoureiro Forget morrera no ano anterior; o chanceler Guilherme de Sainte-Maure, por sua vez, acabara de falecer. O duque Jean de Normandia, herdeiro da casa real francesa, estava gravemente enfermo. E até Felipe VI, ao que se dizia, tinha alguns problemas de saúde. Talvez os malefícios de Robert tivessem surtido algum efeito...

Para retornar ao país de Flandres, Robert vestiu-se como irmão converso. Estranho irmão, na verdade, aquele gigante cujo capuz aparecia mais alto do que todas as cabeças, em meio à multidão; um irmão que entrava com passadas guerreiras nas abadias e pedia a hospitalidade que se dá aos homens de Deus no mesmo tom que se usava para pedir uma lança a um escudeiro!

Num refeitório de Bruges, com a cabeça inclinada na direção do prato em que comia, na ponta de uma mesa comprida, fingindo murmurar preces cujas palavras ignorava completamente, ele escutava o irmão leitor, instalado num pequeno nicho cavado numa parede, ler a vida dos santos. As arcadas mandavam de volta para os monges à mesa a voz monótona, e Robert dizia a si mesmo: "Por que não terminar assim a vida? A paz, a profunda paz dos conventos, a liberação de todas as preocupações, a renúncia, o abrigo assegurado, as horas regulares, o fim da errância..."

Qual o homem que, por mais truculento, ambicioso e cruel que seja, não experimentou essa tentação do repouso, da demissão de tudo? Para que tantas lutas, tantas empreitadas vãs, já que todos acabam em pó, embaixo da terra? Robert pensava nisso, do mesmo modo que, cinco anos antes, tinha pensado em retirar-se com sua mulher e os filhos, para levar uma vida tranquila de pequeno senhor feudal do interior. Mas esses eram pensamentos que não podiam durar. E, em Robert, apresentavam-se sempre tarde demais, no instante em que algum acontecimento o empurrava para sua verdadeira vocação, que era a ação e o combate.

Dois dias mais tarde, na cidade de Gand, Robert d'Artois encontrava Jakob Van Artevelde.

O homem possuía aparentemente a mesma idade que Robert: cerca de 50 anos. Tinha uma cara quadrada, um ventre proeminente e pernas sólidas; um apetite e uma resistência às bebidas notáveis; por mais que bebesse, jamais ficava embriagado. Durante a juventude, fizera parte do séquito de Carlos de Valois em Rhodes, e tinha feito também inúmeras outras viagens, conhecendo bem a Europa. Van Artevelde era um abastado produtor de mel e negociante de tecidos, casado, em segundas bodas, com uma nobre.

Altivo, imaginativo e ríspido, havia conquistado grande autoridade, primeiramente em sua cidade, Gand, que dominava por completo, e depois sobre suas principais comunas flamengas. Quando os pisoeiros, os fabricantes de tecidos, os cervejeiros, que constituíam a verdadeira riqueza do país, queriam enviar representantes ao conde ou ao rei de França, era a Jakob Van Artevelde que se dirigiam para encarregá-lo de comunicar suas reivindicações ou seus protestos, com uma voz clara e firme. Artevelde não possuía título algum; era somente o senhor Van Artevelde, mas todos se inclinavam diante dele. Inimigos não lhe faltavam, e só andava acompanhado por sessenta valetes armados que o esperavam nas portas das casas onde jantava.

Artevelde e Robert d'Artois, desde o primeiro olhar trocado, mediram-se e julgaram-se reciprocamente como pertencentes a uma mesma raça, corajosos de corpo, hábeis, lúcidos, animados pelo gosto de dominar.

O fato de Robert ser um proscrito incomodava muito pouco Van Artevelde; pelo contrário, o encontro daquele ex-grande vassalo, cunhado do rei, outrora todo-poderoso e agora hostil à França, podia até ser uma ótima ocasião para ele. E, para Robert, aquele burguês ambicioso aparecia como mais estimável que os nobrezinhos de segunda categoria que se recusavam a recebê-lo. Artevelde sentia hostilidade pelo conde de Flandres e, portanto, pela França, e era poderoso entre seus conterrâneos. Isso era o que contava para Robert.

— Nós não gostamos de Luís de Nevers, que só continuou sendo nosso conde porque o rei massacrou nossas milícias no monte Cassel.

— Eu estava lá na ocasião — disse Robert.

— O conde só vem nos ver quando quer pedir o dinheiro que ele gasta em Paris; não entende coisa alguma das representações, não comanda nada com sua própria autoridade, e tudo que faz é transmitir as más ordenanças do rei de França. Agora, por exemplo, acabam de nos obrigar a expulsar os mercadores ingleses. Mas nós não temos nada contra os mercadores ingleses, e pouco nos importamos com as rixas existentes entre o rei achado e seu primo da Inglaterra a respeito da Cruzada ou do trono da Escócia![27] Agora a Inglaterra, como represália, ameaça-nos com a suspensão do fornecimento de sua lã. O dia em que isso acontecer, nossos pisoeiros e tecelões, daqui e de todo o país de Flandres, poderão quebrar os teares e fechar suas oficinas. Mas, nesse dia, senhor, tenho certeza de que pegarão de novo seus punhais... E o Hainaut, o Brabant, a Holanda e a Zelândia estarão do nosso lado, pois esses países só estão ligados à França por meio dos casamentos de seus príncipes, mas não devido à afeição de seus povos, dos quais tampouco dependem para comer. Não é possível reinar por muito tempo sobre um povo por cuja fome se é responsável.

Robert escutava Artevelde com grande atenção. Enfim, um homem que falava de maneira clara, que conhecia o assunto de que tratava, e que parecia apoiar-se numa verdadeira força. Robert perguntou:

— Se deveis vos revoltar ainda, por que não decidis vos aliar francamente com o rei da Inglaterra? E por que não tratar também com o imperador da Alemanha, que é inimigo do papa, portanto da França, que traz o papa na palma da mão? Vossas milícias são corajosas, mas limitadas a pequenas ações porque lhes faltam tropas a cavalo. Fazei com que elas sejam apoiadas por um corpo de cavaleiros ingleses, um corpo de cavaleiros alemães, e então podereis avançar rumo à França pela estrada de Artois. Lá chegando, eu vos garanto que poderei conseguir mais gente...

Já imaginava uma coalizão formada, com ele próprio cavalgando à frente de um exército. Artevelde respondeu:

— Muitas vezes pensei nisso, senhor, e seria fácil falar com o rei da Inglaterra e até com o imperador Luís da Baviera, caso nossos burgueses estivessem prontos para isso. Os homens das comunas odeiam o conde Luís, porém, mesmo assim, é ao rei de França que recorrem quando precisam obter justiça. Juraram fidelidade ao rei de França. E, até mesmo quando pegam em armas contra ele, esse não deixa de ser mestre deles. Além do mais, numa manobra hábil, a França obrigou nossas cidades a reconhecerem que pagariam dois milhões de florins ao papa caso se revoltassem contra seu suserano, e isso sob ameaça de excomunhão, em caso de não pagamento. As famílias temem a privação de padres e missas.

— Quer dizer que obrigaram o papa a vos ameaçar de excomunhão ou de ruína para coagir vossas comunas a ficarem tranquilas durante a Cruzada. Mas quem poderá vos forçar de fato a pagar quando a hoste de França estiver no Egito?

— Sabeis como é o populacho — disse Artevelde. — Ele só tem ideia de sua própria força quando o momento de usá-la já passou.

Robert esvaziou a grande caneca de cerveja que estava diante dele; apreciava cada vez mais essa bebida. Depois permaneceu silencioso por um momento, com os olhos fixos na decoração de madeira do recinto onde se encontrava. A casa de Jakob Van Artevelde era bela e confortável; os objetos de cobre e de estanho brilhavam, bem como os móveis de carvalho, cujo lustro se destacava na sombra.

— Então é a submissão feudal ao rei de França que vos impede de contrair alianças e retomar as armas?

— Exatamente — disse Artevelde.

Robert tinha muita imaginação. Fazia três anos e meio que enganava sua fome de vingança com pequenos estratagemas, tais como feitiços, sortilégios, matadores profissionais que não conseguiam nem chegar perto das vítimas designadas. De repente, sua esperança assumia outras dimensões: uma grande ideia realmente digna dele germinava em seu espírito.

— E se o rei da Inglaterra se tornasse rei de França? — perguntou ele ao interlocutor.

Artevelde olhou para Robert com incredulidade, como se duvidasse do que acabava de ouvir.

— É o que digo: e se o rei da Inglaterra *fosse* também rei de França? Se ele reivindicasse a coroa, se exigisse o restabelecimento de seus direitos, se provasse que o reino de França é seu, se chegasse a se apresentar como vosso legítimo suserano?

— Senhor, o que dizeis não pode passar de um sonho!

— Um sonho? — gritou Robert. — Mas essa querela jamais foi julgada! Portanto, a causa não está perdida! Quando meu primo Valois foi levado ao trono... isto é, quando eu fiz com que ele chegasse ao trono, e podeis ver a gratidão que ele tem por mim, os deputados da Inglaterra vieram para fazer valer os direitos da rainha Izabel e os de seu filho Eduardo. Isso não faz tanto tempo assim... apenas sete anos. Ninguém os ouviu porque ninguém queria ouvi-los, e porque eu os conduzi de volta para o navio deles. Vós chamais Felipe VI de *rei achado*. Por que não encontrar um outro? E o que pensaríeis se retomássemos essa questão, e caso viéssemos dizer a vossos pisoeiros, vossos tecelões, vossos mercadores e habitantes das comunas: "Vosso conde não tem mais direito algum; e não deve nenhuma obediência ao rei de França, pois vosso verdadeiro suserano é o rei que está lá em Londres!"

Um sonho, na verdade, mas que seduzia Jakob Von Artervelde. A lã que chegava do noroeste pelo mar, os tecidos, grosseiros ou finíssimos, que voltavam a partir pelo mesmo caminho, o tráfego dos portos, tudo incitava o país de Flandres a voltar-se para o reino inglês. Do lado de Paris não vinha coisa alguma, a não ser os coletores de impostos.

— Mas então acreditais, senhor, que de fato existe alguém no mundo que possa ser convencido do que dizeis e que aceite lançar-se numa semelhante empreitada?

— Uma única pessoa, senhor Artevelde, basta uma única pessoa para isso: o próprio rei da Inglaterra.

Alguns dias mais tarde, na cidade de Antuérpia, munido de um passaporte de mercador de tecidos e seguido por Gillet de Nelle, que carregava, para não despertar suspeitas, algumas peças de tecido, o senhor Robert d'Artois embarcava para Londres.

# II

# Westminster Hall

Mais uma vez via-se um rei sentado, trazendo na cabeça a coroa e o cetro na mão, rodeado por seus pares. Mais uma vez, prelados, condes e barões estavam alinhados dos dois lados do trono. Mais uma vez, clérigos, doutores, juristas, conselheiros, dignitários apresentavam-se diante dele espremidos em fileiras.

Mas sobre o manto não era o motivo da flor de lis, símbolo da casa real francesa, que se via, mas os leões dos Plantagenetas. Não eram as arcadas do palácio da Cité que remetiam à multidão o eco de seu próprio rumor, mas sim o admirável madeiramento de carvalho, formando imensos arcos justapostos, do grande hall de Westminster. E eram seiscentos cavaleiros ingleses, vindos de todos os condados, bem como os *squires* e os xerifes das cidades, que constituíam o Parlamento da Inglaterra, reunido ali integralmente e ocupando toda a imensa esplanada recoberta de lajotas quadradas.

Entretanto, era para escutar uma voz francesa que aquela assembleia fora convocada.

De pé, envolto por um manto escarlate, um pouco acima dos outros por estar no alto dos degraus de pedra do fundo do hall, como que aureolado pela luz que despejava no local o gigantesco vitral logo atrás dele, o conde Robert d'Artois dirigia-se aos delegados do povo da Inglaterra.

Dois anos haviam se passado depois que Robert deixara o país de Flandres, e durante esse tempo a roda do destino completara um bom quarto de volta. Antes de mais nada, o papa morrera.

No fim de 1334, o pequeno ancião exausto, que no decorrer de um dos mais longos pontificados conseguira fazer com que a Igreja tivesse novamente uma administração forte e finanças prósperas, havia sido obrigado, mesmo acamado em seu grande palácio de Avignon, a renunciar publicamente às únicas teses que seu espírito defendia com convicção. Para evitar o cisma com que o ameaçava a Universidade de Paris, para obedecer às ordens daquela corte de França em favor da qual havia acertado tantos negócios duvidosos e guardado tantos silêncios, ele renegou seus escritos, suas pregações, suas encíclicas. Mestre Buridan[28] ditava-lhe o que lhe era conveniente pensar em matéria de dogma: o inferno existia, cheio de almas a serem queimadas, a fim de assegurar aos príncipes desse mundo a ditadura exercida sobre seus súditos; o paraíso se encontrava aberto, como uma boa hospedaria; aos cavaleiros leais que tinham massacrado bastante, obedecendo às ordens de seu rei, aos prelados dóceis que haviam abençoado as Cruzadas, e sem que fosse preciso a esses justos aguardar o julgamento final para gozar da visão beatífica de Deus.

Teria estado João XXII realmente consciente quando assinou essa negação forçada de suas ideias? Ele morreria no dia seguinte. Na colina Santa Genoveva, não faltaram doutores malvados o bastante para dizer, num tom de zombaria: "Numa hora dessas ele deve saber que o inferno existe!"

Então o conclave havia se reunido, e numa rede de intrigas que ameaçava tornar aquela eleição ainda mais demorada do que as precedentes. A França, a Inglaterra, o imperador da Alemanha, o agitado rei da Boêmia, o erudito rei de Nápoles, Maiorca, Aragão e a nobreza romana, assim como os Visconti de Milão e as Repúblicas, todos os poderes europeus da época faziam pressão sobre os cardeais.

A fim de ganhar tempo e de fazer com que nenhuma candidatura avançasse, os cardeais ali trancados tinham todos o mesmo raciocínio: "Vou votar em algum de nós que não tem a menor chance de ganhar."

Deus escreve reto por linhas tortas! Eles estavam tão de acordo entre si, *in petto,* em relação àquele que tinha menos chances, em relação àquele que *não podia* ser papa, que todos os boletins de voto saíram com o mesmo nome: o de Jacques Fournier, o "cardeal branco", como era chamado, porque continuava a vestir-se com seu hábito de cisterciense. Os cardeais, o povo e o próprio eleito deram sinais de estupefação quando a nova lhes foi anunciada. A primeira palavra do novo papa foi para declarar a seus colegas que a escolha deles tinha recaído sobre um verdadeiro asno.

Aquilo era modéstia demais.

Bento XII, eleito por erro, logo apareceu como um papa de paz. Consagrara seus primeiros esforços a deter as lutas que ensanguentavam a Itália, e a restabelecer, caso isso fosse possível, a concórdia entre a Santa Sé e o Império. Ora, isso era de fato possível. Luís da Baviera respondera muito favoravelmente à oferta de Avignon, e as partes interessadas estavam prestes a prosseguir em seus esforços de paz, quando Felipe VI manifestou sua ira. Como? Passavam por cima dele, o primeiro monarca da Cristandade, para encetar negociações tão importantes? Outra influência, além da sua, tinha vindo se exercer sobre a Santa Sé? Seu caro parente, o rei da Boêmia, deveria então renunciar aos nobres projetos que tinha em relação à Itália?

Felipe VI intimara Bento XII a chamar de volta seus embaixadores e parar com as discussões, e isso sob ameaça de confiscar aos cardeais todos os bens que possuíam na França.

Depois, sempre acompanhado por seu caro rei da Boêmia, pelo rei de Navarra e por uma enorme escolta de barões e de cavaleiros, grupo que se assemelhava a um exército, Felipe VI viajara até Avignon, no início de 1336, para as festas pascais. Tinha encontro marcado ali com o rei de Nápoles e o rei de Aragão. Aquela era a sua maneira de lembrar ao novo papa seus deveres e de fazer com que ele compreendesse de fato o que se esperava dele.

Ora, Bento XII ia mostrar, por um estratagema bem pessoal, que não era de modo algum o "asno" que alegava ser, e que um rei, desde que desejoso de empreender uma Cruzada, tinha interesse em tratar de ganhar a amizade do papa.

Na Sexta-Feira Santa, Bento subia em sua cátedra para pregar o sofrimento de Nosso Senhor e recomendar a santa viagem em nome da religião cristã. Seria possível, para ele, fazer menos do que aquilo, quando quatro reis cruzados e duas mil lanças estavam acampados em volta de sua cidade? Mas no domingo de Quasímodo, Felipe VI, que partira para os lados do litoral provençal a fim de inspecionar sua grande frota, teve a surpresa de receber uma bela carta em latim, na qual o papa se eximia do apoio à Cruzada, que mal havia acabado de dar. Posto que o estado de guerra continuava entre as nações cristãs, o Santo Padre recusava-se a permitir que se distanciassem rumo às terras dos infiéis os melhores defensores da Igreja.

A Cruzada dos Valois não passaria de Marselha.

O rei cruzado tentara, em vão, falar-lhe alto; mas o ex-cisterciense falara ainda mais alto. Sua mão que abençoava podia também excomungar, e era difícil imaginar uma cruzada que começasse já excomungada!

— Meu filho, resolvei vossas diferenças com a Inglaterra, vossas dificuldades com o país de Flandres; deixai-me acertar os problemas com o imperador. Dai-me a prova de que sois um homem de paz, de uma paz certa e durável que reine de fato sobre o nosso país. Aí, então, podereis partir para converter os Infiéis às virtudes que vós tereis provado possuirdes.

Pois bem! Já que o papa lhe impunha a resolução de seus conflitos, ele ia cumprir o que era pedido. Antes de mais nada, com a Inglaterra... exigindo do jovem Eduardo que cumprisse suas obrigações de vassalo e intimando-o a entregar-lhe imediatamente aquele pérfido Robert d'Artois, ao qual ele dava asilo. As falsas grandes almas, quando feridas, tentam miseráveis revanches.

Quando a ordem de extradição, transmitida pelo senescal de Guyenne, chegou a Londres, Robert já se havia instalado e criado raízes na corte inglesa. Sua força, suas maneiras, sua loquacidade tinham-lhe garantido várias amizades; o velho Pescoço-Torto se desfazia em louvores ao hóspede da Inglaterra. O jovem rei tinha muita necessidade do apoio de um homem de experiência, que conhecesse bem os negócios de França. Ora, quem poderia ser melhor do que Robert d'Artois? Pelo fato de ele poder ser útil, suas infelicidades causavam grande compaixão.

— Vossa Majestade — dissera ele a Eduardo III —, caso julgueis que minha presença em vosso reino pode vos causar algum perigo ou prejuízo, entregai-me ao ódio de Felipe, o rei achado. Eu não hei de me queixar de Vossa Majestade, que me recebeu com tanta hospitalidade. Tudo que poderei fazer é bramir contra mim mesmo, que tudo fiz, contrariando o que é direito, para dar o trono a esse malvado Felipe, em vez de outorgá-lo a Vossa Majestade, que eu ainda não conhecia suficientemente bem.

E tais palavras eram pronunciadas com a mão sobre o coração, e o busto dobrado, em sinal de deferência.

Eduardo III respondera calmamente:

— Meu primo, sois meu hóspede, e vossos conselhos me são muito preciosos. Se eu vos entregar ao rei de França, estarei agindo como inimigo de minha honra e de meus próprios interesses. E, depois, sois acolhido no reino da Inglaterra, e não no ducado de Guyenne... Aqui a suserania de França não tem valor algum.

O pedido de Felipe ficou sem resposta.

E, dia após dia, Robert pôde prosseguir em sua obra de persuasão. Derramava o veneno da tentação nos ouvidos de Eduardo ou nos de seus conselheiros. Chegava, dizendo:

— Saúdo o verdadeiro rei de França...

Ele não deixava passar uma única ocasião para demonstrar que a lei sálica não tinha passado de uma invenção circunstancial e que os direitos de Eduardo à coroa de Hugo Capeto tinham de fato fundamento.

Diante da segunda intimação para entregar Robert, Eduardo respondeu, atribuindo ao exilado o usufruto de três castelos e uma pensão de mil e duzentos marcos.[29]

Aliás, Eduardo vivia uma fase em que retribuía com sua gratidão todos que o tinham servido lealmente: nomeara seu amigo William Montaigu conde de Salisbury e distribuíra títulos e rendas aos jovens lordes que o ajudaram no caso de Nottingham.

Pela terceira vez, Felipe VI enviou seu grão-mestre besteiro para dizer ao senescal de Guyenne que informasse ao rei da Inglaterra que ele devia entregar Robert d'Artois, inimigo mortal do reino de França; caso contrário, no prazo de quinze dias, o rei inglês seria despojado de seu ducado.

— Era exatamente o que eu esperava! — exclamou Robert, conversando com o rei inglês. — Esse tolo Felipe é incapaz de ter uma ideia diferente daquela que outrora inventei contra vosso pai. Dar uma ordem que fere o direito, depois vos despojar de vosso ducado por desobediência a essa ordem e, por meio disso, impor a humilhação ou a guerra. Mas acontece que hoje a Inglaterra tem um rei que reina de verdade e, ao mesmo tempo, a França não pode mais contar com Robert d'Artois.

Ele cuidava em não acrescentar: "Outrora havia em França um exilado que desempenhava exatamente o mesmo papel que desempenho agora aqui! O nome dele era Mortimer!"

O êxito de Robert tinha sido maior do que ele esperava: tornava-se a causa central do conflito que sonhava ver estourar; sua pessoa assumia uma importância capital. E, para abordar esse conflito, propunha sua doutrina: fazer com que o rei da Inglaterra reivindicasse a coroa de França.

Eis por que naquele dia de setembro de 1337, do alto dos degraus do Westminster Hall, Robert d'Artois, com as mangas dobradas e semelhante a um pássaro tempestuoso, diante das nervuras do grande vitral, dirigia-se, a pedido do rei, ao Parlamento britânico. Bem treinado devido a seus trinta anos de processo, ele falava sem consultar qualquer documento escrito.

Os delegados que não compreendiam perfeitamente o inglês pediam a seus vizinhos que lhes traduzissem certos trechos.

À medida que o conde progredia em seu discurso, o silêncio se tornava mais denso na assembleia, ou, em alguns momentos, os murmúrios se intensificavam; por exemplo, quando alguma revelação atingia em cheio os espíritos. Quantas coisas surpreendentes! Dois povos que vivem separados somente por um braço de mar; os príncipes de suas cortes casam-se entre si; os barões daqui possuem terras do outro lado; os mercadores circulam de uma nação à outra... e, no fundo, ninguém sabe coisa alguma do que acontece de fato com o seu vizinho!

Assim, por exemplo, a regra "O reino de França não pode ser entregue nem transmitido a uma mulher" não era, de forma alguma, inspirada por velhos costumes; tratava-se apenas de uma fórmula inventada por um condestável irritante, durante a sucessão, vinte anos antes, de um rei assassinado. Sim, era isso mesmo, Luís X, o Cabeçudo, tinha sido assassinado. Robert d'Artois proclamava a verdade em alto e bom som, e dava o nome da assassina.

— Eu a conhecia muito bem! Ela era minha tia e roubou-me a minha herança!

A história dos crimes cometidos pelos príncipes franceses, o relato dos escândalos da corte dos descendentes dos Capetos era utilizado por Robert para temperar seu discurso, e os parlamentares da Inglaterra estremeciam de indignação e assombro, como se os horrores cometidos em suas próprias terras, por seus próprios príncipes, não tivessem nenhuma importância.

E Robert prosseguia sua demonstração, defendendo teses exatamente contrárias às que tinha apoiado outrora em favor de Felipe de Valois, e com a mesma convicção.

Portanto, na ocasião da morte de Carlos IV, último filho de Felipe, o Belo, mesmo levando-se em conta a repugnância dos senhores feudais franceses pela ideia de uma mulher reinando, a coroa deveria ter sido entregue, através da rainha Izabel, ao único varão descendente em linha direta dos Capetos...

O imenso manto vermelho rodou pelos ares diante do olhar dos ingleses completamente subjugados; Robert havia se virado para o rei. Repentinamente, caiu de joelhos diante do soberano, dizendo:

— A coroa deveria ter sido entregue a Vossa Majestade, Eduardo III, rei da Inglaterra, em cuja pessoa eu reconheço e saúdo o verdadeiro rei de França!

Desde o matrimônio real realizado em York, o reino não tinha vivido tamanha emoção. Anunciavam aos ingleses que seu soberano podia pretender a um reino duas vezes maior e três vezes mais rico que o da Inglaterra! Era como se a fortuna e a dignidade de cada um dos presentes se vissem assim aumentadas também.

Mas Robert sabia que não se deve permitir que o entusiasmo das multidões se esgote. Ele já se levantava e lembrava que, em dado momento da sucessão de Carlos IV, o rei Eduardo enviara à França, a fim de defender seus direitos, alguns altos e respeitáveis bispos, entre os quais monsenhor Adam Orleton, que poderia confirmar esse relato, caso não se encontrasse agora em Avignon para obter o apoio do papa.

E quanto ao papel que o próprio Robert havia desempenhado na coroação de Felipe VI? Devia evitar tocar no assunto? Em toda a sua vida, nenhuma arma tinha sido para ele mais eficaz do que a falsa franqueza. Pois, naquele dia, utilizou-a mais uma vez.

Quem é que tinha recusado dar a palavra aos sábios ingleses? Quem é que tinha recusado suas pretensões? Quem é que os impedira de fazer com que suas razões valessem diante dos barões franceses? Robert, então, com seus dois enormes punhos, bateu no próprio peito:

— Fui eu, meus nobres lordes e *squires,* fui eu que aqui estou diante de vós. Eu que, acreditando agir em nome do bem e da paz, escolhi o injusto em vez de preferir o justo, e que, mesmo com todas as infelicidades que depois disso se abateram sobre mim, ainda não pude expiar essa falta!

Sua voz, ecoando pelo madeiramento afora, ia parar até no fundo do enorme recinto.

Que argumento mais convincente ele poderia apresentar? Acusava a si mesmo de ter feito com que Felipe VI fosse eleito contra o direito; ele se reconhecia culpado, mas ao mesmo tempo apresentava sua defesa. Felipe de Valois, antes de ser rei, havia-lhe prometido que todas as coisas seriam colocadas em ordem no reino, de acordo com a justiça equitável, e que uma paz definitiva seria estabelecida, deixando ao rei da Inglaterra o usufruto de toda a Guyenne, que no país de Flandres as liberdades seriam consentidas a fim de dar ao comércio prosperidade, e que, a ele mesmo, o condado de Artois seria restituído. Era, portanto, com uma finalidade de reconciliação e para a felicidade geral que Robert agira daquela maneira. Mas estava provado, agora, que um homem só pode se basear no direito, e não em promessas falaciosas, posto que até o presente momento o herdeiro de Artois era um proscrito, o país de Flandres estava mergulhado na fome e Guyenne estava ameaçada de sequestro!

Então, se era preciso ir à guerra, que ela não se fizesse por vãs querelas ligadas à homenagem feudal, a problemas menores relativos a senhorias reservadas ou à definição dos termos de vassalagem. À guerra eles iriam, mas pelo verdadeiro, grande e único motivo: a posse da coroa de França. E a partir do dia em que ela cingisse a fronte do rei da Inglaterra, nem na Guyenne nem no país de Flandres haveria mais motivos de discórdia. Os aliados não lhes faltariam em toda a Europa, e eles viriam tanto dos nobres quanto do povo, todos unidos.

E para aquela grande aventura que mudaria a sorte das nações, caso o nobre rei Eduardo III tivesse necessidade de sangue, Robert d'Artois, estendendo os braços para fora das mangas de veludo de seu manto, na direção do rei, depois dos lordes, dos comuns, enfim, de toda a Inglaterra, estava pronto para oferecer o seu.

# III

# O desafio da torre de Nesle

QUANDO O BISPO HENRY DE Burghersh, tesoureiro da Inglaterra, escoltado por William Montaigu, novo conde de Salisbury, por William Bohun, novo conde de Northampton, por Robert Ufford, novo conde de Suffolk, apresentou, no Dia de Todos os Santos, em Paris, as cartas de desafio que Eduardo III Plantageneta endereçava a Felipe VI de Valois, a primeira reação deste, como o rei de Jericó diante de Josué, foi o riso.

Será que ele tinha ouvido bem? O priminho Eduardo o intimava a devolver-lhe a coroa de França? Felipe olhou para o rei de Navarra e para o duque de Bourbon, seus parentes. Ele estava saindo da mesa, em companhia deles, e demonstrava bom humor; suas faces estavam claras, e seu nariz comprido tingiu-se de rosa enquanto começava a fungar.

Que aquele bispo, nobremente apoiado em seu báculo, que aqueles três senhores feudais ingleses, duros dentro das cotas de armas, tivessem vindo lhe anunciar, em nome do rei da Inglaterra, algo mais comedido, por exemplo, sua recusa de entregar Robert d'Artois, ou então um protesto contra o decreto que o despojava da Guyenne, Felipe, sem dúvida, teria se aborrecido. Mas eles vinham reclamar a sua coroa? O seu reino inteiro? Aquela missão diplomática, com certeza, não podia passar de uma brincadeira de mau gosto.

Mas era aquilo mesmo, ele tinha ouvido muito bem: a lei sálica não existia, seu coroamento tinha sido irregular...

— E que a vontade dos pares tenha sido me fazer rei, que o arcebispo de Reims, há nove anos, tenha concordado em fazer a minha sagração, tudo isso, senhor bispo, também não existe?

— Muitos pares e barões que vos elegeram morreram depois disso — respondeu Burghersh —, e outros, que ainda estão vivos, perguntam-se agora se o que fizeram foi de fato aprovado por Deus!

Felipe, que continuava sacudido pelo riso, jogou a cabeça para trás, deixando à mostra a brancura de seu pescoço.

E quando o rei Eduardo tinha vindo lhe prestar a homenagem feudal em Amiens? Aquilo não significava reconhecê-lo como rei?

— Nosso rei, na época, era menor de idade. A homenagem feudal que ele vos prestou, e que para ter valor deveria ter sido consentida pelo Conselho da regência, foi decidida apenas por ordem do traidor Mortimer, que depois disso foi enforcado.

Ah! Àquele bispo não faltava aprumo! Havia sido nomeado chanceler por Mortimer, fora seu primeiro conselheiro, acompanhara Eduardo até Amiens e lera, ele mesmo, na catedral, o texto da homenagem feudal!

E o que ele dizia agora, com a mesma voz? Que era Felipe, enquanto conde de Valois, vassalo de Eduardo! Pois o rei da Inglaterra reconhecia de bom grado a seu primo francês a suserania sobre os feudos de Valois, Anjou, Maine, e reconhecia até mesmo que ele tinha direito ao pariato... Realmente, era muita magnanimidade!

Mas de onde é que saíam, Deus do Céu, tantas disparidades?

Eles estavam no palacete de Nesle, porque entre duas estadias em Saint-Germain e em Vincennes, o rei passava o dia naquela propriedade dada a sua esposa. Pois do mesmo modo que os nobres de menor importância diziam: "Hoje ficaremos no salão principal", ou "no pequeno aposento decorado com motivos de pássaros", ou ainda "vamos jantar no salão verde", o rei declarava: "Hoje quero jantar no palácio da Cité", ou então "no Louvre", ou, ainda, "na casa de meu filho, na Normandia, no palacete que pertenceu a Robert d'Artois".

E assim as velhas paredes do palacete de Nesle, e a torre mais velha ainda, que se podia ver pela janela, eram testemunhas daquela farsa. Parece que certos lugares estão fadados a abrigar os dramas dos povos sob um disfarce de comédia. Naquela morada onde Margarida de Borgonha havia se divertido tanto enganando o Cabeçudo, seu marido, nos braços do nobrezinho d'Aunay, sem poder imaginar que toda aquela alegria mudaria o curso da monarquia francesa, o rei da Inglaterra mandava apresentar seu desafio ao rei de França, cuja resposta era uma gargalhada![30]

Ele ria tão alto que quase chegava a se enternecer pelo que escutara; pois reconhecia, naquela louca missão diplomática, a mão invisível de Robert d'Artois. Aquela empreitada só poderia ter sido inventada por ele. Decididamente, aquele sujeito era louco. Tinha encontrado outro rei, mais jovem, mais ingênuo, para se prestar a suas gigantescas tolices. Mas aonde pretendia chegar? O reino da Inglaterra desafiando o reino de França! A substituição de um rei por outro! Ultrapassado certo grau de aberração, é impossível guardar rancor pelas pessoas cujo temperamento comporta naturalmente a vontade de ultrajar.

— Onde estais hospedado, monsenhor bispo? — perguntou Felipe VI, com cortesia.

— No palacete Château Fétu, na rua du Tiroir.

— Pois bem! Voltai para lá, diverti-vos um pouco por alguns dias em nossa agradável Paris, e voltai até aqui mais uma vez, caso estejais de acordo, a fim de nos dizer algo de bom senso. Na verdade, não vos guardo rancor. Devo dizer até mesmo que vos considero o melhor embaixador que recebi até hoje, pelo fato de terdes sido capaz de cumprir a vossa missão sem cair na risada...

Ele não estava a par de tudo, pois, antes de vir a Paris, Henry de Burghersh passara pelo país de Flandres e se reunira secretamente com o conde de Hainaut, sogro do rei da Inglaterra, com o conde de Gueldre, com o duque de Brabant, com o marquês de Juliers, com Jakob Van Artevelde e com os almotacés de Gand, d'Ypres e de Bruges. E já chegara mesmo a destacar uma parte de sua comitiva para enviá-la até o imperador Luís da Baviera. Felipe VI ignorava ainda completamente certos entendimentos e acordos que já tinham sido acertados.

— Vossa Majestade, eu vos entrego aqui as cartas de desafio.

— Muito bem, entregai-as. Guardaremos esses interessantes documentos para lê-los de vez em quando e mandar embora a tristeza, quando ela se apoderar de nós. E, agora, vamos vos servir algo para beber. Depois de falar tanto assim, deveis ter a garganta seca.

E bateu palmas para chamar um escudeiro. O bispo Burghersh exclamou:

— Deus me livre de agir como um traidor e beber o vinho de um inimigo ao qual, do fundo do coração, eu desejo fazer todo o mal de que sou capaz!

Então Felipe VI começou a rir novamente e, sem se incomodar mais com o bispo e com os três lordes, pegou o rei de Navarra pelos ombros e dirigiu-se a seus aposentos.

# IV

# Nas redondezas de Windsor

Nas redondezas de Windsor, os campos são verdes, repletos de vales agradáveis. O castelo parece mais envolver a colina do que coroá-la, e suas muralhas arredondadas lembram os braços de uma giganta adormecida sobre a relva.

Nas redondezas de Windsor, a paisagem assemelha-se à da Normandia, lá pelos lados de Évreux, de Beaumont ou de Conches.

Robert d'Artois, naquela manhã, cavalgava na região, vagarosamente. Em seu punho esquerdo trazia um elegante falcão cujas garras estavam enfiadas no couro espesso da luva. Um único escudeiro o acompanhava, seguindo o curso do rio.

Robert se entediava. A guerra contra a França não se decidia. No final do ano anterior, tinham-se contentado, como que para confirmar por um ato belicoso o desafio da torre de Nesle, em tomar uma ilhota pertencente ao conde de Flandres, que ficava ao largo de Bruges e dos diques. Os franceses, como resposta, tinham vindo queimar alguns burgos litorâneos do sul da Inglaterra. O papa, imediatamente, impôs trégua àquela guerra que nem começara, e dos dois lados aceitaram--no, por estranhos motivos.

Felipe VI, ao mesmo tempo que não chegava a levar a sério as pretensões de Eduardo à coroa de França, havia ficado muito impressionado por uma opinião de seu tio, o rei Roberto de Nápoles. Aquele nobre, erudito a ponto de tornar-se pedante, e um dos únicos soberanos do mundo, além de um bizantino, a ter merecido o apelido de "Astrólogo", tinha acabado de estudar com afinco os temas pessoais de Felipe e de Eduardo. O que ele vira tinha-o impressionado tanto a ponto de ele se dar ao trabalho de escrever ao rei de França e aconselhá-lo a "evitar combater o rei inglês, pelo fato de que este seria bem-aventurado em todas as empreitadas que iniciasse". Tais previsões abalam um pouco e, por mais que seja guerreiro, um homem hesita antes de levantar suas lanças contra os astros.

Eduardo III, por seu lado, parecia um pouco amedrontado com a sua própria audácia. A aventura na qual se havia lançado podia parecer, em muitos aspectos, desmedida. Temia que seu exército não fosse suficientemente grande; mandava despachos na direção do país de Flandres e da Alemanha, e missões diplomáticas com o objetivo de tentar reforçar sua coalizão. Henry Pescoço-Torto, que agora estava cego, exortava-o à prudência, muito ao contrário de Robert d'Artois, que o empurrava à ação imediata. Então, o que estava esperando Eduardo para começar sua campanha militar? Que os nobres flamengos, cujo apoio tinha sido obtido, estivessem mortos? Que Jean de Hainaut, exilado agora da corte de França depois de ter conhecido nela todas as honrarias, e que vivia novamente na Inglaterra, não tivesse mais força suficiente para levantar sua espada num combate? Que os pisoeiros de Gand e de Bruges se cansassem e começassem a ver menos vantagens nas promessas não cumpridas do rei da Inglaterra do que na obediência ao rei de França?... Eduardo desejava obter garantias do imperador da Alemanha; mas este não ia correr o risco de ser excomungado pela segunda vez, antes que as tropas inglesas tivessem posto os pés no continente! Falava-se muito, parlamentava-se muito, sem que ninguém saísse do lugar. Faltava coragem; era preciso uma palavra determinante.

Mas teria Robert d'Artois algo de que se queixar? Aparentemente, não. Tinham-lhe dado castelos e pensões, frequentava a mesa do rei, comia e bebia a seu lado, recebia todas as atenções que um homem pode desejar. Mas já estava exausto de dispensar esforços, havia três anos, por pessoas que não queriam correr riscos, por um jovem soberano a quem ele propunha uma coroa — e que coroa! — e que não se apoderava dela. E, depois, sentia-se sozinho. Seu exílio, mesmo dourado, tornava-se pesado. Que conversas podia ter com a jovem rainha Felipa, a não ser as de sempre, sobre seu avô Carlos de Valois, sua avó de Anjou-Sicília? Em certos momentos, ele tinha o sentimento de já se ter transformado, ele também, num antepassado.

Teria gostado de ver a rainha-mãe, Izabel, única pessoa na Inglaterra com quem compartilhava lembranças comuns. Mas a rainha-mãe não aparecia mais na corte; vivia em Castle-Rising, no condado de Norfolk, onde seu filho, raramente, ia visitá-la. Desde a execução de Mortimer, ela não se interessara mais por coisa alguma...[31]

Robert conhecia as nostalgias de um imigrante. Pensava na senhora Beaumont, sua esposa: como seria seu rosto, depois de tantos anos de reclusão, quando ele a reencontrasse um dia, caso isso ainda se tornasse possível? Será que reconheceria seus filhos? Poderia rever um dia seu palacete de Paris, seu palacete de Conches, e a própria França? Do jeito que as coisas iam naquela guerra que tinha tido tanta dificuldade para provocar, ainda precisaria esperar chegar aos 100 anos antes de ter a chance de rever a sua pátria!

Então, naquela manhã, aborrecido, irritado, saiu para caçar sozinho, a fim de ocupar seu tempo e esquecer. Mas a relva macia sob os cascos do cavalo, a espessa relva inglesa era ainda mais abundante e cheia de água do que a relva de sua terra d'Ouche. O céu era de um azul pálido, com nuvenzinhas miúdas flutuando bem altas; a brisa de maio acariciava as sebes de pilriteiros floridos e as macieiras brancas, semelhantes às da Normandia.

Robert d'Artois logo chegaria aos 50 anos. O que tinha feito de sua vida? Bebera, comera, farreara, caçara, viajara, agira para o seu próprio bem e para o bem dos Estados, participara de torneios, estivera envolvido em processos mais do que qualquer outro homem de seu tempo. Nenhuma existência tinha conhecido mais vicissitudes, mais tumultos e tribulações do que aquela. Mas ele jamais havia aproveitado o presente. Jamais tinha se detido de fato no instante, a fim de saboreá-lo. Seu espírito estivera todo o tempo voltado para o dia seguinte, para o futuro. Tudo que ele fizera fora estragado, de certa maneira, pela preocupação com Artois: quando bebia um bom vinho, o gosto era desnaturado pelo desejo de beber o vinho de Artois; quando queria entregar-se aos amores, seu prazer era desviado pela derrota que Mahaut lhe havia infligido; durante o mais alegre torneio, a preocupação com a necessidade de fazer alianças impedia-o de saborear suas vitórias. Durante sua errância como banido, o vinho ordinário e a cerveja que bebera em suas paradas sempre tiveram um sabor ácido de rancor e ódio. E naquele momento ainda... em que estava ele pensando? No dia de amanhã, no futuro. Uma impaciência enraivecida impedia-o de aproveitar aquela bela manhã, aquele belo horizonte, aquele ar suave, aquele pássaro ao mesmo tempo selvagem e dócil cujas garras sentia por baixo de sua luva de couro... Aquilo era vida? Daqueles 50 anos vividos não teriam restado cinzas de esperança?

Ele foi tirado de seus devaneios amargos pelos gritos do escudeiro que ia à frente de seu cavalo.

— Ao voo! Ao voo! O pássaro, senhor!

Robert aprumou-se em sua cela, sobressaltado. O falcão, com a cabeça escondida numa espécie de capuz de couro no qual ficava de fora apenas o bico, estremeceu; ele reconhecia aquele tom. Ouviu-se um ruído de mato sacudido, depois uma garça-real apareceu às margens do rio.

— Ao voo! Ao voo! — continuava a gritar o escudeiro.

O grande pássaro, voando a baixa altura, deslizava contra o vento e vinha na direção de Robert, que o deixou passar. Quando o pássaro alcançou cerca de trinta metros de distância, ele tirou o capuz do falcão e, com um gesto amplo, soltou-o pelos ares.

O falcão descreveu três círculos em volta da cabeça de seu dono, desceu, quase raspando no solo, percebeu a presa que lhe era destinada e se dirigiu para ela, direto como uma flecha. Vendo-se perseguida, a garça-real alongou o pescoço para cuspir os peixes que tinha acabado de capturar no rio e tornar-se assim um pouco mais leve. Mas o falcão se aproximava, tomando impulso para subir, dando voltas em espiral. A outra ave, com amplos movimentos de asas, elevava-se rumo ao céu para tentar evitar que o predador a alcançasse. Ela subia, subia, ia ficando cada vez menor, mas na verdade perdia distância, porque estava voando contra o vento e também porque o peso diminuía sua velocidade. Ela teve de voltar. O falcão completou um novo turbilhão pelos ares e abateu-se contra ela. A garça-real desviou para um lado, e as garras do predador não conseguiram segurá-la. Entretanto, tonta por causa do choque, a presa caiu cerca de quinze metros, pesada como uma pedra, e depois retomou a fuga. O falcão arremessou novamente contra ela.

Robert e seu escudeiro assistiam, atentos, àquela batalha em que a agilidade ganhava do peso, a velocidade da força, a maldade belicosa dos instintos pacíficos.

— Vê esta garça-real? — gritava Robert com paixão. — Trata-se, de fato, da ave mais covarde que existe! Ela é quatro vezes maior que o meu pequeno falcão, e poderia matá-lo com um único golpe, mas ela foge... a covarde! Anda, meu valente falcão! Anda, anda, a garça-real está cedendo, renunciando!

Começou a galopar na direção do lugar em que as duas aves iam cair. A garça-real estava com o pescoço preso nas garras do falcão, já quase sufocada. Suas enormes asas batiam vigorosamente e, em sua queda, arrastava consigo o vencedor. A alguns metros do chão, a ave de rapina abriu as garras para deixar sua vítima cair sozinha, jogando-se depois sobre ela a fim de liquidá-la com bicadas nos olhos e na cabeça. Robert e seu escudeiro já se encontravam lá.

— A recompensa, a recompensa! — gritou Robert.

O escudeiro desamarrou de sua sela uma pomba morta e jogou-a ao falcão. Recompensa bem magra, na verdade, mas um falcão bem amestrado deveria saber contentar-se com aquela recompensa, sem tocar em sua presa. E o valente pequeno falcão, com a cara maculada de sangue, devorou a pomba, ao mesmo tempo que mantinha uma pata pousada sobre o corpo da garça morta. Do céu caíam ainda algumas penas cinzentas arrancadas durante o combate.

O escudeiro desceu do cavalo, pegou a presa e apresentou-a a Robert: uma soberba garça-real cujo corpo, assim esticado, das patas ao bico, tinha quase a altura de um homem.

— Realmente, trata-se de uma ave bem covarde! — repetiu Robert. — Quase não sinto prazer em capturá-la. Essas garças são umas espalhafatosas que se assustam até com a própria sombra e se põem a gritar quando avistadas. Esse tipo de caça devia ser deixado para os covardes.

O falcão, farto, obedecendo ao assovio, veio pousar no punho de Robert, que lhe repôs o capuz de couro. Depois começaram a voltar, num trote lento, para o castelo.

Dc repente, o escudeiro escutou Robert d'Artois dar uma gargalhada breve e sonora, sozinho, sem que houvesse motivo aparente; os cavalos se assustaram.

Como estivessem voltando para Windsor, o escudeiro perguntou:

— O que devo fazer com esta garça, senhor?

Robert ergueu os olhos na direção do estandarte real que flutuava sobre o torreão de Windsor e seu rosto assumiu uma expressão zombeteira e malvada. Então respondeu:

— Pega-a e vem comigo até as cozinhas. Depois tu irás buscar um ou dois menestréis entre os que estão a serviço do castelo.

# V

# A garça-real

**OS CONVIVAS JÁ ESTAVAM SABOREANDO** o quarto prato dos seis que compunham o serviço completo, e o lugar do conde d'Artois, à esquerda da rainha Felipa, permanecia vazio.

— Nosso primo Robert não voltou? — perguntou Eduardo III, que, ao tomar seu lugar à mesa, já havia estranhado a ausência.

Um dos inúmeros escudeiros que serviam à mesa, circulando incessantemente por detrás dos convivas, respondera que o conde fora visto de volta da caça havia umas duas horas. O que significava aquela ausência? Caso Robert estivesse cansado, ou adoentado, ele teria podido enviar um de seus servos para apresentar ao rei as suas desculpas.

— Vossa Majestade, Robert se comporta em vossa corte como se estivesse em qualquer hospedaria de estrada. De sua parte, aliás, tal comportamento nada tem de surpreendente — disse Jean de Hainaut, tio da rainha Felipa.

Jean de Hainaut, que se gabava de ser um mestre em matéria de regras de cortesia da ordem de cavalaria, não apreciava nem um pouco Robert d'Artois, no qual sempre via o perjúrio, pelo fato de ele ter sido banido da corte francesa devido à falsificação de documentos. Repreendia Eduardo III por lhe conceder tanto crédito. E, depois, Jean de Hainaut, outrora, estivera apaixonado pela rainha Izabel, como Robert, e sem mais sucesso do que ele; mas o tom leviano que Robert empregava ao falar diante de outros da rainha-mãe o feria e chocava.

Eduardo, sem responder, continuou de olhos baixos, esperando que passasse a irritação que sentia. Ele se continha para não deixar escapar seu desagrado, para não dar ocasião aos presentes de dizer, mais tarde: "O rei falou sem saber; o rei pronunciou palavras injustas." Depois levantou os olhos na direção da condessa de Salisbury, que era, sem dúvida, a dama mais atraente de toda a corte.

Grande, com belas tranças negras, um rosto oval de tez uniformemente pálida, com olhos que se prolongavam devido a um sombreado nas pálpebras, a condessa de Salisbury dava a impressão de estar sempre sonhando. Mulheres assim são perigosas, pois sob a aparência do devaneio elas de fato pensam. Os olhos sombreados encontraram os do rei.

William Montaigu, conde de Salisbury, quase não prestava atenção àquela troca de olhares, antes de mais nada porque considerava a virtude de sua mulher tão certeira quanto a lealdade do rei, seu amigo, e também porque ele se encontrava naquele instante cativado pelo riso, pela vivacidade, pelo frescor da filha do conde de Derby, sua vizinha de mesa. As honras choviam sobre Salisbury; ele acabara de ser nomeado guardião dos Cinco Portos e marechal da Inglaterra.

Quanto à rainha Felipa, ela estava realmente preocupada. Uma mulher sempre se sente preocupada quando, durante a sua gravidez, vê os olhos do marido voltando-se com frequência para outro rosto que não o dela. Ora, Felipa estava esperando outra criança, e dessa vez não recebia de Eduardo todas as marcas de gratidão, de deslumbramento, que lhe tinham sido dispensadas em profusão durante sua primeira maternidade.

Eduardo tinha 25 anos; havia algumas semanas ele deixava crescer sua barba, loura, leve, que emoldurava apenas o queixo. Seria para agradar a condessa de Salisbury? Ou apenas para dar maior autoridade a seu rosto, que permanecia sendo o de um adolescente? Com aquela barba, o jovem rei começava a parecer-se com seu pai; dir-se-ia que os Plantagenetas queriam manifestar-se nele, suplantando os Capetos. Vivendo, o homem se degrada e perde em pureza o que ganha em poder. Uma fonte, por mais transparente que seja, desde que se torne rio, não pode evitar de arrastar em seu veio a lama e o lodo. A senhora Felipa tinha boas razões para estar preocupada...

De repente, sons de sanfona e alaúde ecoaram, agudos, por trás da porta cujos batentes se abriram. Duas pequenas camareiras de pouco mais de 14 anos apareceram, coroadas de folhagens, vestindo longas camisolas brancas e jogando na frente delas pétalas de lírio, margarida e rosa silvestre que tiravam de um cesto. Ao mesmo tempo, cantavam: "*Je vais à la verdure car l'amour me l'apprend*".* Dois menestréis acompanhavam-nas com os instrumentos. Robert d'Artois caminhava atrás do grupo, muito mais alto do que todos os componentes da pequena orquestra, trazendo sobre uma bandeja de prata sua garça-real assada.

Toda a corte começou a sorrir, depois a rir, diante daquela entrada cômica. Robert d'Artois brincava de copeiro do rei. Não era possível inventar maneira mais gentil e alegre para ser perdoado por atraso tão longo.

Os valetes haviam interrompido o serviço e, segurando as facas e jarras, parados, preparavam-se para formar um cortejo e participar da brincadeira.

Mas, de repente, a voz do gigante se fez ouvir, mais alta do que a canção, o alaúde e a sanfona:

— Abri passagem, ó gente indolente! É a vosso rei que venho trazer este presente.

---

* Verso medieval que estabelece uma estreita relação entre natureza e amor. (N.T.)

Todos continuavam a rir. Aquele "ó gente indolente" parecia um achado feliz. Robert havia-se detido diante de Eduardo III e, esboçando um gesto para se ajoelhar, apresentou-lhe a bandeja, dizendo:

— Vossa Majestade, aqui trago uma garça-real que meu falcão caçou. Trata-se do pássaro mais covarde que existe no mundo, pois ele foge diante de todos os outros. A gente de vossa terra, em minha opinião, deveria venerá-lo, e eu o vejo muito bem figurando nos brasões da Inglaterra, melhor do que o fazem os leões. É a vós, rei Eduardo, que entrego esta oferenda, pois ela cabe de direito ao mais covarde príncipe deste mundo, que foi deserdado do trono de França e não tem coragem suficiente para conquistar o que lhe pertence.

Todos se calaram. Um silêncio, angustiado para alguns, indignado para outros, substituiu os risos. O insulto era indubitável. Salisbury, Suffolk, Guilherme de Mauny e Jean de Hainaut, que já se haviam levantado de suas cadeiras, esperavam o menor gesto do rei para lançar-se contra o conde d'Artois. Robert não parecia estar bêbado. Teria ele enlouquecido? Sem dúvida, essa era a única explicação, pois jamais ninguém ouvira contar que uma pessoa tivesse podido se comportar assim numa corte, e muito menos um estrangeiro banido de seu país natal.

As faces do jovem rei ficaram roxas. Eduardo olhava Robert bem nos olhos. Será que ele ia expulsá-lo do salão, expulsá-lo de seu reino?

Eduardo sempre esperava alguns segundos antes de falar, pois sabia que cada palavra de um rei conta, até quando ele diz simplesmente "Boa noite" a um escudeiro. Fazer calar-se pela força uma boca que proferira tamanhos ultrajes não suprimia a ofensa recebida. Eduardo era sábio e honesto. Não era tirando, num momento de raiva, de um parente que se recolheu e abrigou, os bens que lhe foram outorgados que se podia mostrar coragem. Tampouco era prova de coragem jogar na prisão um homem só porque ele fizera uma acusação de fraqueza contra um rei. Mostrava-se coragem dando a prova de que a acusação feita era falsa. Eduardo se levantou.

— Posto que me tratam de covarde diante das damas e de meus vassalos, é melhor que eu dê a esse respeito a minha opinião. E para vos provar, meu primo, que me julgastes mal, e que não é de forma alguma a covardia que ainda me detém, eu vos prometo que, no prazo máximo de um ano, terei atravessado o mar a fim de desafiar o rei que se pretende soberano de França, para combatê-lo, nem que ele lute contra mim na proporção de dez homens contra um. Eu vos agradeço essa garça-real, que caçastes para mim, e a aceito com muita gratidão.

Os convivas permaneceram mudos. Mas os sentimentos de todos tinham mudado de natureza e de dimensão. Os peitos se inchavam como se todos estivessem com falta de ar. Uma colher que caiu fez, naquele silêncio, um estrondo exagerado. Robert ostentava no olhar um clarão de triunfo. Ele se inclinou e disse:

— Vossa Majestade, meu jovem e valente primo, eu não esperava de vossa parte outra resposta. Vosso nobre coração falou. Sinto-me profundamente alegre, por mim e por vossa glória, e sinto também grande esperança, pois agora sei que poderei rever minha esposa e meus filhos. Por Deus, que nos escuta, eu vos prometo que hei de vos preceder sempre em todas as batalhas, e rogo para que os Céus me deem vida longa a fim de vos servir suficientemente e de me vingar o bastante.

Depois, dirigindo-se a todos os assistentes:

— Meus nobres lordes, não pretendeis jurar também como vosso rei acaba de fazer?

Sempre segurando a garça-real assada, em cujo corpo o cozinheiro recolocara algumas penas como enfeite, Robert avançou na direção de Salisbury:

— Nobre Montaigu, é a vós que me dirijo em primeiro lugar!

— Conde Robert, estou pronto a vos servir — disse Salisbury, que, alguns minutos antes, estava prestes a lançar-se contra ele.

E, levantando-se, disse ainda:

— Posto que nosso rei designou seu inimigo, eu escolho o meu; e, como sou marechal da Inglaterra, juro que não terei repouso enquanto não tiver conseguido vencer em batalha o marechal de Felipe VI, esse falso rei de França.

Contagiada pelo entusiasmo, a assembleia aplaudiu.

— Eu também quero fazer minhas juras! — exclamou, batendo palmas, a senhorita de Derby. — Por que as damas não poderiam ter também esse direito?

— Mas têm, cara condessa — respondeu-lhe Robert —, e com grande vantagem para todos, pois assim os homens hão de honrar melhor a sua palavra empenhada. Vamos, donzelas — acrescentou ele, olhando para as mocinhas coroadas de folhagens —, recomeçai a cantar em honra da dama que quer apresentar suas juras.

Menestréis e donzelas recomeçaram: *"Je vais à la verdure car l'amour me l'apprend."* Depois, diante da bandeja em que o assado banhava em seu molho, a senhorita de Derby disse, com uma vozinha aguda:

— Eu juro e prometo a Deus no Paraíso que não terei marido, quer seja ele príncipe, conde ou barão, antes que o voto que acabou de fazer o nobre lorde de Salisbury seja realizado. E, quando ele estiver de retorno, caso escape com vida, meu corpo hei de lhe entregar, e do fundo do meu coração.

Tal promessa causou alguma surpresa, e Salisbury enrubesceu.

As belas tranças negras da condessa de Salisbury permaneceram imóveis; seus lábios estremeceram com uma ligeira ironia e seus olhos escuros tentaram apreender o olhar do rei Eduardo, como se ela quisesse fazer com que ele compreendesse: "Não temos nada com que nos incomodar."

Robert deteve-se depois diante de cada conviva, fazendo com que os músicos tocassem e as donzelas cantassem por alguns minutos, a fim de dar a cada qual tempo para fazer sua promessa e escolher seu inimigo. O conde de Derby, pai da senhorita que fizera aquela declaração tão ousada, prometeu desafiar o conde de Flandres; o conde de Suffolk escolheu o rei da Boêmia. O jovem Gautier de Mauny, todo fogoso porque tinha entrado havia pouco para a ordem de cavalaria, impressionou vivamente a assembleia prometendo que reduziria a cinzas todas as cidades em volta do domínio de Hainaut que pertencessem a Felipe de Valois, nem que para isso ele tivesse de perder um olho.

— Pois bem! Que assim seja! — disse a condessa de Salisbury, sentada ao lado dele, colocando sobre um de seus olhos a mão. — E depois que vossa promessa se tiver realizado, que meu amor vá, então, àquele que me amar mais.

Ao mesmo tempo ela olhava para o rei. Mas o ingênuo Gautier, que acreditava que aquela promessa lhe era destinada, conservou a pálpebra fechada mesmo depois de a dama ter retirado a mão. Em seguida, pegando um lenço em seu bolso, que era vermelho, ele o amarrou cobrindo um dos olhos.

O momento de pura grandeza estava terminado. Alguns risos já se misturavam àquela competição de bravura oral. A garça-real tinha chegado diante do senhor Jean de Hainaut, que havia tido a esperança de ver aquela provocação dar outro resultado para seu autor. Ele não gostava de receber lições de honra, e seu rosto de boneco ocultava mal o despeito que sentia.

— Quando estamos numa taberna, à força de beber demais — disse ele a Robert —, tais juras se fazem com grande facilidade para atrair a atenção das damas. Temos então entre nós apenas Oliviers, Rolands e Lancelots. Mas, quando estamos em plena campanha militar, com os pés nos estribos a correr pelos campos, nossos escudos pendurados ao corpo, as lanças empunhadas, quando um terrível calafrio se apodera de nós ao avistarmos o inimigo... Ah! Quantos fanfarrões não prefeririam, nesse momento, estar trancados no fundo de um porão! O rei da Boêmia, o conde de Flandres e Bertrand, o marechal, são combatentes tão valorosos quanto nós, meu primo Robert, e sabeis disso muito bem. Pois, como banidos que somos, vós e eu mesmo, da corte de França, ainda que por motivos diferentes, nós os conhecemos muito bem. E ainda não os capturamos! Quanto a mim, tudo que juro é que, caso o nosso rei Eduardo queira passar pelo domínio de Hainaut, estarei a seu lado para apoiar sua causa. E essa será a terceira guerra da qual participo a seu serviço.

Agora Robert dirigia-se à rainha Felipa. Ele se ajoelhou. A rechonchuda Felipa virou para Eduardo seu rosto sardento, dizendo:

— Nada posso jurar, sem o consentimento de meu marido e senhor.

Assim ela dava uma bela e calma lição às damas de sua corte.

— Jurai tudo o que quiserdes, minha amiga, jurai com todo ardor. Eu ratifico de antemão o que jurardes, e que Deus vos ajude! — respondeu o rei.

— Então, meu caro esposo, se posso jurar o que quiser, posto que estou esperando uma criança que já sinto mexer em minhas entranhas, eu juro que ela só sairá de meu corpo se me levardes além-mar para cumprir vosso próprio juramento...

Sua voz tremia ligeiramente, como no dia de suas bodas.

— ...mas, caso ocorra — acrescentou ela — de me deixardes aqui e decidirdes partir com outros para além-mar, então eu hei de me matar com um enorme punhal de aço, a fim de perder ao mesmo tempo minh'alma e a do fruto de minhas entranhas!

A frase foi pronunciada sem ênfase, mas de maneira suficientemente clara para que todos se sentissem advertidos. Todos evitavam olhar para a condessa de Salisbury. O rei abaixou seus longos cílios, tomou a mão da rainha, levou-a aos lábios e disse, no silêncio que se instalara, a fim de romper o mal-estar ambiente:

— Minha amiga, dais assim uma lição de dever. Depois de vós, ninguém mais fará suas juras.

Em seguida, olhando para Robert:

— Meu primo d'Artois, tomai vosso lugar ao lado da rainha.

Um escudeiro cortou a garça-real, cuja carne estava dura por ter sido assada logo após a caça, e fria, por ter esperado durante tanto tempo. Entretanto, cada um dos presentes saboreou um naco. Robert achou que o prato tinha um raro sabor: a guerra naquele dia havia, de fato, começado.

# VI

# As muralhas de Vannes

E AS JURAS PRONUNCIADAS EM WINDSOR foram mantidas.

No dia 16 de julho do mesmo ano de 1338, Eduardo III partia para atravessar o mar, de Yarmouth, com uma frota de quatrocentos navios. No dia seguinte ele desembarcava na Antuérpia. A rainha Felipa fazia parte da viagem, e inúmeros cavaleiros, para imitar Gautier de Mauny, tinham o olho direito vendado por um losango de tecido vermelho.

O tempo das batalhas ainda não tinha chegado e, por enquanto, o momento era de entrevistas. Em Coblence, no dia 5 de setembro, Eduardo encontrou o imperador da Alemanha.

Para aquela cerimônia, Luís da Baviera estava usando estranhos trajes, metade de imperador, metade de papa, túnica dalmática de pontífice por cima de uma túnica de rei e coroa com motivos florais por cima de uma tiara. Com uma das mãos, segurava o cetro, com a outra, o globo encimado pela cruz. Desse modo ele se afirmava como o suserano de toda a Cristandade.

Do alto de seu trono ele pronunciou sua prevaricação contra Felipe VI, reconheceu Eduardo como rei de França e lhe entregou o bastão de ouro que o designava vigário imperial. Aquela também era uma ideia de Robert d'Artois, que se havia lembrado de como Carlos de Valois, antes de cada uma de suas expedições pessoais, tomava o cuidado de se fazer proclamar vigário pontifical. Luís da Baviera jurou defender, durante sete anos, os direitos de Eduardo, e todos os príncipes alemães vindos com o imperador confirmaram esse juramento.

Jakob Van Artevelde continuava, enquanto isso, a chamar para a revolta as populações do condado de Flandres, de onde fugira definitivamente Luís de Nevers. Eduardo III foi de cidade em cidade, reunindo grandes assembleias, durante as quais se fazia reconhecer como rei de França. Prometia anexar ao país de Flandres as cidades de Douai, Lille, e até o próprio condado de Artois, a fim de constituir, com todos esses territórios cujos interesses eram comuns, uma única nação. Era fácil imaginar quem estava por trás da citação de Artois naquele projeto, e adivinhava-se ainda mais facilmente quem seria o beneficiário dele, sob a tutela inglesa.

Ao mesmo tempo Eduardo decidia aumentar os privilégios comerciais das cidades; em vez de reclamar subsídios, concedia subvenções e selava as promessas com um timbre em que as armas de França e da Inglaterra estampavam-se juntas.

Na Antuérpia, a rainha Felipa deu à luz seu segundo filho, Leonel.

O papa Bento XII, de Avignon, multiplicava sem sucesso seus esforços pela paz. Proibira a Cruzada para impedir a guerra franco-inglesa, e agora esse conflito estava mais do que certo.

Entre as vanguardas inglesas e as guarnições francesas já estouravam grandes brigas nas regiões do Vermandois e de Thiérache; Felipe VI tentava dar o troco, enviando destacamentos para a Guyenne e para a Escócia, a fim de tentar fomentar nesses lugares a rebelião em nome do pequeno David Bruce.

Eduardo III viajava constantemente entre Flandres e Londres, empenhando nos bancos italianos as joias de sua coroa a fim de honrar a manutenção de suas tropas, bem como as exigências de seus novos vassalos.

Felipe VI, que convocara a hoste, empunhou a auriflama em Saint--Denis e avançou até ultrapassar Saint-Quentin; depois, estando a apenas um dia de marcha para alcançar os ingleses, deu meia-volta, com todo o seu exército, e foi depositar a auriflama sobre o altar de Saint-Denis. Qual poderia ser a razão daquela saída furtiva do rei apreciador de torneios? Cada qual se fazia essa pergunta. Será que o rei francês achava o tempo muito úmido, inapropriado para encetar o combate? Ou as predições funestas de seu tio Robert, o Astrólogo, lhe teriam vindo à memória? Declarava ter-se decidido por um outro projeto. Em certa noite, a angústia fizera com que arquitetasse outro plano. Ele ia conquistar o reino da Inglaterra. Aquela não seria a primeira vez que os franceses invadiam a ilha; um duque da Normandia, três séculos antes, havia conquistado a Grã-Bretanha... Pois bem... ele, Felipe, apareceria exatamente no mesmo lugar, às margens do Hastings; um duque da Normandia, seu filho, estaria a seu lado! Assim, cada um dos dois reis tinha a ambição de conquistar o reino do outro.

Mas a empreitada exigia antes de mais nada o domínio do mar. Eduardo tinha a maior parte de seu exército sobre o continente. Felipe resolveu, pois, cortá-lo do contato com suas bases, para impedi-lo de fazer com que as provisões chegassem até suas tropas, enfraquecendo-as. Ele ia destruir a marinha inglesa.

No dia 22 de junho de 1340, diante do Açude, ao largo do estuário que separa Flandres da Zelândia, duzentos navios avançavam, ostentando lindos nomes e trazendo o estandarte de França flutuando em seus mastros: *La Pèlerine, La Nef-Dieu, La Miquolette, L'Amoureuse, La Faraude, La Sainte-Marie-Porte-Joye...* Todos aqueles navios eram vigiados por vinte mil marinheiros e soldados, tropas que eram completadas por um destacamento de besteiros; mas, entre eles, contavam-se no máximo cento e cinquenta nobres. A cavalaria francesa não apreciava muito o mar...

O capitão Barbavera, que comandava as cinquenta galeras genovesas alugadas pelo rei de França, disse ao almirante Béhuchet:

— Senhor almirante, eis aí o rei da Inglaterra e sua frota, dirigindo-se a nosso encontro. Ide rumo ao alto-mar com todos os vossos navios, pois, se permanecerdes aqui, fechados como estais nestes grandes açudes, os ingleses, que têm a favor deles o vento, o sol e a maré, vos encurralarão e não podereis ser ajudados.

Deveriam tê-lo escutado; ele tinha trinta anos de experiência naval e, no ano precedente, a serviço de França, atacara audaciosamente Southampton, queimando-a e, em seguida, pilhando-a. O almirante Béhuchet, ex-comandante em chefe das águas e florestas reais, respondeu-lhe com todo orgulho:

— Amaldiçoado seja aquele que ousar sair daqui!

Ele deu ordens para que seus navios formassem três fileiras: em primeiro lugar os marinheiros do Sena, depois os da Picardia e os de Dieppe e, enfim, os de Caen e do Cotentin; mandou também amarrar os navios uns aos outros por meio de cabos e enviou para as embarcações seus homens, fazendo deles fortalezas vigiadas.

O rei Eduardo, que partira dois dias antes de Londres, comandava uma frota igual à dos franceses. Não possuía maior número de combatentes, mas em seus navios encontravam-se dois mil fidalgos, entre os quais Robert d'Artois, apesar do grande horror que esse tinha pela navegação.

Nessa frota encontrava-se também, protegida por oitocentos soldados, toda uma nau de damas de honra a serviço da rainha Felipa.

À noite, a França dissera adeus a seu domínio dos mares.

Não tinha nem sequer sido possível perceber o cair da noite, de tanto que os incêndios das embarcações francesas iluminavam os céus.

Pescadores normandos, picardos e marinheiros do Sena tinham sido despedaçados pelos arqueiros da Inglaterra e pelos flamengos que tinham vindo em apoio em seus barcos achatados, chegando do fundo do estuário, para atacar repentinamente os veleiros transformados em fortalezas. Só se ouviam mastros quebrando, choques de armas, berros terríveis de decapitados. Os homens lutavam com gládio ou machado, em meio a um mar no qual boiavam mil detritos. Os sobreviventes, que tentavam escapar no final do massacre, mergulhavam entre os cadáveres, e não era mais possível saber se nadavam na água ou no sangue. Centenas de mãos cortadas boiavam no mar.

O corpo do almirante Béhuchet estava pendurado na verga do navio de Eduardo. Quanto a Barbavera, ele se dirigira ao alto-mar havia muitas horas, com suas galeras genovesas.

Os ingleses estavam feridos, mas triunfantes. Seu maior desastre: a perda da nau das damas, que afundara em meio a pavorosos gritos. Incontáveis vestidos flutuavam naquele enorme ossário marinho, como pássaros mortos.

O jovem rei Eduardo tinha sido ferido na coxa, e o sangue escorria sobre sua bota de couro branco; os combates, de agora em diante, ocorreriam sobre o solo francês.

Eduardo III enviou imediatamente a Felipe VI novas cartas de desafio. "*Para evitar graves destruições ao povo e ao país, e uma grande mortalidade de cristãos, coisa que todo príncipe deve fazer questão de evitar*", o rei inglês propunha a seu primo francês um encontro destinado a um combate entre ambos, posto que a querela dizia respeito à herança do trono de França e era, portanto, um problema pessoal. E, caso Felipe de Valois não quisesse aceitar esse "*desafio corpo a corpo*", ele lhe propunha ainda um combate travado apenas com cem cavaleiros de cada lado, em campo fechado: um torneio, em suma, porém realizado com verdadeiras lanças afiadas, com gládios de corte mortal, no qual não haveria juízes para interceder em favor desse ou daquele, e cujo prêmio não seria uma joia qualquer ou um belo falcão de caça, mas sim a coroa de São Luís, isto é, o reino de França.

Ora, o rei amante de torneios respondeu que a proposta de seu primo era inaceitável, posto que tinha sido endereçada a Felipe de Valois, e não ao rei de França, do qual Eduardo era um vassalo rebelde e traidor.

O papa fez com que as partes negociassem uma nova trégua. Os legados gastaram muito para isso e atribuíram a si mesmos o mérito daquela paz precária que os dois príncipes só aceitavam para ganhar algum tempo.

Aquela segunda trégua parecia ter alguma chance de durar... quando morreu o duque da Bretanha.

Ele não deixava filho legítimo nem herdeiro direto. O ducado foi reclamado ao mesmo tempo pelo conde de Montfort-l'Amaury, seu irmão mais jovem, e por Carlos de Blois, seu sobrinho; tratava-se de outro caso bem semelhante ao de Artois, cujos contornos jurídicos eram quase os mesmos. Felipe VI apoiou as pretensões de seu parente Carlos de Blois, que fazia parte da família Valois por aliança. Imediatamente, Eduardo III tomou o partido de Jean de Montfort. Assim passaram a existir dois reis de França, cada qual com seu duque da Bretanha, do mesmo modo que eles já possuíam, cada qual, seu rei da Escócia.

Robert d'Artois era mais sensível ao que se passava com a Bretanha, posto que, por parte de mãe, tinha o sangue de seus duques. Eduardo III não podia agir de outro modo: confiou ao gigante o comando do corpo de batalha que deveria desembarcar naquela região.

Chegara o grande momento de Robert d'Artois.

Robert está com 56 anos. Em volta de seu rosto, cujos músculos se endureceram devido a um longo destino de ódio, os cabelos assumiram a cor estranha de sidra misturada com água, característica dos homens ruivos quando ficam grisalhos. Não é mais o mau súdito que se imaginava guerreando quando pilhava os castelos de sua tia Mahaut. Agora ele sabe o que é a guerra; prepara cuidadosamente sua campanha; possui a autoridade que conferem a idade e todas as experiências acumuladas no decorrer de uma tumultuada existência. É unanimemente respeitado. Quem se lembra que ele foi falsário, perjuro, assassino e até mesmo um pouco bruxo? Quem ousaria lembrar? Ele é o conde Robert, aquele colosso envelhecido, mas possuidor de uma força ainda surpreendente, sempre vestido de vermelho, sempre seguro de si, que avança no comando de uma tropa inglesa sobre o solo francês. Mas que importância tem para ele o fato de essas tropas serem estrangeiras? Aliás, essa noção existiria de fato para cada conde, barão ou fidalgo? As expedições de todos eles são um negócio de família, e os combates que travam não passam de lutas por alguma herança; o inimigo é um primo, mas o aliado é outro. É para o povo, cujas casas serão queimadas, cujas granjas serão pilhadas, cujas mulheres serão maltratadas, que a palavra "estrangeiro" significa "inimigo"; não para os grandes nobres, que defendem seus títulos e asseguram suas posses.

Para Robert, aquela guerra entre a França e a Inglaterra é a guerra *dele;* ele a quis, pregou e fabricou; ela representa dez anos de esforços ininterruptos. Parece que ele nasceu e viveu toda a sua vida apenas para chegar até ela. Ele se queixava, outrora, de jamais ter podido saborear o momento presente; dessa vez, enfim, pode saboreá-lo. Ele respira o ar como quem sorve um licor delicioso. Cada minuto é um instante de felicidade. Do alto de seu enorme alazão, com a cabeça ao vento e o elmo pendurado à sela, ele endereça à sua tropa os comentários brincalhões que sabe fazer, e todos estremecem ao som de seu vozeirão. Ele tem vinte e dois mil cavaleiros e soldados sob suas ordens, e, quando olha para a sua tropa, vê todas aquelas lanças brilhando até o horizonte, como um enorme campo de cereais. Os pobres bretões fogem quando ele se aproxima, alguns em carroças, a maioria a pé, com seus calçados de tecido grosseiro, as mulheres arrastando as crianças, os homens carregando ao ombro um saco de trigo.

Robert d'Artois está com 56 anos, mas, do mesmo modo que pode ainda cavalgar por quinze léguas sem se cansar, ele continua sonhando... Amanhã ele tomará a cidade de Brest, depois Vannes, depois Rennes; de lá entrará na Normandia, tomará a cidade de Alençon, que pertence ao irmão de Felipe de Valois; dali, correrá até Évreux, depois até Conches... sua querida Conches! Enfim ele avançará até Château-Gaillard e libertará a senhora de Beaumont. Depois ele se dirigirá implacavelmente para Paris; passará pelo Louvre, por Vincennes, por Saint-Germain; derrubará do trono Felipe de Valois e entregará a coroa a Eduardo III, que fará dele, Robert, substituto-mor do rei em todo o reino de França. Seu destino já passara por venturas e desventuras ainda mais inconcebíveis, quando ele ainda não contava com todo um exército para segui-lo.

E, de fato, Robert assalta e toma Brest, onde liberta a condessa de Montfort, alma guerreira, corpo robusto que continua resistindo no limite das terras de seu ducado, enquanto o marido permanece prisioneiro do rei de França. E Robert atravessa, também, triunfante, toda a Bretanha, e sitia Vannes; postas em volta da cidade máquinas lançadoras de pedras e catapultas, ele apontará as armas a pólvora, cuja fumaça se dissolverá nas nuvens de novembro, para as muralhas da cidade, abrindo nelas grandes brechas. A guarnição de Vannes é numerosa, mas não parece especialmente decidida ao combate; espera o primeiro assalto para poder se entregar de maneira menos vergonhosa. Será preciso, tanto de um lado quanto do outro, sacrificar alguns homens, a fim de que tal formalidade seja cumprida.

Robert coloca seu elmo de aço, passa os pés no estribo, que cede um pouco mediante seu peso, grita suas últimas ordens, abaixa diante do rosto a proteção de seu capacete, agita com um gesto ágil os doze quilogramas de sua clava acima da cabeça. Os arautos que empunham seu estandarte gritam o mais alto que podem: "Artois parte em batalha!"

Os homens a pé correm ao lado dos cavaleiros, carregando, seis a seis, compridas escadas; outros seguram, na ponta de um bastão, pacotes de estopa já acesa; e todo aquele furacão se precipita na direção do amontoado de pedras, no ponto em que as muralhas foram destruídas; e a cota flutuante do conde Robert d'Artois, sob as nuvens cinzentas, brilha, rubra, como que atingida por um raio...

Uma flecha vinda de uma besta atravessou a cota de seda, a armadura, o couro de proteção, o tecido da camisa. O choque não fora mais violento do que o recebido durante uma luta de lanças num torneio qualquer; Robert d'Artois arrancou do corpo, ele mesmo, a flecha e, um pouco mais adiante, sem compreender o que lhe havia acontecido, nem por que o céu se tornava de repente tão escuro, nem sequer por que suas pernas não se mantinham mais apertadas contra os flancos da montaria, ele desmoronou, caindo na lama.

Enquanto suas tropas tomavam a cidade de Vannes, o gigante, sem seu elmo, estendido sobre uma maca improvisada, era levado até seu campo; o sangue escorria sem parar.

Robert nunca havia se ferido antes. Duas campanhas em Flandres, sua própria expedição em Artois, a guerra da Guyenne... Robert, por tudo aquilo, passara sem sequer um arranhão. Não tivera uma só lança quebrada em cinquenta torneios, e sempre conseguira escapar de todas as investidas dos javalis contra os participantes.

Por que ali diante de Vannes, daquela cidade que na verdade não chegava a resistir realmente, e que não passava de uma etapa secundária na longa rota de sua epopeia? Nenhum presságio funesto, dizendo respeito a Vannes ou à Bretanha, tinha sido feito a Robert. O braço que armara a besta nem mesmo sabia quem era o homem contra quem estava atirando.

Por quatro dias Robert lutou, não mais contra os príncipes e os parlamentos, não mais contra as leis de herança, os costumes e os condados, contra as ambições ou a avidez das famílias reais; lutava contra a sua própria carne. A morte penetrava nele, por uma chaga aberta de bordas escurecidas, entre o coração que tanto batera e o ventre que tanto comera; aquela não era a morte glacial, mas sim a que incendeia. O fogo corria em suas veias. A morte precisava queimar em quatro dias todas as forças que ainda restavam naquele corpo, suficientes para viver mais vinte anos.

Ele se recusou a fazer um testamento, gritando que no dia seguinte estaria montando de novo seu cavalo. Foi preciso amarrá-lo para lhe administrar os últimos sacramentos, pois queria bater no capelão, que ele pensava ser Thierry d'Hirson. Estava em pleno delírio.

Robert d'Artois sempre havia detestado o mar; um navio aprestou-se para levá-lo de volta à Inglaterra. Durante a noite inteira, no balanço das ondas, ele pediu justiça, num estranho discurso em que se dirigia aos barões de França, chamando-os de "meus nobres lordes" e requerendo a Felipe, o Belo, que ordenasse a apreensão de todos os bens de Felipe de Valois: manto, cetro e coroa, de acordo com a execução de uma bula papal de excomunhão. Sua voz, que ecoava vindo do castelo de popa, era ouvida até a roda de proa, subindo até os homens de plantão pendurados aos mastros.

Antes da alvorada, ele se acalmou um pouco e pediu que pusessem seu colchão perto da porta; queria ver as últimas estrelas. Mas não chegou a ver nascer o sol. No instante de morrer, imaginava ainda que ia sarar. A última palavra que seus lábios pronunciaram foi: "Jamais!", sem que ninguém soubesse se ela se referia aos reis, ao mar ou a Deus.

Cada homem, vindo ao mundo, é investido de uma missão ínfima ou capital, mas geralmente ignorada por ele mesmo, que sua natureza, suas relações com seus semelhantes, os acidentes de sua existência levam-no a cumprir, sem que ele saiba, mas com a ilusão da liberdade. Robert d'Artois pusera o Ocidente em chamas; sua tarefa estava cumprida.

Quando o rei Eduardo III, em Flandres, soube que ele morrera, seus cílios se umedeceram, e então enviou à rainha Felipa uma carta em que dizia:

"Doce amada, Robert d'Artois, nosso primo, foi chamado por Deus; pela afeição que tínhamos por ele e por nossa honra, escrevemos a nossos chanceleres e ao tesoureiro e os encarregamos de fazer com que ele seja enterrado em nossa cidade de Londres. Pedimo-vos, doce amada, que cuideis para que tudo seja feito segundo a nossa vontade. Que Deus vos guarde. Escrito e lacrado com nosso timbre pessoal na cidade de Grandchamp, no dia de Santa Catarina, no ano décimo sexto de nosso reinado na Inglaterra e no terceiro de França."

No início de janeiro de 1343, a cripta da catedral de Saint-Paul, em Londres, recebeu o mais pesado ataúde que jamais fora nela depositado.

...E AQUI O AUTOR, OBRIGADO PELA HISTÓRIA A MATAR SEU PERSONAGEM PREDILETO, COM O QUAL VIVEU DURANTE SEIS ANOS, SENTE UMA TRISTEZA IGUAL À DO REI EDUARDO DA INGLATERRA; CAI-LHE DOS DEDOS A PENA COM A QUAL ELE ESCREVE, COMO DIZEM OS VELHOS CRONISTAS, E NÃO SENTE MAIS VONTADE DE CONTINUAR, PELO MENOS NESTE MOMENTO, A NÃO SER PARA FAZER COM QUE O LEITOR CONHEÇA O FIM DE ALGUNS DOS PRINCIPAIS HERÓIS DESTA NARRATIVA.

DEIXEMOS PASSAR ONZE ANOS, E ATRAVESSEMOS OS ALPES...

# EPÍLOGO

# JOÃO I, O DESCONHECIDO

# I

# A estrada que leva a Roma

NO DIA 22 DE SETEMBRO de 1354, uma segunda-feira, em Siena, Giannino Baglioni, personalidade importante daquela cidade, recebeu no palácio Tolomei, onde sua família instalara uma companhia bancária, uma carta do famoso Cola de Rienzi, que tomara o governo de Roma e assumira o título existente na Antiguidade: o de tribuno. Nessa carta, datada da quinta-feira precedente, escrita no Capitólio, Cola de Rienzi dizia ao banqueiro:

> "Caríssimo amigo, enviamos várias mensagens a fim de conhecer vosso paradeiro e de vos convidar a vir ter conosco em Roma. Informaram-nos que vós vos encontrais em Siena, mas que não vos dispusestes a viajar para nos encontrar. Como não havia certeza de

que seríeis descoberto, não vos escrevemos; mas agora que estamos certos de vosso paradeiro, voltamos a insistir para que venhais nos ver com toda urgência, logo após o recebimento desta carta, e isso no mais estrito segredo, para que tratemos de um assunto que diz respeito ao reino de França."

Por que razão o tribuno, que crescera numa taberna do Trastevere, mas que afirmava ser filho adulterino do imperador Henrique VII da Alemanha — meio-irmão, portanto, do rei Jean da Boêmia — e que foi celebrado por Petrarca como restaurador das antigas grandezas da Itália, por que razão Cola de Rienzi queria falar com tanta urgência e em segredo com Giannino Baglioni? Isso era o que o interessado se perguntava incessantemente durante todo o trajeto que o levava a Roma, nos dias seguintes, em companhia de seu amigo notário Angelo Guidarelli, a quem pedira que o acompanhasse, primeiro porque uma viagem feita a dois sempre parece menos longa e depois porque o notário era um moço prevenido, que conhecia bem todos no mundo dos negócios bancários.

Em setembro o tempo ainda está quente nas redondezas de Siena, e a palha das colheitas cobre os campos com uma espécie de manto dourado. Essa é uma das mais belas paisagens do mundo; ali Deus desenhou com afinco as curvas das colinas e sobre elas esparramou uma vegetação rica, diversificada, em meio à qual o cipreste reina como um grande senhor. O homem soube trabalhar aquela terra e por toda parte plantou sua morada, que, desde a mais principesca residência até a mais modesta propriedade arrendada, possui a mesma graça e harmonia, com aquela sua cor ocre e suas telhas redondas. A estrada nunca é monótona — ela serpenteia, eleva-se, desce rumo a novos vales, entre culturas, plantações diversas e oliveirais milenares. Em Siena, tanto Deus quanto o homem tiveram a mesma genialidade.

Que negócios relativos a França seriam aqueles dos quais o tribuno romano queria falar em segredo com o banqueiro de Siena? Por que se aproximara dele duas vezes, e agora lhe havia enviado aquela carta insistente em que o tratava de "caríssimo amigo"? Seriam novos empréstimos a conceder ao rei francês, sem dúvida, ou o pagamento do resgate de algum nobre importante detido na Inglaterra... Giannino Baglioni nunca soubera que Cola de Rienzi se interessava tanto assim pela sorte dos franceses.

Mas, mesmo que fosse isso, por que o tribuno não se dirigia a outros membros da companhia, aos mais antigos, como Tolomeo Tolomei, Andrea, Giaccomo, que conheciam muito melhor todas aquelas questões e tinham sido outrora enviados a Paris a fim de liquidar a herança do velho tio Spinello, quando se fizera necessário fechar os escritórios franceses? Claro, Giannino era filho de uma francesa, uma bela jovem senhora um pouco triste, cuja imagem ele ainda encontrava em meio a suas lembranças de infância, num solar vetusto de uma terra chuvosa. E, claro, seu pai, Guccio Baglioni, que já morrera havia quatorze anos, durante uma viagem à Campânia... e então Giannino, balançando ao passo de sua montaria, esboçou um discreto sinal da cruz sobre o peito... seu pai, no tempo em que vivia em França, tinha se envolvido com altos negócios da corte, viajando entre Paris, Londres, Nápoles e Avignon. Havia convivido com reis e rainhas, e chegara até a assistir ao famoso conclave de Lyon...

Mas Giannino não gostava daquela lembrança da França, precisamente devido àquela mãe nunca revista, que ele nem sequer sabia se estava viva ou morta. Por causa de seu nascimento, legítimo, segundo seu pai, e ilegítimo, de acordo com os outros membros da família, isto é, todos aqueles parentes repentinamente descobertos quando ele tinha 9 anos: o avô Mino Baglioni, os tios Tolomei e incontáveis primos... Por muito tempo Giannino sentira-se estrangeiro entre eles. Tinha feito tudo para apagar aquela diferença e se integrar à comunidade, para se tornar um verdadeiro sienense, um banqueiro, um Baglioni.

Havia se especializado nos negócios de lã, talvez porque conservava certa nostalgia em relação à criação de carneiros, aos prados verdes e às manhãs enevoadas. Dois anos após o falecimento do pai, ele desposara uma herdeira de boa família sienense, Giovanna Vivoli, com quem tivera três filhos, e com quem vivera muito feliz durante seis anos, ao término dos quais ela morrera vítima de uma epidemia de peste negra, em 1348. No ano seguinte ele contraíra novo matrimônio com outra herdeira, Francesca Agazzano, e dois outros filhos tinham vindo alegrar seu lar; e ainda estavam esperando a chegada de mais uma criança.

Giannino era estimado por seus compatriotas, dirigia seus negócios com honestidade e devia à consideração pública o cargo de camerlengo do hospital Nossa Senhora da Misericórdia.

Os dois viajantes viram passar San Quirico d'Orcia, Radicofani, Acquapendente, o lago de Bolsena, Montefiascone, dormindo as noites nas hospedarias que encontravam pelo caminho e retomando a estrada de manhã cedinho... Giannino e Guidarelli já tinham saído da Toscana. À medida que avançavam, Giannino se sentia cada vez mais decidido a responder ao tribuno Cola, com toda a cortesia possível, que não queria se envolver com os negócios de França. O notário Guidarelli o aprovava totalmente; as companhias italianas conservavam lembranças muito ruins das espoliações que lhes havia infligido o reino francês, que, ainda por cima, naquele momento estava em plena deterioração, desde o início da guerra contra a Inglaterra; não valia a pena correr riscos emprestando-lhe dinheiro. Era bem melhor viver numa boa pequena república como a de Siena, lugar de arte e comércio prósperos, do que naquelas grandes nações governadas por loucos![32]

Pois Giannino, do palácio Tolomei, tinha seguido muito bem os negócios franceses durante os últimos anos; naquele país conservava-se uma enorme quantidade de dívidas não saldadas que jamais seriam honradas! Aqueles franceses, na verdade, eram uns dementes, começando pelo rei Valois, que tinha conseguido perder, em primeiro lugar, a Bretanha e Flandres, em seguida a Normandia, depois o Saintonge, e mais tarde tinha sido obrigado a fugir na direção de

Paris, como um cabrito tocado pelos exércitos ingleses, indo se instalar nas redondezas da capital. Aquele herói de torneio, que queria estender a Cruzada a todo o universo, recusava o desafio que seu inimigo lhe propunha, isto é, um combate na planície de Vaugirard, quase diante das portas de seu palácio; depois, imaginando que os ingleses estavam fugindo porque iam na direção norte — mas por que motivo eles teriam fugido, posto que eram vitoriosos? —, Felipe, repentinamente esgotando suas tropas em longos deslocamentos forçados, lançou-se na perseguição de Eduardo, alcançando-o do outro lado do rio Somme; e ali terminou sua glória.

Os ecos de Crécy haviam se difundido até em Siena. Sabiam como o rei de França obrigara seus soldados a pé a atacarem, sem descanso, depois de uma marcha de cinco léguas, e como a cavalaria francesa, irritada contra aqueles soldados que não avançavam com rapidez, investira contra a sua própria infantaria, derrubando-a, esmagando-a sob os cascos dos cavalos, para depois ser despedaçada pelo ataque ininterrupto dos arqueiros ingleses.

— Eles disseram, para explicar o fracasso sofrido, que foi a utilização da pólvora, fornecida aos ingleses pelos italianos, que semeou a desordem e o pavor entre os soldados deles, por causa da confusão e do barulho que provocou. Que nada, Guidarelli, não foi culpa da pólvora, mas sim da estupidez deles.

Ah! Ninguém podia negar que a batalha tinha sido nobre! Por exemplo, tinham visto Jean da Boêmia, que se tornara cego por volta dos 50 anos, exigir que o conduzissem para lutar, com seus estribos amarrados dos dois lados aos de duas outras montarias; assim o rei cego havia se lançado à luta, brandindo a clava... mas para abatê-la contra que inimigos? Contra os dois infelizes que o ladeavam. Tinham-no encontrado morto, ainda amarrado aos dois companheiros desmaiados, perfeito símbolo das regras da ordem de cavalaria, encerrado na escuridão de seu elmo. Desprezando o povo, ele havia se autodestruído como se isso fosse um verdadeiro prazer.

À noite, em Crécy, Felipe VI errava pelos campos, tendo apenas seis homens a seu lado, com os quais foi bater à porta de uma pequena habitação, gemendo:

— Abri! Abri vossa porta ao desafortunado rei de França!

O poeta Dante, e era preciso não esquecer isso, havia lançado, outrora, uma maldição sobre a raça dos Valois, por causa do primeiro deles, o conde Carlos, o devastador de Siena e de Florença. Todos os inimigos do *divino poeta* acabavam de fato muito mal.

E, depois de Crécy, veio a peste trazida pelos genoveses. Daqueles lá, tampouco, jamais se devia esperar coisa boa! Os navios dos genoveses tinham trazido do Oriente aquele pavoroso mal que, ganhando inicialmente a Provença, havia se abatido contra Avignon, aquela cidade podre em devassidão e vícios. Bastava ter ouvido os propósitos de Petrarca sobre aquela nova Babilônia para compreender que a sua pútrida infâmia e os pecados que nela floresciam destinavam-na às mais vingativas calamidades.[33]

Um toscano jamais se contenta com nada ou ninguém, com exceção de si próprio. Se não puder maldizer, não conseguirá viver. E Giannino, nesse ponto, se mostrava bem toscano. Em Viterbo, Guidarelli e ele ainda não tinham acabado de destilar todas as suas críticas e reclamações contra o universo inteiro.

Antes de mais nada, o que é que o papa fazia em Avignon, em vez de estabelecer sua sede em Roma, no lugar designado por São Pedro? E por que eram eleitos sempre papas franceses, como aquele Pierre Roger, ex-bispo de Arras, que sucedera a Bento XII e reinava agora com o nome de Clemente VI? Por que nomeavam apenas cardeais franceses e recusavam-se a voltar para a Itália? Deus punira todos eles. Numa única estação do ano, todas as sete mil casas de Avignon tinham sido despovoadas pela peste; os cadáveres eram recolhidos por carroças. Depois o flagelo tinha subido para o norte, através de um país esgotado pela guerra. A peste chegara a Paris, onde causava mil mortes por dia; grandes ou pequenos, importantes ou insignificantes, ela não poupava ninguém. A mulher do duque da Normandia, filha do rei da Boêmia, tinha morrido da peste. A rainha Jeanne de Navarra, filha de Margarida de Borgonha, tinha morrido da peste. E a própria Jeanne, a Manca, nefasta rainha de França, irmã de Margarida, tinha perecido atingida pela peste; os franceses, que a detestavam, diziam que seu falecimento não passava de um castigo justo.

Mas por que Giovanna Baglioni, a primeira esposa de Giannino, a Giovanna dos belos olhos amendoados, do pescoço semelhante à brancura do albatroz, também tinha sido carregada por aquele terrível mal? Era isso a justiça? Era justo que a peste devastasse Siena? Deus fazia realmente pouca diferença entre os bons e os ruins, e sempre fazia os bons pagarem bem caro pelos pecados dos malvados.

Bem-aventurados aqueles que haviam escapado daquela peste! Bem-aventurado o senhor Giovanni Boccaccio, o filho de um amigo dos Tolomei, de mãe francesa, como Giannino, que tinha podido se abrigar do flagelo, hospedado por um rico senhor, numa bela residência nas proximidades de Florença! Durante todo o tempo que durara o contágio, a fim de distrair os refugiados da *villa* Palmieri, e para fazer com que esquecessem que a morte rondava em torno da propriedade, Boccaccio escrevera aqueles belos e agradáveis contos que agora a Itália inteira repetia. A coragem mostrada diante da morte pelos hóspedes do conde Palmieri e pelo senhor Boccaccio era mais valorosa do que toda a bravura dos cavaleiros de França. O notário Guidarelli compartilhava sem restrições daquela opinião.

Ora, o rei Felipe casara-se novamente apenas trinta dias após a morte da rainha funesta. Também nisso Giannino via algo a repreender, não exatamente devido ao novo matrimônio, posto que ele próprio procedera da mesma maneira, mas sim na indecente pressa do rei francês para realizar suas segundas bodas. Trinta dias! E quem fora a escolhida? E era ali que a história começava a se tornar saborosa! Felipe havia tirado de seu filho mais velho a princesa que lhe fora destinada, sua prima Branca, filha do rei de Navarra, que era apelidada de Bela Sabedoria.

Maravilhado pela aparição daquela donzela de 18 anos na corte, Felipe exigira que seu filho, João da Normandia, desistisse dela e a cedesse, e assim fora que João se deixara unir à condessa de Boulogne, uma viúva de 24 anos, pela qual ele não experimentava um entusiasmo lá muito grande, o que aliás não sentia por dama alguma, pois, ao que parecia, o herdeiro do trono francês era mais inclinado à companhia dos escudeiros.

O rei de 56 anos havia reencontrado, então, nos braços da Bela Sabedoria, o arrebatamento de sua juventude. Bela Sabedoria, realmente! O apelido da jovem lhe era, de fato, conveniente; Giannino e Guidarelli caíam na risada em suas montarias. Bela Sabedoria! O senhor Boccaccio poderia ter encontrado ali um dos assuntos de seus contos. Em três meses, tudo que restava à donzela eram os ossos do rei apreciador de torneios, e o corpo daquele soberbo imbecil havia sido conduzido a Saint-Denis, ele que não chegara a reinar por um terço de século, tempo que tinha sido suficiente para que conduzisse seu reino à ruína.

João II, o novo rei, que tinha então 30 anos, e era chamado de o Bom, sem que ninguém soubesse muito bem por quê, possuía exatamente, segundo testemunhavam os viajantes, as mesmas qualidades do pai e a mesma perspicácia em tudo que empreendia. Era apenas um pouco mais gastador, instável e fútil, mas lembrava também sua mãe pelo temperamento traiçoeiro e pela crueldade. Acreditando-se constantemente traído, já havia ordenado que seu condestável fosse decapitado.

Uma vez que o rei Eduardo III, acampando em Calais, que ele conquistara, havia instituído a Ordem da Jarreteira, num dia em que tinha se divertido amarrando, ele mesmo, as meias-calças de sua amante, a bela condessa de Salisbury, o rei João II, que não queria ficar para trás, fundara a Ordem da Estrela, a fim de honrar seu favorito espanhol, o jovem Carlos de la Cerda. As proezas dele paravam aí.

O povo estava morrendo de fome. Nos campos, como nas cidades, depois da peste e da guerra, faltavam braços para o trabalho;

os víveres eram raros; e os preços, exorbitantes. Os empregos eram suprimidos, e impunha-se, para todas as transações, uma taxa de quase um tostão por libra negociada.

Bandos de errantes, semelhantes aos pastorinhos de outrora, porém ainda mais dementes, atravessavam o país — milhares de homens e mulheres esfarrapados flagelando-se uns aos outros com cordas ou correntes, urrando salmos lúgubres pelas estradas afora — e, repentinamente, tomados por um furor terrível, massacravam, como sempre, os judeus e os italianos.

Entretanto, a corte de França continuava a ostentar um luxo insultante, gastando na realização de um único torneio o que teria sido bastante para alimentar durante um ano todos os pobres do condado, e vestindo-se de maneira bem pouco cristã: os homens mais enfeitados de joias que as mulheres, usando cotas tão curtas que deixavam descobertas as nádegas, e sapatos que terminavam em pontas tão compridas que chegavam a impedir de andar.

Que companhia bancária séria estaria disposta a consentir novos empréstimos ou a fornecer mercadorias a uma gente como aquela? Nenhuma, é claro. E Giannino Baglioni, entrando em Roma, no dia 2 de outubro, pela Ponte Milvio, estava bastante decidido a dizer *não* ao tribuno Cola de Rienzi.

# II

# A noite do Capitólio

OS VIAJANTES HAVIAM SE INSTALADO numa *osteria* do Campo dei Fiori, na hora em que os barulhentos vendedores liquidavam seus maços de rosas e limpavam a praça, retirando suas bancas e varrendo o tapete multicolorido de pétalas.

Ao cair da noite, tendo contratado o dono do albergue como guia, Giannino Baglioni foi até o Capitólio.

Roma! Que admirável cidade, aonde ele jamais tinha ido e que descobria agora, lamentando a cada passo o fato de não poder se demorar um pouco mais. Imensa, em comparação com Siena e Florença, maior até mesmo do que Paris, ou Nápoles, se Giannino se fiasse nos relatos de seu pai. O dédalo de ruelas abria-se sobre palácios maravilhosos, que surgiam bruscamente, e cujos pórticos e pátios ainda estavam iluminados por tochas ou lampiões. Grupos de moços cantavam, passando de braços dados pelas ruas. As pessoas, às vezes, davam encontrões, mas sem mau humor, e todos sorriam aos estrangeiros; as tabernas eram numerosas, e delas saíam bons odores de óleo quente, de açafrão, de peixe frito e de carne assada. A vida não parecia deter-se com a noite.

Giannino subiu pela colina do Capitólio sob o clarão das estrelas. A relva crescia diante do pórtico da igreja; algumas colunas caídas e uma estátua com um braço mutilado testemunhavam a antiguidade da cidade. Augusto, Nero, Tito, Marco Aurélio tinham pisado aquele chão...

Cola de Rienzi jantava em companhia de várias pessoas, num vasto salão construído sobre as fundações do templo de Júpiter. Giannino foi até ele, pôs um joelho no chão e se apresentou. Imediatamente o tribuno, pegando-o pelas mãos, fez com que se levantasse e mandou um servo conduzi-lo até um aposento vizinho, onde, alguns instantes depois, foi juntar-se a ele.

Rienzi havia escolhido para si o título de tribuno, mas tinha uma aparência que correspondia mais a um imperador. Sua cor preferida era a púrpura, e usava seu manto como uma toga. O decote de sua túnica ajustava-se a um pescoço largo e bem redondo; o rosto maciço com grandes olhos claros, cabelos curtos, um queixo dando ares de determinação, tudo isso fazia dele um personagem que parecia destinado a conquistar um lugar entre os bustos dos Césares. O tribuno tinha um leve tique, um estremecimento da narina direita que lhe dava uma expressão impaciente. Seu jeito de andar era autoritário. Aquele homem mostrava muito bem — e para isso bastava que ele aparecesse — que nascera para comandar, que tinha grandes ambições para o seu povo e que era preciso se apressar para compreender seus pensamentos e a eles se conformar. Convidou Giannino a sentar-se, ordenou a seus servos que fechassem as portas e não permitissem a ninguém incomodá-lo; depois, imediatamente, começou a fazer perguntas que nada tinham a ver com os negócios bancários.

O comércio de lãs, os empréstimos de dinheiro, as letras de câmbio não faziam parte de suas preocupações. Era apenas e unicamente a pessoa de Giannino que lhe interessava. Com que idade ele chegara de França? Onde havia passado os primeiros anos de sua vida? Quem o tinha criado? Tinha ele usado sempre o mesmo nome?

Depois de cada pergunta, Rienzi esperava a resposta, escutava, balançava o queixo e começava novamente as indagações.

Então Giannino havia nascido num convento de Paris? Sua mãe, Maria de Cressay, criara-o até a idade dos 9 anos, na Île-de-France, perto de um burgo chamado Neauphle-le-Vieux. O que sabia ele da estadia que sua mãe fizera na corte francesa? O sienense, a esse respeito, lembrava-se das palavras de seu pai, Guccio Baglioni: Maria de Cressay, pouco depois de ter dado à luz Giannino, tinha sido chamada à corte como ama de leite do recém-nascido da rainha Clemência de Hungria; no entanto, ela permanecera pouco tempo na corte, pois o filho da rainha morrera ao final de alguns dias, envenenado, segundo diziam.

E Giannino começou a rir. Tinha sido irmão de leite de um rei de França; aquilo era algo em que ele quase nunca pensava e que de repente lhe parecia inacreditável, quase risível, sobretudo quando se contemplava, agora que estava perto dos 40 anos, em sua tranquila existência de burguês italiano.

Mas por que Rienzi lhe perguntava tudo aquilo? Por que o tribuno dos grandes olhos claros, o filho bastardo do antepenúltimo imperador, observava-o tão atentamente?

— Sois vós, realmente sois vós... — disse, enfim, Cola de Rienzi.

Giannino não entendeu o que ele quis dizer com aquilo. Ficou ainda mais surpreso quando viu o imponente tribuno pôr um dos joelhos no chão e inclinar-se até quase beijar-lhe o pé direito.

— Vós sois o rei de França — declarou Rienzi —, e é assim que todos devem vos tratar doravante.

Giannino sentiu tudo rodar à sua volta por alguns instantes.

Quando se está jantando tranquilamente numa casa que, de repente, começa a trincar porque o solo está se abrindo, quando se está dormindo num barco que se choca violentamente contra um recife em plena madrugada, é impossível compreender imediatamente o que está se passando.

Giannino Baglioni estava sentado num aposento do Capitólio; o mestre de Roma ajoelhava-se a seus pés, afirmando que ele era o rei de França.

— No mês de junho, completaram-se nove anos da morte de dama Maria de Cressay...

— Minha mãe morreu? — gritou Giannino.

— Sim, nobilíssimo senhor... vossa mãe, ou melhor, aquela que acreditáveis ser vossa mãe. E dois dias antes de morrer ela se confessou.

Era a primeira vez que Giannino era chamado de "nobilíssimo senhor", e permaneceu boquiaberto, mais espantado ainda do que quando Cola di Rienzi se inclinara para beijar-lhe os pés.

Então quer dizer que Maria de Cressay, sentindo a proximidade da morte, chamara junto de seu leito um monge agostiniano de um convento vizinho, o irmão Jordão de Espanha, e lhe havia confessado tudo...

O espírito de Giannino tentava voltar até as suas mais longínquas lembranças. Revia seu quarto em Cressay e sua mãe, loura e bela... Fazia nove anos que ela morrera e ele nem sequer tinha tomado conhecimento. E eis que agora ficava sabendo que ela não era a sua verdadeira mãe.

O irmão Jordão, a pedido da moribunda, havia tomado por escrito aquela confissão que constituía a revelação de um extraordinário segredo de Estado e de um crime ainda mais extraordinário.

— Eu vos mostrarei a confissão, bem como a carta do irmão Jordão; tudo isso está em meu poder — disse Cola de Rienzi.

O tribuno falou durante quatro horas inteiras. Não era possível dizer tudo em menos tempo, pois fazia-se necessário informar Giannino de acontecimentos que datavam de quarenta anos antes, que faziam parte da história do reino de França: a morte de Margarida de Borgonha, o segundo matrimônio do rei Luís X com Clemência de Hungria...

— Meu pai fez parte da missão de embaixadores que foi buscar a rainha em Nápoles; ele me contou isso diversas vezes — disse Giannino. — Ele fazia parte do séquito de um certo conde de Bouville...

— O conde de Bouville, estais dizendo? Tudo se confirma! O mesmo Bouville era curador do ventre da rainha Clemência, vossa mãe, nobilíssimo senhor, o mesmo que mandou buscar, para vos alimentar, a dama de Cressay no convento onde ela acabara de dar à luz. Foi exatamente isso que ela contou.

À medida que o tribuno falava, seu visitante sentia que ia perdendo a razão. Tudo estava de cabeça para baixo: as sombras se iluminavam, e a luz transformava-se em escuridão. Giannino pedia várias vezes a Cola de Rienzi que contasse novamente certas passagens, como se quisesse entender uma operação matemática demasiadamente complicada. Ficava sabendo ao mesmo tempo que seu pai não era seu pai, que sua mãe não era sua mãe, e que seu verdadeiro pai, um rei de França, assassino de sua primeira esposa, havia morrido também assassinado. Deixava de ser o irmão de leite de um rei de França morto no berço e, de repente, transformava-se nesse próprio rei ressuscitado.

— Sempre vos chamaram de João, não é mesmo? A rainha, vossa mãe, vos deu esse nome por causa de uma promessa que fizera. João ou Giovanni, que também é Giovannino ou Giannino... Vós sois João I, o Póstumo.

O Póstumo! Uma apelação sinistra, uma daquelas palavras que evocam o cemitério e que os toscanos ouvem fazendo figa, por causa de seu apego às superstições.

Bruscamente, o conde Robert d'Artois, a condessa Mahaut, todos aqueles nomes que pertenciam às lembranças de seu pai... não, ele não era seu pai, enfim, Guccio Baglioni... tudo aquilo surgia no relato do tribuno, e cada personagem aparecia com seu terrível papel. A condessa Mahaut, que já era responsável pelo envenenamento do pai de Giannino — sim, isso mesmo, o rei Luís! — ainda havia se encarregado de matar o recém-nascido.

— Mas o conde de Bouville, prudente, trocou o filho da rainha pelo da ama de leite, que aliás também se chamava João. Esse último foi assassinado, e é ele que está enterrado em Saint-Denis...

E Giannino sentiu aumentar a sensação de mal-estar que estava experimentando, porque não lhe era possível desacostumar-se tão depressa da ideia de que era Giannino Baglioni, filho de um mercador sienense; tudo aquilo estava funcionando como se lhe anunciassem que ele tinha deixado de respirar no quinto dia de sua vida, e que toda ela depois disso, seus pensamentos, seus atos e até seu corpo não passavam de uma ilusão. Sentia que ia desmaiar, as sombras se apoderavam dele; transformava-se no fantasma de si mesmo. Onde ele se encontrava realmente: numa sepultura, em Saint-Denis, ou ali no Capitólio, em Roma? Enfim, murmurou:

— Às vezes ela me chamava de "meu principezinho".

— Quem?

— Minha mãe... isto é, a dama de Cressay... quando estávamos sozinhos. Eu achava que eram palavras que todas as mães dizem a seus filhos. E ela me beijava as mãos, e começava a chorar... Ai! Quantas lembranças vêm agora à minha memória! E aquela pensão que enviava o conde de Bouville, e que fazia com que os tios Cressay, o barbudo e o outro, fossem mais gentis comigo na época do mês em que o dinheiro chegava!

Onde tinha ido parar toda aquela gente? A maioria havia morrido, e fazia muito tempo: Mahaut, Bouville, Robert d'Artois... Os irmãos Cressay tinham entrado para a ordem de cavalaria na véspera da batalha de Crécy.

— Eles já deviam estar bem velhos...

Mas então, se Maria de Cressay jamais tinha querido rever Guccio Baglioni, isso não se devia ao fato de detestá-lo, tal como ele supunha com amargura; seu comportamento explicava-se pela necessidade de obedecer ao juramento que fora forçada a fazer quando lhe entregaram o reizinho.

— E por medo de represálias, também, contra ela ou contra seu marido — explicou Cola de Rienzi. — Pois eles eram, de fato, marido e mulher, e haviam se casado secretamente, é verdade, mas era oficial. Um monge celebrara às ocultas o matrimônio. E um dia Baglioni veio vos raptar, quando tínheis nove anos.

— Eu me lembro muito bem disso... E ela, minha... isto é, a dama de Cressay... ela nunca se casou novamente?

— Nunca, pois já era casada.

— Nem ele... Nunca se casou de novo.

Giannino permaneceu por algum tempo absorto, pensando nos dois mortos como seus pais adotivos.

Depois, de repente, ele perguntou:

— Posso ver-me em algum espelho?

— Claro — disse o tribuno com certa surpresa.

Ele bateu palmas e deu ordens a um servo.

— Uma vez eu vi a rainha Clemência... Quando fui raptado, precisamente, de Cressay, e estava passando alguns dias na casa do tio Spinello. Meu pai... adotivo, como dizeis... levou-me para cumprimentá-la. Ela me presenteou com pastilhas de amêndoas. Então, era ela a minha mãe?

Seus olhos lacrimejavam. Ele deslizou a mão sob o colarinho de sua túnica, depois tirou de baixo dela uma pequena relíquia pendurada a um cordão de seda:

— Esta relíquia de São João foi presente dela...

Tentava desesperadamente reencontrar os traços da rainha, tal como tinham ficado inscritos em sua memória de criança. Lembrava-se somente da aparição de uma mulher de encantadora beleza, toda vestida de branco, tal como era o costume das rainhas viúvas, e que pusera sobre a sua testa uma mão distraída e rósea... "E eu não sabia que estava diante de minha mãe. E ela... ela acreditou até o fim da vida que seu filho estava morto...”

Ah! Aquela condessa Mahaut era uma terrível criminosa não só por ter assassinado um inocente recém-nascido, mas ainda por ter destinado à incerteza e à infelicidade tantos destinos!

A impressão de irrealidade de sua pessoa havia desaparecido agora em Giannino e dava lugar a uma sensação de desdobramento que era igualmente angustiante. Ele era, ao mesmo tempo, ele e um outro: o filho do banqueiro sienense e o filho do rei de França.

E sua mulher, Francesca? De repente ele pensou nela. Quem ela desposara? E seus próprios filhos? Eram descendentes de Hugo Capeto, de São Luís e de Felipe, o Belo.

— O papa João XXII deve ter sabido algo a respeito desse caso — continuou Cola de Rienzi. — Disseram-me que certos cardeais próximos dele cochichavam que ele tinha dúvidas quanto à morte do filho de Luís X. Simples suspeita, era o que pensavam, como existem tantas que não têm fundamento algum, até que soubéssemos dessa confissão *in extremis* de vossa mãe adotiva, vossa ama de leite, que fez com que o monge agostiniano lhe prometesse que vos encontraria e vos diria toda a verdade. Durante toda a vida, com seu silêncio, ela obedecera às ordens dos homens; mas, no instante em que deveria comparecer diante de Deus, ela quis se liberar desse segredo, posto que os homens que a tinham obrigado a guardá-lo já estavam todos mortos.

E o irmão Jordão de Espanha, fiel à promessa que fizera, pôs-se à procura de Giannino; no entanto, a guerra e a peste impediram-no de ir mais longe do que Paris. Os Tolomei não tinham mais nenhum escritório naquela cidade. O irmão Jordão não se sentia mais na idade de empreender longas viagens.

— Então ele entregou a confissão e segredou o relato de Maria de Cressay a outro religioso de sua ordem, o irmão Antonio, homem de grande santidade, que diversas vezes veio como peregrino a Roma e que já tinha vindo me visitar anteriormente. Foi esse irmão Antonio que, há dois meses, estando enfermo em Porto Venere, contou-me tudo que acabo de vos dizer, enviando-me também as provas escritas desse relato. Por algum tempo, confesso que hesitei em acreditar em todas essas coisas. Mas depois, refletindo muito, tudo me pareceu extraordinário e fantástico, a tal ponto que tudo isso não poderia ser invenção, pois a imaginação humana não é capaz de ir assim tão longe. Só a verdade pode de fato nos surpreender. Verifiquei todas as datas, recolhi diversos indícios e enviei gente à vossa procura. Inicialmente vos enviei esses emissários, que, na falta de terem algum documento por escrito, não puderam vos convencer de vir ter comigo. Enfim, decidi vos enviar essa carta graças à qual, nobilíssimo senhor, estais aqui diante de mim. Se quiserdes reclamar vossos direitos à coroa de França, estou pronto a vos ajudar.

Nesse instante acabavam de trazer um espelho de prata. Giannino aproximou-o dos grandes candelabros do aposento e olhou-se demoradamente. Ele nunca tinha gostado muito de seu rosto; aquele contorno redondo um pouco flácido, aquele nariz reto mas sem força, aqueles olhos azuis sob sobrancelhas quase inexistentes... Era aquele o rosto de um rei de França?

Giannino tentava dissipar o fantasma e reconstituir-se, encontrando-se no fundo daquele espelho...

O tribuno pousou a mão sobre um de seus ombros.

— Meu nascimento também — disse ele com gravidade — ficou por muito tempo envolto em singular mistério. Cresci numa taberna desta cidade; nela servi vinho a carregadores. Foi apenas muito tarde que eu soube quem era meu pai.

Sua bela máscara de imperador, na qual apenas a narina direita estremecia um pouco, abatera-se ligeiramente.

# III

# “Nós, Cola de Rienzi...”

GIANNINO, SAINDO DO CAPITÓLIO NA hora em que os primeiros clarões da aurora começavam a margear com um traço dourado as ruínas do Palatino, não voltou ao Campo dei Fiori para dormir. Uma guarda, honra fornecida pelo tribuno, conduziu-o ao outro lado do Tibre, ao castelo de Sant'Angelo, onde um aposento havia sido preparado para ele.

No dia seguinte, buscando a ajuda de Deus para acalmar a terrível perturbação que o agitava, passou várias horas numa igreja vizinha; depois voltou para o castelo. Pedira que fossem buscar seu amigo Guidarelli; mas insistiram com ele para que não encontrasse ninguém antes de ter visto novamente o tribuno. Esperou sozinho até que caísse a noite, quando vieram buscá-lo. Parecia que Cola de Rienzi só tratava de seus negócios à noite.

Giannino voltou, portanto, ao Capitólio, onde o tribuno tratou-o com honras ainda maiores do que na véspera, trancando-se com ele à parte de todos.

Cola de Rienzi tinha seu plano, que expôs: ele endereçaria cartas, imediatamente, ao papa, ao imperador, a todos os soberanos da Cristandade, convidando-os a enviar-lhes seus embaixadores para ouvirem uma comunicação da mais alta importância, mas sem dar indicações do que se tratava; depois, diante de todos os embaixadores reunidos numa audiência solene, ele faria com que entrasse Giannino, trajando as insígnias reais, e o mostraria como o verdadeiro rei de França... Caso o nobilíssimo senhor concordasse com isso, é claro.

Giannino era rei de França desde a véspera, mas banqueiro sienense havia vinte anos; e perguntava-se que interesse teria Cola de Rienzi em tomar daquela forma seu partido, com tanta impaciência, quase febrilidade, a tal ponto que todo o corpo do potentado manifestava sua agitação. Por que, sabendo-se que desde a morte de Luís X quatro reis tinham se sucedido no trono francês, haveria ele de querer aquela contestação? Seria simplesmente, como ele afirmava, para denunciar uma injustiça monstruosa e restabelecer um princípio espoliado em seu direito? O tribuno não demorou a desvendar o que estava por trás de seus pensamentos.

— O verdadeiro rei de França poderá trazer o papa para Roma. Todos esses falsos reis têm falsos papas.

Rienzi enxergava longe. A guerra entre a França e a Inglaterra, que começava a se transformar numa guerra entre duas metades do Ocidente, tinha como origem, ou pelo menos como fundamento jurídico, uma querela de sucessão e dinastia. E fazendo aparecer o titular legítimo e verdadeiro do trono de França, todos os outros reis seriam despojados de suas pretensões. Então os soberanos da Europa, pelos menos os soberanos pacíficos, realizariam uma assembleia em Roma, destituiriam o rei João II e devolveriam ao rei João I sua coroa. E João I decidiria que o Santo Padre deveria retornar para a Cidade Eterna. Não haveria mais pretensões da corte de França em relação às terras imperiais da Itália;

não haveria mais lutas entre guelfos e gibelinos; a Itália, reencontrando sua unidade, poderia aspirar a retomar sua grandeza de outrora; enfim, o papa e o rei de França, caso desejassem, poderiam até mesmo fazer do artesão de toda aquela grandeza e da paz, dele — Cola de Rienzi, filho do imperador —, um imperador, mas não um imperador à moda dos alemães, e sim um verdadeiro imperador, à moda antiga! A mãe de Cola de Rienzi era do Trastevere, onde as sombras de Augusto, de Tito, de Trajano continuam ainda vagando, até mesmo nas tabernas, provocando sonhos e mais sonhos...

No dia seguinte, 4 de outubro, no decorrer do terceiro encontro com o tribuno, esse durante o dia, Rienzi entregou a Giannino, que agora ele chamava de Giovanni di Francia, todos os documentos de sua extraordinária história: a confissão da falsa mãe, o relato do irmão Jordão de Espanha, a carta do irmão Antonio; enfim, chamando um de seus secretários, ele começou a ditar a ata que autenticava tudo aquilo:

*"Nós, Cola de Rienzi, cavaleiro pela graça da Sé apostólica, senador ilustre da Cidade Santa, juiz, capitão e tribuno do povo romano, examinamos cuidadosamente os documentos que nos foram entregues pelo irmão Antonio, e a eles demos nossa confiança depois de tudo que soubemos e ouvimos, estando certos agora de que, pela vontade de Deus, o reino de França esteve entregue, durante longos anos, tanto à guerra quanto a flagelos de todas as espécies, tendo sido todas essas coisas permitidas por Deus, segundo acreditamos, como expiação pela fraude que foi cometida para com esse homem, deixando-o por muito tempo viver na baixeza e na pobreza..."*

O tribuno parecia mais nervoso do que no dia anterior; parava de ditar a cada vez que um ruído familiar chegava a seus ouvidos ou, ao contrário, que um silêncio um pouco longo se estabelecia no recinto. Seus grandes olhos azuis dirigiam-se com frequência para as janelas abertas — dir-se-ia que ele espiava a cidade.

*"...Giannino apresentou-se diante de nós, atendendo a nosso convite, na quinta-feira, dia 2 de outubro. Antes de lhe dizermos*

*o que tínhamos a dizer, nós lhe perguntamos quem ele era, qual a sua condição, o seu nome, o de seu pai e todas as outras coisas que dizem respeito a ele. De acordo com o que nos respondeu, achamos que suas palavras concordavam com o que diziam as cartas do irmão Antonio; e, vendo isso, revelamos-lhe respeitosamente tudo que sabíamos. Mas, como sabemos que um movimento se prepara contra nós na cidade de Roma..."*

Giannino teve um sobressalto. Como? Cola de Rienzi, tão poderoso a ponto de dizer que enviaria ao papa e a todos os príncipes do mundo seus embaixadores, temia que... Ele levantou os olhos na direção do tribuno, que confirmou seus temores, baixando lentamente as pálpebras; sua narina direita tremia.

— Os Colonna — disse sombriamente.

Depois continuou a ditar:

*"...Como nós tememos morrer antes de lhe darmos apoio ou meio para que recupere seu reino, mandamos copiar todas essas cartas e as entregamos a ele em mãos, no sábado, 4 de outubro de 1354, tendo-as selado com nosso timbre pessoal representado por uma grande estrela rodeada por oito pequenas, bem como pelos brasões da Santa Igreja e do povo romano, para que as verdades que elas contêm recebam, assim, uma maior garantia, e para que sejam conhecidas de todos os fiéis. Queira Nosso Muitíssimo Piedoso e Bondoso Jesus Cristo dar-nos vida bastante longa para que possamos assistir ao triunfo de uma causa tão justa. Amém, amém!"*

Depois de terminar, Rienzi aproximou-se da janela aberta e, passando o braço sobre um dos ombros de João I com um gesto quase paterno, mostrou-lhe, a trinta metros dali, a grande desordem de ruínas do antigo fórum, com seus arcos do triunfo e seus templos desmoronados. O sol poente tingia de rosa aquela fabulosa pedreira onde os vândalos e os papas tinham encontrado o mármore de que precisavam durante mais de dez séculos, e que ainda não se havia esgotado. Do templo de Júpiter, percebia-se a casa das Vestais, o loureiro que crescia no templo de Vênus...

— Foi ali — disse o tribuno, apontando para o lugar da antiga Cúria romana —, foi ali que César foi assassinado... Gostaríeis de me fazer um grande favor, nobilíssimo senhor? Ninguém vos conhece ainda, ninguém sabe quem sois, e podeis caminhar em paz como um simples burguês de Siena. Quero vos ajudar, pondo a vosso serviço todo o meu poder; mas, para isso, é preciso que eu esteja vivo. Sei que uma conspiração se trama contra mim. Sei que meus inimigos querem pôr fim a meus dias. Sei que meus mensageiros, os que envio para fora de Roma, são vigiados. Parti para Montefiascone, apresentai-vos em meu nome ao cardeal Albornez e dizei-lhe que me envie tropas com a maior urgência.

Em poucas horas, Giannino se encontrava envolvido numa incrível aventura. Reivindicar o trono de França! E mal sequer ele se tornara um príncipe pretendente, eis que se tornava também emissário para ir em busca de socorro para o tribuno. Não dissera sim a nenhum pedido e tampouco podia dizer não.

No dia seguinte, 5 de outubro, após uma viagem de doze horas, ele chegava a Montefiascone, que atravessara, havia apenas cinco dias, maldizendo a França e os franceses. Falou com o cardeal Albornez, que imediatamente decidiu reunir tropas e marchar para Roma, mas já era tarde demais. Na terça-feira, dia 7 de outubro, Cola de Rienzi foi assassinado.

# IV

# O rei póstumo

E GIOVANNI DI FRANCIA VOLTOU PARA Siena, retomou seus negócios, seu banco e seu comércio de lãs. Durante dez anos permaneceu assim quieto. Simplesmente se olhava, com frequência, nos espelhos. Jamais adormecia sem pensar que era filho da rainha Clemência de Hungria, parente dos soberanos de Nápoles, bisneto de São Luís. Mas não era imensamente audacioso; um homem não deixa bruscamente sua cidade, aos 40 anos, para sair gritando: "Eu sou o rei de França!", pois sabe que pode ser considerado louco. O assassinato de Cola de Rienzi, seu protetor por três dias, tinha feito com que refletisse seriamente. Antes de mais nada, quem ele teria ido encontrar?

Entretanto, não havia guardado as revelações totalmente secretas, tendo falado um pouco do assunto com sua esposa, Francesca, curiosa como todas as mulheres, com seu amigo Guidarelli, curioso como todos os notários, e sobretudo com *fra* Bartolomeo, da Ordem dos Franciscanos, curioso como todos os confessores.

*Fra* Bartolomeo era um monge italiano, entusiasta e faladeiro, que já se imaginava capelão do rei. Giannino havia lhe mostrado os documentos entregues por Rienzi. A história começou, então, a circular na cidade; e os sienenses a cochichar aquele milagre: o legítimo rei de França estava entre os seus concidadãos! Os curiosos agrupavam-se diante do palacete Tolomei, quando algum cliente vinha passar encomendas a Giannino, curvava-se excessivamente, sentindo-se honrado por lhe dever alguma coisa; ele era apontado por todos que o viam passar, quando caminhava pelas ruelas da cidade. Os comerciantes que tinham estado em França asseguravam que ele se parecia muito, de fato, com os príncipes daquele país: louro, com as faces largas, as sobrancelhas um pouco separadas.

E assim os mercadores sienenses começaram a espalhar a novidade junto a seus correspondentes em todos os estabelecimentos comerciais italianos espalhados pela Europa. Os irmãos Jordão e Antonio acabaram sendo descobertos, os dois agostinianos que todos acreditavam mortos, pois em seus relatos escritos eles haviam se apresentado como velhos ou doentes. Mas estavam bem vivos, e, até mesmo, aprontavam-se para partir rumo à Terra Santa. Então os dois monges escreveram ao Conselho da República de Siena, a fim de confirmar todas as declarações que tinham feito; e o irmão Jordão chegou mesmo a escrever a Giannino, falando-lhe das infelicidades que assolavam a França e exortando-o a ser corajoso!

As infelicidades dos franceses realmente eram grandes. O rei João II, "o falso rei", como agora o chamavam os sienenses, tinha mostrado a extensão de seu gênio numa batalha que travara no oeste do reino, nas redondezas de Poitiers. Porque seu pai Felipe VI havia sido vencido em Crécy por tropas de homens a pé, João II, em Poitiers, havia decidido que todos os seus soldados a cavalo deveriam lutar a pé, mas não permitira que tirassem as armaduras, obrigando-os a investir, assim paramentados, contra o inimigo que os esperava no alto de uma colina. Resultado: foram despedaçados dentro das couraças que usavam, como caranguejos esmagados.

O filho primogênito do rei, o delfim Carlos, que comandava um batalhão, havia se distanciado do combate, sob ordem do pai, segundo garantiam, mas dando mostras de grande pressa para executar tal ordem. Contavam também que o delfim estava com as mãos inchadas, e que por isso não podia empunhar uma espada por muito tempo. Sua prudência, em todo caso, tinha salvado alguns soldados franceses, ao passo que João II, isolado com seu filho mais jovem, Felipe, que lhe gritava "Pai, cuidai da sua direita; pai, cuidai da esquerda!" enquanto cuidavam de enfrentar um exército inteiro, acabou se rendendo a um cavaleiro picardo que havia se juntado aos ingleses.

Agora o rei Valois era prisioneiro do rei Eduardo III. O preço pedido para seu resgate era a fabulosa soma de um milhão de florins! Ah! Não eram os banqueiros sienenses que estariam dispostos a pagá-la!

Numa manhã de outubro de 1356, o povo todo comentava essas notícias animadamente, diante do palácio municipal de Siena, na bela praça em forma de anfiteatro, cercada de palacetes róseos e ocres; os desocupados discutiam tais assuntos, gesticulando muito, a ponto de espantar os pombos, quando repentinamente *fra* Bartolomeo avançou em seu hábito branco na direção do grupo mais numeroso e, justificando sua fama de franciscano, começou a falar como se estivesse em pleno sermão.

— Enfim haveremos de saber o que vale esse rei prisioneiro e seus títulos herdados da coroa de São Luís! Chegou o momento da justiça. As calamidades que se abatem sobre a França há vinte e cinco anos não passam de um castigo para a infâmia, e João de Valois não passa de um usurpador... *Usurpatore, usurpatore!* — urrava *fra* Bartolomeo diante da multidão que aumentava. — Ele não tem direito algum ao trono que ocupa. O verdadeiro, o legítimo rei de França encontra-se em Siena, e todos o conhecem: ele se chama Giannino Baglioni!

Seu dedo apontava na direção do palacete dos Tolomei.

— ...acreditava-se que ele era filho de Guccio, que era filho de Mino... Mas, na verdade, ele nasceu em França, do rei Luís e da rainha Clemência de Hungria.

A cidade entrou num estado de emoção tal, devido ao discurso do frade, que o conselho da República se reuniu imediatamente na prefeitura, pediu a *fra* Bartolomeo que trouxesse os documentos de que dispunha, examinou-os e, após muitas deliberações, decidiu reconhecer Giannino como rei de França. Iam ajudá-lo a recuperar seu reino; iam nomear um conselho formado por seis cidadãos, escolhidos entre os mais sensatos e mais ricos, a fim de que velassem pelos interesses de Giannino, para que informassem o papa, o imperador, os soberanos, o Parlamento de Paris, que existia um filho de Luís X, vergonhosamente despossuído, mas indiscutivelmente legítimo, que reivindicava sua herança. E, antes de mais nada, decidiram atribuir-lhe uma guarda de honra e uma pensão.

Giannino, amedrontado por toda aquela agitação, começou por recusar tudo. Mas o Conselho insistiu, brandindo diante dele seus próprios documentos e exigindo que se convencesse de que aquela era a verdade. Ele acabou contando sobre suas conversas com Cola de Rienzi, cuja morte continuava obcecando-o, e então o entusiasmo geral ultrapassou todos os limites; os mais nobres jovens sienenses disputavam a honra de pertencer à sua guarda; chegaram a disputar uma espécie de torneio entre bairros, como no dia do Pálio.

Toda aquela afobação durou um mês, durante o qual Giannino percorreu a cidade como um verdadeiro príncipe. Sua esposa não sabia muito bem que atitude adotar e perguntava-se se, simples burguesa que era, poderia receber em Reims a unção dada às rainhas. Quanto aos filhos do casal, eles se vestiam, durante toda a semana, com seus trajes de festa. O mais velho, Gabriel, nascido do primeiro casamento, deveria ser considerado herdeiro do trono? Gabriel Primo, rei de França... aquele era um nome que soava estranhamente. Ou então... e a pobre Francesca Agazzano tremia ao pensar nisso... o papa talvez fosse obrigado a anular aquele casamento que não estava em conformidade com o augusto personagem de seu esposo, a fim de permitir que ele contraísse nova união com alguma filha de rei?

Negociantes e banqueiros foram rapidamente acalmados por seus correspondentes. Os negócios já não iam suficientemente mal em França, para que ainda por cima viessem agora com aquele rei a mais? Os Bardi de Florença não davam a mínima importância ao fato de esse soberano ser da cidade de Siena! A França já tinha seu rei, ele estava preso em Londres, onde vivia num cativeiro dourado, no palácio de Saboia, com vista para o rio Tâmisa, consolando-se em companhia de jovens escudeiros, pelo assassinato de seu caro La Cerda. A França tinha também um rei inglês que comandava a maior parte do país. E agora o novo rei de Navarra, neto de Margarida de Borgonha, que chamavam de Carlos, o Mau, reivindicava também o trono. E todos estavam endividados junto aos banqueiros italianos... Ah! Os sienenses não eram nem um pouco bem-vindos caso quisessem apoiar as pretensões daquele Giannino!

O Conselho da República não enviou nenhuma carta aos soberanos, nenhum embaixador ao papa, nenhuma missão representativa ao Parlamento de Paris. E logo retiraram de Giannino sua pensão e sua guarda de honra.

Mas a partir de então era ele, que fora arrastado quase contra a sua vontade naquela aventura, quem queria prosseguir nela. Tratava-se de um problema de honra, e a ambição, tardiamente, tinha começado a atormentá-lo. Não admitia mais que fizessem pouco caso do fato de ele ter sido recebido no Capitólio, ter dormido no castelo de Sant'Angelo e andado por Roma em companhia de um cardeal. Havia sido acompanhado durante um mês por uma escolta de príncipe, e não podia suportar que cochichassem, no domingo, quando ele voltava para sua casa, cuja bela fachada em preto e branco tinha acabado de ser restaurada: "Era aquele ali que se dizia herdeiro do trono de França!" Já que tinham decidido que ele seria rei, então ele continuaria sendo. E, sozinho, Giannino escreveu ao papa Inocêncio VI, que sucedera em 1352 a Pierre Roger; escreveu também ao rei da Inglaterra, ao rei de Navarra, ao rei de Hungria, enviando a todos cópias de seus documentos e pedindo-lhes que restabelecessem seus direitos. A empreitada talvez não tivesse ido mais longe se o rei Luís de Hungria, o único de seus parentes, não tivesse respondido. Ele era sobrinho direto da rainha Clemência; em sua carta, dava a Giannino o título de rei, felicitando-o por seu nascimento!

Então, no dia 2 de outubro de 1357, exatamente três anos após o primeiro encontro com Cola de Rienzi, Giannino, levando com ele duzentos e cinquenta escudos de ouro e dois mil e seiscentos ducados costurados numa bolsa por dentro de suas roupas, partiu para Buda,* a fim de pedir proteção a esse primo distante que aceitava reconhecê-lo. Estava acompanhado por quatro fiéis escudeiros.

Mas, quando chegou a Buda, dois meses mais tarde, Luís de Hungria não se encontrava lá. Durante todo o inverno Giannino o esperou, gastando seus ducados. Descobriu na cidade um sienense, Francesco del Contado, que havia se tornado bispo.

Enfim, no mês de março, o primo de Hungria voltou à sua capital, mas não recebeu Giovanni de Francia. Fez com que ele fosse interrogado por diversos vassalos, que se declararam, inicialmente, convencidos de sua legitimidade; depois, oito dias mais tarde, mudaram de ideia, afirmando que suas pretensões não passavam de impostura. Giannino protestou; recusou-se a partir de Hungria. Constituiu um conselho, presidido pelo bispo sienense; chegou até a recrutar, em meio à imaginativa nobreza húngara, sempre pronta para aventuras, cinquenta e seis fidalgos que se comprometeram a segui-lo com mil cavaleiros e quatro mil arqueiros, generosos a ponto de oferecer-lhe seus serviços

* Uma das cidades que, junto com Pest, é atualmente a capital da Hungria (da reunião de ambas nasceu Budapeste). (N.T.)

sem nada em troca, por todo o tempo que fosse necessário, até o dia em que Giannino estivesse em condições de recompensá-los.

Mas para que partissem seria preciso se equipar e, ainda por cima, obter a autorização do rei de Hungria. Esse, que se autointitulava "o Grande", mas que não tinha preparo para merecer tal epíteto, quis reexaminar ele mesmo os documentos de Giannino, aprovando como autênticos e proclamando que ia fornecer apoio e subsídios à sua empreitada. Uma semana depois, anunciando que havia pensado melhor, abandonava o projeto.

Entretanto, no dia 15 de maio de 1359, o bispo Francesco del Contado entregava ao pretendente uma carta datada do mesmo dia, selada com o timbre pessoal da casa real húngara, pela qual Luís, o Grande, *"enfim esclarecido pelo sol da verdade"*, certificava que o senhor Giannino di Guccio, criado na cidade de Siena, era de fato originário da família real de seus próprios antepassados e filho do rei Luís de França e da rainha Clemência de Hungria. A carta confirmava também que a divina Providência, servindo-se do socorro da ama de leite real, tinha desejado uma troca pela qual o jovem príncipe fora substituído por outra criança que morrera em seu lugar e à qual Giannino devia a sua salvação: *"Também outrora a Virgem Maria, fugindo do Egito, salvou seu filho fazendo com que muitos acreditassem que ele não estava mais vivo."*

Nesse ínterim, o bispo Francesco aconselhou ao pretendente que partisse o mais depressa possível, antes que o rei de Hungria voltasse atrás em sua decisão, ainda mais porque não era certo que aquela carta tivesse sido ditada por ele, nem lacrada com seu timbre sob suas ordens...

No dia seguinte, Giannino deixava a cidade de Buda, sem ter tido tempo para reunir as tropas que haviam se oferecido para servi-lo, mas mesmo assim com um belo séquito para um príncipe que possuía tão poucas terras.

Giovanni di Francia foi então até Veneza, onde mandou confeccionar trajes reais; depois até Treviso, Pádua, Ferrara, Bolonha; e, enfim, voltou para Siena, após uma viagem de dezesseis meses, a fim de se apresentar às eleições do Conselho da República.

Ora, mesmo tendo seu nome ficado em terceiro lugar, o Conselho invalidou sua eleição, justamente porque era filho de Luís X, justamente porque era reconhecido como tal pelo rei de Hungria, justamente porque ele não era da cidade de Siena. E retiraram dele a cidadania sienense.

Veio a passar pela Toscana o grande senescal do reino de Nápoles, que estava a caminho de Avignon. Giannino apressou-se a vê-lo; Nápoles não era o berço de sua família natal? O senescal, prudente, aconselhou-o a dirigir-se ao papa.

Sem escolta, dessa vez, pois os nobres húngaros tinham se cansado daquela brincadeira, ele chegou, na primavera de 1360, à cidade papal, trajado simplesmente como um peregrino. Inocêncio VI recusou-se a recebê-lo. A França causava ao Santo Padre problemas demais para que ele ainda fosse arrumar mais outro, ao ter de cuidar daquele estranho rei póstumo.

João II, o Bom, continuava prisioneiro dos ingleses; Paris permanecia marcada pela insurreição na qual o preboste dos mercadores, Etienne Marcel, fora assassinado depois de uma tentativa para estabelecer um poder popular. A rebelião também havia se difundido pelo campo afora, onde a miséria provocava a revolta daqueles que haviam ganhado o apelido de "Jacques". As pessoas se matavam por toda parte, ninguém mais sabia quem era amigo ou inimigo. O delfim das mãos inchadas, sem tropas nem finanças, lutava contra os ingleses, lutava contra os navarrenses, lutava até contra os parisienses, ajudado pelo bretão Du Guesclin, ao qual entregara a espada que era incapaz de segurar. Tentava, além do mais, reunir a soma necessária para pagar o resgate de seu pai.

A confusão era total entre as diferentes facções, todas igualmente esgotadas; as companhias, que se diziam de soldados mas que não passavam na verdade de uma reunião de bandidos, haviam transformado as estradas num verdadeiro perigo, pilhando os viajantes, matando por simples vocação para o assassinato.

A estadia em Avignon tornava-se, para o chefe da Igreja, tão pouco segura quanto a estadia em Roma, mesmo com os Colonna. Era preciso fazer algo, e o mais depressa possível, como impor a paz aos combatentes extenuados; era preciso que o rei da Inglaterra renunciasse à coroa de França, nem que para isso conservasse, pelo direito da conquista, a metade do país; era preciso que a autoridade do rei de França fosse restabelecida na outra metade do país, para instaurar um pouco de ordem. Quem é que precisava, naquele momento, de um peregrino agitado que reclamava o trono, brandindo o inverossímil testemunho de monges desconhecidos e uma carta do rei de Hungria que este agora desmentia?

Então Giannino começou a perambular um pouco, tentando arrumar dinheiro, tentando provocar o interesse pela sua história nos convivas da hospedaria que dispunham de algum tempo a perder entre duas jarras de vinho, atribuindo influência a pessoas que não tinham nenhuma, tagarelando com intrigantes, com infelizes sem sorte, com viajantes das grandes companhias, com chefes de bandos ingleses que assolavam a região da Provença. Diziam que era louco, e, na verdade, ele estava começando a ficar.

Os notáveis de Aix detiveram-no num dia de janeiro de 1361, quando semeava confusão na cidade. Livraram-se de Giannino entregando-o a um juiz de Marselha, que o jogou numa prisão, da qual fugiu ao cabo de oito meses. Mas foi pego novamente, e já que ele se declarava com tanta convicção parente dos nobres napolitanos, já que anunciava aos quatro cantos que era filho da senhora Clemência de Hungria, o juiz de Marselha enviou-o para Nápoles.

Naquele momento, estavam precisamente negociando o casamento da rainha Jeanne, herdeira de Roberto, o Astrólogo, com o último filho de João II, o Bom, que, mal saindo de seu alegre cativeiro, depois da paz de Brétigny, concluída pelo delfim, dirigia-se às pressas para

Avignon, onde o papa Inocêncio VI acabara de morrer. E o rei João II propunha ao novo pontífice Urbano V um magnífico projeto, a famosa Cruzada que nem seu pai Felipe de Valois nem seu avô Carlos tinham conseguido pôr a caminho da Terra Santa!

Em Nápoles, João, o Póstumo — João, o Desconhecido — foi trancafiado no castelo de l'Oeuf; pelo respiradouro de seu calabouço ele podia ver o Château-Neuf, o *Maschio Angioino,* de onde sua mãe partira, quarenta e seis anos antes, para se tornar rainha de França.

Foi lá que ele morreu, no mesmo ano, tendo compartilhado, ele também, dos mais estranhos caminhos do destino dos Reis Malditos.

Quando Jacques de Molay, do alto de sua pira, lançou o seu anátema, estaria ele informado, pelas ciências divinatórias que, segundo se dizia, os Templários utilizavam, do futuro reservado aos descendentes de Felipe, o Belo? Ou seu espírito teria sido iluminado pelo sofrimento de morrer queimado, provocando nele aquela visão profética?

Os povos carregam o peso das maldições por mais tempo do que os príncipes que as atraíram.

Dos descendentes varões do Rei de Ferro, nenhum escapou ao destino trágico, nenhum sobreviveu, com exceção de Eduardo III da Inglaterra, que acabava de fracassar em seu projeto de reinar sobre a França.

Quanto ao povo, seu sofrimento ainda não chegara ao fim. O povo francês teria de passar pelo reinado de um rei sábio, pelo de um rei louco, pelo de um rei fraco e por setenta anos de calamidades antes que os clarões de outra fogueira, acesa para o sacrifício de uma filha de França, dissipassem, nas águas do rio Sena, a maldição do grão-mestre.

*Paris,* 1954-1960
*Essendiéras,* 1965-1966

# Notas Históricas
# &
# Repertório Biográfico

# Notas históricas

1 – A Igreja jamais impôs uma legislação fixa ou uniforme para o ritual do matrimônio, contentando-se, antes, em ratificar os usos particulares.

A diversidade dos ritos e a tolerância da Igreja em relação a tais usos repousam sobre o fato de que o matrimônio é, por essência, um contrato entre indivíduos e um sacramento em relação ao qual os contratantes são, um para o outro, mutuamente, os ministros. A presença do sacerdote, e até mesmo de qualquer testemunha, não era de modo algum requerida nas igrejas cristãs primitivas. A bênção só se tornou obrigatória a partir de um decreto de Carlos Magno. Até a reforma do Concílio de Trento, no século XVI, o noivado, devido a seu caráter de compromisso, tinha quase tanta importância quanto o próprio matrimônio.

Cada região tinha seus usos particulares, que podiam variar de uma diocese para outra. Assim, o rito de Hereford era diferente do rito de York. Mas, de maneira geral, a troca de votos, que constituía o sacramento propriamente dito, ocorria em público, no exterior da igreja. O rei Eduardo I desposou assim Margarida de França, em setembro de 1299, diante da porta da catedral de Canterbury. A obrigação existente em nossos dias de manter as portas da igreja abertas durante a cerimônia de matrimônio, cujo não cumprimento pode dar margem à sua anulação, é uma sobrevivência precisa dessa tradição.

O rito nupcial da arquidiocese de York apresentava certas analogias com o de Reims, especialmente no que diz respeito ao detalhe de passar sucessivamente o anel em quatro dedos, mas em Reims esse gesto devia ser acompanhado da seguinte fórmula:

Por meio deste anel a Igreja ordena
Que nossos dois corações formem apenas um
Pelo amor verdadeiro e fé leal;
Assim eu passo este anel em teu dedo.

2 – Depois da anulação de seu casamento com Branca de Borgonha (ver nosso volume precedente, *A Loba de França*), Carlos IV desposara sucessivamente Maria de Luxemburgo, que morreu durante um parto, e Jeanne d'Évreux. Esta, sobrinha de Felipe, o Belo, por parte de seu pai, Luís de França, conde d'Évreux, era igualmente sobrinha de Robert d'Artois por parte de sua mãe, Margarida d'Artois, irmã de Robert.

3 – Por meio de um tratado concluído no final de 1327, Carlos IV havia trocado o condado de La Marche, que constituía anteriormente seu feudo de apanágio, pelo condado de Clermont-en-Beauvaisis, que Luís de Borgonha herdara de seu pai, Robert de Clermont. Foi nessa ocasião que a senhoria de Bourbon foi elevada a ducado.

4 – O ano de 1328 foi, para Mahaut d'Artois, um ano de enfermidade. A contabilidade de sua casa informa-nos que ela teve de se submeter a uma sangria no dia seguinte ao dessa reunião do Conselho, 6 de fevereiro de 1328, e novamente nos dias 9 de maio, 18 de setembro e 19 de outubro.

5 – Chapéu de ouro: expressão empregada na Idade Média para designar a coroa. Em ourivesaria, também, a palavra dedo significava "anel".

6 – Pierre Roger, anteriormente abade de Fécamp, tinha feito parte da missão encarregada das negociações entre a corte de Paris e a corte de Londres, antes da homenagem feudal de Amiens. Foi nomeado para a diocese de Arras no dia 3 de dezembro de 1328, substituindo Thierry d'Hirson; depois foi sucessivamente arcebispo de Sens, arcebispo de Rouen e, enfim, eleito papa em 1342 após a morte de Benedito XII; ele reinou com o nome de Clemente VI.

7 – Até o século XVI, os grandes espelhos, de corpo inteiro ou refletindo apenas o busto, não existiam; havia apenas espelhos de pequenas dimensões, destinados a serem pendurados ou colocados sobre móveis, ou ainda espelhos de bolso. Eram feitos de metal polido, como os da Antiguidade, e somente depois do século XIII passaram a ser constituídos por uma placa de vidro atrás da qual uma folha de estanho era aplicada com uma cola transparente. O tratamento dos espelhos com uma camada de mistura de mercúrio e de estanho foi inventado apenas no século XVI.

8 – Esse palacete de Malmaison, de grandes dimensões, tornar-se-ia, mais tarde, a prefeitura de Amiens.

9 – Utilizava-se a palavra francesa *hortillonnages* para designar as plantações de folhas e legumes que se praticavam, e ainda se praticam, no grande vale pantaneiro do rio Somme, segundo procedimento e aspecto bem característicos.

Tais plantações, artificialmente criadas por meio de um levantamento do solo com o auxílio do lodo do fundo do vale, são cortadas por canais que drenam a água do subsolo, e sobre as quais os cultivadores — ou *hortillons* — se deslocam em longos barcos pretos e achatados, movidos a remo, e que os levam até o Mercado d'Água de Amiens.

Os legumes e as folhas cultivados cobrem uma superfície de mais de trezentos hectares. A origem latina dessa palavra (*hortus*, "jardim") permite supor que tais culturas datam da colonização romana.

10 – Todos os membros da família real dos Capetos eram chamados de príncipes da flor de lis, porque seus brasões e suas armas eram constituídos por motivos florais representando a flor-de-lis (fundo azul com flores de ouro); a quantidade de flores variava segundo a importância do nobre em questão, ou seja, de acordo com suas propriedades, seus feudos.

11 – Guilherme de la Planche, bailio de Béthune, depois de Calais, encontrava-se na prisão pela execução apressada de um certo Tassard le Chien, que ele havia condenado sozinho, por sua própria autoridade, a ser arrastado pelas ruas e depois enforcado.

A dama Divion tinha vindo vê-lo na prisão e lhe prometera que, caso testemunhasse de acordo com o que ela lhe pedia, o conde d'Artois o salvaria, fazendo com que Miles de Noyers interviesse. Guilherme de la Planche, durante a contrainvestigação, retratou-se e declarou que havia deposto apenas "por medo das ameaças e por acreditar que permaneceria muito tempo na prisão, e ali morreria, caso se recusasse a obedecer ao senhor Robert, que era tão grande, tão poderoso e tão próximo do rei".

*12* – *Mesquine* ou *meschine* (do dialeto galo-romano valão *eskène*, ou *méquène* na região de Hainaut, ou ainda, em provençal, *mesquin*), que significa pobre, franzino ou miserável, e que era geralmente o qualificativo que se aplicava às servas.

13 – Em junho de 1320, Mahaut tinha feito um contrato com Pierre de Bruxelas, pintor que morava em Paris, para que ele executasse os afrescos decorativos da grande galeria de seu castelo de Conflans, situado no confluente do rio Marne com o rio Sena. O contrato indicava com muita precisão os motivos dos afrescos — retratos do conde Robert II e de seus cavaleiros durante batalhas em solo ou em mar — bem como as roupas que deveriam usar os personagens, as cores e a qualidade dos materiais utilizados.

As pinturas foram finalizadas no dia 26 de julho de 1320.

14 – Essas receitas de bruxaria, cuja origem remonta à alta Idade Média, eram ainda utilizadas no tempo de Carlos IX, e até no de Luís XIV; alguns asseguram que a Montespan se consagrou à composição de tais preparações conjuratórias. As receitas da composição dos filtros de amor, que aparecerão mais adiante nesse relato, foram extraídas das coletâneas do *Petit* ou do *Grand Albert*.

15 – Lembramos aqui que, após ter ficado presa por onze anos na fortaleza de Château-Gaillard, Branca de Borgonha foi transferida para o castelo de Gournay, perto de Coutances, e finalmente entrou para a vida religiosa na abadia de Maubuisson, onde faleceu em 1326. Mahaut, sua mãe, seria depois enterrada também em Maubuisson. Só mais tarde é que seus restos mortais foram transferidos para Saint-Denis, onde até hoje se encontra seu jazigo, o único, de acordo com as nossas informações, feito de mármore preto.

16 – Da festa da Candelária de 1329 até o dia 23 de outubro, Mahaut parece ter estado em excelente saúde, tendo apelado muito pouco para seus médicos. Do dia 23 de outubro, data de seu encontro com Felipe VI em Maubuisson, até o dia 26 de novembro, véspera de sua morte, é possível seguir dia a dia a evolução de sua enfermidade graças aos pagamentos feitos por seu tesoureiro aos médicos, cirurgiões, preparadores de infusões de ervas e boticários, que a serviram durante o período mencionado.

17 – Primeiro dos doze filhos de Eduardo III e de Felipa de Hainaut, Eduardo de Woosdstock, príncipe de Gales, que foi apelidado de Príncipe Negro por causa da cor de sua armadura.

Foi ele quem venceu a batalha de Poitiers contra o filho de Felipe VI de Valois, Jean II, e fez dele seu prisioneiro.

No decorrer de sua existência de grande chefe de guerra, viveu sobretudo no continente, foi um dos personagens mais importantes do início da guerra dos Cem Anos e morreu um ano antes de seu pai, em 1376.

18 – O texto original do julgamento de Roger Mortimer foi redigido em francês.

19 – Os Common Gallows de Londres (equivalentes ao Montfaucon de Paris, isto é, seu principal local de execução), onde eram cumpridas as sentenças de morte de quase todos os condenados de direito comum, situavam-se ao lado do bosque do Hyde Park, no local chamado Tyburn, ocupado atualmente pelo Marble Arch. Para chegar até lá, a partir da Torre, era preciso, portanto, atravessar Londres inteira e sair da cidade. Esse local de execução foi utilizado até a metade do século XVIII. Uma discreta placa assinala o local exato do cadafalso.

20 – A rainha Jeanne, a Manca, tinha o hábito de tais malefícios; quando começava a detestar um dos amigos, conselheiros ou servidores de seu esposo, ela usava os piores meios para saciar seu ódio.

Assim, querendo livrar-se do marechal Robert Bertrand, apelidado de Cavaleiro do Leão Verde, ela endereçou ao preboste de Paris uma carta falsificada, como se fosse de autoria do rei, ordenando-lhe que detivesse o referido marechal, por traição, e que ele fosse imediatamente enforcado no cadafalso de Montfaucon. O preboste era amigo íntimo do marechal; aquela ordem repentina que não tinha sido precedida por nenhuma ação de justiça espantou-o muito; em vez de conduzir Robert Bertrand até Montfaucon, ele o levou com toda a urgência até o rei, que o acolheu com a maior cortesia, beijando-o, sem compreender coisa alguma da perturbação de seus dois visitantes. Quando eles lhe mostraram a ordem de detenção, o rei reconheceu imediatamente que ela vinha de sua mulher e trancou-a, segundo testemunhou um cronista, num quarto onde a cobriu de golpes de bastão, tanto que "pouco faltou para que ele a matasse".

O bispo Jean de Marigny também escapou por pouco das manobras criminosas da Manca. Ele a tinha desagradado e não sabia disso. Voltando de uma missão na Guyenne, a rainha fingiu acolhê-lo com grandes efusões de amizade e, para que ele pudesse repousar, mandou que lhe preparassem uma banheira no palácio. O bispo inicialmente recusou a oferta, não sentindo necessidade de se banhar com tanta urgência; mas a rainha insistiu, dizendo-lhe que seu filho João, duque de Normandia (o futuro João II), também ia se banhar. E ela acompanhou os dois até a sala de banhos. As duas banheiras estavam prontas; o duque de Normandia, por falta de cuidado ou indiferença, dirigiu-se para a banheira destinada ao bispo, preparando-se para entrar nela, quando sua mãe, bruscamente, impediu-o, dando sinais de afobamento. Todos se espantaram. Jean de Normandia, que era muito amigo de Marigny, farejou uma armadilha, pegou um cão que rondava por perto e o jogou dentro da tina; o animal morreu imediatamente. O rei Felipe VI, depois de ter sido informado do incidente, trancou novamente sua mulher num quarto e espancou-a com paus de tocha.

Quanto ao palacete de Nesle, ele lhe fora dado por seu marido em 1332, isto é, dois anos após sua compra aos executores do testamento da filha de Mahaut, Jeanne de Borgonha, a Viúva, que o havia ganhado, por sua vez, de seu esposo, Felipe V.

De acordo com a execução de uma cláusula do testamento de Jeanne, a Viúva, o produto da venda, mil libras em espécie, mais uma renda de duzentas libras, serviu para a fundação e a manutenção de uma casa de estudantes instalada numa das dependências do palacete. Essa foi a origem do célebre Colégio de Borgonha; e também foi essa a causa da confusão que se estabeleceu, na memória popular, entre as duas irmãs, Margarida e Jeanne de Borgonha.

O comportamento devasso dos estudantes, que foi atribuído à influência de Margarida, na verdade nunca passou de uma lenda e se encontra aí a sua explicação.

21 – *Fautre* ou *faucre* era um gancho fixado ao plastrão da armadura e destinado a apoiar a madeira da lança e a deter seu recuo no momento do choque. Esse objeto era fixo até o final do século XVI; depois disso, ele foi modificado pela introdução de uma mola, a fim de remediar o incômodo causado por aquela saliência durante os combates com a espada.

22 – Essa estadia secreta de Eduardo III na França durou quatro dias, de 12 a 16 de abril de 1331, em Saint-Cristophe-en-Halatte.

23 – O rei de armas, personagem que tinha atribuições de organizador, presidia todas as formalidades do torneio.

24 – A companhia dos Tolomei, como já dissemos anteriormente, era a mais importante das companhias de banqueiros italianos depois da dos Buonsignori. Ela foi fundada por Tolomeo Tolomei, amigo ou, pelo menos, familiar de Alexandre III, papa de 1159 a 1181, que também era sienense e que foi adversário de Frederico Barbarossa. O palácio Tolomei, em Siena, foi edificado em 1205. Os Tolomei foram quase todo o tempo os banqueiros da Santa Sé; estabeleceram suas filiais na França por volta da metade do século XIII, inicialmente nas redondezas das grandes feiras da região de Champagne. Depois criaram diversos escritórios, entre os quais o de Neauphle, tendo sempre uma casa principal em Paris.

No momento em que foram editados os decretos de Felipe VI, e quando inúmeros negociantes italianos foram presos durante três semanas, só tendo sido libertados mediante pagamento de somas consideráveis, os Tolomei partiram furtivamente, levando com eles todas as somas depositadas em suas companhias por outros bancos italianos ou por clientes franceses, o que criou enormes dificuldades para o Tesouro francês.

25 – Essas "admoestações" tinham ido muito longe, pois Jean de Luxemburgo, para agradar Felipe VI, havia montado uma coalizão e ameaçado o duque de Brabant de invadir suas terras. O duque preferiu expulsar Robert d'Artois, mas não sem ter negociado, na ocasião, uma operação proveitosa para ele: o casamento de seu filho primogênito com a filha do rei de França. Quanto a Jean da Boêmia, agradeceram-lhe por sua intervenção em nome da conclusão do casamento de sua filha Bonne de Luxemburgo com o herdeiro do trono francês, Jean da Normandia.

26 – Dia 2 de outubro de 1332. O juramento pedido por Felipe VI a seus vassalos era um juramento de fidelidade ao duque da Normandia, "que por direito é herdeiro e senhor do trono de França". Não sendo herdeiro direto do trono francês, cuja coroa ele só pôde receber devido à escolha dos pares de França, Felipe VI voltava aos costumes da monarquia eletiva, que foi a dos primeiros Capetos.

27 – O velho rei leproso Robert Bruce, que havia assegurado por tanto tempo o fracasso de Eduardo II e Eduardo III, tinha morrido em 1329, deixando sua coroa a um menino de 7 anos, David Bruce. O fato de David ser menor de idade propiciou a ocasião para que as diferentes facções reavivassem sua velha querela. Para ser salvo, o pequeno David foi levado para a corte de França pelos vassalos de seu partido, que nesse país se refugiaram, ao passo que Eduardo III apoiava as pretensões de um fidalgo francês de origem normanda, Edouard de Baillol, parente dos ex-reis da Escócia, que aceitava que a coroa escocesa fosse vassala dos ingleses.

28 – Jean Buridan, que nasceu por volta de 1295 em Béthune, em Artois, era discípulo de Occam. Seus ensinamentos filosóficos e teológicos lhe valeram uma enorme reputação; entre 30 e 32 anos ele se tornou reitor da Universidade de Paris. Sua controvérsia com o papa João XXII e o cisma que ela quase chegou a provocar aumentaram ainda mais a sua celebridade. Acabaria retirando-se, na segunda parte de sua vida, para o Império Germânico, onde ensinou principalmente em Viena. Buridan morreu em 1360.

O papel que a imaginação popular atribuiu a ele no caso da torre de Nesle é pura fantasia e, aliás, aparece somente nos relatos do caso que foram feitos dois séculos após o acontecimento real.

29 – Encontram-se, nas contas do tesoureiro da administração central inglesa, relativos apenas aos primeiros meses de 1337: em março, uma ordem de pagamento de duzentas libras a Robert d'Artois, como doação do rei; em abril, uma doação de trezentas e oitenta e três

libras, outra de cinquenta e quatro libras, e a outorga dos castelos de Guilford, Wallingford e Somerton; em maio, a atribuição de uma pensão paga pelo rei de mil e duzentos marcos esterlinos; em junho, o reembolso de quinze libras devidas por Robert à companhia dos Bardi etc.

30 – A imaginação do romancista hesitaria diante de tal coincidência, que parece realmente muito grosseira e voluntária, caso a verdade dos fatos não o obrigasse a reconhecê-la. O estranho destino do palacete de Nesle, aliás, não se limita ao fato de ter sido o local onde Eduardo III apresentou seu desafio ao rei de França, fato que abriu, do ponto de vista jurídico, a guerra dos Cem Anos.

O condestável Raul de Brienne, conde d'Eu, morava no palacete de Nesle, quando foi detido em 1350, por ordem de João, o Bom, para, em seguida, ser condenado à morte e decapitado.

O palacete também hospedou Carlos, o Mau, rei de Navarra (neto de Margarida de Borgonha), que empunhou armas contra a casa real francesa.

Mais tarde, Carlos VI, o Louco, deveria dá-lo à sua mulher, Isabeau da Baviera, que entregou, por meio de um tratado, a França aos ingleses, denunciando seu próprio filho, o delfim, como fruto de adultério.

O palacete mal acabara de ser dado a Carlos, o Temerário, por Carlos VII, que morreu logo depois, quando o Temerário entrou em conflito com o novo rei Luís XI.

Francisco I cedeu uma parte dos prédios a Benvenuto Cellini; depois Henrique II fez com que ali se instalassem as oficinas de fabricação de moedas, e a Casa da Moeda de Paris continua sediada nesse local até hoje. Assim, tem-se uma ideia da vastidão do terreno e do conjunto de edifícios que ele abrigava.

Carlos IX, para poder pagar seus guardas suíços, pôs à venda o palacete e a torre de Nesle, que foram adquiridos por Luís de Gonzague, duque de Nevers; ele derrubou todo o conjunto e construiu em seu lugar o palacete de Nevers.

Enfim, Mazarin adquiriu o palacete de Nevers para depois demoli--lo e substituí-lo pelo Collège des Quatre Nations, que ainda existe: trata-se, hoje, da sede do Instituto de França.

31 – A rainha Izabel viveria ainda por vinte anos, mas jamais participaria novamente da vida de seu tempo. A filha de Felipe, o Belo, morreu no dia 23 de agosto de 1358, no castelo de Hereford, e seu corpo foi enterrado na igreja dos franciscanos de Newgate, em Londres.

32 – Apesar das lutas políticas, das revoltas e rivalidades entre as classes sociais ou contra as cidades vizinhas, coisas que eram comuns nas repúblicas italianas naquela época, Siena conheceu, durante o século XIV, seu grande período de prosperidade e de glória, tanto devido às artes quanto ao comércio. Entre a ocupação da cidade por Carlos de Valois, em 1301, e sua conquista em 1399 por Jean Galeazzo Visconti, duque de Milão, a única verdadeira infelicidade que se abateu sobre a cidade foi a epidemia de peste no período 1347-1348.

33 – Durante todo o tempo que passou em Avignon, Petrarca não deixou de destilar, com um raro talento de panfletista, seu ódio contra essa cidade. Suas cartas, nas quais é preciso saber distinguir o que é fruto do exagero poético, deixaram-nos uma excelente pintura de Avignon no tempo dos papas. Alguns exemplos:

*"... Agora moro na França, a Babilônia do Ocidente, lugar que há de mais horrendo sob o sol, às margens do Ródano indomável que se assemelha ao Cocito ou ao Áqueron do Tártaro, onde reinam os sucessores, outrora pobres, do pescador, que esqueceram sua própria origem. Qualquer um sente-se confundido ao ver, em vez de uma santa solidão, uma afluência criminosa e bandos de infames satélites esparramados por todo lado; em vez de jejuns austeros, veem-se festins cheios de sensualidade; em vez de piedosas peregrinações, é um ócio cruel e impudico; em vez dos pés nus dos apóstolos, a corrida veloz dos ladrões, brancos como a neve, cobertos de ouro, hospedados no*

*ouro, roendo o ouro, e logo até calçados de ouro. Em suma, dir-se--ia que os reis persas ou partos, que têm de ser adorados, aos quais é proibido visitar sem que lhes ofereça presentes..."*

(Carta V)

*"...Hoje, Avignon não é mais uma cidade, mas a pátria das larvas e dos lêmures; e, para tudo dizer numa só palavra, é a sentina de todos os crimes e de todas as infâmias; é o inferno dos vivos assinalado pela boca de Davi..."*

(Carta VIII)

*"...Sei, por experiência própria, que não há ali piedade alguma, caridade alguma, fé alguma, respeito algum, e nenhum temor a Deus, nada de santo, nada de justo, nada de equitativo, nada de sagrado, enfim... nada de humano... Mãos suaves, atos cruéis; vozes angelicais, atos demoníacos; cantos harmoniosos, corações de ferro..."*

(Carta XV)

*"...É o único lugar da terra onde a razão não tem vez, onde tudo se move sem reflexão e ao acaso, e entre todas as misérias desse lugar, cujo número é infinito, o cúmulo da decepção é que aqui tudo é repleto de visgo, de anzóis, de mãos que agarram, de modo que, quando se acredita poder escapar, vê-se enlaçado e acorrentado ainda mais fortemente. Além do mais, não há nenhuma luz, nenhum guia... E, para utilizar as palavras de Lucain, 'uma escura noite de crimes'. Não diríeis um povo, mas sim uma poeira que o vento não cessa de levantar pelos ares..."*

(Carta XVI)

*"...Satã assiste rindo ao espetáculo e sente prazer nessa dança desigual, sentado como um árbitro entre os decrépitos e essas moças tão jovens... Havia em meio aos cardeais um velho miúdo capaz de fecundar todos os animais; tinha a lascívia de um bode ou de outra coisa qualquer, caso exista algo mais fétido que um bode. Talvez por*

*sentir medo dos ratos e das almas penadas, não ousava dormir sozinho. Ele achava que não havia nada de mais triste e mais infeliz do que o celibato. Celebrava todos os dias um novo himeneu. Fazia muito tempo que ele tinha ultrapassado os 60 anos, e não lhe restavam mais do que sete dentes..."*

(Carta XVIII)

(Excertos das *Lettres sans titre* (cartas sem título), que Petrarca escreveu a Cola de Rienzi, tribuno de Roma, e a outros correspondentes)

# Repertório biográfico

**ALENÇON (Carlos de Valois, conde d') (1294-1346).**
Segundo filho de Carlos de Valois e de Margarida de Anjou-Sicília. Morto em Crécy.

**ARTEVELDE (Jakob Van) (cerca de 1285-1345).**
Mercador de tecidos da cidade de Gand. Desempenhou um papel capital nos negócios de Flandres. Foi assassinado durante uma rebelião de tecelões.

**ARTOIS (Mahaut, condessa de Borgonha, depois d') (?-27 de novembro de 1329).**
Filha de Robert II d'Artois. Desposou (1291) o conde palatino de Borgonha, Othon IV (falecido em 1303). Condessa-par d'Artois por decreto real (1309). Mãe de Jeanne de Borgonha, esposa de Felipe de Poitiers, futuro Felipe V, e de Branca de Borgonha, esposa de Carlos de La Marche, futuro Carlos IV.

**ARTOIS (Robert III d') (1287-1342).**
Filho de Felipe d'Artois e neto de Robert II d'Artois. Conde de Beaumont-le-Roger e senhor feudal de Conches (1309). Desposou Jeanne de

Valois, filha de Charles de Valois e de Catarina de Courtenay (1318). Par do reino devido a seu condado de Beaumont-le-Roger (1328). Banido do reino (1332), refugiou-se na corte de Eduardo III da Inglaterra. Ferido mortalmente em Vannes. Enterrado em Saint-Paul de Londres.

**ARUNDEL (Edmond Fitzalan, conde d') (1285-1326).**
Filho de Ricardo I, conde d'Arundel. Juiz-mor do País de Gales (1323-1326). Decapitado em Hereford.

**BAGLIONI (Guccio) (cerca de 1295-1340).**
Banqueiro originário da cidade italiana de Siena, aparentado à família dos Tolomei. Mantinha, em 1315, um escritório bancário em Neauphle--le-Vieux. Desposou secretamente Maria de Cressay. Teve um filho, Giannino (1316), trocado no berço por João I, o Póstumo. Faleceu na Campânia.

**BENTO XII (Jacques Nouvel-Fournier) (cerca de 1285-abril de 1342).**
Cisterciense. Abade de Fontfroide. Bispo de Pamiers (1317), depois de Mirepoix (1326). Nomeado cardeal em dezembro de 1327 por João XXII, ao qual sucedeu em 1334.

**BERTRAND (Robert de) (?-1348).**
Barão de Briquebec, visconde de Roncheville. Lugar-tenente do rei na Guyenne, em Saintonge, na Normandia e em Flandres. Marechal de França (1325). Desposou Maria de Sully, filha de Henri, mordomo-mor de França.

**BOÊMIA (Jean de Luxemburgo, rei da) (1296-1346).**
Filho de Henrique VII, imperador da Alemanha. Irmão de Maria de Luxemburgo, segunda esposa (1322) de Carlos IV, rei de França. Desposou (1310) Elizabeth da Boêmia, com a qual teve uma filha, Bonne, que desposou em 1332 João, duque da Normandia, futuro João II, rei de França. Morto em Crécy.

**BOURBON (Luís, senhor de, depois duque de) (cerca de 1280-1342).**
Filho primogênito de Robert, conde de Clermont (1256-1318), e de Beatriz de Borgonha, filha de Jean, senhor feudal de Bourbon. Neto

de São Luís. Camareiro-mor de França a partir de 1312. Duque e par do reino a partir de 1327.

**BORGONHA (Agnes de França, duquesa de) (cerca de 1268-1325).**

Última dos onze filhos de São Luís. Casou-se em 1273 com Robert II de Borgonha. Mãe de Hugo V e de Eudes IV, duques de Borgonha; de Margarida, esposa assassinada de Luís, o Cabeçudo, rei de Navarra e depois de França, e de Jeanne, apelidada a Manca, esposa de Felipe VI de Valois.

**BORGONHA (Branca de) (cerca de 1296-1326).**

Filha caçula de Othon IV, conde palatino de Borgonha, e de Mahaut d'Artois. Casou-se em 1307 com Carlos de França, terceiro filho de Felipe, o Belo. Inculpada de adultério (1314) ao mesmo tempo que Margarida de Borgonha, foi presa em Château-Gaillard, depois no castelo de Gournay, perto de Coutances. Após a anulação de seu casamento (1322), ela tomou o hábito religioso na abadia de Maubuisson.

Filho de Robert II, duque de Borgonha, e de Agnes de França, filha de São Luís. Sucedeu, em maio de 1315, a seu irmão Hugo V. Irmão de Margarida, esposa assassinada de Luís X, o Cabeçudo; de Jeanne, esposa de Felipe de Valois, futuro Felipe VI; de Maria, esposa do conde de Bar; e de Branca, esposa do conde Eduardo de Saboia. Casou-se no dia 18 de junho de 1318 com Jeanne, primogênita de Felipe V (falecida em 1347).

**BORGONHA (Jeanne de França, duquesa de) (1308-1347).**

Filha primogênita de Felipe V e de Jeanne de Borgonha. Ficou noiva, em julho de 1316, de Eudes IV, duque de Borgonha; casou-se em junho de 1318.

**BOUVILLE (Hugo III, conde de) (?-1331).**

Filho de Hugo II de Bouville e de Maria de Chambly. Camareiro de Felipe, o Belo. Desposou (1293) Margarida des Barres, com quem teve um filho, Carlos, que foi camareiro de Carlos V e governador de Dauphiné.

**BRETANHA (João III, chamado de o Bom, duque de) (1286-1341).**
Filho de Artur II, duque da Bretanha, ao qual sucedeu em 1312. Três vezes casado, morreu sem deixar descendentes.

**BRIENNE (Raul de) (?-1345).**
Conde d'Eu e de Guines. Condestável de França (1330). Lugar-tenente do rei em Hainaut (1331), em Languedoc e na Guyenne (1334). Foi morto durante um torneio. Seu filho foi seu sucessor no cargo de condestável.

**BURGHERSH (Henry de) (1282-1340).**
Bispo de Lincoln (1320). Testemunhou, com Orleton, a abdicação de Eduardo II (1327). Negociou a paz com os escoceses (1328). Sucedeu a Orleton no cargo de tesoureiro (março de 1328). Acompanhou, como chanceler, Eduardo III a Amiens, quando este foi até a França para prestar a homenagem feudal enquanto vassalo do rei francês (1328). Novamente tesoureiro de 1334 a 1337. Cumpriu inúmeras missões diplomáticas na França.

**CARLOS IV, rei de França (1294-1.° de fevereiro de 1328).**
Terceiro filho de Felipe, o Belo, e de Jeanne de Champagne. Conde do domínio de La Marche, por apanágio (1315). Sucedeu, com o nome de Carlos IV, a seu irmão Felipe V (1322). Casou-se sucessivamente com Branca de Borgonha (1307), Maria de Luxemburgo (1322) e Jeanne d'Evreux (1325). Faleceu em Vincennes, sem deixar herdeiro do sexo masculino, e foi o último rei descendendo diretamente da dinastia dos Capetos.

**CHÂTILLON (Gaucher V de), conde de Porcien (cerca de 1250-1329).**
Condestável da região de Champagne (1284), em seguida de França, após Courtrai (1302). Filho de Gaucher IV e de Isabeau de Villehardouin, apelidada de Lizines. Assegurou a vitória de Mons-en-Pévèle. Coroou Luís X, o Cabeçudo, rei de Navarra em Pampelune (1307). Sucessivamente executor testamentário de Luís X, Felipe V e Carlos IV. Participou da batalha de Cassel (1328) e morreu no ano seguinte, tendo ocupado o cargo de condestável de França sob a autoridade de cinco

diferentes reis. Desposou Isabelle de Dreux, depois Mélisinde de Vergy e finalmente Isabeau de Rumigny.

**CHÂTILLON (Guy de), conde de Blois (?-1342).**
Filho de Hugo VI de Châtillon, conde de Saint-Pol, e de Beatriz de Dampierre, filha do conde de Flandres. Desposa (1311) Margarida, filha de Carlos de Valois e de Margarida de Anjou-Sicília, irmã de Felipe VI, rei de França. O filho do casal, Carlos, foi pretendente à sucessão da Bretanha quando da morte do duque João III.

**CHERCHEMONT (Jean de) (?-1328).**
Senhor feudal de Venours, no Poitou. Notário do rei (1318). Cônego de Notre-Dame de Paris. Chanceler de França, de 1320 até o final do reinado de Felipe V; reintegrado em suas funções a partir de novembro de 1323.

**CLEMÊNCIA DE HUNGRIA, rainha de França (cerca de 1293-12 de outubro de 1328).**
Filha de Carlos Martel de Anjou, rei titular da Hungria, e de Clemência de Habsburgo. Sobrinha de Carlos de Valois devido à sua primeira esposa, Margarida de Anjou-Sicília. Irmã de Carlos-Robert, ou Charobert, rei da Hungria, e de Beatriz, esposa do delfim Jean II. Desposou Luís X, o Cabeçudo, rei de França e de Navarra, no dia 13 de agosto de 1315, e foi coroada com ele em Reims. Viúva em junho de 1316, deu à luz em novembro um filho, João I. Morreu no Templo.

**CRESSAY (Maria de) (cerca de 1298-1345).**
Filha de dama Eliabel e do senhor Jean de Cressay, cavaleiro. Casada secretamente com Guccio Baglioni e mãe (1316) de uma criança que foi trocada no berço por João I, o Póstumo, que ela amamentava. Foi enterrada no convento dos Agostinianos, perto de Cressay.

**DESPENSER (Hugh Le), chamado de o Velho (1262-27 de outubro de 1326).**
Filho de Hugh Le Despenser, juiz-mor da Inglaterra. Barão, membro do Parlamento (1295). Principal conselheiro de Eduardo II a partir de 1312. Conde de Winchester (1322). Expulso do poder pela revolta dos senhores feudais de 1326, morreu enforcado em Bristol.

**DESPENSER (Hugh Le), chamado de o Jovem (cerca de 1290-24 de novembro de 1326).**

Filho do precedente. Nobre cavaleiro (1306). Camareiro e favorito de Eduardo II a partir de 1312. Desposou Eleanor de Clare (em cerca de 1309), filha do conde de Gloucester. Seus abusos de poder causaram a revolta dos senhores feudais de 1326. Executado em Hereford.

**DIVION (Jeanne de) (?-6 de outubro de 1331).**

Filha de um fidalgo de menor importância da castelania de Béthune. No processo do condado de Artois, foi condenada pela fabricação de falsos documentos e, depois, queimada viva.

**EDUARDO II Plantageneta, rei da Inglaterra (1284-21 de setembro de 1327).**

Nasceu em Carnarvon. Filho de Eduardo I e de Eleonora de Castela. Primeiro príncipe de Gales e conde de Chester (1301). Duque de Aquitânia e conde de Ponthieu (1303). Cavaleiro (1306). Rei em 1307. Desposou (1308) Izabel de França, filha de Felipe, o Belo. Coroado em Westminster no dia 25 de fevereiro de 1308. Destronado (1326) por uma revolta de vassalos comandada por sua mulher, foi preso e morreu assassinado no castelo de Berkeley.

**EDUARDO III Plantageneta, rei da Inglaterra (13 de novembro de 1312-1377).**

Nasceu em Windsor. Filho do precedente e de Izabel de França. Conde de Chester (1320). Duque de Aquitânia e conde de Ponthieu (1325). Armado cavaleiro (1327). Proclamado rei em Westminster (1327) depois da deposição de seu pai. Desposou (1328) Felipa, filha de Guilherme, conde de Hainaut, da Holanda e da Zelândia, e de Jeanne de Valois. Suas pretensões ao trono de França, depois da morte de Carlos IV, foram a causa da guerra dos Cem Anos.

**ÉVREUX (Felipe d').**

Filho de Luís d'Évreux. Meio-irmão de Felipe, o Belo, e de Margarida d'Artois. Desposou (1318) Jeanne de França, filha de Luís X, o Cabeçudo, e de Margarida de Borgonha, herdeira de Navarra, que morreu em

1349. Pai de Carlos, o Malvado, rei de Navarra, e de Branca, segunda esposa de Felipe VI de Valois, rei de França.

**Felipa de Hainaut, rainha da Inglaterra (1314?-1369).** Filha de Guilherme de Hainaut, conde da Holanda e da Zelândia, e de Jeanne de Valois. Casou-se no dia 30 de janeiro de 1328 com Eduardo III da Inglaterra, com o qual teve doze filhos. Coroada em 1330.

**Felipe IV, apelidado o Belo, rei de França (1268-29 de novembro de 1314).** Nasceu em Fontainebleau. Filho de Felipe III, o Intrépido, e de Izabel de Aragão. Desposou (1284) Jeanne de Champagne, rainha de Navarra. Pai dos reis Luís X, Felipe V e Carlos IV, e de Izabel de França, rainha da Inglaterra. Reconhecido rei em Perpignan (1285) e coroado em Reims (6 de fevereiro de 1286). Falecido em Fontainebleau e enterrado em Saint-Denis.

**Felipe V, apelidado o Comprido, rei de França (1291-3 de janeiro de 1322).** Filho de Felipe IV, o Belo. Irmão dos reis Luís X, Carlos IV e de Izabel, rainha da Inglaterra. Conde palatino de Borgonha, senhor feudal de Salins, graças a seu casamento (1307) com Jeanne de Borgonha. Conde por apanágio de Poitiers (1311). Par de França (1315). Regente após a morte de Luís X, e depois rei, após a morte do filho póstumo deste (novembro de 1316). Falecido em Longchamp, sem deixar herdeiro do sexo masculino. Enterrado em Saint-Denis.

**Felipe, conde de Valois, depois Felipe VI, rei de França (1293-22 de agosto de 1350).** Filho primogênito de Carlos de Valois e de sua primeira esposa, Margarida de Anjou-Sicília. Sobrinho de Felipe, o Belo, e primo de Luís X, Felipe V e Carlos IV. Tornou-se regente do reino após a morte de Carlos IV, o Belo, depois rei, quando do nascimento da filha póstuma deste (abril de 1328). Coroado em Reims no dia 29 de maio de 1328. Sua ascensão ao trono, contestada pela Inglaterra, deu origem à segunda guerra dos Cem Anos. Desposou em primeiras núpcias (1313) Jeanne de Borgonha, apelidada a

Manca, irmã de Margarida, que morreu em 1348; em segundas núpcias (1349), Branca de Navarra, neta de Luís X e de Margarida.

**FLANDRES (LUÍS, senhor feudal de Crécy, conde de Nevers e de) (?-1346).**
Filho de Luís de Nevers. Sucedeu a seu avô, Robert de Béthune, como conde de Flandres, em 1322. Casou-se em 1320 com Margarida, segunda filha de Felipe V e de Jeanne de Borgonha. Assassinado em Calais.

**HAINAUT (Guilherme d'Avesnes, chamado de o Bom, conde da Holanda, da Zelândia e de) (?-1337).**
Filho de Jean II de Avesnes, conde de Hainaut, e de Felipina de Luxemburgo. Sucedeu a seu pai em 1304. Desposou em 1305 Jeanne de Valois, filha de Carlos de Valois e de Margarida de Anjou-Sicília. Pai de Felipa, rainha da Inglaterra, e de Guilherme, que o sucedeu.

**HAINAUT (Jean de), senhor feudal de Beaumont (?-1356).**
Irmão do precedente. Participou de diversas operações na Inglaterra e em Flandres.

**HIRSON OU HIREÇON (Beatriz d').**
Dama de companhia da condessa Mahaut d'Artois.

**HIRSON OU HIREÇON (Pierre e Denis Larchier d')-**
Tios da precedente. Respectivamente tesoureiro da condessa Mahaut d'Artois e bailio d'Arras.

**HIRSON OU HIREÇON (Thierry Larchier d') (cerca de 1270-17 de novembro de 1328).**
Irmão dos precedentes. Inicialmente notário de menor importância a serviço de Robert II d'Artois, acompanhou Nogaret a Anagni e foi utilizado por Felipe, o Belo, em diversas missões. Cônego de Arras (1299). Chanceler de Mahaut d'Artois (1303). Bispo de Arras (abril de 1328).

**IZABEL DE FRANÇA, rainha da Inglaterra (1292-23 de agosto de 1358).**
Filha de Felipe IV, o Belo, e de Jeanne de Champagne. Irmã dos reis Luís X, Felipe V e Carlos IV. Desposou Eduardo II da Inglaterra (1308). Assumiu o comando (1325), com Roger Mortimer, da revolta dos barões

ingleses que levou à deposição de seu marido. Apelidada "a Loba de França", governou de 1326 a 1328 em nome de seu filho Eduardo III. Exilada da corte (1330). Faleceu no castelo de Hertford.

**JEAN, duque de Normandia, depois JEAN II, rei de França (1319-8 de abril de 1364).**

Filho de Felipe VI e de Jeanne de Borgonha, apelidada de a Manca. Rei em 1350. Casado com Bonne de Luxemburgo, filha do rei da Boêmia (1332). Fica viúvo em 1349, casa-se novamente em 1350 com Jeanne de Bolonha. De seu primeiro casamento teve quatro filhos (entre os quais o futuro rei Carlos V) e cinco filhas. Morreu em Londres.

**JEANNE DE BORGONHA, condessa de Poitiers, depois rainha de França (cerca de 1293-21 de janeiro de 1330).**

Filha primogênita de Othon IV, conde palatino de Borgonha, e de Mahaut d'Artois. Irmã de Branca, esposa de Carlos de França, futuro Carlos IV. Casou-se em 1307 com Felipe de Poitiers, futuro Felipe V. Inculpada de cumplicidade nos casos de adultério de sua irmã e de sua cunhada (1314), foi presa em Dourdan, depois libertada em 1315. Mãe de três filhas — Jeanne, Margarida e Izabel —, que desposaram, respectivamente, o duque de Borgonha, o conde de Flandres e o delfim de Viennois.

**JEANNE DE BORGONHA, condessa de Valois, depois rainha de França (cerca de 1296-1348).**

Filha de Robert II, duque de Borgonha, e de Agnes de França. Irmã de Eudes IV, duque de Borgonha, e de Margarida, esposa de Luís X, o Cabeçudo. Desposou (1313) Felipe de Valois, futuro Felipe VI. Mãe de Jean II, rei de França. Morreu atingida pela peste.

**JEANNE DE FRANÇA, rainha de Navarra (cerca de 1311-8 de outubro de 1349).**

Filha de Luís de Navarra, futuro Luís X, o Cabeçudo, e de Margarida de Borgonha. Supostamente bastarda. Distanciada da sucessão ao trono de França, herdou Navarra. Casou-se com Felipe, conde d'Évreux. Mãe de Carlos, o Malvado, rei de Navarra, e de Branca, segunda esposa de Felipe VI de Valois, rei de França.

**JEANNE D'ÉVREUX, rainha de França (?-março de 1371).**

Filha de Luís de França, conde d'Évreux, e de Margarida d'Artois. Irmã de Felipe, conde d'Évreux, mais tarde rei de Navarra. Terceira esposa de Carlos IV, o Belo (1325), com o qual teve três filhas: Jeanne, Maria e Branca, que nasceu após a morte do pai em 1º de abril de 1328.

**JOÃO XXII (Jacques Duèze), papa (1244-dezembro de 1334).**

Filho de um burguês de Cahors. Estudou em Cahors e em Montpellier. Arcipreste de Santo André de Cahors. Cônego de Saint-Front de Périgueux e de Albi. Arcipreste de Sarlat. Em 1289, partiu para Nápoles, onde se tornou rapidamente familiar do rei Carlos II de Anjou, que fez dele seu secretário dos conselhos secretos, depois seu chanceler. Bispo de Fréjus (1300), depois de Avignon (1310). Secretário do concílio de Vienne (1311). Cardeal-bispo de Porto (1312). Eleito papa em 1316, assumiu o nome de João XXII. Coroado em Lyon, em setembro de 1316. Morreu em Avignon.

**KENT (Edmond de Woodstock, conde de) (1301-1329).**

Filho de Eduardo I, rei da Inglaterra, e de sua segunda esposa, Margarida de França, irmã de Felipe, o Belo. Meio-irmão de Eduardo II, rei da Inglaterra. Em 1321 foi nomeado governador do castelo de Douvres, guardião dos Cinco Portos, e recebe o título de conde de Kent. Lugar-tenente de Eduardo II em Aquitânia em 1324. Decapitado em Londres.

**LANCASTRE (Henry, conde de Leicester e de), chamado de Pescoço-Torto (cerca de 1281-1345).**

Filho de Edmond, conde de Lancastre, e neto de Henrique III, rei da Inglaterra. Participou da revolta dos senhores feudais contra Eduardo II. Condecorou cavaleiro Eduardo III no dia de sua coroação e foi nomeado chefe do conselho de regência. Passou, em seguida, à oposição a Mortimer.

**LUÍS X, apelidado o Cabeçudo, rei de França e de Navarra (outubro de 1289-5 de junho de 1316).**

Filho de Felipe IV, o Belo, e de Jeanne de Champagne. Irmão dos reis Felipe V e Carlos IV, e de Izabel, rainha da Inglaterra. Rei de Navarra

(1307). Rei de França (1314). Desposou (1305) Margarida de Borgonha, com quem teve uma filha, Jeanne, nascida por volta de 1311. Depois do escândalo da torre de Nesle e da morte de Margarida, casou-se novamente (agosto de 1315), com Clemência de Hungria. Coroado em Reims (agosto de 1315). Falecido em Vincennes. Seu filho, João I, o Póstumo, nasceu cinco meses depois da morte do pai (novembro de 1316).

**MALTRAVERS (John, barão) (1290-1365).**
Nobre cavaleiro (1306). Guardião do rei Eduardo II em Berkeley (1327). Senescal (1329). Chefe da casa real (1330). Depois da queda de Mortimer, condenado à morte como responsável pela morte de Eduardo II, fugiu para o continente. Autorizado a entrar na Inglaterra em 1345 e reabilitado em 1353.

**MARGARIDA DE BORGONHA, rainha de Navarra (cerca de 1293-1315).**
Filha de Robert II, duque de Borgonha, e de Agnes de França. Casou-se (1305) com Luís, rei de Navarra, filho primogênito de Felipe, o Belo, futuro Luís X, do qual teve uma filha, Jeanne. Inculpada de adultério (processo da torre de Nesle), 1314, ficou presa em Château-Gaillard, onde morreu assassinada.

**MARIGNY (Jean de) (?-1350).**
Caçula dos três irmãos Marigny. Cônego de Notre-Dame de Paris, depois bispo de Beauvais (1312). Chanceler (1329). Lugar-tenente do rei na Gasconha (1342). Arcebispo de Rouen (1347).

**MAUNY (Guilherme de) (?-1372).**
Nascido no domínio de Hainaut, mudou-se para a Inglaterra com o séquito de Felipa, esposa de Eduardo III. Membro da ordem de cavalaria (1331). Participou de todas as campanhas militares de Eduardo III, do qual foi um dos maiores capitães. Desposou Margarida, filha de Thomas de Brotherton, conde de Norfolk, tio de Eduardo III.

**MELTON (William de) (?-1340).**
Amigo de Eduardo II desde a infância. Notário do rei, depois guardião do selo real (1307). Secretário do rei (1310). Arcebispo de York (1316).

Tesoureiro da Inglaterra (1325-1327). Novamente tesoureiro de 1330-1331 e guardião do grande selo nos anos de 1333-1334.

**MONTAIGU ou MONTACUTE (Guilherme de) (1301-1344).**

Filho primogênito de Guilherme, décimo barão Montacute, ao qual sucedeu em 1319. Entra para a ordem de cavalaria em 1325. Governador das ilhas da Mancha e condestável da Torre (1333). Conde de Salisbury (1337). Marechal da Inglaterra (1338). Morreu das sequelas dos ferimentos que sofreu no torneio de Windsor.

**MORTIMER (Lady Jeanne) (1286-1356).**

Filha de Pierre de Joinville e de Jeanne de Lusignan; sobrinha do senescal companheiro de São Luís. Desposou sir Roger Mortimer, barão de Wigmore, por volta de 1305, e teve com ele onze filhos.

**MORTIMER (Roger), barão de Chirk (cerca de 1256-1326).**

Lugar-tenente do rei Eduardo II e juiz-mor do País de Gales (1307-1321). Preso em Shrewsbury (1322). Morreu na torre de Londres.

**MORTIMER (Roger), oitavo barão de Wigmore (1287-29 de novembro de 1330).**

Filho primogênito de Roger Mortimer e de Margarida de Fiennes. Lugar-tenente do rei Eduardo II e juiz-mor da Irlanda (1316-1321). Chefe da revolta que levou à deposição de Eduardo II. Governou de fato a Inglaterra, com a rainha Izabel, durante a minoridade de Eduardo III. Primeiro conde de March (1328). Detido por Eduardo III e condenado pelo Parlamento, foi enforcado no cadafalso de Tyburn, em Londres.

**NORFOLK (Thomas de Brotherton, conde de) (1300-1338).**

Filho primogênito do segundo casamento de Eduardo I, rei da Inglaterra, com Margarida de França. Meio-irmão de Eduardo II e irmão de Edmond de Kent. Recebeu os títulos de duque de Norfolk em dezembro de 1312 e de marechal da Inglaterra em fevereiro de 1316. Juntou-se aos partidários de Mortimer, do qual um filho desposou uma de suas filhas.

**NOYERS (Miles), senhor feudal de Vandoeuvre e de (?-1350).**

Marechal de França (1303-1315). Sucessivamente conselheiro de Felipe V, Carlos IV e Felipe VI, desempenhou papel de extraordinária importância durante esses três reinados. Copeiro-mor de França (1336).

**ORLETON (Adam) (?-1345).**

Bispo de Hereford (1317), de Worcester (1328) e de Winchester (1334). Um dos chefes da conspiração contra Eduardo II. Tesoureiro da Inglaterra (1327-1328). Cumpriu inúmeras missões diplomáticas junto à corte de França e em Avignon.

**POUGET ou POYET (Bertrand de) (?-1352).**

Sobrinho do papa João XXII, por ele nomeado cardeal em dezembro de 1316.

**TOLOMEI (Spinello).**

Chefe, na França, da companhia sienense da família Tolomei, fundada no século XII por Tolomeo Tolomei e rapidamente enriquecida pelo comércio internacional e pelo controle das minas de prata da Toscana. Existe até hoje em Siena um palacete Tolomei.

**TRYE (Mathieu de) (?-1344).**

Sobrinho do camareiro de Luís, o Cabeçudo. Senhor de Araines e de Vaumain. Marechal de França por volta de 1320. Tenente-general em Flandres (1342).

**VALOIS (Carlos, conde de) (12 de março de 1270-dezembro de 1325).**

Filho de Felipe III, o Intrépido, e de sua primeira esposa, Izabel de Aragão. Irmão de Felipe IV, o Belo. Armado cavaleiro aos 14 anos. Tomou posse do reino de Aragão por legado do papa, no mesmo ano, mas jamais pôde ocupar esse trono, acabando por renunciar ao título em 1295. Conde, por apanágio, de Anjou, do Maine e do Perche (março de 1290), graças a seu primeiro casamento com Margarida de Anjou-Sicília; imperador titular de Constantinopla graças a seu segundo casamento (janeiro de 1301), com Catarina de Courtenay; foi nomeado conde de Romagne pelo papa Bonifácio VIII. Desposou em terceiras núpcias Mahaut de Châtillon-

-Saint-Pol. De seus três casamentos, teve muitos filhos; o primogênito foi Felipe VI, primeiro rei da linhagem Valois. Fez campanha na Itália a serviço do papa em 1301, comandou duas expedições a Aquitânia (1297 e 1324) e foi candidato ao Império da Alemanha. Faleceu em Nogent-le--Roi e foi enterrado na igreja dos Jacobinos, em Paris.

**VALOIS (Jeanne de), condessa de Beaumont (cerca de 1304-1363).**
Filha do precedente e de sua segunda esposa, Catarina de Courtenay. Meia-irmã de Felipe VI, rei de França. Esposa de Robert d'Artois, conde de Beaumont-le-Roger (1318). Trancada, com seus três filhos, na fortaleza de Château-Gaillard, depois de seu marido ser banido; agraciada posteriormente.

**VALOIS (Jeanne de), condessa de Hainaut (cerca de 1295-1352).**
Filha de Carlos de Valois e de sua primeira esposa, Margarida de Anjou--Sicília. Irmã de Felipe VI, rei de França. Esposa (1305) de Guilherme, conde de Hainaut, da Holanda e da Zelândia, e mãe de Felipa, rainha da Inglaterra.

**WATRIQUET BRASSENIEX, apelidado de Couvin.**
Originário de Couvin, em Hainaut, aldeia próxima de Namur. Menestrel a serviço das casas mais importantes da família Valois, adquiriu grande celebridade devido a seus lais compostos entre 1319 e 1329. Suas obras foram conservadas em belas iluminuras manuscritas, executadas segundo suas ordens para as princesas de seu tempo.

Este livro foi composto na tipografia Sabon LT Std,
em corpo 11/16, e impresso em
papel off-white no Sistema Cameron da
Divisão Gráfica da Distribuidora Record.